德化风云

程韬光 著

河南文艺出版社
·郑州·

图书在版编目(CIP)数据

德化风云／程韬光著. --郑州:河南文艺出版社,2024.9.
-- ISBN 978-7-5559-1718-2

Ⅰ. I247.5

中国国家版本馆 CIP 数据核字第 20249GH434 号

策划编辑　　王淑贵
责任编辑　　王淑贵
责任校对　　樊亚星
书籍设计　　吴　月

出版发行　　河南文艺出版社
社　　址　　郑州市郑东新区祥盛街 27 号 C 座 5 楼
承印单位　　河南瑞之光印刷股份有限公司
经销单位　　新华书店
开　　本　　700 毫米 × 1000 毫米　1/16
印　　张　　23.25
字　　数　　328 000
版　　次　　2024 年 9 月第 1 版
印　　次　　2024 年 9 月第 1 次印刷
定　　价　　68.00 元

谨以此书

——献给财税战线的先烈们！

波澜壮阔的税务史诗(序)

为切实贯彻习近平新时代中国特色社会主义思想,深入学习党史,繁荣税务文化,展现税务风貌,郑州税务局按照国家总局和河南税务局安排,邀请程韬光教授深入税务战线,记录和书写税务故事,促成了这部波澜壮阔的税务史诗——《德化风云》。

从晚清,至郑州解放,中华民族遭遇了深重的灾难。相关文艺作品早已汗牛充栋,原以为应无新意可言。然而本书以税务与经济为脉络,其创新性是毋庸置疑的。这部作品为我们揭示了在血与火的战场之外,还有同样复杂且残酷的经济战场。

税收与税制,是人类社会一定历史发展阶段的产物,准确地说,是随着国家的产生而产生的,是国家对社会财富进行分配与再分配的必要手段。没有稳定的税收,就没有方方面面的公共服务;没有合理的税制,就没有稳定繁荣的社会环境。中华文明五千年的历史,其实贯穿着完整递进的税制发展脉络。回望我们的文明史,每一次重大的变革与社会进步,都必定离不开税制的创新和推广。历史上的所谓"盛世",无一例外都是税制与社会生产力发展水平基本相适应的时期。

中国近代,即《德化风云》所叙述的年代,我国的税收与税制,已经成为诸多社会矛盾集中爆发的焦点。首先,关税自主权的丧失,是中国近代主权失落的重要环节,这一点无须多言。大清海关总税务司司长赫德是一个中国近代史中无法回避的名字。其次,军阀以武力为后盾的苛捐杂税,极大冲击和瓦解了中央政府——无论是清王朝、北洋军阀,还是国民政府——的威信,这些捐税随意性极强,丝毫无法体现国家税收的权威性。再次,实物税、劳役税与货币税齐头并进,封建乡绅与汉奸买办相互勾结,空前残酷地压迫着广大劳动人民。最后,统治阶级对帝国主义的卑躬屈膝,与对民族资产阶级的横征暴敛尖锐对立。这种种不堪的情形,实际上已经从经济基础上否定了任何经由资本主义而达成民族救亡与复兴的可能性。

从财富分配的角度来看,财富既是战争的因,又是战争的果。经由税收获得的财富,是支持战争的血液,"失血"的战争是坚持不下去的。税收是政权取得财富的方式,是一盘家国大棋。为什么收税、向谁收税、税款如何使用,反映的是关于社会生产和财富分配的根本阶级立场问题。尤其是在战争时期,国民经济的战时化,对税务制度的设计提出了更高的要求。

讲到此处,我不得不承认,在看到《德化风云》这部作品之前,我对我们革命史中如此重要的领域虽有研究,但不够深入,尚未意识到这是一个命脉性的问题。诸君还请回想,在我们过去所见所闻的革命历史题材文艺作品中,可以见到运筹帷幄的领袖,可以见到驰骋战场的将军,可以见到以一当百的"兵王",也可以见到独闯龙潭的特工。他们或战场厮杀,或敌后周旋,或豪放潇洒,或精致儒雅,十分符合传统概念中"英雄"与"侠客"的形象。不过,我们的文艺作品中几乎没有详细说明过,支持革命活动的钱,是从哪里来的。我们的前辈从一穷二白中燃起革命的薪火,背后必然要有稳定可靠的经济造血能力。尽管史学界对此有不少的研究成果,但由于诸多原因,文艺界对此并不敏感,以至于那段历史中的经济问题,成了广大读者心中的一团迷雾。更有甚者,一些别有用心的人,借此大造谣言,妄图搅起历史虚无主义的浑水。

韬光先生这部《德化风云》尝试从大众文艺的角度,讲述新民主主义革命时期的税务实践的来龙去脉,让普通读者能通过接地气的文字和引人入胜的故事,对相对复杂的税制历史建立起正确的认知。尽管作品中的人物和故事是在原型基础上虚构展开的,但我更愿意称这部《德化风云》为一部严肃的革命历史小说。

中国的 20 世纪前半叶,是人类文明历程中罕见的社会思想与实践大碰撞的时代。近代以来,全世界最先进的思想、最先进的社会制度,都在中国得到了登堂入室的机会。如前所述,再优秀的思想和制度,也必须建立在中国的经济基础之上。在这个过程中,中华民族的仁人志士历经重重磨难,完成了现代税务思想与中华民族传统制度的结合,凝聚起了最广大人民群众的力量,开创了艰苦奋斗、自力更生的税务文化,从一切剥削和压迫人民的敌人手中,夺回了经济自主权。

《德化风云》所讲述的,正是一个民族资产阶级家庭的子弟,以朴素的救亡自觉,历经个人的斗争、家族的兴衰和时代的锤炼,最终在中国共产党的感召下,以自己所掌握的税务、经济学识,融入中华民族伟大复兴的滚滚潮流之中,以德化街为舞台,在社会经济战线上实现了自我价值。尤其是在抗日战争和解放战争的艰难岁月里,主人公凭借其勇气和智慧,勇敢地担当了为革命战争造血、输血的重任。

书稿保持了韬光教授一贯的艺术风格,在史实的基础上,展开合理创作,很好地丰富了近代人民革命史文艺作品的内容,创造性地塑造了经济战线上的英雄人物形象,以主人公传奇般的人生经历为轨迹,带领我们领略了河南近代以来诸多重大历史事件和历史人物的风采。

我们学习历史、传播历史,不仅是为了缅怀历史。借着《德化风云》所引起的兴趣,我又查阅到关于那段历史的许多学术佳作。新民主主义革命时期的税务制度,奠定了我党作为执政党的经济思想基础,为今天的我们留下了宝贵的精神财富,对于今天不断探索中国特色社会主义道路中发展税收事业,把握税收发展规律,仍然具有重大的启迪作用。

一、政策的制定必须以广大人民群众的利益为最高准则。中国共产党从土地革命时期的"没收地主土地"转到抗日战争时期的"减租减息",再到解放战争时期的土地改革,以及所实行的累进税制和公平负担税收政策,都体现了广大农民的最根本利益,调动了农民的积极性。我党的百年光辉历程一再证明,来自人民、扎根人民、服务人民,是我们党永远立于不败之地的根本。

二、取得胜利必须解放思想、实事求是、与时俱进、勇于创新。在新民主主义革命时期,中国共产党先后主张和实行的"没收一切土地归苏维埃政府所有""土地农有""没收地主土地分给农民"以及"废除苛捐杂税""按照阶级的原则征收累进税""全面征税""部分减免"等政策,都是党在不同历史时期适应当时生产力发展和革命斗争形势需要而采取的有效政策,是实事求是、与时俱进的结果。在建设中国特色社会主义的今天,税收必须以推进高质量发展、构建和谐社会为目标,着眼于推进供给侧结构性改革,加速转变经济增长方式,提高国家综合实力和国际竞争力。为此,必须坚持从实际出发,坚持改革和创新。

三、取之于民、用之于民是税收工作的最高原则。通过发展经济来提高税收收入是税收工作永恒的主题,科学控制行政成本是财政工作的题中应有之义。1942 年 12 月,毛泽东在陕甘宁边区高级干部会议上所作的报告中就已经提出:发展经济,保障供给,是我们的经济工作和财政工作的总方针。财政困难,只有从切实有效的经济发展上才能解决。一方面取之于民,另一方面要使人民经济有所增长。要注意赋税的限度,要减轻人民负担,借以休养民力。同时提出实行"精兵简政",在精兵简政中达到精简、统一、效能、节约和反对官僚主义的五项目的。毛泽东在 1943 年 10 月 1 日又指示,以 90% 的精力帮助农民增加生产,然后以 10% 的精力从农民那里取得税收。可见,新民主主义时期的税收思想,是一笔宝贵的精神财富,在今天依然有其巨大的生命活力。

近年,许多人或许都没有意识到,我们的税收制度,实际上正在经历数千年来意义最为深远的变革。以"金税四期"工程为代表,我国建立起了覆盖全社会的纳税人大数据服务体系。税务征收和税务稽查,从数千年来靠人执行,变成了靠大数据和系统执行。与之同步的是,我国正走在突破中等收入陷阱的关键历史时期,税制创新是社会管理体系进步不可或缺的一环。在这样的时刻,确实需要《德化风云》带我们回顾那段初心方立定的时光,再次坚定我们的信心,明确前进的方向,高举新时代中国特色社会主义税收文化的大旗。

在此,也向韬光教授致敬,感谢他在繁忙的教学工作之余笔耕不辍,从历史的宝库中为我们萃取出这样一部优秀的作品。预祝《德化风云》能够再创佳绩,成为他创作生涯中一座新的高峰。

杨灿明

2022 年春月

(杨灿明,经济学博士,中南财经政法大学校长,博士生导师)

目　录

下卷

上卷

第一章　家国多舛赴远道　迷途困顿逢路标

鸟群呼啦啦飞过天空。

庄稼收割已毕。

天空高远地晴着。

望着车窗外不断退出视线的风景，天津东盛祥的少掌柜吴玉光推了推金丝眼镜，飘忽不定的眼神掩饰不住心海深处的波澜……河南，河南！他喃喃呓语。父亲五十年前离开这里后，吴家人就再也没有回来过。而此刻，梦中的老家正无比真实地向他逼近。在火车"嗤嗤——嗤嗤——"的喘气声里，阵阵寒暖交错的洋流贯穿他的心……

要说吴家早年也是河南新郑的大户人家，吴玉光的祖父吴仲轩在道光年间中乙未科举人，并以举人大挑一等，授开封府布政使司经历。在任期间，勤于政事，严禁胥吏苛派。吴仲轩常常易服出行，凡黎民之事，事必躬亲，访贫问苦，又以护税为由，亲治匪患和水患，为政三年，境内大治。咸丰年间，由于黄河水灾不断，致使境内盗贼蜂起。他上书朝廷，施行"首恶必惩，胁从解散"之策，亲率税丁，按名捕拿，并亲勘灾情，兴修水利，赈灾济民。吴仲轩也因政绩卓著，擢升为禹州知州。时值太平军、捻军风起云涌，反清杀官之举声震华夏，一时间朝廷上下惶惶不可终日。吴仲轩却誓做大清柱石，亲率千名乡勇，征战于黄、淮之间。在地无城郭、手无兵柄的情况下，以"忠义救民"为号召，会同乡绅刘彤南招集乡勇，倡办团练，申明纪律，合力防御,声威大震。捻军首领张宗禹率部万众,袭扰禹州,吴仲轩临危不惧,和刘彤南在汴河西岸的马渡口布阵,以一千余勇击退山东捻军,地方暂靖,黎民称颂。因守城有功,政绩卓著,由时任安徽巡抚李鸿章推荐,于咸丰三年擢升理漕参政,兼陈州知州,统淮宁、太康、扶沟、西华、商水、项城、沈丘等县。其独子吴佩谦也受恩荫,准入国子监读书。不料儿子却不是读书的材料,执意习武,只好先入河南绿营任一个外委把总,后改任河南布政使司理问所佥事。

咸丰五年夏,纷乱不宁的大清朝又遭狂风骤雨,各地汛期来势凶猛,黄河、淮河并涨。"两岸普律漫滩""间多堤水相平之处"。此时,太平军在南方攻势正酣,捻军在北方遥相呼应,外夷趁机火中取栗,"国家多故,耗财之途广而生财之道滞……"。加之,河政上下官吏串通舞弊,河工开支极大,致使黄河河道工程失修,状况恶化。吴仲轩到任未几,虽顶风冒雨亲赴黄河大堤,试图阻挡洪水,却"讵料十八日河势忽然下卸于三堡无工处所,大溜奔腾,直注如射,数时之间将大堤溃塌四五丈,仅存大堤顶宽数尺"。黄河水面高于平地二三丈不等,一经夺溜,建瓴而下……决口的洪水漫溢黄淮大地,横扫成千上万的村庄,汇入淮河,再次引发水患,酿成著名的铜瓦厢改道的大悲剧。历史记载,铜瓦厢决口后,由于二十年内几乎没采取什么措施,损失惨重,漫流的洪水在运河以西宽二三百里,运河以东大清河两岸,南面流入小清河,北面决入徒骇河。波及范围十府(州)四十余州县,受灾面积三万多平方公里,无数百姓流离失所。洪水还淹没城市,冲塌城墙,一些城市不得不迁移以避水患,造成整个黄河下游水系的变迁。

铜瓦厢决口致使朝廷动荡局势进一步加剧。为安抚百姓,朝廷很快委派吴仲轩好友刘彤南之子——时任工部员外郎的刘明伦为御史,奉旨赈灾,并调查黄河溃堤的真相。而真相就在明处,无须调查,竟是"南河岁修经费五六百万金,然实用之上乘者,不及十分之一,其余以供官员之挥霍""国家岁糜巨帑以治河,然当时频年河决,皆官吏授意河工掘成决口,以图报销保举耳""竭生民主膏血,以供贪官污吏之骄奢淫僭,天下安得不贫苦"。年轻的刘明伦掩不住心中怒火,毫不徇私,一道奏折要了多个河吏的性命。作为理漕参政的吴仲轩自然首当其冲,成为此次悲剧的替罪羊。令人意外的是,吴仲轩亲上奏折,要求朝廷对自己处以重刑。这封令朝廷衮衮诸公或唏嘘或斥骂或垂泣的奏折,却保了全族的性命。

吴家的血脉得以延续……

吴仲轩虽被朝廷处以死刑,然未波及后人。其子吴佩谦只是被免去河南布政使司理问所佥事之职,遣返故里。经此大变,吴家中落。为避乡里舌剑,吴佩谦干脆只留下在郑县的一处房产,其余在陈留、禹州等地的田产全部变卖,然后雇一艘商船,携家眷沿运河北上,乘风破浪,离开河南,来到天津,从此再没离开过天津卫。

天津卫!这个温暖的港口名字,却是午夜里吴玉光心中多少次无法挣脱的梦魇。冰冷破碎的瓦砾和支离的呼喊声,化作了一根刺,狠狠地扎在他心里最柔软的腹地,每每回想起,便不由泪流满面……

管账的赵老先生曾言,吴佩谦到了天津后,言谈举止一改昔年做派,口中仁义道德,行为恭敬礼让。曾做过税官的吴佩谦在故友帮助下,开了一家不大不小的商铺,取名东盛祥,主要经营南方的丝绸、茶叶,还有大宗棉花和粮食。东盛祥最吸引人的地方是门头上的乌木匾额,题款浑厚有力,苍拙大气,却没落题款人的名字。然懂字的人隐约辨出,认定此匾大有来头。

数年过去,东盛祥已经闻名天津卫。又数年,时局动荡,国运衰微,天津卫境内义和团风起云涌,竟使当过税吏、站过码头、经商多年的吴佩谦手足无措,虽左右逢源,也无法支撑局面,陷入大批货款不能收回的困境。东盛祥恪守纤毫必偿的原则,即使收不回货款,也要兑付进货时的承诺,不得不开启地下金库,四处支应。却不料这点儿金银又晃着了天津知府贝勒爷满林的老花眼,他竟以东盛祥"通妖"之名,让府衙查封东盛祥。要说"通妖",义和团刚入天津卫时,还是满林指定东盛祥,必须为"要与洋人开战"的义和团提供棉布做军服。谁知,不但钱没有收回,反倒又落下杀头的罪名!多亏当时的直隶总督之子袁克定出面,让吴家出钱,将一个南方有名的"梨花班"买下来送给满林,这才罢休。从此,东盛祥在天津卫已是盛极而衰,风雨飘摇……

即使如此，吴佩谦仍不惜四处举债，为吴玉光和妹妹吴玉莹延请名师，治文习武。吴佩谦不止一次说过："靠谁都不如自己强！多读书，明事理；勤习武，不受辱！"

不久，一场自南向北的辛亥革命秋风扫落叶般地将清王朝扫进历史。朝廷没了，那个浑蛋贝勒爷也作古了，现在是民国了。东盛祥的生意也逐渐走出低谷，而走出低谷的原因却是逐渐长大的吴玉光所不愿看到的……

第一次世界大战爆发，欧洲各国无力东顾，中国工商业趁势发展，工商阶层迅速崛起。东盛祥由于恪守纤毫必偿的诚信，在缺衣少食的天津卫迎来了商业的春天。

有两个已经成人的异母兄长帮衬，吴佩谦从不让吴玉光染指东盛祥的商业，不止一次告诫小儿："没有文武两样，有钱人就是暴发户，早晚守不住产业。"吴玉光牢记父亲教诲，再加上天资聪颖，勤奋好学，顺利考入当时的燕京大学学习经济。入学后，恰遇西风渐进，文化激荡，他视野大开。原本期待着改朝换代，天下太平，百姓安居乐业，谁知随着袁世凯称帝失败，北洋政府腐败，各地军阀相互混战，帝国列强入侵，中国一次又一次地陷入了苦难的汪洋。

第一次世界大战结束后，为了抗议在巴黎和会上中国政府的外交失败，北京爱国学子们纷纷走上街头，游行示威，掀起了五四运动。热血青年吴玉光自然不甘落后，在火烧赵家楼事件中，遭到北洋政府逮捕。虽然在父亲的极力周旋下走出牢狱，他却决意退学。

迄今，他还记得自己执意从北京回到天津卫老宅的那天，天空飘着零星的雪花。他赶到家时，已是入夜。院落里的灯笼被雪花绕着，发出昏黄的光。父亲独坐宅院的正堂上，正堂只亮着一盏灯，灯下，一壶酒，两盏杯，四碟菜，一笼他最爱吃的"狗不理"包子。吴玉光身心一暖，扑打下衣服上的雪，给父亲行礼。父亲睁一只眼闭一只眼——父亲无法睁开左眼，因为左眼早年被"长毛"射伤，被人暗地里叫"吴瞎子"多年。父亲笑了一下，拉起儿子，破例为他斟上一杯酒："回来就好！回来可有打算？"

吴玉光喝了杯酒："帮你照看家业，学以报家。"

"要学以报国！这个家我还能撑着。"

沉默。

父亲竟没因自己擅自退学而恼怒，让吴玉光多少有些忐忑。他也不想提及此事，便想起妹妹，"我妹呢？"

"没让她等你。"父亲也喝了杯酒，目光深长，"今夜我就想听听你的心里话。"

吴玉光的妹妹叫吴玉莹，小他五岁。母亲在生下她不久就因病去世，让父亲心怀歉疚，对她宠爱有加，娇生惯养，也就养成了她机灵鬼怪、人小胆大的性格。这个亲妹妹是母亲给予他人生中最宝贵的馈赠。见不着妹妹，吴玉光也不知道心里话从哪里说起，只好喝酒。

"酒量长了？"

"陪爹。"

"爹还不老，家里的事儿还能担着。"吴佩谦借酒说着，"你这次退学，究其因还不是国不富、民不强惹下的祸？"

吴玉光喝了几杯酒后，长了些胆量："我学经济专业，知道近代西方如何以税赋为杠杆，实现国富民强。"

"这些道理是书上的，如何践行，才是关键。"吴佩谦的独眼发出一丝柔和的目光，显然已经深思熟虑，"我和你爷爷都做过税官，知道你说的道理。赋税是国家主要的收入来源，是经济命脉。而税收制度是否合理也关乎着国家是否能够稳定发展。自古以来，国要富足就得收税，而税赋又出自千万百姓。百姓若贫，又无商业繁荣，税源就会枯竭。古代因赋税过重或不合理导致的暴动比比皆是，可见合理的赋税制度是重中之重。就说前朝，实行三个税种：丁税、火耗、养廉银。丁税即人头税，后来改为摊丁入亩征税。各地丁银征收数目不尽相同。百姓纳税上缴的多是碎银，需要重铸成锭。在炼制过程中，银两难免有所损耗，这就是火耗。火耗没有制定标准，数额全随官员心意。同时设置养廉银，将税收的一部分发给文官，以此增加官员收入而减少贪污腐败。可是，大清官员有几个会觉得银子扎手？便借着火耗和养廉银的名目，加大税赋，这才有'十年清知府，百万雪花银'之说。"

"人性是靠不住的,"吴玉光点头,"关键还在于制度。没有合理的税赋制度,官吏可以随意加税,岂不腐败?"

"尤其是清朝末年,为赔偿帝国列强所谓的损耗,苛捐杂税更是多如牛毛。朝廷又设有契税、当税、牙税。"吴佩谦看儿子一眼,解释着,"契税是指土地买卖时,契约需印有官印,按交易额交税。当税是当铺按等级每年缴纳银两。牙税是按照牙行的收入规模征收税额。这些税加在一起,普通人家如何承担得起?只有纷纷拾荒逃亡,生不如死。"他不由得眼眶湿润,继续说:"你爷爷就是不愿加税于百姓,才遭前朝刘明伦等人借黄河决堤之事加害的。"

提起仇人刘明伦,吴玉光便想起故乡传来的消息:"我听赵叔说,现如今,刘明伦的后人在郑县德化街上开着大片商铺,生意是烈火烹油。"

"刘家还不是依仗着刘明伦在前朝贪墨的税银为本?"提起刘明伦,吴佩谦的独眼便迸出火星,"早晚,咱们也得把东盛祥开到郑县的德化街上,与刘家的裕兴祥打个擂台。"

"虽说前辈的恩怨不能忘,但我们应该把目光看得更远,把生意做得更好!"吴玉光起身拨亮烛火,"你想啊,郑县可谓铁路拉来的城市。随着京广铁路、汴洛铁路相继建成,货通四海、物流八方的郑县已经成为中原乃至中国的交通枢纽。铁路和火车带来的强大物流、人流、信息流,使郑县商铺若雨后春笋,蓬勃而生。那里的德化街已经被民国政府辟为商埠,借交通之便,有二十余家棉花商行甚至还有许多日本商行都扎堆在那里,将河南、山西、陕西等地的棉花、瓷器、茶叶和药材等商品几乎全部集中起来,运往全国乃至海外。郑县已成为全国的商品集散地,商户云集,客流如潮,甚至法国人、美国人、比利时人都在那里开了医院和餐厅。"

"只是你现在还年轻,还是读书的时候。"吴佩谦点头,"在德化街上咱家还有一处老宅,将来可以开商铺。你先别急着去郑县,先弄懂做生意的规矩,明白税收的道理。"

"郑县是个好地方。为了更好地回到故乡,我想走得更远。"吴玉光抬头望着窗外,"弄懂做生意的规矩,明白税收的道理才能做个好商人。再研究推动商业发展的赋税制度,就能高瞻远瞩,强国富民。"

"就是这个理。"吴佩谦有些疑惑,"走得更远?"

"要国强,就得自己强。"吴玉光在北京就接触过西方文明,尤其对日本商业的快速崛起很感兴趣,"我想去日本,在京都商学堂学习工商技艺,弄懂日本的赋税制度,将来也好报效国家。"

"好!"吴佩谦停了停,"家里有你两个哥哥帮衬着,你暂时就不要插手生意了。去日本感受一下工商业的勃勃生机,还有日本人的精细和自大。学成归来时,我就把整个家业交给你。"

"我学成归来,就去郑县德化街开东盛祥分店,与天津总店相互支持。"吴玉光内心不愿与两个同父异母的哥哥争产业,心存再创产业之心,"只是我放心不下玉莹。"

"我让她随你一起去。"吴佩谦也正为女儿是否上大学而纠结。加之吴玉莹正值叛逆期,与后母斗心眼,让他左右为难。后母私下为她与侯海钱庄的二公子定了亲事,只待她中学毕业,赶紧嫁人。吴玉莹听说后,撂了一句"侯二公子就是一个遛狗玩鸟的主儿,谁愿意嫁他谁嫁,我可不愿意陪他浪费青春",还未待一辈子讲诚信的父亲缓过神来,第三天,她竟带着南开女中的同学走上街头游行,抗议包办婚姻、提倡恋爱自由。气得吴佩谦大病一场,让人把吴玉莹关进后院。没多久,他心一软,刚把她放出来,她就又琢磨着游行。"这人丢得还不够吗?"吴佩谦寻思着,"若是没有她哥在身边,谁又能管得住她? 她毕竟还不到十八岁。"

"爹——"吴玉光如释重负,"等我和玉莹学成归来……"

当时去日本留学,无须签证,买张船票就可以漂洋过海。吴玉光和妹妹到了日本后,发现很多日本人都会一些中文,交流并无大碍。物价很低,生活容易。学校设立的课程更是简单,甚至学学跳舞、茶道和会说一些日本话,就可结业。生性执拗的吴玉莹对日本茶艺感兴趣,就进了一所女校静下心来学习。吴玉光已经在北京大学学习经济专业两年,便考入庆义大学商科学习。经过五四运动的洗礼,探索强国富民之路已经成为他心中的执念。受俄国十月革命和风起云涌的马克思主义思潮影响,他开始研究马克思《资本论》，尤其是对马克思关于上层建筑与经济基础、生产力与生产关系之间的矛盾的论述极感兴趣。为了破解心中的疑惑，他从西方和日本的赋税制度入手，去探索如何使上层建筑与经济基础、生产力与生产关系相平衡。随着研究的逐渐深入，他从中依稀看到一缕解放民族的曙光……

民国十七年，也是吴玉光来到日本的第三个年头，日本政府因"东北王"张作霖未能满足其在满、蒙地区筑路、开矿、设厂、租地、移民等全部要求并实施抵制，指使日本关东军制造了轰动中外的"皇姑屯事件"，炸死了张作霖。消息传来，吴玉光和妹妹不得不做好提前离开日本的准备。恰在此时，日本士官学校的年轻教官吉川贞佐听闻庆义大学商科有一位中国学生在教授梅花拳法，便以切磋为由，与吴玉光交手。在众多学子的目睹之下，吴玉光虽然艰难地胜了这位日本的空手道高手，却和妹妹一起被驱逐回国……

离开日本，学业未成的吴玉光无颜还乡。他先安排抗婚的妹妹去热河的舅舅家，毕竟舅舅王泰青对妹妹宠爱有加，又是热河的巡缉税查局局长，父亲和后母都不会过于为难舅舅。然后，吴玉光来到沈阳，暂时投奔曾有一面之交的徐正声。徐正声毕业于东北讲武堂，也是一位梅花拳的高手，按门派来说，二人算师兄弟。这几年，毕业于东北讲武堂的徐正声忽然发迹，年纪轻轻就兼任647团上校团长。徐正声曾在北京与同门师弟吴玉光见过一面，对吴玉光的强国富民之说，印象颇深。徐正声将团里的财务管理、物资划拨乃至驻地赋税征收之事，一股脑儿地交给吴玉光打理。不过数月，吴玉光便将一团乱麻的财务、军资梳理清楚，并以累进征税之法代替属地苛捐杂税，得到上峰嘉奖。不久，"九一八"事变爆发，少帅张学良所率的五十万东北军竟不放一枪，撤入关中，让心存幻想的吴玉光大失所望。

徐正声和吴玉光一样苦闷。在647团即将开赴热河抗日的前夕，忽然有故人俞修道来访，他就让后勤参谋吴玉光作陪。这位故人前来借枪借钱借物，还不准备还，让徐正声不知如何应对。

俞修道是南阳镇平人，是一位了不起的青年才俊。早年受叔父资助，就读于南开中学，与徐正声相识。随后，两人一起短暂地游历山东和河北，做农运和兵运工作。二人分手后，徐正声入东北，因曾就读东北讲武堂，又是梅花拳高手,便得到贵人重用,很快擢升为参谋处长,兼任 647 团团长。俞修道因早年阅读《新青年》《共产党宣言》《独秀文存》等进步书刊,在与军阀及反动派的斗争中,逐渐成为一名共产主义战士,遂南下江西中共红色根据地,担任红军教官和四师政委。这次,俞修道顺路看望老友徐正声,希望能借些军事物资。

一听说要借军事物资,还大有借而不还之势,徐正声有些犯难,但又不好回绝,便叫来吴玉光,让这个颇讲原则的 647 团财税专员、后勤参谋来对付。

听说吴玉光是天津人,又见其相貌堂堂,俞修道倍感亲切。"我现在的名字——俞青松,就是在天津时取的。"他回忆着,"民国十七年深秋,我漫步海河岸边。见两岸枫叶通红似火,不由想起杜牧的诗句:'停车坐爱枫林晚,霜叶红于二月花。'枫叶被寒霜愈杀愈红,被冰雪凌压更红,便联想我们青年人要像枫叶一样,有骨气、有傲气,在逆境中保持本色。"他看着徐正声和吴玉光,淡笑着解嘲说:"父辈为我取名修道,莫非让我将来修仙成道? 实际上,我可不愿与世无争,去追求世外桃源般的生活! 我要革命,我得改名!"

"俞青松、彭青松,皆可为你正名!"徐正声打趣,"如此说来,天津也是你的新生之地。"

"所以,我一见你的财税官便觉亲切,最起码算是半个老乡。"这自然的亲近,使他与徐正声谈话也毫无遮拦,"我很快就要南下,你和我的小老乡总不会让我空手而归!"

"别狮子大开口就行!"徐正声应承着,"我让成韬(吴玉光字)前来,就是盘算一下我团的家底,看能借多少给你。"

"'九一八'事变,东北军一枪不发,就把东北让给了日本人。"眉目英俊的俞青松充满豪气,故意狮子大张口,"要我说,最好你们整团人马加物资装备,甚至东北军都借给我。这样的话,我保证一年收复东北,驱除日寇,三年平定军阀,安定家国。"

"你这么说,我可就不敢给了!"徐正声故意端起脸来,"你这胃口太大,填不饱你,干脆一别两宽!"

"好,那我就收口。"俞青松不再嬉笑,"这次,看能否借一百支步枪,子弹三千发;二十把短枪,子弹一千发;十挺轻机枪,子弹五千发,以及一千匹棉布,如何?"

"胃口还是不小!"徐正声看着吴玉光,"成韬,你给俞将军算算咱团的家底。"

"647团的库房有二十支捷克步枪,十把毛瑟手枪,五挺捷克轻机枪,两百匹棉布和五十匹棉纱。"吴玉光如数家珍,"另外,还有四十七支准备报废的汉阳造步枪,八把毛瑟手枪,三挺捷克轻机枪。前两年的换装棉衣,计一百三十二套。"

"我全借了!"俞青松双眼顿时冒光,"早晚,我以十倍,不,以一百倍的价钱还给你。"

"那些新枪和棉布、棉纱都在军部军需处备过案,调拨这些物资必须有上峰指令和军需处长的手谕。"徐正声轻叹,"我身为团长,也不能违抗军法条例。"

"这是自然!那就把那些准备报废的枪支和棉衣借我如何?"俞青松也不强人所难,"我现在还有不少战士手拿老套筒,穿着夹衣和草鞋,在冰天雪地里与小鬼子作战呢!"

"你是替东北抗联来借物资的呀!"徐正声恍然大悟,"我还在想,你如何能将这些物资弄到南方呢!"

"答应我了?"俞青松连忙接话,"不过,各样子弹还是要给些,毕竟,子弹相对方便携带。"

"成韬,修道可真是个会做生意的将军!"徐正声忍不住笑了起来,"这样,我无须过分担责,他也算是满载而归!"

俞青松心绪高涨,谈起时局乃至世界大势,皆有振聋发聩之辞,让徐正声和吴玉光钦佩不已。听闻吴玉光学经济出身,又曾留学日本学习商业,便又与二人论起马克思《资本论》:"中日之战,早晚会全面爆发。战争归根结底,最后拼的是财力、军力和国力。就像马克思所言,经济基础决定上层建筑。没有经济支持,军力和国力无非是空中楼阁。所以,赋税来源决定着未来胜负的走向。成韬有理财之能,未来必将大有可为。早晚我和徐团长要靠你的经济支持,去打赢和日本人的这场大仗。"吴玉光深以为然。虽说俞青松对未来信心满满,然身在东北军中的二人仍对时局焦虑无望,不知路在何方。吴玉光存有离去之念,徐正声也要移师热河。俞青松最后留下一句:"你俩早晚也会离开东北军,到时候不管千里万里,咱们会合,共谋大同,振兴中华。"

"好!真有那么一天,"徐正声起身应诺,"我和我的财税官一起向你报告:归队!"

送俞青松离开后不久,未待跟随徐正声移师热河,就忽然传来父亲病危的消息。吴玉光辞别徐正声,离开东北军,奔回天津……

第二章　秉承父志归故里　胸怀商海荡涟漪

在回故乡的火车上，吴玉光不由抬首望着车窗外。

夕阳悬于黄河之上，如晚秋园中的柿子，又如一盏凄然的灯笼。夕阳下，黄河泛着冷光渐渐东去。大河之岸芦荻苍茫，一只鸟在风中挣扎着飞翔，如同悲伤的灵魂，直向更苍茫的远方……

北风紧，大雁南飞。车过黄河，吴玉光潸然泪下……

吴玉光接到父亲病危的电报，便告别徐正声和东北军军营，回到天津卫。

经常在梦中出现的天津卫再也不是过去的模样。萧瑟秋风中，连最熟悉的秋山街也因换了大旗而变得陌生。街道巷弄里，行人几乎都是低着头、佝偻着身子匆匆而过。只有一队日本屯华驻军以鼻孔朝天的姿态，扛着枪、骑着马招摇过市。当回到自己最熟悉的东盛祥时，率先抢入眼中的竟是门头上的日本旗！未待缓过神来，向自己箭一般射来的是他曾经养过的黑狗——努努！吴玉光蹲下身去，抚摸着努努，感伤不已……两个异母兄长——大哥伯令、二哥伯明和从热河提前回来奔丧的妹妹一起出来，老管家赵胡深也走出店门。

"先别哭狗，哭爹，爹已经不在了！"穿着狗皮大氅的吴伯令一开口便让吴玉光天旋地转，"给你发电报的时候，爹就不在了！"

"为什么?"吴玉光被妹妹和老管家扶起来,忍住眼泪,却无法忍住怒火,指着两位兄长的脸,"你们为什么不早点儿告诉我?你们眼中还有没有我这个弟弟?"

"为啥?"二哥吴伯明瞪着三角眼,挑着眉,叉腰上前,"你也不问问自己?这些年你在沈阳吃香的喝辣的,你管过总店的事儿吗?"

"我哥每个月都寄饷银给家里,还少吗?"吴玉莹雪白的脸气得通红,"爹去世,天大的事儿,你们竟敢隐瞒我哥,到底为了什么?"

一见东盛祥门口的兄弟们开始吵架,街坊邻居纷纷探出头来:"咋回事?这兵荒马乱的,一家人刚一见面,还有工夫吵架?"

"快回屋里说,"赵胡深拉着吴玉光,对吴玉莹点头,"这里不是说话的地方,一家人没有说不开的事儿。"又对吴伯令、吴伯明示意:"你弟刚回来,风尘仆仆的,还不赶紧安排下?"

走进院落,看着秋雨后的落叶,仿佛是一地哭红的眼睛。吴玉光不由想起五年前离家时的样子。跨入堂屋,看着父亲的遗像,又和吴玉莹忍不住放声大哭……

一系列祭奠仪式结束后,已是夜深。老管家和黑狗努努陪着吴玉光和吴玉莹,就着清酒素食,说着父亲临终的事儿。

"日本人按与前朝签订的《辛丑条约》,在天津卫设了租界,还获得了从北京至山海关铁路沿线的驻军权。前年,忽然又以扩大商埠、安置日本留民为由,将自法租界至老城秋山街之间的地方填平,形成娱乐商业区,把咱这条秋山街也划入范围内。"老管家说,"日本人仗着飞机、大炮和军舰,又知道现在的国民政府不敢轻启战事,向秋山街上的所有中国店铺征税。征税的事儿你爹没多说,但日本人要秋山街各个门店都插上日本旗,这事儿你爹不愿意。"

"是我爹的脾气!"吴玉光了解父亲,多年前,因日商经营鸦片,他曾联合秋山街上的所有商户联手抵制过日货,差点儿引发一场祸事。"我爹是因为这事儿去世的?"

"两个月前,日本居留团事务所调查课的吉川贞佐要封你爹为塘沽区商会的会长，他不干，你二哥要当，店里就不再安宁了。"老管家叹气，"记得是七月底，吉川贞佐带着几个日本武士来到秋山街上。你爹当时站在店门口，没有主动地去接日本旗，被吉川贞佐一拳捶在腰上，要不是街坊里的人们拦着，那天就要出大事儿。"看吴玉光兄妹一眼，"你爹年事已高，这就落下了病根儿。谁知在养病期间，你二哥就当了中日友好商会的塘沽区会长，可把你爹气坏了。他拖着病体追打你二哥不着，反倒再次摔倒，就再也没起来……"

吴玉光一听吉川贞佐的名字，真应了"不是冤家不聚首"！想起自己曾在东京庆义武馆和他交手的旧事，新仇旧恨齐涌心头，不由哽咽着："爹，你放心，我会为你报仇！"

"你爹临终前，之所以没让通知你们，是担心你们回来受牵连！你那两个哥哥也怕你们回来分家产。不过，你爹临终也交代清楚了，将郑县德化街上的老宅和东盛祥的牌子留给你和玉莹，再把三十万款项留给你们用。不过，以后与天津东盛祥就没啥关联了！我已将账目算清楚，你们看看可有遗漏。"赵胡深将账簿交给吴玉莹查看，"要是没有异议，就签个字，这页就翻过去了！"老管家面带无奈，"等这事儿办完，我也就告老还乡了。"

"一切全凭赵叔做主！但赵叔要随我去郑县，继续管账。"吴玉光表态，"天津卫的房产、货物等，我皆不染指。"

"难得你如此！"老管家点头，欲言又止，还是忍不住说了，"还记得那个侯海钱庄的二公子吗？因为玉莹退婚，他来过两次。第一次来，老东家啥话没说，给他一千银圆。谁知前几日，他带着两个日本浪人，对你二哥说，这婚不能说退就退，待守孝期满，还是要让玉莹嫁过去！侯二公子现在为日本人做翻译，张扬跋扈的，你们还是万事小心。"

"我的事，你放心。"吴玉莹拭了泪，"大不了嫁人就是了。"

"有哥在，就不会委屈你！"吴玉光咬了咬牙，"在回来的路上，我已决定继承父业，经商济世，以利百姓。"顿了顿，又说："我还要替父报仇，以雪家仇国耻。"

"家仇国耻慢慢去报，当下最要紧的是如何另立东盛祥。你爹不想让你二哥坏了东盛祥的牌子。"赵胡深劝着，"你可有打算?"

"我和玉莹明天一早为父亲上坟后，就去郑县，在德化街上另立东盛祥。"按照吴玉光的脾气，他早该去收拾侯家二公子一顿，但现在是非常时期，又关乎妹妹的声誉，只得咽下这口气，"那里既是吴家的祖根，也是货达八方之地。待我站稳脚跟，就回来接你和玉莹!"

"要说，是这个理。"赵胡深是吴家多年的总管，颇有经商理财之能，也看到郑县依靠铁路交通优势，市场繁荣，"咱东盛祥最重要的经营资源就是陕西棉花和杭浦丝绸。在郑县买卖，距离更近，会节省不少运输成本。降低成本，就是利润。趁着那些与东盛祥常来常往的中原及山西、陕西的大户还没有把账结清，去郑县德化街或者武汉汉正街开店也是时机。"

"赵叔如此上心，小侄感恩于心。"吴玉光知道老管家心存偏爱，屈身施礼，"这些年，我多少也经过些历练，在郑县站稳脚跟应该不难。"

"哪里的话! 应该的。"赵胡深浅笑一下，"我想起来一件事儿!"仰头望天，"记得闹义和团时，咱们的一个老主顾赵爷曾落难天津卫，被咱救了，感激不尽，说什么要结儿女亲家的事儿。听说这些年在河南赊旗店镇经营八表，风光无两。"

"大同商号的东家?"吴玉光微皱眉头，"记得父亲有这么一说。多少年过去，这事儿当不得真。要当真，早就来信了。"

"也不能这么说。这世道兵荒马乱的，咱男方不主动，还指望人家女方?"赵胡深解释着，"你去中原看看，顺便拜望下大同商号的赵爷，即使儿女亲家不成，也要联手这个中原大户。"

"赵叔说得有道理!"吴玉莹插话，"你去中原，说不定能帮我找个好嫂子。爹生前还一直为你的婚事操心不已。"

"国家如此，何以成家?"吴玉光目光深邃，"去郑县另立东盛祥不仅是经商之路，更是命运使然。那个拳打父亲的吉川贞佐也去了日本驻郑县领事馆任职，世仇刘家的裕兴祥在德化街上风生水起。我曾答应过父亲，要在德化街上与刘家打擂台，说不定还有机会除去吉川贞佐，为父报仇。"

"那你可要处处小心。"吴玉莹多少有些不放心，"去郑县后，有一人可用。"见哥哥盯着自己,吴玉莹也不卖关子,"此人叫张殿臣,就是袁公子早年的随从小达子。听舅舅说,他如今出息了,当上了郑县的巡缉税查局局长。"

赵胡深猛然想起这个人来:"叫什么来着?"

"小达子?张殿臣!"吴玉光嘴角露出一丝不屑的笑意,"当年若不是咱爹眷顾他,就他偷卖袁公子的画那次,早就没命了!"

"当初你父亲见流浪街头的小达子可怜,就收留了他。"赵胡深回想着,"还为他取名张殿臣,教他些拳脚功夫,推荐给袁公子当随从,后来,差一点儿惹了大祸。"不由感叹:"真是祸福相依!我现在彻底相信,天道轮回,丝毫不差。"

"这种小人我们还是绕着走的好!"吴玉光不屑,"敢偷卖主人的画,早晚也会出卖主人!"

"此一时彼一时!"赵胡深若有所思,"东盛祥要是在郑县德化街开店,还是要拜拜他的。听说,他现在可是河南省省长刘峙的心腹。"

"东盛祥经商多年,皆恪守祖训,诚信为本,循规蹈矩,遵从商德。"吴玉光说道,"我认为,诚信行商即可走遍天下。"

"说得好!"赵胡深赞许地看着吴玉光,"这是经商之道的关键!但是,初入生地,还是要广交朋友,这样才能利达四方。不管怎么说,张殿臣也算是一个故人,你去郑县顺便拜访一下,也无妨。"

"那个吴老抠呢,要不要也联系一下?"吴玉莹岔开话题,"要说,他还是远房的本家叔呢!"

"吴思典?他早就数典忘祖了!"赵胡深显然与他有过节,"他现在与德化街上的刘家打得火热,和刘家联手,与日本商人一起开了纱厂。"

院中,响起秋风扫着枝叶的声音,月亮在风中晃动。

第二天,为父亲上坟后,吴玉光便匆匆地离开天津卫……

第三章　德化街上彰德化　冤家路窄遇冤家

一声汽笛长鸣，打断了吴玉光的遐思。

火车喘着粗气，缓缓驶入郑县车站。待火车停下，吴玉光起身，提着真皮的行李箱，手拄着一根黑色的文明杖，走下火车。在他走下火车的同时，一位穿着白色西装，头戴薄呢礼帽，身材高挑、眉清目秀的青年带着一丝古灵精怪的表情，不远不近地尾随着他。

走出车站，吴玉光顿时被喧闹的人群和远处鳞次栉比的各色芦棚和瓦舍所惊呆：三条不宽的马路通向远处，各种箱车、包车和人流混在一起，仿佛一股股浊浪涌动。吆喝声、叫卖声、哭笑声夹杂着驴嘶马鸣、羊咩牛哞，十分热闹。吴玉光站在一处空地，还没有喘过气来，就见几辆人力黄包车争相而来。

"老板，你要去哪儿？"一个穿着粗布短褂、身体壮实、眉眼疏朗、紫膛脸皮的年轻车夫挤到他的面前，"这地界儿我熟。"

吴玉光打量车夫一眼："这里最热闹的地方在哪儿？"

"那肯定是老坟岗的普乐园了！"车夫连忙讨好，"我姓吴，贱名炳义，因为跑得快，大家都叫我长腿三。老板贵姓？"一边说着，顺手提过吴玉光的皮箱，放到车上。

"哦，遇到一个本家。我也姓吴。"吴玉光顺手整一整西服。在他准备踏上黄包车时，吴炳义连忙俯身，笑着："真是缘分！"扯下搭在自己肩上的棉布毛巾,擦去吴玉光皮鞋上的一点儿浮灰。见车夫有些眼色,吴玉光便坐上车:"那就去普乐园!"

"好嘞! 你坐好了!"吴炳义拉起车子,向前奔去。"果然是长腿三!"吴玉光惬意地随着车子晃动,"你慢些,我还想看看这沿路的风景!"

"不能慢! 老板。"吴炳义头也不回,边走边道,"刚才我回头瞄了一眼,看见你后面有人跟踪。"

吴玉光吃惊地回头望去:"没有人啊!"

"一个精明白净的年轻人,穿白西装!"吴炳义一副机警的样子,"没事儿,我甩得掉他!"

"有人跟踪?"吴玉光心中有些犯嘀咕,他闭着眼思索片刻,嘴角露出一丝不屑。"不急,我也想看看是谁在跟踪?"

忽然,不远处有两个人一前一后,迎面跑来。后面那人手里举着一个钱袋,边追边喊:"张铁蛋,你给我站住! 快站住!"前面那人身材高大,也不回头,一个劲儿向前蹿。

"老板,你初到此地,可要小心些,"吴炳义好心提醒,"这条街上,经常有些大烟鬼和地痞无赖抢飞包!"

德化街上的人们都站着看热闹,也就挡了道,吴炳义只好将车顺到一边说:"这说不定就是一个抢飞包的!"

"就没人管吗?"吴玉光在车上站起身来,看了一眼迎面而来的"大烟鬼",有些疑惑,"这张铁蛋一身腱子肉,倒不像一个烟鬼!"

"老板,你初到此地,千万别管闲事!"吴炳义看吴玉光一眼,一边擦着汗,一边关心,"在这德化街上,只要不出人命,巡缉税查局的警丁就不管闲事。"

"哪里逃?"随着一声吆喝,从一处高大宅院里跳出一个身着绸衣的英俊青年,将拳头虚晃一下,迎着正在奔跑的高大汉子,屈身伸腿扫去,那汉子猝不及防,着实摔了个嘴啃泥。未待他起身,青年已骑身上去,不由分说,一顿老拳,那貌似铁打的汉子只有求饶的份。旁观百姓齐声叫好!

有人认识那青年,对旁侧一老者跷指赞道:"这裕兴祥的小掌柜身手不错!"

"这个莽撞的思琦啊,说不定又在惹祸!"老者却无奈一笑,"你见过举着钱袋追贼的人吗?"

这青年正是德化街老户刘志仁的独子——刘思琦。他刚好要出门去,劈头便遇到"飞贼",岂能饶他?

"你打错了!"那叫张铁蛋的汉子一个劲儿叫着,"快住手! 快住手!"

后面瘦小的汉子喘着气赶到,却没有一句感谢话,竟虎着脸,一把将刘思琦拉开,大声嚷道:"你这人怎么这样? 快住手!"

"怎么了? 我为你打抱不平有错?"刘思琦虎目圆睁,顿时一头雾水,"真是好人难当!"

"你算什么好人? 你这是在冤枉好人!"那瘦小的汉子也不顾刘思琦一脸的尴尬,对着围观的百姓说道,"我叫刘春生,是滑县人,在南天里有家胡辣汤小店。这位是我的兄弟,俺俩从小一块儿长大。他小名张铁蛋,大名叫张永强,家在滑县,做着祖传的烧鸡店和胡辣汤店。"他一面说着,一面心疼地扶起张永强。"开店的时候,他不但给我方子,还帮我垫钱。这次他从老家来,在我的店里吃了饭,留下饭钱就走。"说到这里,他狠狠地瞪了一眼刘思琦,"你说这钱我能要吗?"

"不能!"刘思琦脱口而出。

"打错人了!"有人笑了起来,"你这把人打伤了,咋办?"

刘思琦搓着手,顿时像一个做了错事的孩子。"你说咋办?"看着张永强不断流血的鼻子,"你也打我一顿?"

"哈哈哈,真好玩儿!"一串银铃般的笑声从不远处传来,"要是我,就把他的鼻子也揍出血!"众人闻声望去,就见一个穿着白色西装的俊秀青年站在一辆黄包车上,笑看刘思琦。

"你小子哪儿来的?"刘思琦正没好气,这下有理了,"你笑什么? 看我不打断你的鼻子!"

"我哪儿来的,你管不着。"那白衣青年也不恼,"你呀,先向人家赔个礼,再赔人家看郎中的钱吧。"倒是说出了解决问题的办法。

"就是他在跟踪你!"吴炳义对面有惊愕之色的吴玉光低声道,"你一下车,他就跟着了!"

"你这个疯……"吴玉光差点儿脱口而出,"疯丫头!"

原来这白衣青年竟是妹妹吴玉莹!

吴玉莹前年和哥哥一起回到国内后,不甘心被父亲圈养深宅,更不甘心等着嫁给侯海钱庄的二公子,便投奔舅舅王泰青,死活不回。王泰青十分疼爱这个自幼失母的外甥女,就安排她在热河税查局做核算员。这让一辈子讲诚信的吴佩谦左右不是,毕竟女儿的婚事是经过他同意的,直到临死前,还交代吴玉莹:"婚姻是媒妁之言,父母之命,不能说退婚就退婚。"父亲去世,继母更是看她不顺眼,留在天津,说不定不待守孝期满,就会让她嫁人!所以,当哥哥和老管家商量着在郑县开店的时候,她就琢磨着怎么跟着哥哥一起去创业。她不想让热河的舅舅为难,更关键的是:逃婚!这次偷偷地随着哥哥出来,她就没打算再回去。

"这年轻人说得在理!"一个穿着长衫的老者附和着。"思琦,别拗劲了,你就照做吧!"老者又看了看张永强的伤势,"也就是皮外伤,没啥大碍!"

"我不要你赔钱!"张永强这句话让大家都张大了嘴。

"难道真要打我一顿不成?"刘思琦的表情难看,满脸通红,小声嘀咕一句,"我在这德化街上挨了揍,实在是没了面子……"

"我也不揍你!"张永强擦了擦鼻血,"要说,这兄弟也是仗义人,只是莽撞了!"

"好兄弟,仗义!"刘思琦拱着双拳,"小弟做东,就在你兄弟的饭馆置酒,我赔罪!"

"你可是大家公子,我家的小店做不出几样好菜!"刘春生也显然气消了不少,"再说,我这兄弟还要赶着回去呢!"

刘思琦执拗:"要是你们不答应,我这脸真没处搁了!"

"都散了吧,"老者和着稀泥,"大家伙儿都忙,就散了吧!"围观的百姓也就嘻嘻哈哈地各自忙去。

看热闹的人群逐渐散开,吴玉莹连忙结了车费,提着行李,带着一脸讨好的笑,登上吴玉光的人力车,紧挨着他坐下,俏皮地说道:"我的好哥哥,跟着你跑了上千里,见我也不高兴?"

"高兴? 凭啥我见你要高兴?"

"就当是他乡遇故知!"吴玉莹笑应,"快些去旅馆吧,我快累死了!"

见这里也不是说话的地方,吴玉光只好吩咐吴炳义:"去大金台旅馆!"吴炳义见他们竟然是兄妹,也就放心了,拉起车子,开始向旅馆奔去。

"你累吗? 我看你欢实着呢!"吴玉光忍不住瞥了妹妹一眼,又说了句,"刚才看热闹的时候,你那样子与一个疯小子无异!"

"我还不是为哥哥高兴嘛!"吴玉莹望着面带疑惑的兄长,"你在这里开店,这是多好的地界! 你想啊,刚才德化街上发生的那一幕,就说明此地的人们诚信、仗义、贞刚。再加上这里交通方便,人多物丰,正是做生意的好地方!"

不能不说吴玉莹眼光的敏锐和独到! 吴玉光了解妹妹,她的心算能力和经商意识甚至在自己之上。要说在外地开店,哪能不需要几个帮手? 妹妹正是绝佳人选。想到这里,他只好长舒一口气,语气中含着一丝关切:"我离家的时候,就担心你会这样做。这下好了,继母和两个兄长在家里肯定为你生气。"

见哥哥似乎消了一些火气,吴玉莹连忙讨好:"放心吧,我的好哥哥,我给他们留了信,还留了父亲生前私下给我的两根金条。我在信中说,让他们拿着金子去退婚,就说我悲伤过度,死了。"

"死了还这么高兴!"吴玉光嘴上虽然埋怨妹妹,心里却知道,妹妹这么一说,估计见钱眼开的继母也说不了啥,再由能言善辩的二哥去周旋,妹妹的婚事说不定也就不提了。"只是,这样一来,咱们可真的回不去家了。"

"心安处,即是家!"吴玉莹见哥哥话风有些暖意,笑了,"你看刚才那小子,也真是逗!"

"冤家路窄!"吴玉光看着妹妹,"不用猜,那小子就是裕兴祥的少掌柜!"

"那又怎么说是冤家?"

"他大伯与咱爷都曾在前朝为官,咱爷之死拜刘家所赐。"吴玉莹似乎听说过,也不吃惊:"这么说,还真是冤家!"

"咱爹一辈子不愿回来,是因为他一直怀着仇恨。只是,刘家过去有盛宣怀撑腰,咱惹不起。"吴玉光扫一眼街景,"不过,现在是民国了,盛大人也作古了,爹生前就同意让我回到德化街开店,说不定就指着你我集平生所学,与刘家斗个高低!"

"刚来这里,就想着斗,生意能做好吗?"吴玉莹劝着,"这冤家宜解不宜结,和气才能生财。"

"那小子叫刘思琦,字怀义,几年前也曾就读于京都一所商业学校。"吴玉光回忆着,"他仗着会一些少林功夫,曾与一个经常侮辱中国人的日本武士比过拳脚。那个武士可不是一般人,是日本樱花会的黑带高手,好像叫智贺秀二。"

"他赢了吗?"吴玉莹急于知道结果,"他刚才一把就将那壮汉掼在地上。"

"惨赢。他还没来得及跑,鼻青脸肿的智贺秀二就带着一群日本浪人回来,将他一番群殴,差点要了他的命。"吴玉光说,"我当时就在现场,急忙招呼几个兄弟上去救他,他才逃出生天。"

大金台旅馆离火车站距离不远,就在德化街的东街口,说话间就已经到了。吴炳义稳稳地停下车子,旅馆门口两个打扮利落的伙计便热情地跑过来,帮拿行李。吴玉光和妹妹一起走下车,顺手抛给吴炳义一块银圆,说了声:"有劳了!"

吴炳义身手敏捷地接住银圆,鞠躬道谢:"谢吴老板赏!"连忙翻着钱袋说:"五个铜板就够车费了! 等我找给你零钱。"

"不用找了! 这几天我把你的车子包了!"

"放心吧! 明天一早,我洗好车子,就在这旅馆门口等你!"

第四章　眼花缭乱乱坟岗　五花八门市井巷

　　大金台旅馆是郑县火车站周边地区最好的旅馆,五层砖木结构的哥特式建筑,相对于周围普通的建筑,鹤立鸡群。中西风格相结合的精细装修和房间内颇有品位的布台、插花,还有撒花的大床、温软的绸被,无不透着低调的奢华。

　　昨夜,吴玉莹和兄长吃过饭后,各自回到房间倒头就睡。这会儿吴玉莹刚刚醒来,洗漱之后,拉开窗子,暖暖的阳光已经洒满阳台。

　　吴玉莹赤着脚,走在厚厚的地毯上,忽然感到自己像一只温驯的猫,对着镜子,她忍不住做了个鬼脸,"喵"了一声,便转身坐在窗台上,手捧着一杯浓郁的咖啡,放松地看着窗外的风景……

　　眼底的德化街就像一大锅沸腾的热粥,阳光晃眼,使人目眩。再仔细看,大街上车拉马驮、肩背手提着棉花、粮食、药材、纸张等物品的商人或百姓,急匆匆奔走着、忙碌着,多么像一群蚂蚁,辛苦而无奈的蚂蚁!吴玉莹忽然感到心头一酸,低下头去,又看着窗台下的柳树。她看见一只小甲虫,沿着一条似有似无的丝线,正向一枝柳条上攀爬,它小心翼翼地用尽全身力气,缓慢地攀爬着。吴玉莹的心瞬时为之一颤,她似乎要为那只小甲虫鼓劲,甚至在心里祈祷,千万别有一丝风吹来,吹断小甲虫向上爬升的透明丝线……

　　有节奏的敲门声打断了她的遐思。吴玉莹轻轻擦了泪水,放下咖啡,起身开门,果然是哥哥来看她。

吴玉光见妹妹的表情,说了句:"伤心了?"

"没有!"吴玉莹顺口应道,"你只要别赶我回去,马上笑给你看!"

"真拿你没办法!"吴玉光临窗坐下,"我还是要和你说说你不愿面对的那件事。"

"不赶我回去了?"看着兄长默许的表情,吴玉莹露出笑容,连忙冲好一杯咖啡,端给吴玉光,"我听哥哥的。"

"侯海钱庄在东盛祥遇到资金荒时,支持过咱家。父亲一直感恩于心。再说,你和侯家二公子是从小订下的娃娃亲,父亲一辈子讲诚信,所以,父亲至死也不为你悔婚。你我本来就与继母和两个哥哥没多少亲情,你这一走,不但与侯家断了交情,也让咱们的这个大家散了。"

"有你,我就有家!"吴玉莹对关乎自己一生福祉的事,绝不含糊,"侯家有钱有势,什么样的姑娘找不来,干吗非要赖上我? 你知道吗,他一年玩死过多少鸟?"

"你太高看自己了!"吴玉光瞥了一眼妹妹。

吴玉莹露出一丝笑意:"这世道兵荒马乱,几年后,说不定天就又变了。眼下,咱们还是开店要紧。"

"这次出来开店,我已经不打算再回去了。咱俩要有志气!"吴玉光向妹妹提出内心想法,"这次开店,父亲给了三十万的本钱。你精于算术,好好合计下怎么支配。"吴玉光起身说:"今天,我要好好去看看德化街市场,你在旅馆待着,好好算算下一步开始经营的账目开销和德化街上的老宅装修。"

吴玉光离开房间,走出旅馆,年轻壮实的吴炳义果然早就等在门口了。"去德化街周边好好转转! 我带你去老坟岗的普乐园。"

"为什么叫老坟岗?"

"说起郑县的老坟岗那话就长了,一半会儿说不完。德化街一共十里,有一路十一街,外加两个胡同。老坟岗是老百姓们最常去的地界儿。"吴炳义放慢了脚步,开始述说着老坟岗的由来……

时光倒流到两百年前,郑县老城西门外,是一片冈坡地,杂树丛生,荒草齐腰，坡下有一条小河绕城墙一泻向东。一群伊斯兰信徒依坡傍水埋葬了"默穆都哈"这位西域阿拉伯的传教士。传教士被信徒尊为"真人"，他的墓叫作"巴巴墓"，墓碑上刻着伊斯兰语的墓志铭，译成汉文是："啊，墓中人，天使也，得无忧无虑。"埋葬西域真人的荒冈叫野鸡冈，坡下的河就是金水河。回族兄弟敬仰真人的德学，常来此瞻仰拜祭；又因仰慕真人之德，便争相在其墓地附近掘地为墓，将自己亡故的亲人埋葬其周围，以沾吉祥。经过多年，这块荒野土冈就成了回民的义地——郑县"老坟岗"。

老坟岗原本在城外的荒野上。东自老城护城河，西至金水河，河的南岸叫顺河街，向南就是德化街；河的北岸叫迎河街，再向北叫河东街。河东街中有水塘，算是老坟岗的中心，每逢大雨，金水河的鱼虾便一群群游到塘里，引来许多捕鱼捉虾的人。水塘四周，开着几家中药店、澡堂和杂货铺子。入夜时，引车卖浆之流便占满水塘边和小街。随着京广铁路和郑汴铁路建成，蒸汽火车隆隆地拖来了老坟岗商业的繁盛……现如今，三教九流、五行八作，在这里酿成一片滚滚红尘的市井生活。

放眼望去，方圆不足三公里的地段，各类地摊饭棚、酒馆茶社、演艺场所星罗棋布，说书唱戏、杂耍卖艺、江湖游医、算命看相、赌偷拐骗、妓院花楼……统统聚集在这里，果然是熙熙攘攘，人山人海。

吴玉光一边听吴炳义叙述着，一边看着老坟岗街边货摊上的物品，琳琅满目，应有尽有，什么衣帽鞋袜、日用百货、儿童玩具、铁制农具、风味小吃……令人眼花缭乱，目不暇接。

走到老坟岗天桥时，摩肩接踵的人群已经淹没了道路。吴玉光走下车，待吴炳义安顿好车子，由吴炳义带路开道，向普乐园子挤去。天桥下面更是热闹：耍把式的、拉洋片的、变戏法的、骂大会的、卖大力丸的、玩猴的、说唱的、算卦的、看相的、摔跤的、甩鞭的艺人们，卖力表演，赢得阵阵喝彩。

吴玉光对吴炳义笑道："这地方怎么能叫老坟岗？叫一个五彩大世界更为贴切。"

"老坟岗有来历，你看看街与街、铺与铺之间，缝隙处都是过去的老坟。这西一街北头，还兴鬼集。鬼集就是夜里三更过后到早上才有的集市。每天天蒙蒙亮时,就有人来这里做生意,有卖米的、卖面的、卖菜的,还有小贼销赃的。一到天亮,集市就散了。鬼集上的物价变化很快,转眼间就能涨两三倍。所以,也是热闹。"

二人说着话,走上顺河街与迎河街的小木桥,前面一溜经营饮食的店铺吸引了吴玉光的目光:牛肉铺、稀饭铺、胡辣汤、煎包子、酸菜铺……还有一家天津狗不理包子铺。"我还真有些饿了!"吴玉光掏出怀表一看,已是午时已过,"走,我请你去吃狗不理包子,看看是否正宗?"

吴炳义感激地跟着吴玉光走进包子铺,二人点了几样小菜,两笼包子,叫了一壶邓州黄酒,边吃边看,随意说着。

忽然,吴玉光眼前一暗,抬头一看,原来是一个粗大的汉子挡住了门帘。那汉子走进来,掌柜连忙迎上去,拱手笑着:"这是哪阵暖风把得老板给吹到了小店?"

"程掌柜,甭叫什么得老板,担不起,还是叫得子吧!"那粗眉大眼的魁梧汉子年岁也就三十岁左右,挨着吴玉光旁边桌子坐下,"哪有什么暖风啊,是饿疯了!"

"放心,我管饱!"和善的程掌柜扭头吩咐伙计,"给得老板上三笼包子,一大碗杂碎汤。"

"我可不能吃霸王餐,"得善魁憨憨地笑着,"今天没开张,钱不够手,就来一笼包子吧。"

"我说得老板,那怎么着也得吃饱啊!"程掌柜大方地说道,"要不,你就在我这里耍两把,也让大家伙儿开开眼?"

得善魁以打弹弓闻名老坟岗。一听程掌柜这么说,几桌食客便纷纷停箸罢盏,高声附和:"得老板,你就露一手吧!"

得善魁笑着向大家拱了拱手,掏出掖在腰间的乌木牛皮弹弓:"那就献丑了!"

"借颗花生米!"得善魁从吴玉光面前的盘子里拿了一颗花生米高高地抛向空中,然后抬手一弹,将那颗花生米准确地射落。

"好手法!"吴玉光站起身来,不由喝彩。

"这还不算啥,得老板的绝活是回头望月。"程掌柜看着吴玉光笑道,"老板可拿出一枚铜板来,让你再开开眼。"

"有何不可!"吴玉光没有铜板,干脆掏出一块银圆交给得善魁,"要真的是绝活,这块银圆就算是赏钱!"

得善魁接过银圆,也不言语,向后抬起左脚,在脚后跟儿上搁一小酒盅,酒盅口上放银圆,在银圆上再放一颗花生米,扭腰搭弓,"嗖——"的一声,侧身便将那颗花生米打碎,而酒盅与银圆动也不动。

"好手段!"吴玉光起身举着酒碗,"在下天津卫人士,姓吴,名玉光,字成韬,愿意结交大侠。"

"什么大侠,我就是一个杂耍卖艺的。"得善魁接过酒碗,一饮而尽,顺手将那块银圆在嘴边吹了一下,拱手笑道,"爱财了!"

"无妨! 君子言出必行!"吴玉光思忖,这人早晚要为自己所用,于是又向得善魁拱了拱手,"改天,我再请得老板去吃法国大餐。"

用过午餐,告别得善魁,吴玉光兴致极高,对吴炳义挥手:"走,再往前面去看看。"

再往前面走,就是老坟岗的游艺场。偌大的场地是个马戏场,马戏场里飞檐走壁、上刀山、下火海、玩杂技、跑马遛猴是另一番热闹。走过马戏场,又是一条南北向的小街,街上有七八家手工卷烟店,一家玻璃煤油灯店,两个估衣摊,摊后是一座花红柳绿的两层小楼,门口挂着的"花业公会"牌匾,很是显眼。十数个穿着各种装束的妖娆女子,对着吴玉光二人笑着招呼。吴炳义挠了挠头,有些不好意思:"这个花业公会,也就是妓院的行会。这家妓院最有名,叫双凤公寓,是江苏班的地盘。老板叫张学仁,就是花业公会的会长。一到天黑,这里便是笙歌嘈杂,热闹得很。"最后,他舔了舔嘴唇又说:"来这里的爷们多是一些棉花商、药材商,也有本地商人和一些地痞流氓。"

"你对这里还挺熟,"吴玉光打趣,"这里可有你的相好?"

"我的爷,你可别开我玩笑。"吴炳义连忙摇着手,"我还没成亲,咋能来这些地方?"说完,吴炳义赶紧加快几步,带着吴玉光向街西拐去。

街西铺面多是卖米面和卖估衣的,也有几家不大的茶社、饭馆、颜色铺和扎鸟笼的、打帘子的店铺。尽头有一座黑顶白墙大朱门的建筑,鹤立鸡群般地耸立着。

"这是一个要命的地方。"吴炳义已经走得有些气喘,"大清时叫德化巡缉营,民国初年改叫德化巡缉厘金局,现在叫巡缉税查局德化分局,不过是换汤不换药。"

"药可以不换,只要能治病就好。"吴玉光看了郑县巡缉税查局德化分局一眼,"这老坟岗如此热闹,难免鱼龙混杂,防不胜防。"

"老板说的是!"

"以后,别叫我老板,按郑县叫法,称东家。"

走到街尽头,再向西拐,就见西二街两旁的店铺多数是草棚或者席棚,由南向北依次是一个简陋的戏院、几家颜色铺、铁匠铺、铜匠铺、石匠铺等,还有一家修鞋铺。

过了一座木桥,迎面一处大院,青灰的围墙内,被一道篱笆隔成两处,各有一座两层砖木结构的白楼,山墙上画着巨大的"十"字,穿着白大褂的修女在人群中走进走出,很是显眼。

"左边是日本人佐佐木开的施德医院,右边是李郎中和一个英国人伊丽莎白合开的中西医院。"吴炳义说,"听说,这日本人的医院卖一种叫红丸的药,病人一吃,便再也断不了,像吸大烟一样。"

"就是大烟!天津卫也有卖的。日本人卖红丸,巡缉税查局也不管?"吴玉光有些生气,"要是在天津卫,早被人封了门了。"

"郑县人想管,但他们也管不了。"吴炳义看了一眼吴玉光,解释着,"你初到此地,可能还不知道,郑县有日本领事馆,日本人要是和咱们打架了,犯事了,也归他们的领事馆来处理。"

"我在天津卫就听说,德化街上有很多日本人,都是从汉口过来的侨民。"

"京汉铁路一通,日本人就来了,在德化街上开着百十家百货店、西药房、茶馆,还有一家青木武馆。"吴炳义点头说着,"老坟岗地界虽说紧挨着德化街,可日本人不在这里开店。主要是嫌这地界太脏,他们受不了苍蝇蚊子臭虫。"

"这么说,日本人的商店都开在德化街上?"

"德化街除了裕兴祥百货、三得利金店、豫丰斋食府、德义楼饭馆、义庆长药店、仙宫美发廊、大新华浴池、西兰轩饭店、金水河饭店等十几家有头有脸的郑县财主们,剩下的铺面都是日本人和西洋人开的店,也是热闹得很。要不,咱现在过去看看?"

"明天去看。"吴玉光抬手拭汗,"走,我看前面有几座戏院,去看场戏,顺便歇歇。"

第五章　看戏情起普乐园　受衅暴打无赖汉

两人沿着顺河街向前走,路过五虎庙,便是骡马行,泰恒、复兴恒、义兴公、同义合等骡马行的各色招旗在熙熙攘攘中晃荡着。吴玉光不习惯这里的气味,便加快了脚步,进了普乐园。

园子也就是一个说法,依然是窄窄的街道和熙攘的人群。唯一不同的是,街边的空地上遍布着土坟,附近遍是戏院、茶社。茶社有周洪礼茶社、盛友茶社、马聚保茶社、忠义茶社、孙老七茶社、马天章茶社、李相池茶社、杨进才茶社、文生茶社等,茶社里大都有说评书或者唱河南坠子的艺人。戏院有大国民戏院、小国民戏院、国盛舞台、小和平戏院、小洞天舞台等。戏院的山墙上,悬挂着比较有名的艺人如刘明枝、刘桂枝、李元春、于忠霞、汪国宝、王连堂、马明芳、范明选和赵发林等人的剧照和剧目,供听戏的人选择。

吴玉光止步在较为气派的大坑戏院门口。由豫剧大家周海水率领的豫剧小窝班在此演出。招牌上是十八个名字中都带"兰"字的艺人,号称"十八兰"。进入剧院,戏台前面隔出数排雅座,桌上放置香茗,显然是专伺达官显贵或出得起高价的商贾们看戏,后面便是简陋的条凳或草垫,一些闲散的人或蹲或坐,伸着脖子正在看戏。

看场子的伙计见吴玉光风流倜傥,一派富家公子打扮,连忙弓着腰,媚笑着招呼吴玉光在第一排居中右边的雅座坐下,顺便上了果盘和香茗。吴玉光本欲坐正中的豪华雅座,伙计讪讪地笑着:"这位置是张专员的专座,没有他发话,剧院不能另作安排。"

"他不是没来吗?"吴炳义为了讨好吴玉光,对伙计说,"我东家有的是钱。"

"这不是钱不钱的事儿,"伙计有些得意,"这是身份,身份你懂吗? 巡缉税查局局长兼郑县专员是啥身份? 征收郑县和周边的所有税赋,是大官! 他就是不来,也要空着,也要敬着,这是规矩。"

"无妨! 无妨!"吴玉光挥了挥手,淡笑着坐定,"一样看戏。"伙计递过来一个红色的折子,上面写着"十八兰"的名字和拿手的剧目。吴玉光看着手中的折子,目光被一个叫穆兰香(又名小美兰)的剧照和《三击掌》的剧目所吸引,这出戏的标价是最高的。吴玉光叫过伙计,点下戏目。

随着"混加官""毛边""鲍老催"等开台锣鼓点和一锣、两锣、三锣以及收头、四击头、紧急风、战场等过后,小窝班的台柱子——身材窈窕、眉眼如画的穆兰香穿着青色褶子裙,迈着细碎的步子,踩着鼓点,捻着兰花指,款款而出。她一个犀牛望月的亮相,若皓月穿出云层,顿时赢得满场喝彩。

眼前的穆兰香杏眼小嘴,身若柔柳,"上场伸手似搀鹅,回手水袖搭手脖;飘飘下拜如抱子,跪下不曾露脚脖""说话不看人,走路不踢裙,坐下看衣襟"。穆兰香在台上慢条斯理、稳重安详,一副贤淑模样。

吴玉光紧盯着穆兰香的一举一动,敛起全身的毛孔,听着她的音韵四声,感受着幽咽婉转、起伏跌宕、若断若续、声情音美的唱腔。吴玉光恍惚之中,总感到心中有一头小鹿在乱撞。这种奇妙的感觉是自己二十五年的人生中所不曾经历的,甚至心中隐隐觉得,自己之所以来到德化街开分号,就是因为这个精灵般的声音召唤!

"噭噭青衣,我思远逝,尔思来追。"吴玉光想起蔡邕的《青衣赋》中的句子,不觉失笑。

显然,台上的穆兰香听到了笑声,不由眉目暗瞟,却正与吴玉光目光相对。电光一闪。她在一丝笑意中继续唱着:

昔日里有个孟姜女,

曾与那范郎送寒衣。

> 哭倒了长城有万里，
>
> 留得美名在那万古题。

吴玉光显然熟悉这段唱腔，竟按着乐点儿，低声接唱：

> 我的儿本是丞相女，
>
> 就该配安邦定国的臣。

穆兰香听到吴玉光接唱，嫣然一笑，继续唱道：

> 张良韩信与苏秦，
>
> 都是安邦定国臣。
>
> 淮阴漂母饭韩信，
>
> 登台拜帅天下闻。
>
> 商鞅不中那苏季子，
>
> 六国封相做了人上人。

吴玉光接唱：

> 登台拜帅是韩信，
>
> 未央宫斩的是何人？

穆兰香接唱：

> 未央宫斩的是韩信，
>
> 难道说文官他就不丧生……

最后，吴玉光已是得意忘形地高声唱道：

> 你若不把亲事退，
>
> 两件宝衣脱下身！

穆兰香最后唱道：

> 上脱日月龙凤袄，
>
> 下解山河地理裙。
>
> 两件宝衣齐脱定，
>
> 交予了嫌贫爱富的人。

一阵风搅雪般的串锤、长锣之后，穆兰香收声，她向吴玉光微微一笑，又向台下盈盈一拜，轻舒水袖，若月光一般静静地退向幕后……

台下,观众静寂片刻,便爆出震天动地的喝彩声。

吴玉光起身,直直地望着穆兰香退去的身影,有些痴了!当他回过神来,刚要落座,就听身后"咣当——"一声,身后座椅竟被人一脚踢翻。吴玉光一个趔趄,急忙收住身子。若非他练就梅花拳的"混元一气",刚才一定会身子坐空,仰面朝天。

吴玉光倒是很快稳住神,轻轻地掸去裤脚的灰尘,这才回身看去。身后站着一个身着皱巴巴绸衫绸裤的敦实后生,浓眉下,一对细眼隐隐透着一丝戾气,脸膛黝黑,一条寸把长的刀疤由于激动,泛着红光。"看什么看?"冲着吴玉光上前一步,一副不耐烦的表情,"这是你胡骚情的地儿?"

"放肆!"吴玉光有些生气,"我来看戏,怎么就惹着了你?"

"你挡宝也不长眼!"那后生瞥吴玉光一眼,"兰香是我家少掌柜的宝,你想挡,你也敢挡?有种就给我到外面比画比画去。"那家伙甩着膀子,转身向外面走去,"也让你长长记性。"

忽然遇到这样一个混球,吴玉光的兴致已经败光,本不想惹事,欲起身离去,不料,他这一转身,看热闹的人都以为吴玉光应招了。

"这个不知天高地厚的赵龙田,赵赖四,说不定遇到硬茬了!"看戏的人们顿时起哄,"露两手,让我们瞧瞧。"

吴玉光初到此地,便摊上这让人窝心的事儿,再经闲人一怂恿,还真有些下不了台。想到自己就要在这里开店,要是就这么轻易地被一个混混欺负了,将来如何立足?但要是自己亲自出手,又难免有一种"人咬狗"的小家子气!就在他进退两难时,吴炳义挤了过来:"东家,这是裕兴祥刘家少掌柜的跟班赵龙田,外号赖四,有些蛮力,会点儿功夫,天天就在这老坟岗的街面上横着走,欺负外地人,人们都看不惯他。"

"长腿三,我见你有些功夫,今天就替我出手去教训他,你敢吗?"吴玉光走南闯北,入过军营,目光自然独到,早就看出来吴炳义是一个练家子。要说由他替自己出手,是最好不过。"我要在这里开商铺,你要是赢了他,以后就是我柜上的大伙计,再也不用拉车了。"

"当真?"吴炳义经常在火车站一带拉客,也早看出吴玉光有些来头,再加上他出手阔绰,待人有节,心中也有过跟着吴玉光讨生活的念头。他在郏县的乡下长大,自幼随颇通少林拳法的牛子龙习武,勤学苦练,练就一身硬功。

吴炳义思虑片刻,信任地看一眼吴玉光,紧了紧腰带,跟着吴玉光走出戏院,冲着不远处站在一座大坟上的赵龙田走来。赵龙田一看吴玉光向自己走近,不由晃了晃脖子,兴奋起来:"干脆,你们两个一起上吧!"

"让我出手,怕脏了我的衣服和手脚!"吴玉光有些鄙视地看赵龙田一眼,"就让我的车夫教训你!"

"哎呀,你不就是拉黄包车的长腿三吗?啥时候攀上高枝儿了?"显然,赵龙田认识吴炳义,"你信不信我一拳把你打得满地找牙?"

赵龙田这一骂,原本犹豫的吴炳义站不住了。他也不废话,上前一个飞脚,就将赵龙田踹下坟头。赵龙田骂了一句:"鳖孙,敢偷袭我!"顺手捡起地上的一根木棍,对着吴炳义劈头打来。吴炳义连退两步,侧身躲过,赵龙田依仗着手中木棍,步步紧逼。

"接着!"吴玉光将手中文明杖抛向吴炳义,吴炳义跃起接过,顺势一扫,赵龙田已着实挨了一杖。二人都有些功夫,一阵眼花缭乱的交锋,吴炳义寻得一个空当,一个鸳鸯腿将赵龙田踢趴在地。看客们显然有不少人受过赵龙田的气,此时更是火上浇油般喊着:"打得好!打死他!"

"你只要认个错,这页儿也就翻过去了!"吴玉光大度地说道,"人啥时候都要讲理。"

"我认错!"赵龙田果然油滑,这下又装起可怜,"老板,你看我这伤,能不能赏点儿药钱?"

"这是你看伤的钱!"吴玉光抛下两块银圆,接过吴炳义递过来的文明杖,缓步离去。背后,传来赵龙田因祸得福的笑声:"这顿揍挨得值!"

回到大金台旅馆时,天已经完全黑了下来。

吴玉莹等着和哥哥一起吃饭,见哥哥回来,非常高兴:"你要饿死我呀!舅舅已招呼上海杭浦绸缎行,不再给德化街的商家供货,由我们的东盛祥独家代理中原市场。这样,东盛祥在德化街立足应该不会有什么问题。"

"明天,我们就抓紧把老宅按照天津卫老店的布局装潢起来。再贴出招人告示,争取年前开始营业。"

"哥哥就放心吧,今天在你去老坟岗的时候,我已经去看了老宅,前店后院,就在德化街与老坟岗衔接处的街口,位置不错,斜对着裕兴祥。"吴玉莹眨着精明的眼睛,"看得出,当初爷爷还是有些眼光。"

二人说话中,酒菜已经上来了。吴玉光兄妹一边吃饭,一边压低声音,讨论着东盛祥未来的经营策略……

第六章　刘家兴衰因时局　少爷蒙冤缘情事

　　裕兴祥掌柜刘志仁明显老了,昔日挺拔的身子略显佝偻,脸上的皱纹如同刀刻一般。自从进入民国后,他一直在心底没有缓过劲儿来。毕竟,他曾顶过大清六品候补道台的虚衔,在大清交通大臣盛宣怀的关照下,一度如日中天,富甲中原。谁也想不到,大清的万里河山在甲午战败后十数年间,便被雨打风吹去。要说民国初立,百废待兴,正是商业发展的好时机,却没想到,由于自己的一片善心,差一点儿毁掉裕兴祥……

　　一九一一年的夏天,河南宝丰、鲁山等地遭受严重的雹灾,夏粮颗粒无收。老百姓以野菜、草根、树皮为食,甚至发生人吃人的惨剧,而官府的钱粮照例征收,苛捐杂税一丝不少。刘志仁经历过光绪初年的大饥荒,深知人在没饭吃、活不下去的时候,是什么事情都敢做的。于是,他便拿出多年积蓄,购置粮食、中药,由妹夫程江涛带人前去赈灾。在赈灾中,遭遇了当地土匪——白狼。

　　白狼是民国初年的传奇人物。他任侠好义,铁骨铮铮,疾恶如仇,行事颇似宋江,为乡里豪杰所称颂。当时,数十乡里的青年共推白狼为首,揭竿造反。先是袭击差役,抗粮、抗捐,后来率领饥民吃大户,攻打村寨,声势渐起。白狼抢在官府前面,将程江涛押送的赈灾粮食劫走。官府却不管青红皂白,给程江涛冠以通匪的罪名,就地处决。噩耗传来,妹妹金凤竟撇下十岁的女儿秀玲,为程江涛殉情自杀。经此变故,刘志仁一下子就老了!他急赴汉口,和盛宣怀一起上奏朝廷,弹劾河南巡抚,但是,还没来得及为程江涛洗清冤屈,就爆发了武昌首义,大清就完了。

进入民国以后,老百姓的日子并没有什么改变,大清时的税制全部恢复,还增添了不少名目的苛捐杂税。每县不但要负担国税、省税、县税三大项,还要承担契税附收自治费、地丁附捐、契纸捐、房地捐、车站包捐、蛋捐、戏捐、妓捐、百货捐、门捐、小车捐等,这些负担都直接或间接加于百姓身上。饥民们纷纷加入抗粮抗税队伍,对抗官兵。白狼攻克堡寨后,把获得的财物、粮食除留一部分充军饷外,所余全部分给贫苦农民。民心大悦,有歌谣为证:"老白狼,白狼老,劫富济贫,替天行道;人人都说白狼好,两年以来贫富都均了。"半年之内,农民、失业工人等无以为生的人纷纷加入白狼军,很快便发展到三千余人,并多次打败围剿,从而引起民国政府的瞩目与震惊。

民国政府严令河南镇嵩军司令——刘镇华限期肃清匪患,同时大举增兵河南,仅豫西一带就有三万余人。白狼义军勇悍异常,很多部下是久历江湖的豫西刀客,每与官军接仗,往往能出其不意而出奇制胜。民国政府对这支行踪飘忽、出没无常的"匪"军大为惶惑。为了掩饰无能,依照政府前后公布的战报,大约已经毙"匪"百万,白狼更是被刘镇华的镇嵩军击毙数次。政府的捷报反倒使百姓以为,白狼就是个千变万化的齐天大圣。据说,白狼曾扮作古董商人、杂货店主、流浪乞丐,潜入郑县、汉口、广州等地,建立交通网和运输站,一方面将抢到的物资高价卖出,另一方面买回枪支弹药和布匹粮食。

刘镇华闻讯,派出兵丁查封德化街上的大小商户,逐一排查,挨个敲诈。为防不测,刘志仁通过在德化街的日本副领事——山口一郎,设法安排唯一的儿子带着改名刘秀秀的程秀玲,远去日本避祸,自己和老妻盛安琪守着门可罗雀的裕兴祥,束手待毙。刘镇华的父亲多年前曾在裕兴祥当过伙计,深受刘家恩典。听说刘家遭难,便来到德化街,在裕兴祥的门头结下绳索,扬言"报恩",以死相逼,刘镇华总算饶了刘志仁一家的性命。一家人性命虽说保住了,但是刘家所有的钱财物资被搜刮一空,裕兴祥只剩下一块牌匾。

白狼义军最终在各路军阀的围剿下覆灭。赵倜被民国政府命为德武将军,督理河南军务,刘镇华虽然晋级中将,却因与赵倜争功,被挤出河南,转往陕西。赵倜爱财如命,便任命颇有理财之能的张殿臣为郑县专员兼巡缉税查局局长。该局简称警税局,合警察巡缉与赋税征收于一体,权力极大。赵倜与刘镇华结怨很深,凡是被刘镇华打压的商贾军民,他安排张殿臣一概给予平反。刘家借此向金域钱庄举债,重新撑起了裕兴祥。

金域钱庄的吴思典掌柜是吴佩孚的本宗族人,与刘志仁早年结为儿女亲家,交情深厚。有吴思典的支持,再加上裕兴祥多年经营的良好口碑,裕兴祥逐渐起死回生……

在裕兴祥遇难时,山口一郎之所以愿意帮助刘思琦和秀秀去日本避难和留学,是因为他受领事佐佐木所托,且收取了刘家足够的金条。更重要的是,佐佐木骨子里一直认为:中国人不配统治中国人,日本有义务帮助中国人脱离落后的枷锁,建设新社会。去日本无须签证,买张船票就可以漂洋过海。到了日本后,秀秀对日本商业感兴趣,就静下心来学习;而刘思琦自幼被家中管束过严,一走出国门,便像一个走出牢笼的小兽,好奇顽劣,信马由缰。到日本的第二年冬天,他竟在东京庆义武馆,与日本樱花会的智贺秀二比试拳脚,差点儿被樱花会的一众忍者投海喂鱼,多亏了“天津旅日盟会”的人出手相救。家里得到消息后,急托山口一郎回日本接回刘思琦和秀秀,山口一郎也因此进一步得到刘家的信任。为了在中原大地彻底站稳脚跟,山口一郎代表日方,拿出一笔款项,与金域钱庄和裕兴祥合作,开起了豫丰纱厂,生产棉纱和涤纶。借助裕兴祥多年开辟的棉花收购和布匹销售渠道,山口一郎足迹遍布中原。他每到一地,便细心画出各地图形。生意上的事,他几乎全部交给刘志仁经营,按月收取分红。起初,刘志仁倒没有觉得不妥,时间一长,他总觉得有些蹊跷:山口一郎画这些图形究竟要干什么?他曾与吴思典谈起此事,吴思典提醒,山口一郎心思不在生意上,四处察看各地的山河地形,一定心存叵测!但山口一郎毕竟把刘思琦和秀秀带到日本,又平安地带回来了,自己只能睁一只眼闭一只眼,由着他随前往各地的车队去画山河图……

中原自古就是兵家必争之地。随着北伐战争、直奉战争、中原大战在郑县的一次又一次洗牌，那些叱咤风云的人物，如刘镇华、赵倜、吴佩孚、冯玉祥……走马灯似的离开了中原舞台，只留下了一个丑角——张殿臣。张殿臣熟识财务，拥有治理赋税之能，能为官府敛财，靠着四处逢迎、八面玲珑的手段，虽不再是郑县专员，但仍占据着郑县巡缉税查局局长之位。

相对于世道多变的这些烦心事，儿子才是刘志仁心头的乌云。刘思琦和秀秀从日本回来后，他安排秀秀去帮大姐和大姐夫共同经营裕兴祥老店，让刘思琦帮着自己照看豫丰纱厂。没有想到儿子进了纱厂后，很快就与纱厂工人走得很近，为了增加纱厂工人的工资，他竟和刘志仁、吴思典大闹了一场。半年前，日方派来一个厂方代表，竟是智贺秀二。为了纱厂生意，刚开始刘思琦还能对智贺秀二隐忍相处。不料，上个月，智贺秀二猥亵一个女工，被刘思琦一顿暴揍，躺进了荣民医院。按照政府和日本的协议，日本人违法也只能由日本领事馆处理。政府不愿开罪日方，竟责令刘志仁代表纱厂前去慰问那个多次侵犯女工的浑蛋，并向日本郑县领事——佐佐木赔礼。刘志仁动用家法，盛安琪却护犊子。盛安琪认为，儿子没错，那个日本人就该打。没有更好的办法，刘志仁便想到让刘思琦赶紧成家，让吴家那个聪敏而厉害的女儿管着他。

刘思琦已经二十三岁了，按照和吴思典的约定，早该和吴家的宝贝女儿成家，可是，刘思琦却以"反对父母包办、恋爱自由"的新思想，百般推托。刘志仁和盛安琪虽说生气，也不能绑着儿子成亲。吴素素听说刘思琦不愿和自己结婚，也是心中不平。自己没有嫌弃刘家，这浑小子却敢喘起大气？所以，当父亲问起婚期时，吴素素也端着脸："等着，人家不急，咱也不急！"

"皇上不急太监急！"刘志仁和吴思典两人碰到一起，便只有喝着闷酒干着急的份儿了。

前些日子，曾经在裕兴祥当过伙计的赵龙田与吴炳义打了一架，街坊闲话，说是这场架是替刘思琦和刚在德化街开设东盛祥的吴玉光打的。细究起来，又说是刘思琦和吴玉光都喜欢小窝班的穆兰香，颇有些争风吃醋之嫌。

听到这样的风声，刘志仁真是气不打一处来，也不顾盛安琪阻拦，脱下脚上千层底的布鞋,对跪在面前的儿子一顿胖揍。刘思琦还不知道这事儿,顿觉得冤枉！于是,心中的戾气暗中指向吴玉光,梦中的新娘也就换成了穆兰香。

父亲在暴揍他的时候,他一边想着如何整治吴玉光,一边想着穆兰香:"我要是真娶了穆兰香,能把那货气死！"刘思琦自幼喜欢开封祥符调,中州正韵的古朴醇厚、委婉含蓄、俏丽典雅,曾使他痴迷。从日本回来后,他常去小窝班捧穆兰香的场子,一来二去,便与穆兰香熟悉。他曾和穆兰香一起逛过庙会,卸了妆的穆兰香净白如玉,言语温柔,眉目传情,别有风韵,让刘思琦魂不守舍。

刘思琦让管家张良才的儿子张浩天找到在老坟岗闲逛的赵龙田。就在德化浴池的一个雅间,他们聊起那天打架的事儿。

"我是看不惯别人动你的东西。"赵龙田做义愤状,"少东家看上的女人,谁要是多看一眼,我就生气。"

"你早这么想,老东家也不会赶你走了！"张浩天一句话揭了赵龙田的老底。三年前,赵龙田在裕兴祥掌管着布匹的进出,各地客商为了经营便利,暗地里不少给赵龙田好处,赵龙田就暗养肥膘。饱暖思淫欲,赵龙田和苏州来的一个叫花火凤的妓女好上了。一旦知道女人的好处,他便一发不可收,恨不得将裕兴祥最好的杭浦绸缎全给花火凤。裕兴祥季度盘点时,赵龙田总是借口"货发出了,款子正在催收",搪塞刘志仁。到年底扎账,赵龙田再也无法搪塞了,就去找花火凤救济,这可就惹急了只进不出的花火凤,她站在妓院门口将赵龙田一顿臭骂,骂着骂着就把赵龙田送给自己几匹杭浦绸缎的事儿给说出来了。刘志仁知道后,很是生气,赵龙田也没脸在裕兴祥待下去了,只好辞工,天天跟着疤瘌爷为外地的商人小贩看个场子,有一顿没一顿地过着日子。

"我现在是肠子都悔青了！"赵龙田挤出几滴眼泪,"都是那个破鞋女人给害的！"

"你舒服的时候咋没这么想?"张浩天挖苦他,"我就看不上你这号人！"

"你没经过女人,不知道好坏的滋味！"赵龙田撇了撇嘴,"就说穆兰香,那身段、那长相、那味道……肯定比天鹅肉的味儿还美!"

"听你嘴里说出穆兰香的名字,我咋就觉得有股怪味呢?"刘思琦皱了皱眉,"我想听听,那个外来的球货是咋捧她的场? 又为啥牵连了我?"

"对对对,我这张臭嘴不配说穆兰香的名字,该打!"赵龙田用手抽了自己一个耳光,"那货叫吴玉光,字成韬,长得要说精神吧也就那样。他那天带着长腿三花了大价钱,专点了《三击掌》那出戏……"

"是穆兰香的戏!"刘思琦点头,接话,"后来呢?"

"那戏唱得好!"赵龙田连忙说道,"气人的是,到最后那球货竟摇头晃脑,和穆兰香对唱了起来,简直就是胡骚情嘛! 你说恼人不恼人?"

看着刘思琦的眼神,赵龙田来劲了:"少东家,看他想染指你的宝,我就气不打一处来,上去一脚,踢翻他的椅子,本想教训那货,他却让长腿三和我较量,俺俩就打开了。"

刘思琦总算露出一丝笑意:"你给我打听清楚,那货是干啥的,啥底细,我要给你出气!"

"要我说,少东家干脆娶了穆兰香,气死他!"赵龙田出着主意,"我看那货是迷上了穆兰香。"又想起一件大事,近乎哀求:"少东家,我这在外面漂着也不是个办法。念着我对你这份忠心,你早晚给老东家说下,让我再回裕兴祥,干啥都行。"

"你不是跟着疤瘌爷有吃有喝吗?"张浩天替少东家解围,"天天在老坟岗横着走。"

"横着走的是螃蟹,"赵龙田倒有自知之明,"早晚要被别人踩着脚,或者打断腿!"

刘思琦笑了笑,没再言语。

第七章　欺生碰瓷义士怒　路见不平一声吼

毕竟是自己唯一的儿子，气归气，事归事，过了一段时间，由于上海杭浦绸缎行忽然不再为裕兴祥提供在中原畅销的松江棉布和苏南绸缎，刘志仁还是让女婿叫来貌似老实许多的刘思琦，一家人一起坐下来商议。

刘思琦的两个姐姐都已成家，大姐刘婉仪和大姐夫王思锐撑着裕兴祥老店的门面，二姐刘兴豫和二姐夫林贤清在汉口生活。林贤清是《长江报》的创办人，一手好文章，思想激进。王思锐原来是裕兴祥的大伙计，因在白狼之乱时和刘家患难与共，也就成了刘家的人。在生意上，他熟知生意经，又为人宽厚，颇受刘志仁和盛安琪的信赖。

"上海松江棉布和杭浦绸缎一直是咱裕兴祥的头牌货，这忽然发函，不与我们合作，确实不厚道。"面相敦厚、头脑精明的王思锐显然有些着急，"我也亲自拍电报去问明原因，说是德化街上新开的东盛祥拿下了松江棉布和杭浦绸缎的中原总代理，我们以后进货，要去东盛祥。"

"宋呈羡的儿子也太不讲交情了！"昔年，曾与刘家交厚的上海道台衙门的宋师爷早已作古，其子宋郑强现在是上海河南商会会长，还是上海谘议局的议员，控制着一手的货源。"盛大人在世时，没少关照他们。这才多长时间，可就人走茶凉了！"盛安琪感慨，一想到兄长，眼圈有点儿泛红。

刘志仁安慰盛安琪："我琢磨着，该去趟上海，一是看看河南商会的老人，走动走动，顺便给盛大人扫个墓。咱俩也都是六十多岁的人了，再不走动就走不动了。"

"我和你们一起去。"王思锐接话,"今年,咱们信阳茶场的茶叶虽说因天旱减了产,但是茶叶的质量却好了许多。我想着,信阳毛尖茶要在上海打开销路,不然,裕兴祥就要走下坡路了。"

"为何? 每年的信阳毛尖在郑县就脱销了。"刘志仁问道,"上海虽说有些销路,但大市场还是被浙江的龙井茶和安徽的红茶控制着。"

"这些天,咱们的茶叶销售下降了五成。原因是东盛祥在郑县经营云南普洱茶和福建乌龙茶,价格压得很低,挤了咱们的茶叶市场。"王思锐有点儿忧心,"照这样下去,郑县人一旦习惯喝普洱茶和乌龙茶,那咱们的茶场和茶叶经营就不好说了。"

"又是东盛祥!"刘志仁明显有点儿不悦,"你要和他们掌柜谈谈,这生意只能和,不能争。"他和吴思典早已知道吴玉光是吴瞎子的儿子,但他不愿将前辈恩怨向下传递,也就没给儿女说起吴玉光的底细。

"我昨天找过东盛祥的吴掌柜,"王思锐应着,"那人嘴上客气,但说到生意就谈不下去。"

"我去谈!"刘思琦心里早就盘算着如何收拾下他,"车有车路,马有马路,他不能一来德化街就断咱们的财路。"

"你少惹事!"刘志仁显然对儿子不放心。"我们去上海时,你有三件事要老老实实地去做。"他盯着儿子,伸出三根指头,"其一,在德化街选个地方,装修茶庄,作为裕兴祥茶叶经营的铺面,这也是你以后的营生。其二,帮着你姐和秀秀合理安排棉花的收购和棉布的购销。其三,有时间多去看看纱厂,掌握生产和销售棉纱的重要事项,控制成本,但不准再和那些工友们琢磨事儿。"见刘思琦点头,刘志仁最后又想起一件重要的事来,说:"对了,我已经和你吴伯商量好了,等我和你妈从上海回来,就给你和素素完婚。"

晴天霹雳! 刘思琦张了张嘴,还没有说话,刘志仁加重一句:"你这次敢不结婚,我就没你这个儿子!"

"你和我妈结婚都没有包办,为什么要包办我的婚姻?"刘思琦扭着脖子,倔强地嘟囔,"现在已经是民国了,还搞这一套?"

"什么朝什么国我不管,你是我刘家的儿子,就得听我的。"刘志仁决心已定,"裕兴祥不能毁在你的手里!"

刘思琦表面听着,内心却在盘算如何应对:"父母去上海一来一回至少两个月,这两个月里,总会有办法的。"

初升的太阳照着德化街上鱼鳞一般密集的铺面。随着薄雾散去,人们开始忙碌起来。

照例,吴玉光先去东盛祥带着几个伙计准备营业,负责算账和清税的吴玉莹随后赶到。她总是女扮男装,细细收拾一番以后,走出在顺城街租住的安静小院。

进入腊月,临近春节,德化街更加热闹。出于商业习惯,吴玉莹走在街上,总是浏览着众多商铺经营的货品,尤其是新的货品。她一边走一边好奇地打量一家正在装修的茶庄,与一个人迎面相撞,"啪——"一声,托在对面汉子手中的紫砂壶摔得粉碎。

"我的壶啊,我的心肝!"习惯一手托壶、横着走的疤瘌爷有些夸张地叫着,瞪着牛铃一样的大眼,一声断喝:"小子!哪儿来的野种?"

吴玉莹吃惊不小,但隐隐约约地感到是对方先撞的自己,脑子马上一转,毫不示弱:"碰瓷的,是你撞的我!"

"这话我就不爱听了!"疤瘌爷瞪着略显瘦弱的吴玉莹,"你撞我就算了,但我的宝壶你总该赔吧?"

"你这货也真是不长眼!黑爷的老壶可是他多年唇津舌液养出来的,没有千儿八百个小黄鱼,恐怕你走不了。"跟在疤瘌爷身后的几个混混起哄,"你这货就是成心不让黑爷过年。"

疤瘌爷姓黑,大名叫黑有理,是老坟岗一带的混世魔王。细说起来,和刘家还有些渊源。清末时,修铁路需要大批劳工,刘志仁说动周家口漕帮帮主程江涛带着漕帮的大部分兄弟来到郑县,成了铁路工人。漕帮经营上百年的周家口码头转让给大刀会的丁三运和黑武,并化解了一世的冤仇。然而,由于数年大旱,昔日行船的沙河、贾鲁河、汴河都不时断流,漕运一天不如一天。为争码头上已经不多的利益,黑武与大刀会翻脸。一场打斗,黑武死于丁三运的飞刀之下。黑武的儿子黑有理生性顽劣,颇有勇力。趁着清末动荡、四处战乱,联手土匪,报了父仇后,凭着一身功夫,投了大清的绿营。黑有理跟着郑县绿营管带杨宇霆当护兵,与新军交战时,脸部被弹片划去一大块,被安排回乡养伤。当他养好伤、带着一脸疤癞再出山时,已经是民国了,虽说有些老兄弟摇身一变又成了新军,但当他去投奔时,却遇到了曾与自己交过手、已是郑县专员兼巡缉税查局局长的张殿臣,差一点就被杀了。黑有理气不过,干脆召集原来的几个兄弟,就在老坟岗一带住下,给外地一些弱小的客商看场子,收保护费过日子。按说,张殿臣不会放过他才对,没想到张殿臣干脆就让他做条狗,让他随着自己的心意去咬人。反正在乱世中,涉及收取赋税的事情不能全按照官府的那一套,尤其是自己也需要额外的花销。疤癞爷是个老兵痞,他当然明白这一点,在警税局的庇护下,甚至有时也出头为官府解决一些上不了台面的琐事。他从不去招惹德化街上老门老户的商家,知道这些商家多少都有些根基。他所做的,就是打着保护弱小客商的旗号,专门鱼肉弱小客商和更弱小的乞丐、妓女。今天之所以选中东盛祥的二掌柜下手,是听赵龙田说,这家貌似很有背景的商铺一直照章纳税,即使额外的杂捐,也照数全交,显然还没有人罩着。甚至,东盛祥的东家还彻底得罪了裕兴祥的少东家!黑有理多年来没少得裕兴祥的好处,尤其是父亲死前交代他要永远记着裕兴祥掌柜刘志仁的大恩,因而,他认为,不能不为裕兴祥的少东家出手。

"胡说!"吴玉莹扫一眼黝黑肥壮的疤癞爷,"你平白无故地撞伤了我,你倒有理了?"

"这么多人都看着呢,还嘴硬!"疤癞爷有些气恼,在德化街上的外地人见他,哪个不是顺溜溜的?"不给你点儿颜色,你不知道黑爷是开颜料店的。"他一挥手,身后的三个混混便要动手,吴玉莹一个机灵:"且莫动手!就是赔这把壶,也总该有个价码!"

他们在这里一闹,便引来许多看热闹的人,其中就有正在招呼着装修裕兴祥茶庄的刘思琦。他怎么看,怎么觉得眼前这个俊美的青年是个姑娘。

果不其然,当疤瘌爷一把扯下吴玉莹的礼帽时,一团青丝便如瀑而下,遮住了吴玉莹俊美的面庞和含泪的杏眼。

"哎呀,还是个大美人!"一个混混兴奋地叫着,试图拨开吴玉莹的头发,"瞧瞧,至少值两把壶钱!"

"几个大男人欺负一个外地姑娘,不要脸!"刘思琦看不下去了,"黑爷,你虽说没脸,咱德化街的爷们还有脸!还要脸!"

"刘思琦,你说的什么话?"疤瘌爷看着满脸怒容的刘思琦,让混混将手放开了,"少东家,我可是听说你家的财路都被东盛祥给断了!"又加了一句:"要不是听说裕兴祥被别人断了财路,我才懒得蹚这浑水!再说了,我今天就是恶心下东盛祥的二掌柜,谁知道她是个女的?"

"你少给我刘家泼脏水!"刘思琦向前一步,挡在吴玉莹的前面,"黑爷,你对一个姑娘出手,让我看不起你!"

"你小子少充愣!"疤瘌爷也下不来台了,指着刘思琦,"要不是看着老掌柜的面子,今天我连你一块儿收拾,你信不信?"

"我赔!"刘思琦看着吴玉莹,"姑娘,你走,我来和他谈价!"吴玉莹起身,本想说句感谢的话,眼泪又溢满了眼眶,干脆头一甩,挤出看热闹的人群,哭着跑开。

"欺负一个外地姑娘,还能在德化街上混吗?"刘思琦看着吴玉莹跑远了,这才回过头来,又看了看围观的人们,高声说道,"咱德化街之所以热闹,是因为这地界上的人明理、仗义,不欺生。"

疤瘌爷如芒在背,满脸的疤瘌通红:"那你……赔壶!"

"就你那托壶像托屎的样子,我赔你个夜壶!"刘思琦话一出口,大家便笑了起来,"不会托壶就别托,一个姑娘就把你的壶撞掉,啥本事?"看疤瘌爷不服气的样子,刘思琦接道:"你别不信,我托着壶,你撞我试试?"

"好!"看热闹的人群煽呼着,有更好事的人干脆递过来一把烧水的铁壶,"小掌柜,这壶结实。"

"添什么乱?"刘思琦笑了,"这大铁壶我托着,像话吗?"

"去拿我的那把老坑点翠的紫砂壶来!"刘思琦冲着站在身边的张浩天

吩咐，"我要看看疤瘌爷的本事。"

"老坑点翠的壶？"疤瘌爷舔了舔嘴唇，"别糟蹋好东西！"

张浩天已经把壶拿过来，刘思琦一手托壶，一手叉腰："来吧，你撞我试试，看我的壶能不能被你撞碎。"

疤瘌爷下不了台，只好紧了紧腰带，一头向刘思琦撞过来。刘思琦一个侧闪，疤瘌爷也不回头，倒身再撞，刘思琦干脆使出一个绊腿，疤瘌爷一个趔趄，差点摔倒。他干脆一屁股坐在地上，喘着粗气。"算了，黑爷这几年胖了，动不动就出汗，所以就离不开一把喝水的壶。"他吁了一口气，"少掌柜，我就弄不明白，人家断你的财路，挡你的宝，又无端地让你挨老掌柜一顿揍，你就不恼？是不是脑袋被驴踢了？"

"你的脑袋才被驴踢了！"刘思琦看着疤瘌爷，"这是我和吴掌柜之间的事，轮不着你插手。"

"好好，算我多管闲事！"疤瘌爷有些丧气，"赔我把壶，我走！"

"给黑爷拿一把好壶！"刘思琦一边吩咐张浩天去店里拿壶，一边看疤瘌爷一眼，"壶是好壶，你可要托稳了！"

就这样，二人嘻嘻哈哈地结束了这场闹剧。而离此五百米左右的东盛祥却正在酝酿一场风暴……

吴玉光迎着太阳坐在铺面门口的树下石桌边，一边品茶，一边看着吴炳义带着几个伙计，一块一块地卸去东盛祥的门挡，进入店内，娴熟地整理和摆放完布匹绸缎后，又开始对临柜的茶叶进行包装和查验。吴玉光看着忙碌的伙计，笑着招呼："东盛祥在德化街开业整整一季，已经开始盈利。从今儿起，大家每人涨薪三成。"

"多谢东家！"吴炳义和几个伙计弯腰答谢，"全仗着大东家经营有方，还有二东家开源节流。"吴炳义早年也读过几年私塾，跟着吴玉光几个月的时间，已是形象大变，连说话也开始有了分寸感，这让吴玉光有些受用："你呀，倒也是一块经商的料！你给我说说，东盛祥要想在德化街站住脚，发展快，应该怎么做？"

"二东家常说，要在德化街经商，没有新、特、奇货不行。千家经商，万货相同，只有靠竞争求生存，求发展，进而推动厂家提高工艺，压低成本，实惠百姓。"吴炳义笑着回答，"我就记着二当家的这些话就行了。"

"说得好!"吴玉光点头，"等着吧，东盛祥过不了多久，准备再开分店，好好跟着二东家学学算账，将来你就给我去独当门面。"

正说着话，忽然看见妹妹哭着踉跄跑来，吴玉光顿时心头一颤："发生了什么事?"

吴玉莹也不回应，径直跑进后院的客厅，趴在桌上，低声啜泣。吴玉光跟着妹妹进来，为妹妹倒了一杯茶，挨着妹妹坐下。

"先喝口茶，慢慢说。"待吴玉莹停止啜泣，吴玉光安慰她，"记着，哥永远是你的依仗。"

"那好，你先去揍那个黑疤痢一顿!"吴玉莹显然是气坏了。

"我这就去!"吴玉光"唰——"的一声，抽出藏在手杖里的短剑，"你就等着!"

吴玉莹连忙拦住："教训那人渣，也用不着用剑。"她轻叹一声，给哥哥述说着刚才发生的事。最后，吴玉莹琢磨着："黑疤痢罪不至死，但也给我们提了个醒，该是拜望张殿臣的时候了!"

"好，我先去拜望张殿臣，然后就去替妹妹出气。"吴玉光将短剑重新插进手杖，站起身来，"没想到，刘思琦竟出手为你解围。难道他不是这件事背后的事主?"

"刘思琦的眼睛告诉我，他不是!"吴玉莹坚定地说道，"他那双清澈的大眼睛藏不住事儿!"

"妹妹，你可别是喜欢上他了?"吴玉光朝妹妹眨了一眼，"还清澈的大眼睛呢!"

"别乱说!"吴玉莹又委屈起来，"我都被气成这样了，你还取笑我……"

"好了，我的好妹子，我这就去为你出气。"吴玉光整了整西装，拿出父亲的名帖还有两根金条放进提包，带上已是东盛祥保镖的得善魁，坐车向郑县巡缉税查局而去。

穿过南天里、顺城街、二里岗等几个街道,郑县巡缉税查局坐北朝南,赫然就在眼前。吴玉光下车,看着斗拱飞檐、气势恢宏的建筑,提步踏上青石台阶,在钟鼓楼下仪门前,对值守的税警递上父亲的名札。

片刻后,随着爽朗的大笑声,一个衣着华贵的官员在几个警卫的簇拥下,出现在税局正厅门前,不用说,这个红光满面、长着一双三角眼的官员就是张殿臣。张殿臣大声叫道:"故人羽然(吴佩谦字)何在?"

吴玉光连忙上前施礼:"晚辈吴玉光受父亲生前委托,特意代他前来拜望局长。"

"啊,令尊去世了?"张殿臣面带一丝悲戚之色,"也只能祝恩公一路走好,早登仙班。"

"家父生前能够结交张局长,也是我们晚辈的福分。"吴玉光再次拱手,"晚辈初来乍到,还望多多关照。"

"好说!好说!"张殿臣看着眉目英武的吴玉光,似乎有些好感,"快快进来!我前些日子接到你舅舅的来信,还推荐你妹妹来税查局担任税务审核呢!"

"舅舅最疼我妹妹,这两年一直让她在热河税查局历练。"吴玉光进入正厅坐定,下人早已布好香茗、点心。"这次妹妹随我来到郑县开店,我舅舅还是不放心哪!"

"要说,一个姑娘家抛头露面地做生意,多有不便。还是你舅舅考虑得周全。"张殿臣点头,"放心,热河是我老家,你舅舅的面子我是要给的。过些日子,就安排玉莹来税费审查科上班。"

"让局长大人费心了!"吴玉光略一欠身,自皮包中掏出红封,轻轻地推向张殿臣,"家父时常念起局长之忠义,以来教育晚辈。这次来到郑县,特意备下薄礼,还望不弃。"

"吴家还是如此客气啊!"张殿臣也不推辞,"早年在天津卫,也就是东盛祥把我当人看,我张某一直感恩于心。"

一阵寒暄之后,吴玉光便将东盛祥已来到德化街开店的事简要做了叙述,最后,他又拿出一纸文书,对张殿臣许诺:"门店刚立,诸事不易。东盛祥在此经营之利,三分归局长,还望局长多多关照。"

"这个红利,我不能要。"张殿臣貌似坚决,"身为一方护税征税的大员,效力商家是我职责所在。"将那份文书推还吴玉光,说:"若是德化街商户皆如此待我,张某还有何颜面立世?"

"局长高风亮节,晚辈佩服!"吴玉光也不勉强,收回文书,拱了拱手,"晚辈自当向天津卫父老和德化街客商传播局长之美名!"

"过段日子,我就专程去看看东盛祥。"张殿臣似乎已经喜欢上这个能干的小老乡,"今天中午,我为你设宴接风,顺便告知德化街巡缉税查局,必须维护好东盛祥经营的环境!"

"局长公务繁忙,晚辈实在不敢过于叨扰!"吴玉光很是感动,"若是方便,还是晚辈设宴宴请局长方妥!"

"不要多说,就这么定了!"张殿臣笑着,"你且随我登上钟鼓楼,看看郑县全景。"

"恭敬不如从命!"吴玉光跟随张殿臣,缓步登上砖木结构的大钟鼓楼,放眼望去,郑县风貌,一览无余。连远处雄浑的邙山和铁路大桥、宽阔的黄河和河上的帆船,都似乎隐约可见。俯瞰脚下,对税查局更是一目了然:南北长约三百米,东西宽约二百米,前面牌坊,旁立青天白日旗,一块龙凤浮雕的照壁上,题着"税赋为民"的金字。穿过三洞仪门,有正堂、后厅、幕厅、架阁库,两侧各有厢房十数间。一座小桥连着后院,花园围护的深处,是一座青砖大宅,不用说,肯定是张殿臣的宅邸。主院两侧各有别院,东侧为税务吏目和执勤税警的住宅和办公之所,西侧别院为旌善亭、申明亭等法令之地。再看各厅所题匾额,分别是"征税强国""宽税养民""维护正义""警民一家""退思轩"等鎏金字样,洋溢着清雅仁厚之气。

临近中午,吴玉光就随着张殿臣一同去西兰轩赴宴,席间所坐之士,皆是郑县头面人物。吴玉光即使酒量尚可,也不免大醉……

就在吴玉莹等待哥哥消息的时候,一辆少见的福特汽车停在了东盛祥的店铺前。一个身材肥胖的老者在两个下人的搀扶下,走下汽车,拄杖来到店内。那老者六旬左右,面色红润,戴着茶色的金框水晶眼镜;身上穿着小狐皮袍,头戴礼帽,围着一条貂绒,手上戴着鸽子蛋大小的顶级翡翠戒指,在下人小心翼翼的搀扶下,缓缓地坐在东盛祥临窗的客座上。

一个身着长袍、面庞白净的账房先生模样的中年男子对着店内伙计高声拖着长腔:"南阳赊旗店镇大同商号赵老板拜望吴掌柜!"

店中的伙计们哪见过这阵势,再一听是商界显赫的大同商号的老板来了,更是不敢怠慢。吴炳义早年就听说过赊旗店镇的大同商号,上千的伙计,上百只大船,在汉口、开封、合肥、信阳等地,有数十家店面,经营多种商品。除此之外,还有一家大同钱庄,发行大同票号,还有一家名动中原的广盛镖局。吴炳义当车夫的时候,没少给大同商号拉人拉货。看见上门的汽车,更感到这是大客户上门,吴炳义激动得手足无措。

"南阳赊旗店镇大同商号赵忠月老板拜望吴掌柜!"那账房先生又叫了一遍。

"没错,大同商号的老板就叫赵忠月!"吴炳义定了定神,连忙安排伙计上茶,"赵老板来到东盛祥,真是蓬荜生辉啊!"

"我家掌柜和天津卫的吴家交情深厚,不知这家分号可是他的公子所开?"那账房先生问道,"小掌柜不知在否?"

"我们掌柜今天去外面办事,只有二掌柜在家。"

"那就请出来,"账房先生说道,"有一笔生意要与东盛祥谈。"

吴玉光定下的规矩,吴玉莹只负责店内账目及报税,生意洽谈由他做主。况且,二掌柜还是一个姑娘,抛头露脸也不合适。吴炳义犹豫了一下,说道:"我是店里的大伙计,看能不能先说说生意,我再去找大掌柜汇报?"

"临近年关了,我们老板要去开封拜望刘省长,需要一批上好的绸缎。听说杭浦绸缎为贵商号垄断,就只有来你们这里了。"账房先生也不绕圈子,"至于价钱,按你们门面的零售价九折如何?"

"那量呢?"吴炳义问道。

"有多少要多少。"

"柜上只有五十匹,库房还有一些。"

"我们老板急着赶往开封督军府,就柜上的五十匹吧。"

"我去找一下老板,诸位稍息。"吴炳义连忙跑向西兰轩,找到已喝醉的吴玉光。吴玉光迷糊着,指示吴炳义将这桩大买卖告诉吴玉莹,让吴玉莹做主。

吴玉莹听吴炳义一说,乍一听还算靠谱,内心却隐隐有点儿不踏实:"他们说,五十匹全要?杭浦绸缎一匹单价两千元,五十匹就是十万元,打九折,也得九万元,可不是一个小数字。"吴玉莹忽然谨慎起来,"真的是赊旗店镇的大同商号?"

"应该没错,那老板的气派别人装不了。"

"我看,还是等一等大掌柜回来。"

"大掌柜和张局长喝酒,醉了,说让你做主。"

"误事!"吴玉莹想了想,谨慎地盘算着,"柜上的货给他们一半,但是,必须是现款,才能交货。"

得了这个准信,吴炳义连忙来到柜前,对那账房先生拱了拱手:"我们掌柜说了,货价按你们定的,货先出二十五匹,货款必须是现钱。"

"初次交道,可以理解。"账房先生言语平和,"只是,我大同商号与外面交易,都用银票,很少带现金。"看吴炳义表情有些为难,他又笑道,"不过,有我们老板在,应该不成问题。"

那账房先生就去附耳赵忠月,嘀咕一阵后,赵忠月点头。

"我们老板同意,他在这里等着,我派人去取现金,你们就开始装货吧。"账房先生这么一说,吴炳义高兴起来:"好,好,我们这就装货。"

二十五匹绸缎很快就装好了。账房先生派去的人还没有回来,他看吴炳义一眼:"你们一下子要四万五千块现洋,这得去多少家钱庄和银行里取呀。"

"怠慢了,怠慢了!"吴炳义也觉得过意不去,"您海涵!海涵!"

"我怕误事啊!"账房先生苦笑着,"说好的,晚上这些绸缎要送到省府,这眼看就擦黑了……"

账房先生在赵老板耳边嘀咕几句,待赵老板点头后,便过来对吴炳义拱手:"我们老板一直视诚信为生命,这货必须准时送到督军府。你看这样如何,货先发走,我和老板留下,等钱到,我们再走。"最后,他故作客气,"只是,我和赵老板要多喝你们一些茶水了!"

"说哪里的话! 大同商号老板在敝店多坐会儿,是我们的荣耀!"吴炳义笑着,"莫说好茶,好酒好菜我们也备着。"吴炳义想着老板在这儿坐等付账,还有什么道理不让货先走?

只听门外马达声响,汽车已经隆隆而去……

太阳西下,将一抹金辉洒在东盛祥的墙上。赵老板已经倚着窗子打起鼾来,账房先生急得满头是汗。"这张得彪办事怎么这么磨蹭?"看着同样有些着急的吴炳义,"我去找找!"

未待吴炳义回过神来,账房先生已经汇入了德化街的人海中。

吴炳义忽然心底一紧,连忙推醒赵掌柜:"醒醒,赵掌柜!"

"哪个……赵掌柜?"那老者睁开睡眼,"我不……认识!"

"你不是大同商号的赵老板吗?"吴炳义有些急了,"那你是谁呀?"

"我是谁?"那人摘了眼镜,揉着太阳穴,"我是谁呢?"

得善魁恰在这时回到店里。"哎呀,这不是老坟岗那个叫'大摊儿'的穷要饭的? 他怎么在这儿? 怎么这副打扮?"

吴玉光虽说已经醉了,但隐隐约约记得有笔大生意,这才安排得善魁回店里帮助照看,没想到得善魁回到店里,一眼便认出斜躺在椅子上的人压根儿就不是大同商号的老板:"怎么回事?"

大摊儿是老坟岗一个外来的乞丐,属于喝水都上膘的主。前几天,忽然来了一个有钱的年轻人,冲着他就磕头,哭诉着:"大伯,这些年让我们好找啊! 我是你亲侄子呀!"

大摊儿脑子本来就有点儿糊涂,看着人家给他带了鸡鸭鱼肉,他也只好应着:"见着就好,见着就好!"

那侄子倒是很孝顺,扔掉他要饭的破碗,带着他去德化浴池好好地洗了个澡,又在浴池上面开了客房,还给他买了崭新的衣服,甚至还给他买了大戒指,每天好吃好喝地伺候着,把大摊儿给乐坏了:"这天上真掉馅儿饼了!"

今天一早,他那侄子又给他去买狐皮衣袍,他推辞不掉。不过,他侄子要求他进店后,不管谁说什么,只管点头就是了。大摊儿想着将来有绸缎的寿衣,更是高兴,就坐着侄子的小汽车来到了东盛祥……

吴炳义一脚踹翻大摊儿,便蹲在地上放声大哭……

当德化街上亮灯时,尚存酒意的吴玉光才回到东盛祥。他一进门,吴炳义迎着他,便打了自己两个嘴巴,嘴一咧,带着哭腔:"掌柜的,都怪我把生意弄砸了!"

"生意没做成也就算了,钱是赚不完的!"吴玉光打个酒嗝,靠窗坐下,一看地上还躺着一个只会哼哼的人,酒意有些渐醒,"他是谁?怎么回事?"

吴玉莹表情凝重地走过来,关上门,给哥哥一杯茶,沮丧地说道:"没赚到钱,还丢钱了,我们被骗了!"

"你们一群人都被这个人骗了?"吴玉光看了仍躺在地上的大摊儿一眼,不敢相信,"他有这么大的神通?"

"他好像也被骗了!"吴玉莹说道,"骗我们的人来头不小,胃口很大!"

吴炳义稳了稳神,把下午发生的事一五一十地说给吴玉光。吴玉光听得仔细,等他说完后,吴玉光已是满脸凝霜。

"先把这个人弄走!这事儿与他无干。"吴玉光站起身,对仍在装可怜的大摊儿低声喝道,"你还去老坟岗要你的饭吧!不过,你对谁都别说起这事儿。否则,有人会要你的命,知道吗?"

"啊?!要我的命?"大摊儿身子一骨碌爬起来,"我……可不想死了,我侄子还在等我呢!"

"去找你的王八蛋侄子吧!"吴玉光厌恶地看他一眼,"滚吧!"

吴玉光内心极不平静,不仅是被骗去的货价值不菲,他感到背后有一双眼睛在看着东盛祥,要不然,怎么会选在他去拜望张殿臣时作案?若非妹妹谨慎,明天就开不了店门了!父亲给的三十万本钱除去装修门店、购进商品之外,也只剩下三万元的流动资金。这一下子就被骗去四万五千元,意味着东盛祥无法在年前及时与杭浦商行结清货款,违约对生意人来说,就是失信!怎么办?他首先想到向天津卫东盛祥转借,但前几日收到大哥的信,提到总店资金紧张,甚至暗示,希望能在年前给予一些资金支持。想到这里,吴玉光不由得摇了摇头,自言自语:"临近年关,各家商户都正值用钱的时候,向哪家转借都不合适。"他看了看那节空荡荡的柜台,有些愤懑,"我一定要抓到这可恶的骗子,将他绳之以法!"

到底是谁干的?赊旗店镇的大同商号,还是暗中与东盛祥竞争的裕兴祥?再者是老坟岗的黑疤瘌?要说,都有可能!但不管如何,要先去巡缉税查局报案。

对于吴玉光的心思,吴玉莹是清楚的。她也不知道该如何安慰哥哥。

"你们都别站着,找地方坐下。"吴玉光似乎已经有了主意,他坐下,端起茶杯轻呷几口,淡定地说道,"这事儿虽然大,但已经发生了,咱们得想办法去解决,争取追回货物或者货款。"他扫了大家一眼,安排道:"明天一早,我再去拜会张局长,把此事给他说明;得子带着我的名帖,去找税查局侦缉队的李永和队长报案。"

"我呢?"吴炳义显然急于为掌柜分忧,"这货要是追不回来,我咋还有脸活?"

"就这点儿出息?"吴玉光看吴炳义一眼,"你与火车站一带赶车拉车的师傅都熟,悄悄去打听,谁会开汽车,然后顺藤摸瓜,找出那个雇主。"

"我在想,干这事儿的骗子无外乎大同商号的人、裕兴祥的人、老坟岗的黑疤瘌!"吴玉莹帮着哥哥分析,"那骗子对大同商号非常熟悉,肯定是他们的人或者曾在那里干过的人。裕兴祥与咱们在竞争,黑疤瘌就是个无赖。"

"父亲曾让我去赊旗店镇拜望赵老板……"在吴玉光心底,他一直没有去的原因是父亲提到过"儿女亲家"的事,他可不愿稀里糊涂地去结上这门亲!

"那就应该去!"吴玉莹心细如发,知道哥哥的苦衷,"说不定这件事是赵家催促你呢!"

"哪有这样的催法?"吴玉光笑了,"是该去一趟赊旗店镇,把有些事说开,大家都无心碍。"

"我老家在赊旗店镇,伯父曾是赊旗店镇广盛镖局的大师傅,与大同商号的大小掌柜都熟悉。"一个叫王金秋的年轻学徒,低声插话,"大掌柜有好名声,小掌柜赵熙禄虽说有些乖张,但为人还算义气!"见吴玉光想听下去,王金秋断言:"大同商号家大业大,大、小掌柜断不会这么下作。"

"你就是那个刚从扶轮中学毕业的学生——王金秋?"吴玉光看着身材高挑、眉眼清俊的王金秋,"听得子说过,你拳脚功夫不弱,也算是文武双全之人。"

"东家过奖了。"王金秋笑了笑,"小时候跟着伯父学些把式,中看不中用。况且,再好的功夫也抵不过快枪。"

"金秋虽小,却是明白事理。"得善魁对这个年轻学子很看重,"这小子两个月前组织学生游行,被学校开除了。他无颜回乡,这才来到东盛祥做学徒。"

"经商是富民之本,"王金秋低声说道,"然商道曲折,学问深奥。购、销、调、存的每个环节都含着利润,但又不能去赚昧心钱,要对人诚信,更要对自己诚信。"

"孺子可教!"看着王金秋,吴玉光好似看到过去的自己,"你这次就随我去赊旗店镇一探究竟,如何?"

"多谢东家栽培!"王金秋拱手,"生意上讲究诚信为本!我想大同商号不会自黑,赵老板更不会恩将仇报。"

"有道理。"吴玉光点头,"不过,骗子拿到货,临近年关,他们必然要出售。也只有大同商号才有实力全部接下这批货。"他略一思索,说:"我准备带着金秋和得子去一趟赊旗店镇,以老掌柜的名义拜望大同商号的赵忠月老板,把这事儿告诉他。赵老板名声在外,他一定会帮我们查找损害大同商号名誉的骗子。"

吴炳义想起一件事儿:"赊旗店镇是该去一趟了!日升昌绸缎庄的徐云阳老板和我熟悉,他要的二十匹杭浦丝绸还一直没有发货。另外,南阳是中原的丝绸产地,早晚会成为东盛祥的重要货源。只是……"

"说下去!"

"只是,我听说那里这几年土匪闹得厉害,一路上要小心为上!"

"无妨!我们只走大道。"吴玉光自恃身上有些功夫,很快便下了决心。

随后,他又吩咐妹妹,"我们去赊旗店镇也不多停留,家中有要事,直接拍电报。"吴玉光略微思索了一下说:"你要暗中盯着裕兴祥,看他们是不是有杭浦绸缎上柜。至于黑疤痢,最多是个打手,他还干不了这样的技术活儿!"最后,吴玉光看着惴惴不安的伙计们,笑着安慰道:"店里照常经营,东盛祥的天还塌不下来!"

第八章　情深意迷搭台戏　顺藤摸瓜猜谜底

进入腊月,刘思琦的危机感愈来愈强:再有十几天,父母就要从上海回来了,要是自己不与吴素素完婚,恐怕就过不了这个年。要是那样的话,这辈子恐怕就再也无法与自己喜欢的人在一起了。

"不行,我得想个办法,让父母这次听我的!"刘思琦一边想着,一边向老坟岗上的小窝班走去。"裕兴祥茶店已经装修完毕,我要在店前搭起一座戏台,为穆兰香搭起一座最漂亮的戏台,让她为裕兴祥茶店开业唱戏,招揽客商。然后,我就登上戏台,向她求婚,她肯定感动,肯定答应。"想到这里,刘思琦不由笑了,"生米煮成熟饭! 父母就是回来了,也不得不认下这个美艳的好儿媳!"

刘思琦在赵龙田的引领下,找到小窝班的班主陈长福说明来意。陈长福显然是见过世面的人,已经猜出刘思琦醉翁之意不在酒,便虎着脸:"要说新店开业,裕兴祥请小窝班去助兴,也是应该。只是,穆兰香的戏份儿已经排满了,你看是不是换个人去?"

赵龙田一听就急了:"陈班主,裕兴祥茶店开业,可是邀请了中原几省的大客商来捧场,穆兰香要是不去,裕兴祥的面子……"

"你们都要面子,我们唱戏的都是不要脸!"陈长福不高兴了,"小兰要去也行,只要裕兴祥能把人家的定钱双倍还回去!"

"按你说的,裕兴祥拿出双倍定金,请穆兰香为茶庄开业演出。"刘思琦不甘心，"要不，我去给穆兰香说。"

"也好，你去和小兰直接商量。"陈班主嘴上虽然这么说，心里却想着如何多赚钱，看着刘思琦的猴急样儿，他可不嫌钱多扎手。

穆兰香天生丽质，唱腔优美、扮相绝佳，无疑是窝子班最令人瞩目的名旦，许多达官显贵动辄一掷千金，为博一笑。可她无法笑出来，即使笑，一定是带着苦涩的泪水。尤其是这一年特别难熬，国军驻郑的陈师长看上了她，若非陈师长不敢有违母命，穆兰香早已无法登台。她几乎每天提心吊胆，生怕忽然被那个老兵痞掠了去……自己原本生于大家，父亲曾任陈留府衙主簿。谁知风云变化，瞬间乾坤倒置，执拗的父亲被新党逼死。母亲将她和弟弟寄养远亲，独自赴京告状，不知所终。失去双亲后，为了供养弟弟读书，她十岁被卖身戏班，苦熬成角。即使今日备受客人热捧，也从来不敢奢望爱情。她唯一的一次心动，是去年和那个外地客人合唱《三击掌》，戏里戏外，刹那间，互为知音。只是，她再也没有见过他了，也不知道那个客人叫什么名字，去了哪里，还会来听她的戏吗？她无法向别人打听，只好在心中隐隐地怀着一丝期待！

起初她不愿与刘思琦相见，但一想起陈师长那张似乎正在逼近的老脸，还有义父内心深处的贪婪，她只能怯怯地应了声："进来吧，刘公子！"

刘思琦如愿见到穆兰香，好似抓到一根救命的稻草。他额头冒汗，语无伦次地诉说着自己的思念和打算。穆兰香听了，不由感动得眼圈发红。虽说自己总觉得刘思琦不够稳重，不是自己真正喜欢的类型，但他身材挺拔、相貌英俊，尤其是对自己这份火热的感情，她也找不出讨厌的理由。如果真如他说的那样，在专一为她搭设的最美舞台上，当着观众向她求婚，那又是多么隆重和浪漫啊！真的能成为裕兴祥少掌柜的夫人，对于自己和仍然生活在社会底层的弟弟，又是多么坚实的依靠！想到这里，穆兰香咬着嘴唇轻轻地点头，眼泪就不由落下了……

刘思琦在回来的路上，隐约听到赵龙田说到他一个表兄，叫王留成，在日本人开的福民商店当账房先生，刚从别的地方进了一批杭浦绸缎的事，想便宜处理给裕兴祥。这事儿他也没放心上。他满眼都是穆兰香的情影，满心都是想着如何搭好戏台:"戏台我要亲自设计,要像洋鬼子过圣诞节一样,戏台的背景铺满松翠雪柳,装饰着各种颜色的小灯笼;戏台前面,摆放着玫瑰花;戏台中间,安置云锦大鼓。这样,自己求婚时,让担当司仪的张浩天猛擂三通大鼓,肯定能再次催下穆兰香的泪水!"

刘思琦想着就有些激动:"对了,我要亲自去请东盛祥的吴掌柜,让他看看穆兰香如何投入自己的怀抱……哈哈哈……"

吴玉莹这两天看到的刘思琦就是这样一个春风得意、春心荡漾的样子。

"莫非真的是他发了横财?"想到这里,她便带着两饼上好的古松普洱茶,来到即将开业的裕兴祥茶店。

刘思琦正在店前招呼着几个伙计搭设戏台,用手比画着:"对,云锦大鼓就放置在戏台中央,下面铺上红绒。"

"刘公子,我今天专门来答谢你!"吴玉莹奉上礼物,"这是云南洱海出产的百年老茶古松,其茶香悠远,滋味刚劲,馥郁浓醇……"

刘思琦看一眼笑吟吟的吴玉莹,这才回过神来:"我想起来,你就是前些日子碰碎疤痢爷茶壶的那个姑娘!"

"我叫吴玉莹,是东盛祥的二掌柜!"吴玉莹笑着向刘思琦道了个福,"那天,那帮混混欺负人,多亏公子解围相救。"

"自古以来,路见不平、拔刀相助便是男儿本色!"刘思琦觉得眼前这美丽姑娘很会说话,再一听说是东盛祥的二掌柜,不由稳下心神,"别叫刘公子,我名刘思琦,字怀义,要说咱们也算是同道。请!"

吴玉莹随着刘思琦走进刚刚装修完毕的裕兴祥茶庄,一股清新的松香扑面而来。

二人坐定,刘思琦吩咐两个店里的姑娘煮茶:"去将我的黑龙潭毛尖取来。"

"还是尝尝我带的茶吧,古松普洱茶和这满屋的松香最是适宜。"吴玉莹说着,便亲手用茶器轻轻地取出一块茶来,稳稳地放进已被开水洗过的紫砂壶里,"古人云:茶是水之父,壶是水之母。泡普洱茶熟茶首选紫砂壶。独具双重气孔结构的紫砂,能将熟茶醇厚香甜的滋味展现出来。"吴玉莹一边泡着茶,一边说着。"洗茶时水柱高冲,沿盖碗边缘旋转注水;冲泡时沸水低冲,定点注水,保持较高水温,能激发熟茶中的香气;出汤时用滤网过一遍,茶汤更显通透酒红。"她泡好茶,双手端起一杯递给刘思琦,"你尝尝此茶味道如何?"

在吴玉莹泡茶时,刘思琦开始逐渐平静。接过茶,他认真品了一口:"果然是滋味刚劲,馥郁浓醇,好茶!"

吴玉莹浅笑着:"《本草纲目拾遗》载:'普茶最治油蒙心包,刮肠、醒酒第一。'此茶有醒酒护肝、调节人体之功效,亦有美容茶之说。"

"与上好毛尖相比如何?"裕兴祥主营信阳毛尖,刘思琦不由问道,"我平时最爱喝明前毛尖。"

"我国是茶叶生产大国,茶叶众多,分为六大茶类:绿茶、青茶、红茶、黑茶、黄茶、白茶。"吴玉莹轻声说着,"茶种不同,各有千秋。毛尖为绿茶类,以信阳毛尖品质为佳,其形状细、圆、光、直并多白毫,茶质清香味浓、汤色绿艳,因茶叶茸毛显露,紧直峰尖而称之为毛尖。具有生津解渴、清心明目、提神醒脑之功效。普洱茶又名滇青茶,属于黑茶类,因原运销集散地在普洱县,故名普洱茶。它以云南大叶种晒青茶为基,以亚发酵青茶制法为本,又从发酵不同,分为生茶和熟茶。其茶汤橙黄浓厚,香气高锐持久,香型独特,滋味浓醇,医用功效显著。"看一眼带有钦佩之色的刘思琦,吴玉莹嫣然一笑道:"二者皆是好茶,各有千秋,就依喝茶人的口味而选。"

"这么说,咱们是同道而不同类,我就放心了!"刘思琦开心地笑着,"咱们生意上不竞争就好!"说到这里,他忽然心中一动,觉得眼前这个姑娘就像是普洱茶,韵味丰美;而穆兰香就像是毛尖,清香可人!至于吴素素,好似君山银针,香气清高,条真匀齐,为人做事中规中矩,见了面的表情好似"刀枪林立"。这么一联想,刘思琦有些不好意思。

吴玉莹是冰雪女子,看着刘思琦的表情变化,便浅笑道:"生意再大也大不过人情!"

"说得好!"刘思琦想到自己不顾一切地要娶穆兰香,不就是"人情"吗?他越来越觉得眼前这个姑娘是个知音,"过几天,裕兴祥开业,我请你看戏,一场大戏,好戏!"

"看到你搭的戏台了,你真的好用心!"吴玉莹不着痕迹地转了话锋,"能搭这样的戏台,裕兴祥肯定是最近发了大财!"

"发什么财?"刘思琦顺口说道,"原来最赚钱的杭浦绸缎被你们垄断经营了,也只好另辟蹊径。"刘思琦原本是对东盛祥有丝恨意,怎么和东盛祥二掌柜这么一说,反而心无芥蒂了。

"裕兴祥要货,我保证不赚钱出货。"

"好意我心领了!"刘思琦浅呷一口茶,"这违背商业规则的事,裕兴祥不能做。"他忽然想起一个事儿,说:"今天,赵龙田说他朋友手中有一批更便宜的杭浦绸缎,想低价卖给裕兴祥,我都没理他。"

吴玉莹心底顿时一震。赵龙田对刘思琦说的这批杭浦绸缎,十有八九就是东盛祥被骗走的货!

"东盛祥要的话,我给他说。"刘思琦见吴玉莹表情微变,试探着,"要不要我找他问问?"

"不了,"吴玉莹站起身来,表情逐渐平静,"今天我来,就是谢谢刘公子!"

"客气了!"刘思琦也站起身,似乎意识到自己不由自主地和一个姑娘说这么多话,有些不合适,"吴掌柜送我了好茶,我就送你一把好壶吧!"顺手就在博物架上取下一把紫砂壶,"是'宜兴张'的龙凤壶!"

吴玉莹也不客气,接过茶壶,便向刘思琦告辞。一路上,她都在心中盘算着如何找到赵龙田,如何找到和要回被骗的货,她想到不少办法,但这些办法只能等吴玉光从赊旗店镇回来才能行。

伸着脖子的吴炳义站在店面前,看见吴玉莹回来,就迎了上去:"二掌柜,你可回来了!"

显然,吴炳义从昔日拉车的伙计们那里,打听出了消息。吴玉莹刚刚坐下,吴炳义便汇报道:"今天一大早,我去了老坟岗,却听说大摊儿死了……"

前天,大摊儿离开东盛祥,再回到德化浴池的客房时,哪里还有他的侄子？他不但不能再住店了,身上的衣服还被德化浴池的伙计扒下来,抵了房钱。大摊儿又跑回老坟岗,当晚就冻死在一座坟头上的乱草堆里。

"要说,大摊儿也是被骗死的!"吴炳义心里似乎有些释然,"我在老坟岗先找到曾和大摊儿一起要饭的王瘸子,他说,前几天是赵龙田找的大摊儿!"

"那汽车从哪里来的?"

"我又去火车站问过去的伙计,他们说,一个叫赵文华的黄包车车夫,前段时间去了日本人开的福民商店,学开汽车了。"吴炳义又仔细想了想,"赵文华外号'废柴',是赵龙田的外甥!"

"不会牵扯到日本人吧!"吴玉莹忽然有一丝不安,"这批货要是到了日本人的商店,就会多些麻烦!"她看一眼吴炳义,催问:"大掌柜知道吗?"

"大掌柜昨天在巡缉税查局立案后,就带着得子和王金秋去了赊旗店镇,估计已经快到大同商号了!"吴炳义说道,"还没来得及给大掌柜说。"

"你去发电报,让大掌柜赶紧回来。"吴玉莹想了想,"安排店里一个精明的伙计,暗中去找赵龙田,找到他就跟踪着,不要打草惊蛇,一切都等大掌柜回来再说。"

第九章　苛捐杂税毁商埠　人说鬼话过垭口

　　无心沿途冬日风景，吴玉光急着赶路。得善魁驾着马车，不断地挥着鞭子，两匹马已是汗流浃背。王金秋陪着吴玉光坐在车厢里，说话解闷。他说起扶轮中学游行的事儿，吴玉光用心听着。当听到学生们在几个老师带领下，喊出"反帝反封建"和"救国抗战"的口号时，吴玉光心中一震，隐约地感觉到那里有一群和自己一样的人，在暗中寻找着民族的亮光，国家的出路……

　　进入南阳境内不久，路上的车马行人越来越多，操着南腔北调的人处处可见。前面有一座浅山坳，山坳前聚着不少百姓。吴玉光感到车速慢了下来，便问王金秋："还有多远到赊旗店镇？"

　　"过了柳树垭口，还有十里！"王金秋低声应着，"不过这人多路窄，马车跑不起来！"

　　"你路上说，这次不准备回村看看了？"吴玉光见王金秋肯定的表情，"也好，早晚我要让你风风光光地还乡。"

　　"我毕竟学业未成，辜负了父母的厚望。"王金秋有些伤感，"况且，二老也于前年不在了。"

　　前面一群贩牛羊的小贩纷纷喝住牛羊，把不宽的土路也给挤占了，得善魁不得不停住马车。吴玉光让王金秋下车去到前面问问情况，得善魁趁机给马饮水加料。

吴玉光举头看天,棉絮般的铅云正在堆积,如同他愈来愈重的心事。一阵冷风飕飕地吹来,似乎要下雪了! 王金秋跑回来:"东家,前面就到柳树垭,那里有一个税查局的收税点。"

只见柳树垭的那棵大柳树下,摆了一张八仙桌,桌后坐着一个穿着税警服、留着一撮小胡子的胖子。小胡子懒散地把脚架在桌子上,悠闲地捧着一只茶壶喝茶,他身边还有一队税丁。垭口的三条路上都设了卡,税丁在对过往的商人一个个地盘查。

得善魁悄悄问王金秋:"金秋,那些人是干什么的?"

王金秋愤愤然:"坐那儿等着扒咱们的皮呢!"

这世界好像让人看不到有光亮。年复一年的日子,没完没了的苛捐杂税,打不完的无头仗,就连这偏僻的乡下也无法置身事外。一茬接一茬的官老爷们走马灯似的来了,又走了,老百姓也跟着期待,又失望。这一路走来,交了多少个杂税,吴玉光也记不清,甚至有些麻木。

得善魁看着走下马车的吴玉光,上前焦急地问道:"东家,您看这怎么办? 这一路上本来关卡就多,多亏有郑县税查局的通行文书,交一点儿钱也就过去了。但进了南阳,这文书就不管用了!"

"我打听了,咱们车上的二十匹绸缎,要交二十块大洋的税。"王金秋一副不可思议的表情,"太离谱了!"

"怎么这么重的税?"吴玉光一听,就皱起眉头,"为啥?"

"这些年来,南阳穷乱,土匪成群。公署剿匪不力,只好推行所谓的各县自治。于是,各县皆以剿匪之名,到处设卡,收取重税。"王金秋也算是乡绅子弟,家里靠着曾在广盛镖局任首席的伯父王银夏和经营瓷器、中药材的父亲王银初,在何庙村置下数百亩良田。王金秋是独子,三个姐姐都已出嫁。大姐夫陈玉成在郑县铁路局任货站总务,使王金秋能够就读铁路局所属的扶轮中学。他从小跟着父亲在赊旗店镇走街串巷,稍大些又曾随伯父乘船去过汉口,去过金陵。北伐战争时,伯父刚好押一批中药材至汉口,原本是想找在新军任团长的表弟白振江站台,结果,白振江见那些上好的药材正是战场上急需之物,干脆强行收编了王银夏和他的十几个兄弟。失去了商家的货物,镖师王银夏无颜还乡,生死不明。这就苦了在赊店经商的王银初,不得不变卖家产、店铺,总算还清了债。经此大难,王银初和夫人气郁塞胸,不久双双病亡。这次随吴玉光再回赊旗店镇,王金秋脑海里不断浮现着昔日春秋街和街上"三益坊"的荣光……

"赊旗店镇可是中原四大名镇,闻名遐迩的商埠。"吴玉光见王金秋神思恍惚,便提高声音,"然施以重税,无异竭泽而渔。外地商户不敢来,商埠早晚要没落。"

"已经开始没落了。"王金秋回过神来,"东家也知道,地处豫西南的赊旗店镇曾是通过白河运往汉口的货物集散地。从内蒙古和西北来的商队也在这里逗留,将带来的货物装上船,运往汉口。再加上南阳地处南北分界,南方和北方的果木只有在此地移栽三年,才能北上南下成活。但京广铁路通车后,水路运输就愈来愈走下坡路,赊旗店镇现在只能靠本地所产麻油、白酒、蚕丝和果木流转等维持着。虽说还算热闹,估计要不了多长时间,也就沦为满是尘土的小市镇了。"王金秋最后说道:"这个时候,政府减免税赋、吸引客商还来不及呢,还收什么税?"

"金秋将来可以做个好税官!"吴玉光以手中文明杖指了指不远处的税点,"现在赊旗店镇的商业每况愈下,税查局收税只能别开生路。咱们路过这里,就得交过路税。"

"大路朝天,咱们就绕道过去。"得善魁接话,看着吴玉光,"咱们想办法绕过柳树垭。"

"绕过去?要是能绕得过柳树垭,他们还在那儿蹲点儿?税查局就是瞅准了谁也绕不过去,才在那里收税的!"王金秋看着远处,"这周边的几条小路都有土匪,一个个都是杀人不眨眼的魔王。"

吴玉光朝远处看,赊旗店镇林立的高楼隐约可见,他仿佛听到了那里喧嚣的人声,闻到了满街飘散的酒肉香气。他咽了口唾沫,看着蹲在地上"吧嗒吧嗒"吸着旱烟的得善魁:"得子,起来吧,走!"

看吴玉光下了决心,得善魁往地上猛地啐了一口,把烟袋锅在鞋底上磕了磕:"不行,我就闯过去!"

"至于嘛,不就交点儿税。"吴玉光发了话,得善魁也不怠慢,赶着马车缓缓地挪向柳树垭。

垭口处,一个敞着衣襟、歪戴着一顶棉帽、斜扛着一杆破枪、叼着洋烟卷的税丁,看见吴玉光的马车过来,眼中立刻放射出贪婪的光:"站住! 马车停下!"

王金秋跳下车,换了副灿烂的笑脸,上前递上一支洋烟卷,点头哈腰。"税爷,我们是从郑县来的本分生意人,去赊店大同商号拜望赵老板,请您行个方便!"一边说着,一边又从怀里掏出文书,"这里还有郑县税查局签发的文书。"

税丁接过烟卷夹在耳朵上,却不接文书。"我大头兵一个,不识字。再说了,郑县管不了南阳的地界儿!"他斜眼看看后面的马车,"老子知道你们是本分的生意人。有税条儿没有?"

"税条? 你们新设的征税点,我们哪儿来的什么税条?"王金秋心里骂着,可脸上依然赔着笑。他拉起那个税丁的手,把自己的手伸进他的袖子里:"税爷,税条咱是没有,可咱真是规规矩矩的买卖人,您就行个方便吧!"

"年龄不大,礼数不缺。"那个税丁的表情稍微和气了些,说话时脸上也有了点笑,"好说! 你等着,我跟我们班头儿打个招呼,给你们说说情,看能不能放你们过去!"

王金秋把一包烟卷都拍在税丁手里,赔笑道:"多谢税爷,那就有劳您了!"

那税丁跑到大柳树下,歪歪扭扭地打了个报告:"头儿,那边有个做买卖的,挺上道儿的,您看,这是他们的路条。"

说着,他把两枚银圆放到了八仙桌上。队长胡周山半闭着的三角眼睛立刻睁得溜圆,小胡子乐得一颤一颤的。

"看见没? 虽说我眼神不好,也能看出是辆好马车!"胡周山眯着眼睛往那边看了看,突然一巴掌扇在税丁皮条的脸上,"你个没见过世面的穷死鬼,在这样的肥猪身上就榨出这么点儿油水,你还好意思来汇报?"

皮条被打蒙了,好不容易反应过来,赶紧拾起被打飞的帽子,往脑袋上一扣,嘴里骂骂咧咧地回到自己的岗哨上。

"那谁,"皮条指着王金秋,王金秋赶紧跑上前,"我们头儿可说了啊,你这人不老实! 让你们的东家下来!"

王金秋装作吓坏了,磕磕巴巴地应着:"税爷,您可别吓我,我们真是老实巴交的买卖人哪!"

"还敢还口! 这不是不老实是啥?"说着,皮条挥起破枪就要砸王金秋。得善魁见状,手就往怀里摸弹弓……

"住手!"吴玉光拄着文明杖,走下车来,"你们不就是要过路钱吗? 怎么还要打人?"

皮条一看眼前这人西装革履,气度不凡,知道是正主,也就收敛一下气焰:"我说,这位爷一看就是个有钱的主,何必要和我们过不去呢? 按规定,一辆马车收税二十块大洋!"

"谁定的?"吴玉光扫一眼皮条,"你们如此收税,简直就是土匪!"

就这么一句话,一下子炸了锅。旁边那些憋着一肚子气的商贩们见有人出头,也跟着嚷嚷:"他们就是土匪! 咱们闯过去!"

砰! 砰! 胡周山一看垭口要闹事,掏出自来得盒子炮对天就是两枪。得善魁和王金秋见状,赶紧上来护着吴玉光。胡周山带着一班税丁举着枪走过来,叫着:"谁在闹事? 看我就地正法他!"走到吴玉光面前,用枪指着,"是你吗?"

王金秋挡在吴玉光前面,强撑着挤出一副笑脸来:"税爷,都怪我们不懂规矩! 不知道长官是个啥意思?"

胡周山把枪往上举了举,凶狠地瞪了他一眼,嚷嚷:"我说,官府要跟东洋人打仗,还要剿匪,缺钱,所以在这儿设了个税点! 咱们当兵的为了保你们这些买卖人平安,弟兄们拿着破枪跟东洋人的大炮坦克打,还要和土匪刺刀见红,出生入死的。你们坐着高头马车,才交他妈的两个银圆这么点儿税? 你糊弄鬼呢?"

"交税也要有个条例,你不能狮子大张口!"吴玉光拨开王金秋,站在胡周山面前,"你说这税是谁定的,你就带我去见谁! 我倒要看看,他是按民国哪个法令？"

"哎，我说你这人想怎么着？想造反？"胡周山被彻底激怒了，"你信不信我一枪崩了你？"

遇到这样的兵痞，吴玉光又要顾及后面那些老实本分的小生意人，只有生气的份。王金秋上来解围："好，好，咱各让一步！只要你不过分为难后面这些百姓！"又对吴玉光劝道："东家，你先上车！"吴玉光甩了一下衣袖，转身登车。

"这还像个人话！"胡周山看着吴玉光不是一般人，也就顺坡下驴，"免你们十块大洋！"

王金秋艰难地喘了几口气，把手伸进怀里，哆哆嗦嗦地掏出一卷用红纸封着的银圆，心疼地递到胡周山面前："税爷，我们东家也不好惹，那可是显贵府上的常客！你们要真替老百姓保平安，这钱我们也就不计较了！"

胡周山一把夺过红纸封的银圆，掂了掂分量，眼珠一转："那是自然！放心，后面的商户都减半收税！"

"您费心，您费心……"王金秋心中又气又愤，几乎说不出话来。

"放马车过去！"胡周山把枪插在腰里，转身又去柳树下喝茶。几个税丁搬开拒鹿马，得善魁甩了一下鞭子，马车隆隆而去……

皮条兴冲冲地再次跑到大柳树下，拍着马屁："还是头儿高明，一眼就看出那家伙有油水！"

"哼，都跟你这蠢猪似的，咱不白穿这身皮了？去吧，放后面那些商户也过去！"

"头儿，咱们真要每个商户减收一半？是不是再榨一榨，我看还有不少油水！"皮条自作聪明地建议。

"说你蠢你就流鼻涕！"胡周山刚扬手，皮条条件反射似的往后一撤步，"你把他们身上钱都榨干了，他们拿啥去赊旗店镇做买卖？他们做不成买卖，回来的时候我们还捞啥油水？还不快滚！"

皮条讨了个没趣，怏怏地回到哨位，拉开拒鹿马，冲着后面的商户嚷道："你们听着，胡爷开恩，你们今天都只交一半的税，过去吧！"

后面的百姓们连忙交着铜钱，千恩万谢地赶着牛羊、抱着鸡鸭等呼呼啦啦地通过哨卡。

胡周山看了看远去的人群，又叫过皮条："你骑着我的马，跟着他们，弄清他们底细，然后再收拾他！"

皮条得令，骑着马鬼鬼祟祟地跟着吴玉光的马车……

坐在车上，吴玉光看着王金秋笑了："店里的伙计给我说过，你曾在扶轮中学剧场演过话剧，今天我信了。"

"现实比话剧更残酷。"王金秋却皱起眉头，表情凝重起来，"东家，后面有尾巴跟着。不过，你放心，到了赊旗店镇就把他给甩掉！"

"那姓胡的税痞是在摸咱们底细。"吴玉光点头，"咱们明天办完事儿就离开这是非之地。"

第十章　名镇繁华现假象　会馆故旧话沧桑

赊旗店镇在历史上与江西景德镇、广东佛山镇、河南朱仙镇齐名,是全国四大商业重镇之一,凭借地处中原腹地、坐扼南北通衢的水陆交通优势,在中国古代茶叶贸易中占据枢纽地位,成为万里茶道的中转站和九省商品的集散中心,曾吸引十多个省的商贾在此投资经商。赊旗店镇四面通达,镇上有七十二条街道,二十一家骡马店,四十八家过载行,南来北往的客商不计其数,商号足有五六百家。

王金秋对此地十分熟悉,指挥着驾车的得善魁穿街走巷,马车七扭八拐地就把皮条给甩掉了,吴玉光这才放下心来。

路过热闹的山陕会馆时,王金秋对吴玉光介绍着:"东家,这就是人们常说的'旗杆入云三尺三'的山陕会馆,是山陕两省商人集资兴建,用来歇脚和聚会之所。可惜在大清咸丰年间,大部分被捻匪烧了,但剩下的部分还是宏伟气派,蔚为壮观,比皇宫都不输! 会馆内还有火神庙、木牌坊、药王殿、马王殿等,凡是客商们要敬拜的神仙,甭管是哪路的,都能在镇上找到供奉的庙。商人讲究吉利,初一、十五必上香,买卖出门更要上香!"他看着吴玉光说:"咱们要不要去上炷香?"

"唔……"吴玉光想着小时候曾随父亲一起到天津卫什刹寺拜佛上香的经历,揣度着赊旗店镇寺庙里香火鼎盛的场面,"咱先吃饭,再来上香如何?"吴玉光一路颠簸,有些饿了:"对了,金秋,这赊旗店镇饭馆多吗?"

"那可不是一般的多！七十二条街上隔几步就有一家，大的小的数不过来！这五湖四海的客商众口难调，饭馆也是风味齐全，只要是民国有的菜，在这儿肯定能找到！"

吴玉光又问道："金秋，以你看来，在赊旗店镇做生意难吗？"

"过去行，现在有些难。做生意靠的是天时地利人和。"王金秋见东家有意考他，略一思索，看着熙熙攘攘的街面，"先说天时：南阳各县自治，难免自给自足，少有流通；再说地利：自京广铁路通车后，依靠白河水路运输便利、坐扼南北通衢的优势已失；后说人和：税丁如虎，匪患不绝，各地客商避恐不及。"不由得轻叹："东家，看看这街道两边，现在的货品也多是本地所产麻油、白酒、蚕丝和果木，虽说还算热闹，但这闻名遐迩的商埠早晚要谢幕。"

"有见地！"吴玉光点头，"就看税查局不留后路的收税法子，也该知道赊旗店镇的商业在每况愈下。"

赊旗店镇热闹繁华确实不假，但是，随处可见的赌场、妓院、大烟馆之类的场所，说明这里的商业已经走向歪门邪道。再看看街上不时走过的一些文身汉子，就知道在这个龙蛇混杂的大码头上，三教九流啥人都有。

路过一家花花绿绿的大院时，王金秋低声说着："这正是赊旗店镇第一号的青楼——梧桐苑，后台老板是南泌方统税征收局局长胡海天，我家有两个亲戚都是在这里弄了个倾家荡产。所以，我刚长大时，就常被父亲告诫不要沾惹……"

说话间，马车已进了位于城中的绸缎街。"金秋，这里你熟，看看哪一家是日兴昌绸缎庄。咱们先把这二十匹杭浦绸缎出手了，也好带些礼物，去拜望大同商号的赵老板。"吴玉光一路走来，身上的现金所剩不多，就催促王金秋先将车上装的这批紧俏货出手。

"正数第三家便是。"王金秋指了指绸缎街右侧一处门面阔大的商店，"这就到了！"

得善魁停稳马车，和王金秋入店通禀，老板徐云阳连忙出门相迎。

"吴老板！你怎么能屈尊前来？徐某这次可要攀上高枝了！"徐云阳笑着拱手，"早晚，我要去德化街投奔东盛祥！"

"我们东家看好日兴昌,所以,不辞辛苦前来。"得善魁抱拳应道,"徐老板,又得麻烦你啦! 按老规矩,卸货清账!"

"理应如此!"徐云阳也不含糊,"放心,货款已经备足。"

得善魁从吴炳义那里听说徐云阳做生意诚信,也是高兴:"晚上我东家在赵家牛肉坊摆酒,把你的伙计们都叫上,热闹热闹。"

"客气客气!"徐云阳一招手,几个伙计上来帮着卸货。

"徐老板果然名不虚传!"吴玉光掸了掸西装,笑着起身,一手挂着文明杖,在王金秋的虚搀下,走下马车,"徐老板,在下吴玉光,字成韬。初到此地,多多关照!"

"应该! 应该!"徐云阳毕恭毕敬地鞠了个躬,"初次交道,你能以这样的价格给敝店这批畅销货,我这过年就不愁了!"

这时,徐云阳才注意到旁边坐着的得善魁身上有几块污迹,关切地道:"老得,你这风尘仆仆的,衣服也该换换了!"又见得善魁表情难看,他不禁大惊失色,"莫非你遇着劫道的了?"

"好眼力!"得善魁苦笑着,"和遇上劫道的差不多吧!"

"哦! 明白了!"徐云阳一琢磨,恍然大悟,"该不是在柳树垭收税点弄的吧? 你问问咱这里往来的客商们,有谁不在那儿脱层皮? 那班头胡周山是胡海天的侄子,一肚子坏水!"不由感慨:"吴老板,赊旗店镇再让这帮兔崽子瞎折腾,恐怕彻底要完蛋了! 我真是早晚得去德化街投奔你!"

"算了,不说这些!"吴玉光赶紧岔开话题,"徐老板,我带着他们去街上转转。一会儿你忙活完了,拜托你再约几个同道,尤其是大同商号的赵老板,咱们掌灯时候在赵家牛肉坊见。"

"好,这事儿包我身上。你们先去看看,我安排两辆黄包车!"徐云阳忽然又在背后叫住得善魁,往他手里放了十块银圆,"老得,这是预付给你的花销钱!"

得善魁一愣,继而会心地笑了笑,把银钱揣进怀里,感激地作了个揖。

王金秋带着吴玉光和得善魁,沿着潘河边漫步。吴玉光故作好奇地问道:"得子,咱们的货还要花销钱?"

得善魁感慨："东家，哪儿有这种规矩啊？老徐是精明人，他准是猜到咱们身上的钱都叫那些税痞子搜刮走了，得等到晚上结了账才有钱，所以先给了这些钱，让咱们好好玩玩，顺便尝尝赊旗店镇的名吃！"

"哦……"吴玉光点头，"这老徐会做人！"

吴玉光、得善魁紧随着熟悉路径的王金秋，穿过拥挤的人流，一路走过无数的店铺、商号，见了无数见所未见、闻所未闻的新鲜货品。王金秋也不着急给吴玉光讲，因为他知道，过不了多久，等多跑几趟，精明的吴玉光就会对这里的每一条街巷、每一家店铺了如指掌。

鬼使神差，王金秋还是忍不住来到伤心之地——春秋街，这里比其他街上还要热闹三分。站在曾经是自家的"三益坊"前，他泫然欲泪。得善魁和吴玉光只顾看货，也就没有注意。

顺着春秋街走了没多远，便能看见山陕会馆里金碧辉煌的琉璃瓦，虽未到近处，那磅礴的气势已然扑面而来，令人肃然起敬。走到近处，一面富丽堂皇的琉璃照壁赫然矗立眼前。吴玉光绕着它走了三圈，深为折服，竟一句话也说不出来。

走进山陕会馆，这一进一进的院落，一栋一栋的高楼，令吴玉光目不暇接，所有以前在书上看到过的词汇，都可以拿来形容眼前这座美轮美奂的宫殿。

"咦？这不是金秋吗？"忽然有人叫住了王金秋。王金秋回头一看，不禁惊喜："丁叔，没想到在这儿能见到你呀！咋样，你和子龙哥这些年过得还好？"

王金秋拉着那人给吴玉光介绍："东家，我叔叫丁胜祖，老家是山西平遥的，我从小和他儿子丁子龙玩儿。当年，他和我伯联手开了一家平遥牛肉馆，在赊旗店镇风头无两。丁记平遥牛肉，可以说是名满天下！"

"金秋，都是过去的事了！"丁胜祖惨然一笑，"谁都知道那个时候好，可谁都回不去了！"

见此状况，王金秋问道："丁叔，这到底是咋了？当年我伯带着子龙哥押镖未回，我父亲变卖家产田地，还清了主家的债务。这么说，连平遥牛肉馆也关门了？"

"别提了！唉，丁家平遥牛肉，算是败在我手里啦！"丁胜祖眼中含泪，"三年前我贩牛去平遥……"顿时又哽咽难言。

"贩牛？"吴玉光不解，"自古以来，杀牛可是要受罚的！"

"东家，这南阳地界上，老百姓有养牛的习俗。唐河、白河的浇灌，在伏牛山下孕育出肥美的草场。这里生长的黄牛体型高大，力强持久，肉质细，香味浓，皮革也结实，实实在在是个宝物。"王金秋解释着，"大清闹长毛（指太平天国运动）的时候，宰杀牛羊放禁了，也就在郑县和赊旗店镇形成了两个大市场，那热闹劲儿大了，天天都像赶庙会！"

丁胜祖喝了口水，平复一下情绪，这才继续讲述……

丁胜祖三代都从事制作牛肉的生意。就在王银夏出事那年，他为了去汉口打听儿子的消息，便花了本钱，买了一群牛准备贩往山西，好赚些盘缠。未出南阳地界，就被胡周山带着税丁给拦着了。说丁家卤制牛肉的方子是偷盗所得，平日里又偷逃巨额税负……还把丁胜祖下了大牢。丁家前后花了无数银子，甚至卖掉牛肉馆，依然填不满这个无底洞。最后，丁胜祖无奈之下只好交出秘方，才换得自由之身。可是，妻子已饮恨而死，儿子又不知下落，在赊旗店镇上无片瓦，下无立锥之地，只能暂时待在山陕会馆里，一边等儿子回来，一边再找转机。由于丁胜祖为人实诚义气，不少同乡还念着旧情，给他安排了一间房住下，又送来干净的衣服鞋帽，让他有了点正常人的模样。

王金秋带着吴玉光和得善魁来逛山陕会馆的时候，丁胜祖正要去牲口市。歇息了几天，身体也恢复得差不多了，他想着总在这里白吃白住的，对不起老乡的一片热情，想去看看现在的牲口行市，若是条件合适的话，他便要重操旧业，恰好碰见了王金秋。

丁胜祖述说这些往事的时候，情绪已经没有了任何波澜。倒是吴玉光和王金秋、得善魁，听得唏嘘不已。

"生意场上有赔有赚，人生路上有沟有坎，自古常理。"吴玉光安慰着，"今日丁掌柜已是跌入谷底了，只要不放弃，往哪个方向爬都是上升。"

　　"吴老板这么一说,我这心里一下子好受不少!"丁胜祖弯腰施礼,"好歹我还有手艺,只要找到机会,也不是不能赚钱。"

　　"说的是!"看着快到掌灯的时候了,王金秋想起吴玉光与徐云阳等人在赵家牛肉坊有约,便征得吴玉光的同意,拉着丁胜祖一起去,"丁叔,我也是几年未回了。晚上,咱叔侄好好说说话,毕竟咱们心里都放不下那件事。"

　　王金秋这么一说,丁胜祖也不推托,毕竟一看王金秋的东家就是非同寻常的主儿。

第十一章　士绅豪气伸援手　义士救美结寇仇

赵河对岸,一栋红柱白墙、青砖褐瓦的三层小楼灯火辉煌,映得河水流光溢彩。小楼的门楣上挂着一块巨大的匾额,上面写着工工整整的"赵家牛肉坊"几个鎏金大字,门口一副对联:"赊酒赊旗不赊义,食蔬食鱼不食言。"吴玉光暗叹:看来,诚信就是赊旗店镇兴盛的基石啊!

四人过了桥,这才更加真实地感受到赵家牛肉坊生意的火爆。从赵家牛肉坊的店门开始,等着买秘制酱牛肉的人一直排队排到桥上。见此情形,得善魁低声对吴玉光建议:"做吃穿的生意最保险! 东家有意留下此人,莫非也有这个想法?"

"东盛祥也需要现金流。"吴玉光点点头,"在德化街上再开一家特色美食店,也未尝不可!"

走到门口,迎客的小二眼快,看出吴玉光是有钱的主,也认出了丁胜祖,立刻尖声唤道:"丁老板陪同贵客到! 二楼右转第三号,梅香雅间,请——"

上了二楼,又有一个伙计来接他们,将四人送到梅香雅间。徐云阳和青花瓷行掌柜费友强、骡马市掌柜陈德阳已在等候。见吴玉光和丁胜祖先后进来,徐云阳连忙起身拱手:"欢迎大郑县的东盛祥吴老板!"众人一阵寒暄,好不热闹。

趁着丁胜祖和费有强、陈德阳说话的间隙,徐云阳拉着得善魁、王金秋在角落处交接货款。经王金秋核算无误后,收起现金汇票,向吴玉光点了点头,吴玉光心里才彻底踏实。

正在热闹中,就听楼下有汽车的马达声。"肯定是大同商号的赵老先生到了!"

赵忠月,字贤达,年近七旬,身体康健。虽说是土生土长的南阳人,经历可是不一般。大清朝时,其祖上曾任翰林大学士、南阳知府,到其父辈,仍然被朝廷赐予进士出身。其父去世后,赵忠月没有蒙荫承袭官籍,而是怀着探求西方经济、民主思想的愿望,随着大清最后一批公派学生留学西洋。学成归国后,赵忠月在河南督粮道田赋处做稽核,负责土地赋税的核算和审计。腐朽的朝廷、混乱的时局导致各地赋税无章可依,官府肆意加税,使赵忠月无计可施,惶惶不可终日。辛亥革命后,天下巨变,大清不存,这个前朝税官带着乡村自治建设的理想,回到故乡,开始继承赵家偌大的家业。缘于"自养治穷、均赋弥乱、流通致富"的理念,他在商业兴盛的赊旗店镇上,长袖善舞,八方来财。进入民国的赵家并未败落,其妹夫马志敏由原镇嵩军二师师长转任南阳镇守使,现在改为行署专员,与赵家官商一体,使得赵家生意再上一层楼。不过,这生意上的事儿,达到顶峰时,也是开始走下坡路之时。尤其是郑县、汉口铁路建成,生生地断了赵家许多条生意通道。这时也命也的事儿,谁也没办法。他之所以今天出府来见一见天津卫东盛祥吴佩谦的儿子,表面上是尽老友照拂之意,顺便将早年的"儿女亲家"一说了断,实际上,他更想借机多了解下郑县商业的现状,好为日渐衰退的赵家生意再谋新路。

"赵老爷到!"汽车已熄火,这声音就从一楼逐层传递。显然,此处又是赵家的一方产业。

吴玉光和众人连忙起身,大家正准备下楼去接,赵忠月带着儿子赵熙禄,在两个下人的挽扶下进来了。

"让诸位久等了!"赵忠月在诸人招呼下,坐在主位,扫大家一眼,"哪个是吴羽然的儿子啊?"

"伯父在上,"吴玉光拱手施礼,"晚辈玉光,字成韬!向伯父问安。"

"果然是大家之子,一表人才!"赵忠月捋须感慨,"当年,我带着一船南阳的缫丝到天津卫时,恰巧赶上闹拳匪(指义和团)。拳匪不问青红皂白,就抢了我的货,还准备把我当作二鬼子在槐树街给杀了。也是命不该绝,东盛祥的吴老板刚好陪着袁大公子路过槐树街,见我大喊冤枉,便过来问情况,这算把我给救了。"

"那是赵伯父祖上恩荫,福大命大。"吴玉光逢迎道,"我听家父生前所言,他当时看到槐树街有道红光闪耀,便和袁公子过去一看究竟,这就与赵伯父相识了。"

"好!好!好!"赵忠月不由夸赞,"施恩于人而不图报,厚道!"盯着吴玉光又仔细看了看,眼眶有些发红,"对了,你说令尊去世了?"

"家父去世了,生前还念叨伯父,这才有我这次赊店之行。"吴玉光尽量说得轻描淡写,不想以父亲去世的事儿冲淡主题,毕竟,在赵忠月心中,吴佩谦没那么重要。

"唉——这天不加寿啊!"赵忠月掏出手帕,揾了揾眼睛,"之前,你可曾听令尊对你说起咱两家世代交好之事?"

"提起过!"吴玉光点头,"但世道纷乱,相隔太远,疏于联络也是可以理解的。"

"当年在天津时,家中报喜说生了个千金,我与你父便在酒桌上替你们定亲。"赵忠月泪水潸然,"谁知小女未及成年,便出了天花不治。因为这件伤心事儿,也就多年与你家疏于联络。"

"过去的事儿就过去了,世伯切莫再伤心。"听赵忠月这么一说,吴玉光虽有些替他难过,但也顿时放下心来,"我这次来看你,也是为了让家父安心。"

"儿女亲家做不成了,世代交好还是要做下去。"赵忠月揩泪,叫过儿子,"这是犬子赵熙禄,字世奇。今天,你俩就在这里结为兄弟!"

吴玉光小赵熙禄两岁,连忙上前施礼:"小弟玉光,字成韬,愿与兄长终身为友。"

吴玉光扎扎实实地跪地行礼,身材瘦高、脸面白净、略有阴鸷之色的赵熙禄却不温不火,一双细眼盯着吴玉光。

见儿子有些敷衍，赵忠月扫儿子一眼："还不扶起兄弟？"

"我在开封大同商号，有空去耍！"赵熙禄拱了下手，"兄弟起来吧，入座！"

吴玉光怏怏起身，随着赵家父子重新落座。赵忠月亲自为吴玉光倒酒："你哥就这个怪脾气，不要计较。"

"你们喝着，开封来电报，有一笔大生意，要我连夜回去。"赵熙禄不顾大家劝说，便独自下楼去了。

"你不准去梧桐苑！"赵忠月朝着儿子的背影有气无力地叫了一声，"不准去！"

"你呀，少操点儿闲心。"赵熙禄应着，脚步声已远。

"你伯母去世得早，赵家就这棵独苗，算是被我惯坏了。"赵忠月有些感伤，又略有期盼，"世奇心肠不坏，就是懦弱，没定力。"

"兄长也许真的有事，伯父不必挂怀！"见赵忠月表情凝重，吴玉光率先敬酒，"我敬伯父一杯！"

"拜托贤侄，你将来要多帮衬他！"赵忠月阅人无数，颇有见识，心中已是看好吴玉光。他不由轻叹一声，起身饮酒。诸人也趁机纷纷敬酒，气氛逐渐进入高潮。

说话间，酒转半巡，恰至得善魁处。望着赵忠月，得善魁脱口而出："真像！"

他不由想起老坟岗的乞丐大摊儿，只是赵忠月身上的气度和眉宇间的和善，和大摊儿有天壤之别。

得善魁这么一叫，赵忠月回过头，笑问："什么真像？"

吴玉光见时机成熟，这才将前几日发生在东盛祥的骗局说开。

听吴玉光这么一说，赵忠月有些生气："这帮骗子，怎么能往大同商号和老夫身上泼脏水？"

"伯父，千万别生气！"吴玉光站在赵忠月背后，为赵忠月顺着背，"早晚会抓住这几个骗子，为您出气！"

"我想起来了！"赵忠月点头，"昨日，我那不成器的儿子接到开封电报，说有一个曾在开封大同商号当过伙计的人,叫赵龙田,为了报答赵家的恩德,弄到一批便宜的杭浦绸缎,希望低价卖给大同商号。"

"老爷,我可记得,那个叫赵龙田的伙计不早被咱大同商号除名了吗?"一直站在赵忠月身后的管家插话,"那人不地道,将咱大同商号的经营宝典作为他跳槽德化街福民商店之礼,缺商德!"

"看来这事儿,八成与赵龙田有关。只是,他一个混混,哪有这个能耐?"吴玉光微微皱眉,一边暗忖着,一边听赵忠月的话。

"别人怎么缺德,我不管。只要牵扯到东盛祥的事儿,我要管。"赵忠月挥了挥手,打断管家的话,看着吴玉光,"既然事情是这样,赵家就有责任帮东盛祥!"他又想了想,下了决心:"为帮东盛祥渡过难关,大同商号预付你五十匹的货款,你明年春天发货即可!"

吴玉光感动至极,当着诸人跪地施礼:"伯父如此高风大义,急人所难,请受晚辈一拜!"

"这也是缘!事情就这么定。"赵忠月笑着扶起吴玉光,"要不然,我还觉得一直欠着吴家的人情!"说到这里,赵忠月站起身来。"你们年轻人在这里多热闹会儿,老夫身体不允,就先回去了。"

与赵忠月辞别,吴玉光回到酒楼,见丁胜祖等几个故友放开饮酒,猜枚划拳。

酒兴所至,那四人时哭时笑。吴玉光虽说能够理解,但隐隐觉得与自己无干,便伏耳得善魁:"我出去方便下,顺便透透气。"王金秋、得善魁忙站起身子,吴玉光让他们都坐下:"我一会儿就回,这点酒不碍事儿。"

吴玉光起身离座,满怀好奇地在走廊上溜达着,趁着小二给各个房间上菜的空当,从门缝里瞅着各个房间里觥筹交错的众生相,那些人醉酒的丑态令他忍俊不禁。走着走着,就到了楼梯边。

站在楼梯口往上看,一个人都没有。侧耳一听,似乎嘈杂的人声中,掺杂了几缕轻柔的女人声音。

吴玉光有丝醉意,禁不住侧耳细听,从三楼传来放浪的女人笑声,好似还有低泣声,这些声音仿佛一只钩子抓心挠肝,钩着他一步一步,鬼使神差般地走上了三楼。

三楼不像二楼那样有许多雅间，只有左右两大间房。那声音便是从左边那间透出来的。屋里坐着一群男女，正对着大门的主座，有一个又黑又壮、穿着薄绸缎袍、戴着黑呢礼帽的家伙，脸上满是横肉，目光下流而迷离。再看旁侧衣架上挂着的制服大氅，令他想起了在柳树垭收税的那些税痞："难不成就是那帮税痞的头头？"

再往里看，有一个姑娘的背影嵌入吴玉光的眼里，她在挣扎，哭喊着："放开我！放开我！"笑声则是从她旁边两个女人发出来的，其中一个年轻女人正在献媚："俺这妹子白牡丹可是大家出身，琴棋书画都通。她十六岁进梧桐苑的曲子班，卖艺不卖身，还是个黄花大姑娘！"另一个徐娘半老的女人似乎也在劝："我说牡丹妹子，你也不小了，就别使小性子了，能跟着胡局长是多大的福分啊！"

"放开我！"那姑娘哭着哀求着。她是背对着大门的，吴玉光看不见她的脸。但是，从背影上看，她身材苗条，曲线玲珑，裸露的臂膀和脖子如羊脂白玉般光洁无瑕，满头的青丝高高盘起，插了一支翠绿的珠钗。

仔细一看，吴玉光下意识地"啊"地叫了一声。他发现，那个女子竟然被两个女人按在黑胖子的一条腿上，黑胖子一个劲地摩挲着姑娘白花花的大腿。这黑与白的反差，严重地刺激了吴玉光的神经。

"救救我！"姑娘绝望地大哭起来。

"住手！"一股血性猛然冲上心头，他这一叫，把屋里的人都惊动了。黑胖子喊了一句"什么人"？同时把大腿上的姑娘一把拉起，挡在身前，肥胖的身子想往桌子下面躲。其余人也是一愣，像一群被捏着脖子的鹅。

吴玉光站在门头，刹那间有点进退两难。初到此地，自己身上还有一件大事未办，就冲动地蹚了浑水！既然喊了一声"住手"，这瓷器活儿只能往下扛！吴玉光稍一犹豫，离门口较近的一个女人却咋呼一声："是大浮山的白面书生？！"

"哎呀，我的爷，还不快些入座呀！"另一个女人连忙笑着过来招呼，"你可是有些日子没来梧桐苑了，姐妹们都想你了！我那梅凤妹妹还好吧？"吴玉光做梦也没想到,在豫西有一位著名的土匪大杆子和自己长得相似,自己被梧桐苑的两个老鸨认作绰号"白面书生"的土匪了!

民国时期的豫西,匪患不绝,杀戮从未停止。由于桐柏山林木茂盛,又与湖北接壤,自白狼之后,又有几股土匪在此占山为王,尤其以离赊旗店镇不远的野猪崖土匪,更是猖獗。这些年来,赊旗店镇之所以衰落,和土匪时常来此吃大户关系极大。

一听说是土匪,那黑胖子反倒松了口气,一把将身前的姑娘推倒,冲着吴玉光一拱手:"鄙人胡海天,大杆子有何见教?"见吴玉光有些迷惑,胡海天提醒他,"鄙人是南泌方统税征收局局长胡海天,曾与你们总杆子有过约定,井水不犯河水!"官府竟与土匪"井水不犯河水",老百姓岂不雪上加霜?

吴玉光也终于看到了白牡丹的面容。她被胡海天当了一回挡箭牌,又被推倒在一边,一切发生得那么仓促,来不及哭泣。她的大眼睛空洞而无助,精巧的五官不住地抽动。

胡海天缓过了气,他拨开身边的两个老鸨,叉腰问道:"你到底是谁?究竟想怎么着?"

吴玉光此时已经明白自己的处境,见胡海天旁边坐着的壮汉和他背后站着的护卫都已经拔枪在手,只好随机应变,拱了拱手:"原来是胡局长,听说过!"既然是大杆子,吴玉光也得硬气。"我本来无意打扰诸位雅兴,只是在此吃酒,听到楼上女人的哭声,有些不吉利!"他决绝地跺脚,"我和几个兄弟很少进城,听不得这不吉利的哭声。"

胡海天也知道那些天天刀尖上舔血过日子的土匪有很多忌讳,经吴玉光这么一说,他心里也有些不悦,毕竟今天是自己五十岁生日,便骂道:"扫帚星,早晚看爷咋收拾你!还不快滚?"

白牡丹连忙止住哭声,拿起身边的小包裹,逃命似的蹿出房间,又哭着跑下楼去。

见白牡丹暂时没了危险,吴玉光便拱手胡海天:"多有得罪!今天酒菜就记在我的账上,告辞!"

"请便!"胡海天并不客气,"今天鄙人给你一个面子,下次就不一定了!"

能在赊旗店镇当上权力最大的南泌方统税征收局局长,胡海天也是精明人,他不知道所谓的"大杆子"带了多少人,来干什么,还不如先卖个人情!反正,白牡丹也跑不了! 看着吴玉光的背影,他对旁边坐着的壮汉交代:"三饼,去,跟着他们,摸清底细,再收拾他!"

吴玉光出去时间不短,得善魁哪还能坐得住? 他正在二楼楼梯处四处张望,忽然见吴玉光从三楼下来,不由吃惊:"掌柜的,你去哪儿了?"

"把三楼那桌账一块儿结了,咱们马上走!"

知道吴玉光肯定遇到事了,得善魁连忙结账,并和徐云阳等人说了刚才发生的事。徐云阳听完,也觉得是个事了:"吴老板,发生这事儿,还真不敢大意。你就和金秋、得子坐赵老板的洋车,今夜就歇在赵家大院,应该无妨!"

"怕他干啥?"得善魁向怀里掏出乌木弹弓,暗暗压上铁丸,一扬手,院中一盏汽灯应声而熄。

"还不住手?"吴玉光低声呵斥,"得子,人家手中有枪!"

诸人也愣过神来,埋怨得善魁:"快走,你们惹不起这个活阎王!"

"只好再见!"吴玉光拱手致谢,便和王金秋、得善魁坐着大同商号的汽车先走。

第十二章　恶人心生贪婪谋　高士夜传财税赋

"不好了!"胡三饼下楼一看吴玉光带着王金秋、得善魁坐上了大同商号掌柜的汽车,连忙折身上楼,"这大杆子已经绑了赵忠月!"

"什么? 他们去哪儿了?"胡海天一把推开坐在腿上的老鸹。

"那货带着人坐上了赵忠月的洋车,八成是去赵家大院了!"

"我的妈呀,这真是太岁头上动土,不想活了!"老鸹吓得吐了下舌头,"赵忠月可是咱南阳行署马专员的大舅哥啊!"

"哈哈哈——天意啊!"胡海天忽然放声大笑。大同商号是赊旗店镇最大的富户,由于靠山太硬,征收局不敢过于揸油,使搜刮成性的胡海天如鲠在喉。这次,若真是大杆子"白面书生"绑了赵忠月,征收局便师出有名,让大同商号放血剿匪! 如果动静闹大了,说不定自己还能顶替县太爷!

"叔,我这就去召集人手,包围赵家大院。"胡三饼看着胡海天幸灾乐祸的样子,有些迫不及待,"我们再带上一门炮,中不中?"

"啪——",胡海天隔着桌子,伸手给了胡三饼一个嘴巴,"猪脑子! 你想炮轰赵家大院? 找死?"

"我的局长啊,你消消气,三饼还不是问你要主意呢!"老鸹扭着臀,连忙给胡海天捏着肩,"你拿个主意,既不能便宜了土匪,也不能便宜了赵家!"

胡海天看一眼胡三饼说:"从赊旗店镇往野猪崖的路有几条?"

"一条大路,一条小路。"胡三饼用手比画着,"大路要经过柳树垭口,小路要过象牙关。"

"这不就行了?"胡海天起身安排,"让你哥带一个排的兄弟,看好柳树垭口,你带上一个排的兄弟,马上去象牙关。我就不相信白面书生能够插翅飞走?"他略作停顿:"决不能让这个土匪带走一点儿钱财! 但人要抓活的!"咬了咬牙。"至于赵忠月……"招胡三饼过来,附耳交代,"他这次必须得出点儿血!"

汽车很快便停在了赵府门前。

赵家大院果然不同凡响:庭院前面是一溜街面门房,门面上额浮刻着"海阔凭鱼跃,天高任鸟飞"熠熠生辉的大字。穿过四扇透窗亮格的红木屏风,这才来到庭院正门。朱漆大门扣着碗大的铜钉,半尺高的枣木门槛涂着金粉。一对丈高青石狮子下站着几个家丁,挺胸收腹,背手而立,一看便知有些腿脚功夫。车夫戴秉礼扶着吴玉光下车,两个家丁显然得到主人授意,连忙举着灯笼,引着吴玉光和王金秋、得善魁进入大院。进入院内,一股古朴凝重之风扑面而来。大院坐北朝南,纵深为"一进四"格局,横向由正院、侧院、陪院三座大院相连组成。过厅至后院,路过左右六间的花格窗棂厢房,这才来到正厅。正厅高大庄重,为"明三暗五"的二层砖木结构的高楼,出一丈前檐,设楼栏花格门窗,前设月台、花坛,植桂树和笼竹以示富贵书香之家。正厅亮着几盏灯笼,显然,主人还未入睡。

赵忠月见吴玉光三人跟着管家进来,从太师椅上欠了欠身:"老夫一直在等你们呢! 你呀,真不该惹胡海天!"

"伯父如何知道?"吴玉光有些感到意外。

"赊旗店镇就巴掌大的地方!"赵忠月瞥了屋外一眼,"秉礼连这'祸根子'都带来了!"

吴玉光顺着赵忠月目光一看,大吃一惊:"白牡丹,你怎么也来这里了?"

白牡丹感激地看一眼戴秉礼:"是戴叔见我无处可逃,把我藏在了汽车的后备箱里。"

"这闺女不笨,在赊旗店镇,只有大同商号能暂时为她遮挡一下。"赵忠月也不责怪戴秉礼,轻叹,"要再次救她,可不是件容易事。"

"你们就发发善心,救我到底吧!"白牡丹进屋跪地,低泣着,"梧桐苑我回不去了,回去就是个死!"

"怎么会这样?"吴玉光顿时感到一丝歉疚,"伯父,都怪小侄莽撞!"

"没啥,年轻时,我还不是和你一样?"赵忠月反倒一副波澜不惊的样子,"说说吧,你咋想?"

"我想连夜回去,免得给伯父惹来麻烦!"

"晚了!现在镇门关闭,只能等明早开门才能出去。"赵忠月轻叹一声,"今夜,你就好好歇息一晚,明早离开赊旗店镇!"他想了想,"不过,你要带着白牡丹一起走!"

"小女叩谢赵爷救命之恩!"白牡丹接连几个响头,额头隐隐渗着血迹,"若赵爷不弃,从今你就是桂英的亲爷爷。"

"起来吧,桂英,我和贤侄好好合计下。你们先下去歇息。"看着白牡丹和王金秋、得善魁跟着家丁去一侧厢房歇息后,赵忠月这才招呼吴玉光坐下,"贤侄,你刚才之所以能够脱身,是胡海天认为我被你这个'杆匪'——白面书生给绑架了!"赵忠月平静地说道:"按照我对他的了解,他不会派人来救老夫。估摸着,他想着怎么借刀杀人呢!"

"为什么?"

"还不是因为大同商号不买他的账!我要是死了,他拿着剿匪的借口,说不定一口就吞下我赵家整个产业!"

"好歹毒!"吴玉光没想到给赵忠月带来这么大的麻烦,"我去找他理论。"

"理论?"赵忠月笑了,"贤侄,晚了!"

"那怎么办?"

"无妨!"赵忠月显然已经想到了对策,"如果我判断不错,胡海天会兵分两路:在离开赊旗店镇的必经路口柳树垭和象牙关,等着你们自投罗网。"赵忠月继续盘算着。"至于我这里,明天一早,他就要装作好人,以剿匪为名,来我赵府打秋风了!"顿了顿,"所以,你今晚好好睡一觉,明天一大早,赶在胡海天来我府上之前,坐着我的汽车走,赶紧回去办你的事,莫让那个该死的骗子跑了!"

"胡海天不会为难伯父吧?"

赵忠月摇头:"他现在还没这个胆!毕竟南阳行署的马将军是他头顶悬着的一把刀!"

赵忠月顺着桌面推过来一张大同商号的汇票,制作精良的纸片上,写着"会当凌绝顶,一览众山小"两句诗,下面押着"德性坚定"的字样。看着吴玉光一头雾水的样子,赵忠月解释:"这是密押汇票,你派人到开封花旗银行可以兑出五万大洋,算是大同商号明年采购杭浦绸缎的预付款。也算是'诚为聚时道,能济急时需'。"

吴玉光彻底为赵忠月的智慧、厚道所折服,跪地施礼:"伯父,成韬无以为报,只有以诚信为本,忠孝立身,以报厚恩!"

"起来说话。"赵忠月似乎从吴玉光身上看到自己年轻时的影子和未来的亮光,"忠孝乃立身之本,诚信乃治世之基。经商之人尽忠孝,莫过于诚信二字。"见吴玉光眼中一亮,知道此子可教,便说:"我举一例,你可细品。贤侄可知以'三自'政策而安定一方的别廷芳吗?"

"有所耳闻!"吴玉光起身坐下,"记得前些日子翻阅《申报》,省府刘主席讲话,提及别廷芳的'自卫、自治、自养'。"

"贤侄,"赵忠月道,"既然话说开了,我就多说些。"谈兴已起,他让管家安排几个酒菜,徐徐地道着别廷芳在豫西实施的"三自"政策……

别廷芳以"执法严,不徇私"兼用"治乱世而用重典",以实现"以自卫保护自治,以自治促进自养,以自养根治穷和乱"。他先从军事入手:将适龄男丁按年龄、体力、家庭男丁的多寡分编为九个团,战时为兵,闲时为农,一旦有事,召之即来;设立军官学校,培养军事骨干,统领民团,以强军事素质;高薪聘请造枪工人,创办造枪工厂,加强武器装备。经此变革,军力大增,成为他推行地方自治的支柱和后盾。再以乡治为基,实行保甲制度。十户一甲,设甲长;十甲一保,设保长;十保一联保,设主任;联保以上设区,各区成立"调解委员会",处理地方事务,确保社会秩序安定。而后发展经济,大办农业和工业,植树造林,兴修水利,治河整地,创立工厂。邀请具有科学技术知识和植树造林经验之人筹划和领导工业、农业和林业生产,并推行禁吸大烟纸烟、禁用洋靛洋货、禁止赌博之法令,以此保护地方工业,整顿社会风尚……

"我与香斋(别廷芳字)早年熟识,还就教育和赋税之法深入探讨,"赵忠月抬头望着窗外,回想着,"兴办教育,培养人才乃国家、民族之根本。和香斋一起说教育是我感到最开心的事。不过,要说令我最安慰的,那就是由我牵头,合并杂捐,治理赋税,以诚信为基,建立金融。"看吴玉光期待下文,他也就娓娓道来:"由香斋支持,我做了三件事:一是丈量土地,清理田赋,制定'稞石册'。我和来自北京的梁先生一起调研乡村时,发现田赋混乱,百姓负担不均,各区乡、保、甲长层层浮加税负,从中渔利。我便让以'新乡村建设'为志的梁先生召集两百个能写会算之人,授以税赋知识后,分派各地,对所有土地进行丈量,以户为单位进行登记,写清亩数和银两稞石数,并规定出土地的等级,以等级定稞石,取消杂捐,改变田赋混乱、负担不均之状,增加政府收入。二是整理契税,确定商业税收制度。设立契税管理局,我任了首任局长,并在各区设一名征收专员,专门对从事买卖土地、房产者进行征税。这批收入,三成上交省里,七成留归地方,增加了地方财政来源。最值得一提的是,我以政府和大同商号的信誉,成立金融流通合作社和借贷所,以低息贷款扶持农、工、商的生产运销,并发行金融流通券,建立金融体系。刚才给你的大同商号汇票,就是那时候发行的。"

"伯父之所为,意义深远。"吴玉光在北京大学学习经济,又去日本潜研商业,自然明白其中的道理和未来的影响,"这些措施顺乎当下乱世,也必是卓有成效。"

"古人云:乱世用重典。"赵忠月点头道,"现在豫西貌似社会安定、生产发展、文化教育繁荣,官兵匪寇不敢骚扰,基本上是村村无讼、家家有余,路不拾遗,夜不闭户。"

"如此局面大好,伯父又为何离香斋先生而去?"吴玉光不由发问,"莫非也想在赊旗店镇打造一方桃源?"

"问得好！先说我为何离开。"赵忠月与吴玉光浅酌一杯，"有一次，我与别香斋一起下乡，见一孩童拿着几个玉米穗从玉米地里慌然出来。他便问路旁老农，得知小孩儿是在偷玉米，他当即怒斥小孩儿：'小时如此，长大岂非大盗！'竟随之枪毙。"说到这里，也喟然一叹："如此以权代法，法无轻重，心无悲悯，岂不让我失望？不过，真正使我决心离开的原因，是我的学生马华敏被杀。华敏聪慧勤奋，心存家国。在师范学校期间，改革教学方式，开设中外历史、地理、西方科学课程，竟触犯了别香斋的中心儒学。他不听解释，将华敏当街枪毙。"

"别香斋行表儒法里之术，严刑峻法，抵御西学，与土皇帝无异。况苛政峻法早晚会激起民怨。"吴玉光目光深邃，"秦时商鞅废井田、开阡陌，实行连坐、奖励耕战，虽'奋六世之余烈'而横扫六合，然'戍卒叫，函谷举，楚人一炬，可怜焦土'。"

"盗几穗玉米被枪毙，抢劫杀人亦是枪毙，法无差别，必使恶人作恶更大。"吴玉光认真思索，恍然所得，"若非国有正法、税有正纳，明刑弼教、德主刑辅，何来长治久安？"

"正是此理！"窗外起风了，赵忠月起身，"离开别香斋，回到赊旗店镇，更是令我失望。豫西自治之法，在此地难以推行。此地官匪一家，客商逐利而来，各怀心思，岂能如村民好治？加之，我年岁已高，即使想法再多，又能如何？"看着吴玉光，殷殷相期："这未来之事，就由贤侄去为国家和百姓而谋了！"

"伯父教诲，我当永铭于心！"吴玉光内心忽然亮起一道光。

"贤侄，夜深了，要下雪了。"一阵风紧，赵忠月让管家掩上窗帘，"睡吧，明天才有精神。"又想起一件事，交代身后的戴秉礼："把那个物件拿过来，我老了，肯定用不上。"

戴秉礼点头，从靠墙的壁柜里取出一件东西，放在桌上。

"这个，你也带着，多点儿煞气！"赵忠月示意吴玉光收起，"这是马将军送我的礼物，我用不上，就转送给你了！"

吴玉光打开一看，原来是一支泛着幽光的勃朗宁手枪，外带二十发黄油包裹着的子弹。这可是一件稀罕物！

"多谢伯父！"吴玉光含泪，跪地施礼，"晚辈决不辜负伯父再造之恩！只是，明天胡海天找你麻烦，该怎么办？"

"也只能说，我被你这'杆匪'勒索走了一批财物，外带一辆洋车！"赵忠月显然已经思虑成熟，"否则，他会给我扣上一个通匪的罪名！"

"让伯父如此担待，小侄实在不安！"吴玉光泫然欲泪。

"他无非再讨要些剿匪的钱财罢了！"赵忠月装出一副轻松的样子，"你也早点儿歇息，明天等着你的是一场硬仗！能脱身就尽快脱身，千万不能与那些税痞纠缠！"又叫过戴秉礼："这是广盛镖局的戴师傅，由他开车带着你们，应该可以闯过柳树垭口的关卡。"

风，一阵紧似一阵。吴玉光重重地叩谢了赵忠月，这才起身随着戴秉礼下去，外面已经零星地飘起了雪花。

第十三章　将错就错脱险地　擒贼擒王话杆匪

天蒙蒙亮的时候,吴玉光被戴秉礼叫醒:"城门快开了。"简单用些早点,便登上大同商号的福特汽车。上车后,他吃惊地发现,白牡丹紧紧地抱着怀里的一个小包裹,正冲着自己露出讨好的笑容。

待吴玉光坐定,得善魁扭头:"马车我已经安排妥了!让丁胜祖带着马车暂且待在广盛镖局,等过了这个风头,让他给咱们送回去。"

"好!"吴玉光点头,"出发吧!"

汽车一出赊旗店镇,道路开始有些颠簸。一夜的风雪使道路上的行人和车马稀少。此时,雪虽停,但飕飕的风宛如利刃,收割着茫茫世界的最后一丝温暖。戴秉礼小心翼翼地开着车,还不时地提醒吴玉光看着车窗外的动静,以便随时停车。

不远处就是柳树垭口,通往郑县的大路上放置着拒鹿马。两个背着长枪的税丁呵手顿足地站在路中间。路边的大柳树下,胡周山带着一大群税丁正围着一堆火取暖。

"怎么办?"戴秉礼经常为大同商号走镖,一看前面足有一个排的税丁在等着,停下车子,与吴玉光商量对策。"吴掌柜,这硬闯恐怕不行,得智取。"

"射人先射马,擒贼先擒王!"吴玉光显然早有主意,"你只管将车开过去,我下车与那帮税痞周旋,然后找机会制住胡周山,让他送我们一程。"

"我跟着东家,有我在,东家保准没事。"得善魁咧着嘴,晃了晃膀子,扭了扭头,拿出乌木弹弓和一袋子哗啦作响的铁丸。

"也只能这么办!"戴秉礼将腰间的短枪掏出来,递给得善魁,"你带着它!"

"我,我不会用啊!"得善魁笑着,"还是我的弹弓顺手。"

"我会用。"王金秋接过,"我和得子叔跟着东家。"

"金秋,你带着这个'火鸡腿'跟着我,咱们就走不了。"吴玉光笑了一下,从怀里掏出一封银子,"有这个就行。"

"如果不行,还有我,都是我连累了吴老板!"白牡丹插话,"他们的头儿不就是要我? 只要你们平安,我死也心甘!"

看着白牡丹一副决绝的表情,吴玉光忽然笑了:"我说白牡丹,你昨天那么怕死,今天是咋了?"

"离开梧桐苑,白牡丹就已经死了!"白牡丹看着吴玉光,"我叫白桂英,白桂英不怕死!"

"好! 有点儿穆桂英的味道!"吴玉光让王金秋拿着戴秉礼的短枪,"委屈戴师傅,金秋把枪对着你,这样你将来还能回到赊旗店镇!"

"对,对着哩!"

汽车的马达声已经惊醒了前面的税丁,胡周山举着枪,喝道:"他妈的,这货终于来了!"

"那……是大同商号赵老板的洋车,咱们也截?"鼻头和脸冻得通红的皮条凑过来,显然说话也有些不利索了,"咱……们可惹不起!"

一夜待在风雪中,胡周山早就窝着一肚子气,听他这么一说,登时就恼了,对着皮条就是一脚:"我他妈的毙了你!"说完,就把枪对着皮条,旁边站着的几个税痞赶紧上前拦着。胡周山的手早被冻僵了,"砰——"的一声,短枪走火,恰好击中皮条的小腿。

在大柳树下这群税痞的混乱中,汽车已经开过来了。戴秉礼看吴玉光一眼:"咱冲过去?"

"不行,按原计划行事。"

汽车在柳树垭口稳稳停下。这群税丁拿着枪,围了过来,胡周山看着车内王金秋拿着枪顶着戴秉礼，白牡丹被吴玉光挤在车内一角，他用枪指着吴玉光："你跟老子下车！"

得善魁刚要起身，被几个税丁举着枪指着："不准动！"

"都给我好好待着！"吴玉光一副见惯生死的样子，"不就是抢一个女人嘛！"

看着吴玉光拄着文明杖走下车，胡周山对着雪地使劲地啐了一口，死死地看着吴玉光："又见面了！"

"胡队长辛苦！"吴玉光笑着，一手拄杖，一手自怀里掏出一封银圆扔了过去，"买条路！"

"你这货害得老子在风雪里冻了一夜，还伤了老子一个兄弟，你知不知道？"胡周山看着散落一地的银圆，仍然用枪指着吴玉光，"你这货还真会装！前日你坐着马车进赊旗店镇，老子还真把你当成正经生意人了！"

"也是生意，到梧桐苑买白牡丹。"

"少废话！"胡周山得到的命令是让土匪把抢的东西留下，活捉白面书生，没说女人的事儿，"把你抢的东西留下。你也不能走！"

"胡队长，好商量！"吴玉光知道他们把自己当成杆匪白面书生了，也就痞笑着，"胡队长，不会要我命吧？"

"你先把抢的东西全留下，然后——"胡周山见吴玉光有些顺溜，也就把枪插在腰里，"我先看看你身上还有多少大洋。"吴玉光笑着，张开双臂："胡队长尽管搜！"

谁知胡周山刚上前一步，吴玉光右手倏然自文明杖中抽出短剑，以迅雷不及掩耳之势，短剑已架在胡周山的脖子上："退后！谁敢上前一步，我就让胡周山血溅七步！"

胡周山蒙了。一群税丁看着胡周山蒙圈的样子，不知进退。

吴玉光倒是淡定，左手顺势拔出胡周山腰间的短枪，以枪顶着胡周山脑袋，将短剑插回杖中，这才说道："胡队长，咱们向来是井水不犯河水，你这次可是越界了！"

"大杆子，你先放了我，有事好商量。"胡周山好汉不吃眼前亏，"不就是借条道吗?"

"放了你也行,不过——"吴玉光对着那群税丁说道,"这么着,我想让胡队长送我十里,你们也别跟着。天冷,那一百大洋你们拿着去买些好酒,暖暖身子!"看这群税痞还没放下枪,他动怒了:"你们要想让胡队长活命,就让他送我一程,要不然——"

"你们别胡来!"胡周山被吴玉光在背后使劲用枪顶了下,连忙晃着手,"我去送,你们都在这儿等我,等我!"

这群税痞知道杆匪厉害,也知道杆匪说话算数,也就搬开路中的拒鹿马,让开道路,吴玉光用枪顶着胡周山上了车。

汽车开动,转眼间已经消失在远处苍茫的雪雾中……

直到吴玉光感到自己彻底安全了,这才让戴秉礼减速,也不停车,一脚将胡周山踹下车去。戴秉礼装作无辜又可怜地对胡周山喊道:"胡队长,你可要救我呀!"

汽车继续前行……

良久,才听到后面传来胡周山隐隐约约的骂声:"我他妈的……要剿匪!"

车上的人都不由得笑了。

吴玉光掸了掸身上的雪粒:"咱们这次能顺利离开赊旗店镇,还要谢谢那个叫白面书生的大杆子呢!这白面书生到底是个什么人?"

"有人说他是杀人不眨眼的魔王,又有人说他是义匪。"得善魁多少知道一些,"此人原名赵继,字鸿飞,是豫西巨匪,住在伊河边上,生就书生模样,平日里显得知书达理,斯文腼腆,人称'白面书生'。"

"又是豫西土匪?"

"东家,豫西盛产土匪,每逢盛世则销声匿迹。譬如唐代安史之乱前,又譬如北宋时期,豫西基本上风平浪静,八百里伏牛山,成为高士隐居坐禅之地;但一旦遇到乱世,便盗贼蜂起,土匪日增,深山密林便滋生土匪。当今乱世,匪患炙热,这白面书生更是厉害,手下土匪就达数千人。由于土匪太多,分布太密,老百姓没法生存,也纷纷买枪买弹,反正我不杀你,你便杀我。老百姓下地干活,一手拿锄,一手拿枪,民匪莫辨,亦民亦匪。豫西民谣云:'一等人当老大(土匪头目),银圆尽花;二等人挎盒子,跟着老大;三等人扛步枪,南战北杀;四等人当说客,两边都花;五等人当底马(土匪的线人),暗害民家;六等人当窝主,担惊受怕;七等人看肉票(被绑架的人质),眼都熬瞎。"

"说的对着哩!"常年行走江湖的戴秉礼接话,"还有呢,'要当官,去拉杆''进山转一圈,出山便是官'。"

"经你们这么一说,这当土匪还是一条好路子了?"吴玉光笑了,"白面书生赵继真的是因此而为匪?"

"虽都是乱世为匪,却各有各的当法,落草的动机不尽相同。"得善魁解释,"赵继原本是小康之家,他父亲曾在周口镇当过船老大。郑县通铁路后,漕运衰败了,他父亲便拿着多年的积蓄,回老家置下几十亩耕地,吃穿不愁。但其父爱喝茶看戏,途中就遇到土匪冯老七,那货看中他父亲手上的玉扳指,便杀了他父亲。他母亲为防冯老七斩草除根,便带着赵继东躲西藏,最后藏进一座寺庙内,但还是被冯老七追杀。赵继一怒之下,便投奔了孙金贵的匪帮,成为一个驾杆,发誓要为父亲报仇。有一天,豫西几股土匪在崇阳沟碰杆,也就是匪首聚会,冯老七也来了。赵继抓住机会,将他绑架到下屿集市上,众目睽睽之下,手刃其腹,大声说道:'我是下屿村的赵继,冯老七是我的杀父仇人!今日我为父报仇,与别人无关。各位叔伯大娘不要惊慌!'说完,又砍下冯老七人头,带着匪众扬长而去。"得善魁又喷道:"豫西民风剽悍,崇尚勇武,蔑视怯弱,赵继此举不被指责,反为称赞,所谓'知恩不报非君子,有仇必报是好汉'。"

"要说白面书生也是逼上梁山。"吴玉光点头,"于乱世之中,行霹雳手段,有枪就是草头王,刀口上舔血做强梁。"他想了一下,又说道:"白面书生倒也值得一交。"

"白面书生秉性强悍,精明干练。他谁都不怕,和官府周旋,又和其他不仗义的匪帮干仗。"得善魁又想起一件事,笑了起来,"听说,他在老家还创办了维伦中学,说是千万不能再让乡里乡亲的孩子当土匪。"

"也是个奇人!"

"我见过白面书生,你和他长得有些像,他没你个高,却比你壮。"白桂英低声地接话,"他去过梧桐苑,还带走了一个叫梅凤的姑娘,听说是他兄弟的相好。"

"多亏昨晚灯下黑,他们认错人了!"吴玉光有些庆幸,又忍不住好奇,"梧桐苑到底是个什么地方?"

"是一个吃人不吐骨头的地方。"一说起梧桐苑,白桂英便忍不住流泪,"我祖籍赊旗店镇的青台,爷爷曾任大清开封府臬司主簿。改朝换代时,遭仇家黑手横死。世道一变,家道也就一落千丈。三年前,母亲因病去世,我随父亲从开封回到赊旗店镇变卖一处祖上的房产后,刚走出赊旗店镇,便遇到了一群蒙面杆匪,同行的人群一下子便被冲散了。我父亲拼命护着钱箱——那可是我们一家人的命根——被杆匪头目开枪打死。"白桂英泣不成声。"在我绝望之时,有人躲在暗处,一枪击飞了杆匪头目的礼帽。蒙面杆匪见此人枪法如神,也不理论,便将我留下,抢走钱物,仓皇而去。"她止住泪水,"救我的人也不现身,不求回报,悄然离去。"

"为了安葬父亲,更是为了查到杀父仇人,我来到梧桐苑的曲子班,只为客官唱曲,并约定两年为期,到期后,来去自由。谁知梧桐苑却不放我走,还要把我送给胡海天做妾。要不是你们,我恐怕已经死了!"

"白牡丹死了,白桂英活了!"王金秋安慰着,"既然活下来了,就要活出个样。不知可否找到杀父仇家?"

"杀我父亲之人,就是胡海天!昨日在赵家牛肉坊,当他摘下帽子时,我便一眼认出!"白桂英咬牙切齿道,"他头顶有拳大的一块亮疤!"

"既然找到仇人,也不知白姑娘有何打算?"

"我先回开封。"白桂英止住泪水,"父亲死后,正上大学的哥哥就去了广州,投奔了在国军当参谋的叔叔。我要让他们带枪回来,杀了胡海天。"

"倔女子!"吴玉光若有所思地望着远处,但见旷野上,有旋风突起,不由轻叹,"这天早晚还要变!"

王金秋爱怜地看一眼白桂英:"家里已经没人了,你还回开封干什么?"

"我爹说,人死了,债不能死!"白桂英低声回应,"我在梧桐苑唱戏三年,多少有些积蓄,我得替父亲把他生前欠下的钱还上。这样,我才能心无挂碍地找我哥回来报仇。"

"说得好!"吴玉光收回目光,"就冲你这句话,我帮你到底!"

"桂英,你也是胆大,咋敢一个人待在梧桐苑三年?"王金秋有些心疼和后怕,"就不怕有个闪失?"

"怕! 又不怕。"白桂英脸色微红,泫然欲泪,"我自幼随父学拳,稍大些便随祥符班的武师父学武戏,一般男子欺负不了我。况且我有家传护身短匕在身,只要大仇得报,不妨身死。"她目光执拗。"昨晚我原本是要刺杀胡海天的,却被梧桐苑里的人在我酒里下药,以致浑身无力。"看一眼吴玉光,又看一眼开车的戴秉礼,"多亏吴老板及时救我,下楼时,又刚好被戴叔藏在汽车里,把我送到赵家大宅。"

"叔喜欢听你唱的《穆桂英挂帅》!"开车的戴秉礼宽慰着,"桂英这次大难不死,跳出火坑,必成凤凰!"

"报仇也需策略,不在一时一地。"王金秋虽说仅略长白桂英两岁,但因家族变故,又经受过学生运动历练,比她成熟许多,"待时机成熟,我随你再回此地,驱除仇寇。"

"好!"吴玉光点了点头,"回到郑县后,金秋和戴师傅刚好要去开封办事,就让他们去送你。有啥难处,你就随时说,东盛祥也许还能帮上忙。"

白桂英咬着嘴唇,点着头,泪珠就溅碎在衣裙上……

诸人在车内说着话,也不觉路途乏味。天擦黑的时候,这辆少见的福特牌汽车也就到了德化街上。

第十四章　波澜诡谲计连计　悲喜交加戏中戏

吴玉光累乏已极，当晚就歇在东盛祥店内。

一大早，德化街便热闹非凡，将他从梦境里吵醒。他只好坐起身，看着窗外透进来的曙光，一边感受着德化街上的氛围，一边盘算着如何追回那批被骗走的货。

"十有八九，这批货被赵龙田倒弄给了福民商店。"当妹妹端着早餐走进来时，吴玉光方才起身，"这几天，你瘦了不少。"

这一句关切的话，让吴玉莹多少有些感伤："哥，我没事儿。只是昨晚听得子说起你们这趟的经历，担心得没睡好！"

"我这不是好好的吗？"吴玉光跳起身，"这一趟收获大着呢！现在顾不上给你说了，我马上要去巡缉税查局，让张局长派人捉拿赵龙田，然后顺藤摸瓜，抓住幕后主使。"

"幕后主使我和炳义已查清了，就是赵龙田的远房表兄王留成。王留成是日本福民商店的总管，阴险狡诈，就是那个假扮的账房先生。"吴玉莹一边看着哥哥用早餐，一边说道，"证据我已经为你准备好了！"

"这就好！相信张局长会秉公处理。"吴玉光点头，"我们不用过于担心。"

"要说担心，就怕再牵扯到福民商店的老板，智贺秀二。"吴玉莹略微蹙眉，"与日本人扯上关联，就有些麻烦。"

"要说，经商禁忌一个'贪'字，要不是骗子开出的价格诱人，也不至于惹出这一场麻烦。"吴玉光倒显得云淡风轻，"不过，塞翁失马焉知非福？为这事儿去了趟赊旗店镇，没想到，收获颇丰！"

"你是说白姑娘？"吴玉莹忍不住打趣，"要说白姑娘的长相，确实没的说。哎，只是你不该连夜就让金秋把她送往开封。"

"咱救了人家就想让人家以身相许，和打劫有啥区别？"吴玉光瞪了妹妹一眼，"没读过赵匡胤千里送京娘的故事？"

"反正，你已经和杆匪扯上了关系，"吴玉莹继续打趣，"还不如你干脆把她收了，也好和我做个伴。"

"行了，别胡说了！"吴玉光故作生气，"这么多事儿，谁有闲工夫去想这些乱七八糟的事。"

"有人就有闲工夫。"吴玉莹拉着哥哥走到窗前，指着前面不远处，"看见那座刚刚搭好的戏台了吗？"

吴玉光点头："怎么了？"

"裕兴祥的小掌柜明天要让我去看场好戏、大戏。请穆兰香登台为他的茶庄开业添喜，还要——"吴玉莹看着急听下文的哥哥，故意卖个关子，"算了，反正与咱们没关系！"

"他还要干什么？"

"他还要向穆兰香求婚！"吴玉莹笑着，"这个浪漫的家伙！"

吴玉光眼前顿时浮现出穆兰香一颦一笑的样子，似乎有些不甘心："这怎么可能呢？"

"我知道你也喜欢穆兰香，你还为她让长腿三和赵龙田打了一架，"吴玉莹点头，"要我说，打得好！"

吴玉光收拾已毕："要是现在我碰到赵龙田，我非宰了他不可！不过，话得两头说，我可没说过自己喜欢穆兰香！"

"你还真忘不了东京的樱子？"吴玉莹抢白着，"要是日本和咱国再起战事，你就成汉奸了！"

"别胡说！"吴玉光不高兴了，"你在东京时，樱子没少照顾你！"

"我没说樱子不好!"吴玉莹有些担忧,"只是两国一旦开战……"

"如果两国真的开战,我只能选择国家!"吴玉光目光有些忧伤,"先不说这事儿了! 我要马上去官府报案,切不可让骗子跑了!"吴玉光又扭头看妹妹一眼说:"记着,明天叫着我一起去看戏!"

吴玉光还未走出门,就听见锣鼓喧天,由远而近。见吴炳义慌慌张张地进来,嚷着:"东家,你快出门看看,赵龙田和骗咱们绸缎的那个账房先生扛着匾,跟着日本副领事山口一郎、福民商店的老板智贺秀二,还有一群日本浪人和一队税警,正敲锣打鼓地朝这边走来了!"

"这帮浑蛋! 我正要找他们呢!"吴玉光已经看见转过街角走来的人群:山口一郎和智贺秀二骑着高头大马在前,赵龙田和王留成抬着红匾,匾额上写着"中日亲善"几个鎏金大字,一个税警举着一面锦旗,上面题着"义利经商",并排走在中间,后面跟着几个税警和一群带刀的日本浪人,最后是疤瘌爷带着一群混混正卖力地敲锣打鼓,鼓噪而来。

到了东盛祥门口,未待吴玉光发作,山口一郎和智贺秀二下马,冲着吴玉光就是一个军礼。吴玉光瞬间有些困惑:"你们这是干什么?"

"你的,大大的好!"山口一郎笑着,"知道天冷,为我大日本领事馆赠送衣物,大大的好!"

"什么?"吴玉光隐隐约约地感到这是一个诡局,"我东盛祥与你日本人从无瓜葛!"

智贺秀二是个中国通,他按了按仁丹胡,笑着说道:"前几日,贵店伙计赵龙田给我的账房先生王留成说,中国传统春节临近,为表达'中日亲善'之意,贵店有一批上好的丝绸要捐献给大日本领事馆。佐佐木领事非常高兴,亲自面晤省府刘主席通报此事,刘主席下嘉奖令,手书'义利经商',予以表彰。"

"好计谋!"吴玉光明白了,有人做局,这批被骗的货永远要不回来了! 即便如此,他还是咬着牙,回了句,"东盛祥义利经商,还望你福民商店有借有还!"

"你们是捐赠,怎么还要还呢?"智贺秀二看着赵龙田和王留成,"欺骗大日本领事,刘主席绝不答应,统统地处死!"

"哪儿能呢?"赵龙田媚笑着上前,"就是捐赠!"

"此人不是我东盛祥的人!"吴玉光蔑视地扫一眼赵龙田,"这都是你的主意?"

"全依仗王先生高明!"赵龙田赶紧推脱。

吴玉光紧盯王留成:"原来是你找人冒充大同商号老板,骗走了东盛祥的货!"

"佐佐木领事需要一批上好的绸缎,我店不经营此货,只好出此下策。"王留成五十岁左右,白净面皮,镶着两颗金牙,三角眼透着诡诈,显然是久历江湖。他不紧不慢地说道:"东盛祥以区区之物,换得省府刘主席的嘉奖,又与日本领事建立起亲善关系,你应该谢我才是!"

"你这条疯狗,早晚有你好报。"吴玉光恨不得杀了王留成,"这个账早晚要算。"

"吆西——"山口一郎看着吴玉光愤怒至极,安抚着,"你的,良心大大的,大日本决不亏待你!"一挥手,两个日本浪人和一个税警便将匾额、锦旗靠着东盛祥的门口放下,"吴掌柜,吴 Sir,告辞了!"

看着山口一郎和智贺秀二骑上马,在日本浪人和几个税警的簇拥下,带着赵龙田和王留成呼啸而去。吴玉光忽然感到眩晕,口中一咸,一口鲜血喷出……

刘思琦在不远处看到这么一幕,内心焦躁而又恼怒。甲午战争之后,日本人枪炮开路,趁着中国内乱,不断地倾销各种商品,早把自清朝洋务运动以来所建立的微薄的民族工商业摧毁殆尽。德化街开埠以来,日商更是利用京广铁路便利,从汉口纷纷来到郑县,开设商店、纱厂、医院等,收购具有战略意义的物资和药材,出售鸦片和其他毒品,其狼子野心昭然若揭。

"这个浑蛋!汉奸!"他骂了一句吴玉光,向街口已经搭成的戏台走来。骑在马上的智贺秀二眼尖,一眼看见刘思琦,高声叫道:"刘思琦,刘 Sir,你看我身体棒了!"

"荣民医院的篱笆没扎紧,怎么让你跑出来了?"刘思琦正没好气,"我今天没工夫搭理你!"

"那不行,今天我要和你算账!"

山口一郎疑惑地看着刘思琦和智贺秀二,似乎要在他俩脸上找寻答案。智贺秀二对他嘀咕几句,山口一郎点头,笑着挥了挥手,带着其余的日本浪人和军警先行离去,留下两位戴着斗笠、涂着油彩的浪人。

"能不能过几天?"刘思琦带着商量的口气,"你看我不正忙着呢!"

"不行,你坏过我的好事!"智贺秀二摇头,"听说你要在这戏台上娶花姑娘,我也要坏你的好事!"

听他这么一说,刘思琦感到备受侮辱:"怎么算账? 单挑还是群殴? 小爷不怕你!"

"怎么都行!"智贺秀二一摆手,一个日本浪人脚步一踮,便飞上了戏台。浪人的脸上涂着油彩,既看不出年龄,也看不出表情,只有两只眼睛透着刀一般的冷光。

"你给我下来!"看着那个浪人踩上戏台的红毯,刘思琦顿感心疼,这是给自己心上人精心搭设的戏台,"别弄脏我的戏台!"

"不行!"智贺秀二摇头,"就在这戏台上算账! 如果你没种,你就在戏台上向我跪地求饶!"

"好,我和你动手,不要其他人插手!"

"不行,我大日本加我一共三人,你也可以再派两人,三对三,公平!"

"小东家,我来!"疤癞爷晃着膀子,跨上戏台,对着那日本浪人拱了一下手,紧接着便是一记黑虎掏心拳。那浪人轻巧躲过,手脚并用,便与疤癞爷打斗一处。几十个回合过后,疤癞爷有些气喘,腿脚也有些跟跄。刘思琦见势不妙,只好飞身上台,趁着那浪人立脚未稳,使出一记少林旋风腿,那浪人两手一展,轻飘飘地落在台下。"好功夫!"刘思琦暗叹,看那浪人弹了弹衣袂,压了压斗笠,转身离去。另一个浪人看了一眼坐在马上的智贺秀二,竟跟在刚才的那个浪人身后离去。

"吉川君——"智贺秀二叫了一声,"你不能这么走!"

"吉川君?"刘思琦心中一怔,看着正在转身的吉川,"身手利落,不像浪人!"

"八嘎!"那浪人也不回头,"打架和战争一样,要有意义!"转眼间,其影子已经消失在德化街的人海里。

"该你了!"刘思琦收回目光,指着智贺秀二,"你弄脏了我的戏台!"

"你赢了!"智贺秀二显然吃过刘思琦大亏,"咱们改天再算账!"

"你弄坏了我的戏台!"

智贺秀二见刘思琦不依不饶,忽然拔出手枪,对着刘思琦:"如果你一定要留下我的话——"

"请便吧!"刘思琦颓然坐在戏台上。

智贺秀二拨转马头,带着王留成和赵龙田走远。

"这他妈都是什么事?"疤瘌爷不服气,"早晚我也弄他几条枪!"

"刚才看你带着几个兄弟跟在日本人后面,卖劲儿地敲锣打鼓,我以为你也当了汉奸,没想到……"

未等刘思琦话说完,疤瘌爷赶紧抢话:"我那是故意臊一臊那汉奸!什么玩意儿?还'中日亲善'呢,呸!"

"够朋友!"刘思琦一拳轻搌在疤瘌爷的肩上,"中午我请你喝酒,然后,你挑几个精细的弟兄,跟张浩天一起去登封接穆兰香。务必在明天中午前赶回来,我要让你们看出好戏!"

"好!"疤瘌爷笑着,"你黑哥就提前喝你的喜酒了!"

吴玉光悠悠醒来,已是下午。吴玉莹服侍他喝了一碗粥,见哥哥逐渐回过神来,不由担心:"从今天起,这条街上的人都把咱们当外人了!"

"我们从踏上这条街的第一天起,就是外人!"吴玉光坐起身来,看着洒在院落的余晖,若有所思,"裕兴祥在挤我们,疤瘌爷在挤我们,日本人又设下诡局坑我们,连税查局也在掺和,咱们得有办法才行!"

不远处传来汽车的马达声。片刻,张殿臣身着便服,在东盛祥门口下车,未待外面柜上的伙计通报,直入后院:"贤侄可在?"

一听是张殿臣的声音,吴玉光兄妹互看一眼:"看看他葫芦里卖的什么药！"

"张局长大驾光临，东盛祥蓬荜生辉！"吴玉光果然是经过历练之人，"我这就安排酒菜，欢迎张局长！"

"上好茶就好！酒菜就无须安排了，待会儿我还要去面见刘主席。"张殿臣也不客套，顺势坐在吴玉光对面，"贤侄有如此定力，了不起！"

"东盛祥又能如何？"显然，吴玉光猜到张殿臣已经知道发生的一切，也就不再避讳，"只是不知为何还有税警的影子？"

带着同样的疑问，吴玉莹已将泡好的普洱茶放在张殿臣面前。张殿臣微闻茶香，又端茶细品，见后院亦无杂人，这才说开："今日之事，未必坏事。赵龙田和王留成做局骗取杭浦绸缎，本来要低价转售给大同商号，却被你提前去赊旗店镇，堵住了销路。又准备推销给裕兴祥，刘思琦不接来路不正的东西。这二人急切无法出手，又见你步步紧逼，只好低价转给日本人开的福民商店。"又呷了一口茶："一个日本浪人知道东盛祥的来头，在天津与日本亲善，便命智贺秀二拿出几匹绸缎献给佐佐木，说是东盛祥的亲善之举。这让致力于'建立大东亚共荣圈'的佐佐木兴奋异常，亲自拜会省府刘主席，要嘉奖东盛祥。"

"省府刘主席难道真听日本人的？"吴玉光好奇，"他可是中原大战中的常胜将军，位居国军五虎将之首。"

"军国大事，岂能在于这几匹绸缎上？"张殿臣笑了，"日本人要拉拢东盛祥做个'中日亲善'的样板，国民政府又为何不能把东盛祥当作一颗棋子？中日必有一战，然我国力与日本相差甚远，还须暗中积蓄实力，方可一战。"

"把东盛祥当作一颗棋子？"吴玉光总算明白一些，不无自嘲，"也是过于高看东盛祥了。"

"是我的主意！"张殿臣也不介意，"日本人占领东北，尚未与国民政府全面开战。郑县德化街又是商埠，日本店铺林立，间谍汉奸横行，若不了解日本人下一步动向，将来河南战事突起，如何应对？"

"我做的是生意！"吴玉光显然不愿做这个棋子，"生意与政治何干？"

"关系大了！"张殿臣做过十几年税查局长，对这话题最有发言权，"自古以来,如果想经商致富,就必须与权力结合起来,'三代以下,未有不仕而能富者。'远如子贡、范蠡、段干木、白圭……诸人,皆赖政府上位,而干商贩事业。近看明代张鹤龄、清代胡雪岩、盛宣怀等,皆以官府势力,官家身份,才能横行江河,张打黄旗,势如翼虎。"张殿臣不无感慨:"中国人还没有不依靠政治权力而能成为巨富的。"

"我不想成为巨富。只愿遵纪守法,挣得些许干净银子,养家糊口,平安度日。如此,足矣!"

"晚了!"张殿臣盯着吴玉光的眼睛,"自东盛祥忽然出现在德化街上,就被官府盯上了。天津东盛祥家大业大,你二哥已是日中友好商会会长。虽说你与天津东盛祥来往不多,但毕竟你做过张少帅属下的税查专员,又在德化街上垄断经营杭浦绸缎,岂能不让你为国民政府效力?"

"让我如何效力?"吴玉光已经明白无法挣脱,"东盛祥经此骗局,已是无力支撑。若无借贷输血,恐怕过了年就要关门破产。"

"只要想为国民政府效力,政府岂能袖手旁观?"张殿臣显然有备而来,让身后侍卫拿出一张面额三万的银票,"这是政府对你这次货物损失的补偿。"顿了顿又说:"至于如何去做,生意上你肯定比我强!譬如:联络日商,倾销禹州瓷器、信阳茶叶、焦作山药,抑或以货物换取纱布、西药,当然,能换些枪支弹药更好!至于刺探情报之事,也就无须你劳心。毕竟,你多少有些共产倾向。"

张殿臣已打开天窗说亮话,吴玉光也就释然:"说来说去,我也就是一个做生意的,无非这生意要和日本人做。"不由笑了:"局长放心,我还是乐意去多赚些日元,多弄些枪支弹药、纱布、西药这些硬通货。"

"这就对了!"张殿臣不辱使命,也是开心,"另外,你舅舅所托之事,我已安排妥当。玉莹即日起,就是税务稽查分局的核办专员,按照中日商埠协定,负责审核日本侨民商店上交中方的税款。"

"既是舅舅的安排,"吴玉莹看了哥哥一眼,"我会尽职尽责,决不让日本人占便宜。"

"这就好!"张殿臣笑了笑,又看着吴玉光,"放轻松些,你就是做生意的,无非由内贸转为外贸而已!"见时间不早,张殿臣起身,为了避嫌,也不让吴家兄妹相送:"我这就去西兰斋赴宴。"

看着张殿臣的汽车远去,吴玉光便让吴炳义关上店门,商议对策。

"这几日,如此波澜诡谲之商变,真是让我不敢相信!"吴玉光止不住感叹,"真有今夕何夕之感!"

"别感叹了!说正事。这几天我一直在想,东盛祥要在德化街立足,还真不能做独门生意!"吴玉莹思索着,"咱们不妨拿杭浦绸缎的代理权去换裕兴祥的棉花收购渠道。"

"这也是个办法!"吴炳义做生意也算上道,连忙点头,"天津卫东盛祥的发家在棉花上,北方天冷,棉布需求量大。绸缎虽说利润高,但量上不来,还容易招人嫉妒。另外,这日本人耍我们,咱们就不能耍他们一下?"

吴玉光来了兴趣:"怎么耍?"

"原本我想把那块'中日亲善'的匾烧了烤火,但现在我想把它挂起来,说不定,也能招来不少日本人来店,赚他们的钱更舒服!"

"有道理!"吴玉光忽然笑了起来,看一眼妹妹,"你懂茶道,干脆咱们再把后院整一下,让金秋找几个女学生拜你为师,开上茶馆,卖普洱茶和乌龙茶。"

得善魁有些不甘:"那咱们被骗的货就不要了?"

"不要了!刘主席题了'义利行商'的字,官府又给些补贴,咱还能到哪儿去说理?"吴玉光已是思路大开,"为了维持现金流,我想再和丁胜祖合伙投资一家牛肉馆,利润也不会低。"这么一想,吴玉光忽然觉得心底无碍,顿觉饥肠辘辘。"炳义,让李师傅弄些好酒菜,把柜上的伙计们都叫来,今天晚上陪我喝上几杯!"吴玉光笑了起来,"人哪,这一逼就有了活法!"

一直在内疚中的吴炳义安排好酒菜后,仍有些忐忑不安,看见吴玉光笑着,自己只好挤出一丝笑意:"我对不住掌柜的!"

"有啥对不住?人家都送匾来了,政府也给补贴了,多大的面子!这事儿就过去了,赔的钱就当是掏了买路钱。"吴玉光安慰着,"陪我喝酒!"

酒桌上不由扯到裕兴祥的小掌柜,吴玉莹就笑了:"上午你晕过去的时候,刘思琦正和日本人在戏台上打着呢！热闹！"

"为啥？"

"还不是去年他曾打伤过福民商店的老板智贺秀二,"吴炳义说道,"今天,智贺秀二借着日本领事馆的势力,想报仇,结果也不遂他愿,灰头土脸地跑了。"

"这个掌柜有点儿意思！"吴玉光马上想到,要在德化街立足,就必须在日本人、本地商人、疤瘌爷还有国民政府的头上跳舞,在"四个鸡蛋"上跳舞虽然不易,但若跳得好,这些人就都离不开东盛祥。此刻,一个大胆的想法在吴玉光心中酝酿着……

第十五章　打破梦境寻初心　秉持义行救良人

　　就在吴玉光饮酒的时候,刘思琦刚刚把戏台上的红毯收拾干净,他不让任何人帮忙。他总认为,自己这样做,穆兰香能够感知得到。

　　第二天,天气很好,冬日的暖阳洒满戏台。刘思琦忽然听见戏台一阵嘈杂,一骨碌就爬起身来,暗叫一声:"坏了!"只见父亲正愤怒地用手中的拐杖敲打着戏台,戴着皮帽的吴思典站在旁边,挺着略显臃肿的身子,表情凝重,袖着手,冷眼看着。

　　"我的爹娘啊,你们怎么说话不算数啊,不是说过了年才回来吗?"刘思琦带着哭腔,冲到戏台前,企图拦住父亲。刘志仁手中的拐杖一拐弯,便狠狠地打在刘思琦身上。

　　"你这个不成器的东西!看我不打死你!"刘志仁气急,"你这个不仗义、不诚信、不孝顺的孽子!"

　　刘志仁拄着拐杖,喘着气,看着周围的伙计,吆喝着:"你们看啥?还不赶紧动手给我拆了?"

　　一听说要拆戏台,刘思琦不干了:"爹,这可是我亲手搭的呀!你要拆了,就没有你这个儿了!"

　　"好!我就没有你这个儿了!"刘志仁扭头吩咐下人,"给我动手,拆!"

　　领头的管家张良才小声说了一句:"少东家,得罪了!"便挥手让伙计们动手。

"那我自己拆!"刘思琦看着父亲毫无表情的脸,只好说了句,"拆完戏台,我就离家出走!"

"随你!"刘志仁也不看刘思琦,对身边的吴思典说道,"走,亲家,我请你喝酒去!"

刘志仁和吴思典走了。

刘思琦走上戏台,茫然一顾,已是满眼泪水。他先轻轻地搬下云盘大鼓,卷起台上的红毯,再细细地解去戏台上的彩色丝带,然后,他拼命扳倒戏台的背板,和戏台的背板一起躺下……谁都看得出他的悲伤,但没有一个人上前安慰他!

吴玉莹在不远处看着悲伤的刘思琦,忽然感到有些心疼。当刘思琦身边的伙计都走了后,她悄悄地走过来,坐在刘思琦身边。

"你来干啥?"

"看戏。"

"没戏了。我喜欢听穆兰香的戏,也喜欢看她的脸,和她为数不多的见面,也很开心,甚至想,她将来有一个孩子,我肯定也喜欢,但为什么没想到是我和她的孩子呢? 还有,我在寂寞的夜里,连绵不断的梦中,偶尔梦到她站在我面前时,怎么就没有心跳加速的感觉? 我怕等会儿刚把穆兰香接来了,戏台也没了,这戏还咋唱?"

"你怕伤了那姑娘?"

"对,这么一折腾,我怎么就忽然间觉得无比汗颜? 我好像迷路了,我要去找属于自己的路。"

"去哪儿?"

"去汉口。那里有我最佩服的人,他一定能给我说清楚这些事,指明属于我的路。"

"还回来吗?"

"回来。最多一两年就回来。"

"那就好。"

"吴姑娘,你是个好人,"刘思琦起身,似乎一下子放下了许多事,顿觉轻松了许多，长吁一口气，"要是穆兰香来了，你就说我不能娶她了，我的莽撞伤害了她，对不起！要是我父母找来了，你就说我到汉口读书去了，过段日子回来。要是疤瘌爷找来了，你就说我不愿意再见到他们了，也让他们去走正道。"

刘思琦走了，沿着德化街通往城外的路，乘着火车，在冬日的飑风中，走向更辽阔的地方……

他的父母对此一无所知。

刘志仁和吴思典前后脚进了庭院，盛安琪已经安排下人摆好了酒席。吴思典坐下就端起了酒，一口下肚，溅出几滴老泪："哎——怀义这么一闹，这素素在家里也是寻死觅活的，埋怨我不该与你刘家结娃娃亲！"

"这不，一听说这事儿，我们就赶紧回来，好歹是没有让他把戏唱成！"盛安琪一面给吴思典斟酒，一面说着，"进入民国后，西风渐进，年轻人动不动就要追求恋爱自由，反对父母包办，他们真是不知道父母都是为了他们好！"

"我家素素也是倔强，把脸面看得重。"吴思典缓下语气，"但不管怎么说，吴家和刘家都是讲诚信的大户人家，可不能让郑县人笑话咱们哪！"

"就是，就是。"盛安琪点头，"这回我可要好好调教怀义，让他赶紧收心。素素是一个多好的姑娘！"

"咱老门老户的，就这一个儿子，咋能让他娶个戏子！"刘志仁还在生气，"这回决不能轻饶了他！"

老两口这么一说，吴思典反倒安慰起他们："年轻人嘛，有些性子也没啥，经过的事儿多了，他们就该明白谁对他们好了。"

见平日里严谨如丝、说话刻板的吴思典如此通情达理，刘志仁忍不住对站在身边的秀秀和大女儿婉仪发起火来："趁着我们去上海，这浑小子弄出这么大的事儿，你们就没听说？"

"他带着张浩天在街口装修茶庄，平时就不让我和姐姐过问。"刘秀秀有些委屈，"搭戏台更是他独自动手，我也就压根儿没想着他会那么做。"

"爹，娘，不是我说你们，都是你们重男轻女，从小娇惯的。"大女儿婉仪来气了，"怀义从小到大惹了多少祸，哪次不是你们由着他？就说去年那次，他在纱厂把那个日本总经理打伤，咱家赔了多少钱，你们说什么了？"

"住口！你倒数落起爹娘了？"盛安琪变了脸色，"这事儿和事儿不同。前件事儿他打得对，打出了济危扶困，打出了正义公道，打出了民族气节……"

"你儿子打得好！"婉仪截住母亲的话，"那年初，他在德化街上打滑县的张永强，又怎么说？"

"那……"盛安琪有些语塞，"怀义虽说莽撞，也看得出他的仗义和担当。"

秀秀听母亲这么一说，忽然笑了起来："还真是我的好哥哥！"

"像什么话？回里屋去。"刘志仁看着吴思典的脸色，"看这次，我不打断他的腿！"

正说着话，和疤瘌爷一起去接穆兰香的张浩天跌跌撞撞地进来。刘志仁劈头给了他一巴掌："怀义糊涂，你比他大，也跟着闹？"

"我拦不住呀！"张浩天有点儿委屈，"小掌柜让黑疤瘌带人到登封西岗去接穆兰香，人刚接着不久，走到新密的尖山岔口，就被杆匪'白面书生'绑了快票！"

"该！"吴思典头也不抬，"这就叫竹篮打水一场空！"

吴思典外号"吴老抠"，精于算计，为人有些刻薄。刘思琦不喜欢他，顺带连他的女儿也不喜欢了。盛安琪见过素素，虽说这姑娘并非国色天香，身材一般，但举止端庄，言语得体，与吴思典行事大相径庭。听吴思典这话有些不厚道，盛安琪有些不高兴："亲家，话可不能这么说，咱不能站在干岸上看人死啊！"

刘志仁忍住怒火，看张浩天一眼，问道："到底咋回事？"

原来，吴玉光从赊旗店镇走后，胡海天当天便去了大同商号找到赵忠月，筹钱剿匪。赵忠月也不能说啥，只好出了一笔大洋，让胡海天去剿白面书生——赵继。赵继忽然听说官军来袭，觉得蹊跷，就通过线人，摸清了缘由：原来是德化街东盛祥的掌柜冒充自己去绑了大同商号的赵家。无端背了黑锅,白面书生哪能咽下这口气?就派人顺藤摸瓜,找到了德化街的线人。从赵龙田那里,赵继知道吴玉光喜欢小窝班的穆兰香,便派人在疤瘌爷接穆兰香的途中,绑了这张快票,并传出口信:三天内,让坏他名声的人去见他!

"怀义这些天,一直在忙着搭戏台,他根本没有去过赊旗店镇。"张浩天解释着,"倒是听说,东盛祥的吴掌柜刚从赊旗店镇回来。"

"这事儿是冲着他的。"盛安琪想了想,"我听说吴掌柜因为穆兰香,还让他的大伙计吴炳义和赵龙田打了一架。"

"那还不赶紧去给吴老板说去?"刘志仁这下有些底气了,毕竟是穆兰香入了土匪窝,那还有个好?刘思琦再傻,他也该回头了。但刘志仁内心绝无幸灾乐祸之心,相反,他觉得应该赶紧想办法救人。想到这里,他叫住张浩天:"你去看看怀义。"

张浩天去了,随后,刘志仁和盛安琪去了,疤瘌爷也去了,却见不到刘思琦了!吴玉莹过来,将刘思琦临走时的话转告刘家,他们都没有再说更多的话。

"看来,咱这亲家是做到头了。""吴老抠"缓缓起身,多少有些羞怒,甚至伤感,"我一辈子讲诚信,为了儿女亲家的交情,这些年我与远房的本家断了往来。"抹把眼泪又说:"你们之间有世仇,我不能不站在亲家这边。可眼下,你家小子闹出了这般祸事,让我如何在德化街上立足?"

"真是个冤家啊!"盛安琪也流下眼泪,"俺刘家对不住你,也对不住素素。"

刘志仁更是无地自容了:"刘家有愧,愿让出纱厂一成股份给素素将来做嫁妆。"

"当真?""吴老抠"一直是个爱财如命之人,骨子里也实在没看好那个云里来雾里去的浑小子,"要说,这也是命!"叹了口气。"儿女的事就由他们去!"他拿起皮袍,向外走去,"放下这不省心的儿女事,咱们还能多活几年。"

吴玉莹拖着疲惫的身子回到东盛祥时,一眼就看到像困兽一样的哥哥在灯下等她。

"白面书生绑了穆兰香。他逼着我去见他。"

"应该去，"吴玉莹经历了刘思琦的出走，心底有些悲凉和忧伤，"毕竟是咱们惹的祸。"

"就是没有穆兰香被绑的事儿，咱也该去见白面书生，毕竟，胡海天把我当成他了，让他背了黑锅。"吴玉光点头，"只是连累了穆兰香。"

"去吧！"吴玉莹心里有些酸楚，"你小心点儿，这个世界上我可只有你一个亲人了！"

吴玉光轻叹一声，将怀里的勃朗宁手枪掏出来放在桌上："哥就去两天，若回不来，你就马上报案！"把手枪轻轻推给吴玉莹："收着，就当我在你身边。"

然后，他仰头饮下桌上的残酒，霍然起身，跨步出门，骑马，以杖为鞭，打马而入黑夜深处……

第十六章　步步惊心闯匪地　惺惺相惜化险夷

晨曦中，一座不高的山脉突兀而起。

"泉石欹危，映带左右，晨起伏而凭之，烟霞弥漫，万顷茫然，峰峦尽露其巅，烟移峰动，如众鸟浮水而戏……"立马山前，吴玉光忽然想起《山海经》的记载，再看着眼前峰险奇秀、云移峰动的景色，不由点头，"果如众鸟浮水而戏之名山！"

"来者下马！"半山腰的一棵大树下传来声音，"哪来的檀儿（土匪黑话：生人）？先放下喷子（枪），再递上火龙（路引）！"

吴玉光闻声望去，几个持枪的杆匪站在大树下，只是对方的话让他似懂非懂。吴玉光下了马，拱了拱手："德化街东盛祥掌柜——吴玉光，拜望大杆子！"

"等着！"几个杆匪很快来到吴玉光面前，仔细搜身后，背绑他的双手，又用一块黑布蒙上他的眼睛，"就地转十圈！"

吴玉光被推着转了十圈，已是头晕目眩。未待歇息，就被杆匪前牵后推，跌跌撞撞地向前走着。走了大概两个时辰，吴玉光被摁着头走进一个山洞，呼吸有些艰难。当他感到呼吸顺畅的时候，就听一个杆匪在通报："大当家，檀儿来了！"

吴玉光先被解去绳子，后被摘去面罩，他慢慢睁开眼睛，眼前顿时一亮，豁然开朗：一个五彩缤纷的石洞到处是千姿百态的半透明状的石花、石笋、石柱、石塔、石瀑、石珊瑚、石葡萄、石帽……雪花长廊上，鹅毛般晶莹蓬松的乳白色石花堆集洞壁，仿佛置身漫天飞絮、悬冰百丈的冰雪世界。只是洞壁边上整齐地分列着持刀拿枪的杆匪，一个个挺胸腆肚地看着自己。

"这是什么地方？"望着洞天高阔、气势雄伟的所在，再看这群厉鬼模样的杆匪，吴玉光不由问道，"鬼门关还是仙人洞？"

"这里是金龟峰下雪花洞，藏风藏气龙蟠地。"一个穿着皮氅、身体壮实的汉子，背对吴玉光应道，"鬼门关与仙人洞，在你我一念间！"他转过身来，两人同时一愣，似乎看到镜子里的自己。"这世上还真有另一个我！"

果然是白面书生——赵继！

"大当家比在下雄壮有力，也比在下多些气度！"吴玉光拱手一笑，"无意得罪，还望海涵！"

"如何得罪？"

吴玉光试探地说："我在赊旗店镇冒了大当家的威名。"

"没有，"赵继没有表情，"你替我扬了英雄救美的美名。"

"那敢情大当家要感谢我。"吴玉光似乎松了口气，"要是你当时在场，也会那么做。情势所迫，我无意冒犯大当家的威名。"

"无意冒犯我的威名？"赵继不冷不热地应道，"我的名声由我扬，轮不着别人胡恁。要说，就说我家野猪崖的营地，因为你的无意，闯进去了一群狼，还咬死了我的几个猪崽子。你说该怎么办？"

"要是我，就连窝端！"吴玉光故意施个激将法，试一试赵继的底线，"胡海天借机带兵去攻打野猪崖，那也是他职责所在。"

"大胆！"

"这个尖头（不老实的人）就是一个拉线的（眼线）！"一个面相凶狠、身子敦实的土匪忽然从旁边蹿过来，一把卡着吴玉光的脖子，回头对着赵继嚷道，"大当家，让我先划了他的盘子！看他还敢胡呲！"匕首对着吴玉光的一只耳朵就划去。

吴玉光自幼习武，在军中又曾随徐正声研习梅花桩和梅花刀法，见寒光逼来，以肘撞开那土匪，未待那土匪再次扑来，连忙说道："待我说完，杀剐随便！"

"老五,住手。"这个土匪叫万三猛,矮壮、凶蛮又狡黠,是赵继的把兄弟,在杆匪中排行老五,年少时,曾在登封少林寺拜师学武,因不守寺规,被赶出师门,走投无路就投了杆匪。生来脾气粗暴,杀人不眨眼,但为人仗义,尤其是对赵继言听计从,还曾替赵继挡过枪子儿,是赵继手中的一把利器。

"说吧!"赵继在铺着豹皮的椅子上坐下,闭着眼睛,"你在赊旗店镇都干了些啥?"

吴玉光将自己为何到赊旗店镇、如何结怨胡海天,又如何离开赊旗店镇等一干经历,一五一十道出。最后,吴玉光加重语气:"细细想来,我不但没有败坏你的名声,相反还传颂着你的侠名!"

"我懂!"赵继睁开眼,"这么说,我还真对另一个自己下不了手了!"

"那就这么便宜他吗?"万三猛嚷道,"那个白牡丹被他抢了,那是我看好的媳妇。"

"闭嘴!"赵继怒道,"以后不准给我提白牡丹!"

"那你为啥去年专门去梧桐苑,为我三哥赎了梅凤?"万三猛梗着脖子,"都是一样的兄弟!"

"你三嫂叫李梅花!"站在旁侧的一个瘦高土匪不乐意了,"我和她从小就订了婚。"

"听见了吗?"赵继以手压了压老三李彪的火气,"都是兄弟不假,但白牡丹是梧桐苑曲子班的花旦,卖艺不卖身。人家为葬父而投身火坑,要受多大的委屈! 是贞烈孝女,咱们不配!"又逼视万三猛,"你刚才问我为啥不帮你娶白牡丹? 我跟你说实话,你不该帮着胡海天杀她爹!"

当年万三猛带着一小股土匪驻在野猪崖,与胡海天官匪一家,欺压良善。白桂英和父亲在变卖老家祖产时,线人告知万三猛。万三猛为讨好胡海天,便约胡海天一起狩猎金钱和美人。不料被躲在暗处的高人打了冷枪,坏了好事。由于万三猛在赊旗店镇惹下了不少祸事,就被赵继召回大浮山的老巢。不过,万三猛留话给胡海天:那女子是他看上的,谁动就和谁拼命。无意间也保护了白桂英。

万三猛依然不忿:"当土匪不杀人掠货,那我们都喝西北风?"

"盗亦有道!"赵继喝道,"你帮着胡海天杀人家的爹,还要娶人家,天下能说通这个理吗? 今天,我立个规矩,不准随便糟蹋女人! 你们要是着急上火了,去妓院,或者明媒正娶一个女人。"

"那我就明媒正娶这张快票!"万三猛看着洞中的角落,"我把她当宝!你做媒!"

"这事儿等会儿再说。"赵继被万三猛一打岔,只好顺了顺思路,将目光紧盯着吴玉光,"刚才说到哪儿了?"

吴玉光听见角落处传来低低的"呜呜"声,知道穆兰香就在那里。虽然心中一紧,他还是淡定地看着赵继:"说到我在赊旗店镇干的啥。"

"对,我想起来了。"赵继见吴玉光看着自己,点了点头,"你没坏我名声,那就先免去你这趟上山棍! 不过,毕竟是因你而死了几个弟兄,我要是不请你来,你还不一定在哪儿逍遥呢!"

"回到郑县后,我就想着见见你!"吴玉光平静地说道,"毕竟在赊旗店镇,胡海天把我认成了你,没有当场把我拿下,还让我跑了。"他盯着赵继,又说:"想来,你更不会把我当场拿下,为难我。"

"为什么?"

"因为你是白面书生!"

"这么说,你还有些知我!"赵继露出一丝笑意,"还知道些什么?"

"要是你是我,在赊旗店镇那晚,恐怕当场就杀了胡海天,"吴玉光以手比画着,"估计你惹下的祸比我大!"

"上茶,看座!"赵继笑着,"如此清亮之人,倒少去了废话。"

"我一共带了十根金条,五根用来抚恤在野猪崖死伤的兄弟,五根换出穆兰香的自由。"

"还差五条黄鱼。"赵继算着账,"你不能白用我的名号!"

"那五根金条应该算在胡海天头上。"吴玉光透着商人的精明,"他拿了大同商号二十根金条,不能不放一枪!"

"有道理,我回头找他算账。"赵继忽然觉得有些喜欢眼前这个长相颇似自己的年轻人,便玩味地说了一句,"你留下,我给你一个女人,一把好枪,五根金条。"

"我不能！在你面前，我永远是学生。"吴玉光貌似恭敬地拱了拱手，"当土匪是逍遥，但不是一辈子的事儿。"

吴玉光如此回答，使赵继马上想起自己曾在维纶中学说过的话："你们要读书，明理，将来不做土匪。"赵继陷入沉默。

"大杆子，凭啥他可以有女人和黄鱼？"万三猛叫了起来，"我跟随你多年，你早答应给我娶媳妇，白牡丹你说不合情理也就罢了，穆兰香莫非你真要给这个小白脸？"

赵继敛起笑容，走近吴玉光："吴掌柜，这事儿你说我该咋办？"

一刹那，吴玉光眼前跑马似的出现着樱子幽怨的脸、白桂英凄美的脸、穆兰香绝望的脸……见吴玉光未能马上接话，赵继追问一句："你到底是不是为穆兰香来的？"

瞥一眼两眼放光的万三猛，吴玉光心中一动："是为穆兰香来的。"

"你胡说！"万三猛跳了起来，"他妈的好事儿全是你的啦！你不是绑走了白牡丹吗？"

"大当家刚才说了，我是英雄救美。"吴玉光不急不火，"大当家也应该知道，我当天就安排人送白牡丹回开封了。"

"老三，"赵继看李彪一眼，"是这样吗？"

"大当家，属下的儿郎打听得清楚，"李彪回道，"这小子学赵匡胤，千里送京娘。"

"好汉！"赵继点头，看着吴玉光，"吴老板，你真为穆兰香而来？"

"穆兰香已经是我的女人。要不然，我就不来了。"看着赵继不相信的表情，"你可以问她！"

穆兰香被解去绳索，花容憔悴地站在赵继面前："恳请大当家放了我！"

"救你的人来了，"赵继坐下，"走不走，在你！"

吴玉光上前，向赵继恭恭敬敬行了一礼，呈上装着十根金条的手袋："大当家，请你收下，我的女人我带走！"

"你是他的女人吗？"

穆兰香狠命地点头,泪水"噗噗"地落在地上。

"她胡说!"万三猛还要上前争辩,"我都打听清楚了,要不是我带着弟兄们把她绑来,她今天就和那个裕兴祥的小子成婚了!"

"还有这事儿?"赵继探着身子,"我怎么不知道?"他父亲生前是程江涛的把兄弟,程江涛是刘思琦的姑父,正因为这个原因,赵继从来没有动过打劫裕兴祥财物的念头,甚至还暗中保护着刘志仁一家免遭匪祸。他知道刘思琦从小与吴思典的女儿定亲,忽然听万三猛这么一说,有些糊涂了!

"大当家,我可是听黑疤痢亲口说的,刘思琦要娶她,连戏台都搭好了。"万三猛扭头又问属下,"我说错了没有?"

"没说错,"后面的土匪应话,"黑疤痢就是这么说的。"

"那你们就更不该绑穆兰香了。"赵继挠了挠头,看着吴玉光,"说,到底是咋回事儿?"

"刘思琦胡闹!"吴玉光也看出来了,赵继与裕兴祥有些关系,便笑了笑,"裕兴祥是郑县老户,家大业大,老东家是不会让他娶穆兰香的。"一副难为情的样子,又说:"去年,为这事儿,我的手下曾为穆兰香与裕兴祥少东家的手下打了一架,德化街上的人都知道。"

"没错,有这事儿。"李彪附和,"为了她,这货让长腿三和赵龙田打了一架。当时,是在老坟岗动的手。"

吴玉光摇头轻叹:"丢人啊!"

"不丢人!"赵继露出一丝笑意,"为自己喜欢的女人去打架,丢什么人?"

"我男人倾家荡产来赎票,你让我们走吧!"穆兰香见赵继语气松动,连忙哀求着,"谁都有妻子儿女,将心比心!"

"行了,你们快把我给说晕了!"赵继吼了一声,看吴玉光一眼,"吴掌柜,快刀斩乱麻!"

"如何斩?"

"按规矩,听天意!"赵继刚才看到吴玉光灵巧躲避万三猛的袭击,已看出来吴玉光有功夫在身,"你与万三猛单打独斗,谁赢谁抱美人归!"

"哈哈哈,大当家英明!"万三猛依仗一身硬功夫,以为赵继有意偏袒自己,便对着众土匪嚷着,"有本事自己打！你们说是不是？"

"是！大当家英明！"众匪号叫着。

穆兰香眼前一黑,身子一软,一下子倒在地上,大哭起来。

"也好！"吴玉光与赵继对视一眼,暗中运气,就在赵继和穆兰香面前与万三猛拉开架势。对于这样一个杀人不眨眼的杆匪,吴玉光内心充满仇恨。万三猛显然未把他一个白面书生放在眼里,只想一拳把吴玉光打倒在地,赶紧抱得美人归,便一个饿虎扑食,凶猛袭来。却不料他刚一出手,裆部已经挨了一脚,顿时疼得要蹲下身子,"哎呀——"下巴又被榔头一样的拳头击中,万三猛向后踉跄几步,仰面倒下。吴玉光见赵继并未喊停,吴玉光对着万三猛的腰又飞起一脚。万三猛滚了几滚,被两个杆匪扶起。万三猛暴怒,顺手拽出一个杆匪腰间的短枪,对着吴玉光就开了枪！

"砰——",枪响处,洞顶一条石笋哗然落地,溅起一片碎屑！

万三猛低头一看,原来他开枪时被飞身而来的赵继托起了手腕。"大当家,你胳膊肘不能向外拐！"

"把他给我弄起来！"赵继夺下万三猛的枪,"言而无信,丢人现眼！"

吴玉光视而不见,走到满脸眼泪、表情惊讶的穆兰香跟前,蹲下身子,拦腰抱起穆兰香:"走！"穆兰香瞬间化冰为水,羞红的脸紧紧依着吴玉光的胸膛。

"兄弟,喝了茶再走,"赵继在背后叫着,"浮戏金银花可是茶中极品！"

"你说呢？"吴玉光笑看怀里美人,"我有些渴了！"

"那就喝杯茶！"穆兰香露着整齐的牙齿笑着,"我也渴了！"

吴玉光返身放下穆兰香,冲着赵继拱手:"俺两口子都渴了！"

"上茶,上浆子(酒),上排龙(面条)！"赵继高声吩咐,"其他人下去。"

吴玉光和穆兰香坐下,品了一口金银花茶,果然是气味芳香、清心润肺。吴玉光看了看金银花,笑道:"好茶！但这茶叶不像茶叶。"

"浮戏金银花只生在浮戏山顶,说是好茶,更是良药,《本草纲目》《神农本草经》均有记载。连大清时的慈禧太后都常饮金银花茶,保养肌肤,养颜美容。此茶清热解毒,茶香悠远,乃茶中极品。"

商机乍现！

吴玉光连忙接道："不知金银花茶产量多少？"

"说不准！我这里还有数千斤。"赵继也嗅到了金钱的味道，"看你要多少？"

"我要是全要呢？"

"你开价！"

"一万大洋如何？"

"当真？"赵继坐不住了，"你要是真将这些金银花茶卖出去，我就让手下都安心侍弄金银花。"他长舒口气，"他们有饭吃，有衣穿，也就不用再去过刀尖上舔血的日子了。要说这样的日子，我也过够了！"

"那就学梁山上的宋江，招安。"吴玉光劝道，"我听说洛阳的卫立煌将军治军严明，爱护百姓，早晚能成事。"

"不见得！"赵继思索，"他刚入洛阳，便率军剿匪，杀了我几个把兄弟。"略有感伤，"实际上，那几个兄弟还罪不至死啊！"

"那你咋想？"

"当今乱世，到处都是草头王。我饱读诗书，可不能死得不明不白呀。"赵继说出这话的时候，忽然感到自己已经把眼前这个人当成了兄弟，有些感慨，又有些意外，"算了，不说这些，喝茶喝酒吃面条！"

吴玉光下山的时候，已是午后。莽莽苍苍的浮戏山在冬日暖阳的照耀下，透着一丝生机。他和穆兰香合乘一匹马，经历一场生死，穆兰香已经将自己完全交给了吴玉光。

"回去后，我就再也不去唱戏了，要唱只给你唱。"

穆兰香的头发轻撩着吴玉光的脖颈，像童年时母亲轻柔的手指滑过脸庞。吴玉光忽然有种想流泪的感觉："你唱一首吧！"

娓娓动听的歌声，若温暖的风拂着心湖，又轻轻飘过心湖，碰到群山，群山发出回响；歌声越过小溪，溪水演出伴奏；歌声回荡往复，一直辐散到遥远的地方……一阵幸福的震颤，穆兰香紧紧抱着吴玉光："你是我的亲人，最亲的人！"穆兰香忽然大哭起来，似乎二十年的委屈，今天要全部倾在爱人的怀里。

可是,吴玉光心中却翻江倒海,远在东瀛的樱子似乎又回来了!自己此时又不能推开穆兰香,泪水只能往心里流:"樱子,难道这就是命?"

第十七章　悲欣交集葬初情　洗心濯魂求新生

夕阳洒金。

吴玉光带着穆兰香回到德化街上,街上所有的人都望着这对英雄美人,在善良的祝福声中,隐隐有一丝嫉妒。第二天,吴玉光便带着穆兰香去了小窝班,费尽心思和金条——关键是穆兰香态度极为坚决——总算使她彻底离开了小窝班的戏台。

安顿好穆兰香,吴玉光却作难了!他必须认真审视自己的灵魂,必须去做出人生中最重要的一次抉择。他无法忘却樱子,隔着千山万水的樱子就在梦中,甚至,和樱子的初次相识还那么真切……

民国十八年,吴玉光自塘沽码头乘船来到日本已经一年。那年五月的一天,吴玉光从东京去横滨花茶女校看望妹妹后,独自一人走向横滨的郊外。放眼望去,遍地的油菜花无比灿烂,道路两侧的晚樱如梦如幻。然而,美景挡不住饥渴,吴玉光看到梵净山下有一处果园,便来到果园深处。五月的李子,光洁如玉,使人馋涎欲滴。看四周无人,吴玉光就猴样地爬上了树。

"你下来。"在他正得手的时候,听到一个女孩儿的声音。她戴着花边草帽,看不清眉目。吴玉光匆忙下来的样子一定很滑稽,她的笑声使他很窘迫。

"我给你钱行吗?"

"你是外乡人？"她大概十七八岁，穿白色短裙，眉目清秀。见吴玉光看她，就顺下眉眼，红着脸说，"算了，你走吧。"

总之，第一次她给吴玉光留下很深的印象。

那一段时间，政府与日本不断发生各种摩擦，甚至有战争的危险。吴玉光的心情一直很低落，就在一个丽日午后，他鬼使神差，又来到梵净山。不知名的花开满脚下的路，冷冷的水从山崖滴下，翠鸟鸣叫着把他的视线扯得很远……忽然，吴玉光眼前一亮，竟与上次见过的女子狭路相逢。二人在相互让路中，竟撞了身子，柔弱的女孩儿倒在了地上。吴玉光手足无措的样子，使女孩儿笑出了声。就这样，他认识了樱子。听说他来自中国，樱子就执意陪他去登山。一望无际的竹林，绿得晶莹。阳光照着，竹叶上的水珠使人目眩。他们就沿着一条山溪走下去……

吴玉光对她说起中国的大平原、旷野的树、川流不息的黄河，还有自己来到日本的理由。最后，他说这里很美，她说，是的。她忽然问他害怕吗，就一个人来到这里？

怕什么？寂寞、孤独、陌生的冰冷？

"是的，每当夜幕降临，我就盯着窗外明亮的雨，想家。"吴玉光坦诚得像一片春叶。

她说自己会种地，带他看她在山下村舍前种的庄稼。稻子快熟了，稻穗像金色的羽毛。豆藤缘着竹篱爬上屋顶。猩红的指甲花寂然落了一地……

六月的一个黄昏。樱子说来东京看一个同学，就顺便来看吴玉光。她坐在他的桌前，局促的样子像一只易受惊的鹿："稻子就要熟了，您能帮我收割吗？"

稻子熟了，吴玉光和她的家人坐在庭院里。野花和月光的香味使人安静。大家很高兴地说着开镰的事儿。白天太热，她的哥哥蘸着月光磨镰。她坐在他旁边，盯着他看。她也叫他"哥哥"……

那个夜晚，他们将稻子收割了。她会用自制的连枷把稻子捶打干净。月亮西沉。樱子忽然流泪："您要走了，您的眼神我是明白的。还要几天？"

"我该回家了，"吴玉光叹息，"日本到处都在驱赶劳工，要么就拘捕他们。"

"我不懂国家的事儿,"樱子忽然咬着嘴唇,说出一句很重的话,"但我要和你一起走!"

临走的那天,吴玉光忽然留恋这里了。他和樱子一起去曾经看过的山,和那片李子林。李子已经被采摘了,只有几粒细小的果子泛着青涩。去那开满花的溪边,溪水还是从前的样子,但樱子已经有些憔悴。在宁静的午后,他又随她来到山下的家。门前的指甲花已经枯萎,玉米阔大的叶子沙沙地响,仿佛在说什么。他在一株翠竹前止步了,吴玉光分明看到上面刻着他的名字。她忽然把他抱紧,不停地说:"哥哥,带我一起走!"待她平静下来,吴玉光对她说:"在中国,婚姻要听父母的。"况且,万一两国交恶,就会让他和樱子永远生活在夹缝里了!樱子问道:"中国有很多好女子,你会忘了我。"吴玉光摇头。樱子叹了口气,就又流泪了。

上帝可以作证,吴玉光不是品行不端的人,可在要离开这里的时候,他忽然深深地留恋樱子。她的纯情、美丽,她柔善的心曾经是怎样地容下一颗游荡不安、孤独的灵魂啊!

当吴玉光和妹妹回国不久,震惊中外的"九一八"事变爆发。准备再次东渡日本的吴玉光再也不敢提起樱子。……吴玉光深陷情感的旋涡,病得沉重,差点死了。他在诅咒命运的同时,在心中悄悄地埋葬和樱子的爱情!

时至今日,吴玉光对樱子的情意已经绝望,甚至决心把她忘却。但是,在他记忆的星空中,甚至在他的婚幔里,她永远是一颗明亮的星。若干年后,吴玉光才知道,樱子在他归国后不久,就在关东大地震中不幸遇难了。

吴玉莹低声劝说兄长:"为了忘却和更好地生活,你应该和穆兰香结婚。"

事已至此,命运使然,吴玉光只能无奈地点头。

因为有些仓促,吴玉光和穆兰香也不举行婚礼,就和妹妹及店中的伙计们一起吃了个饭,穆兰香暂时算作如夫人,待有一日回到天津,在父亲坟前禀告之后再说。即使这样,穆兰香也觉得非常幸福。值得一提的是,金域钱庄的吴老抠破例为曾有隔膜的远房侄子送了贺礼。刘思琦一家人也长出了口气……

元宵节这天,白桂英来到东盛祥辞别。她要走了,去南方找她的哥哥和叔叔。恰好吴玉光有事外出,店里只有穆兰香、王金秋和柜上的一些伙计。穆兰香见了白桂英,倍感亲切,就在后院茶室打开话匣子。二人从豫剧祥符调说到曲剧宛梆,从少林寺塔说到樊塔,从德化街说到赊旗店镇,当说起杀父仇人胡海天的时候,白桂英流泪了:"我早晚要他血债血还!"

已经成为如夫人的穆兰香安慰她:"恶人早晚会有报应的。"

"我要先离开河南,有一天一定回来!"白桂英咬着嘴唇,"我的叔叔已经当了中央军的旅长,他让我和哥哥从军,要让三民主义成为中国的旗帜,到那时,就是恶人的末日!"

"什么是三民主义?"穆兰香好奇,"都说南方早些年天天闹革命,到处都在打仗。"

"我哥哥来信说,三民主义是孙中山先生所倡导的革命纲领,由民族主义、民权主义和民生主义组成。民族主义就是反对专制和洋人的欺凌,求得天下各民族的平等;民权主义就是让老百姓管理官府,为官府的人定做事的规矩;民生主义就是要老百姓都有自己的田地。"白桂英解释着,"他们要革命,使天下'人能尽其才,地能尽其利,物能尽其用,货能畅其流',实现国富民强、天下为公的大同社会。"

此言一出,宛如黄钟大吕!

穆兰香惊讶地张大嘴巴:"这……这怎么可能?"

"反正是我叔叔和我哥都相信,我就信了!"白桂英忽然想起一件事,"我小时候,曾随父母去过郑县的积善庵,香火灵验,我想让金秋哥陪我一起去上香,求菩萨保佑。"

"你看金秋的猴急样!"穆兰香还未表态,王金秋的头就点得像小鸡啄米,穆兰香只好笑着,"去吧,你这一去还不知道啥时候才能回来呢。"

正月十五是上香的日子。王金秋和白桂英雇了一辆马车,去积善庵进香。积善庵位于郑县城北的邙山上,是座老庙,据说明朝那会儿就已经在这里,曾经也有过一段香火鼎盛的时光。

王金秋带着白桂英沿着山路,来到积善庵前,感觉它并没有传说中的宏大气派,山门还有些破旧,"积善庵"三个字几乎已经褪色得辨认不出了。这些年,登封一些古刹请来几位佛法精深的高僧,吸引了周边大量信徒,也使郑县积善庵的香火渐渐冷清。但对白桂英来说,"梧桐苑的白牡丹"是她逃避不了的标签,她害怕在人头攒动的寺中,见到认识她的客人。她觉得这座冷冷清清的积善庵倒的确是个真正干净的地方。

山门前,白桂英让王金秋把装着贡品的篮子搁在外面,否则是对菩萨不敬。王金秋听话地将篮子搁在门外,只拿了香,随白桂英走进积善庵。

庵堂不大,里面供奉着观音菩萨和两个童子。白桂英虔诚地跪在蒲团上,磕完头,闭着眼睛,双手合十,默默地向观音菩萨祈祷。

"桂英妹子,你许的啥愿?"王金秋好奇,小声地问。

"嘘!别说话!说出来就不灵了!"白桂英保持着那个姿势。

"哦——"王金秋抬头望着慈祥而庄严的观音菩萨,也双手合十,许下了自己的心愿。

"阿弥陀佛!"积善庵的住持永明师太从后堂走了进来。她这里香火冷清,除偶尔路过的香客之外,这两位是不多的带着丰厚香火钱的香客。

"施主,你们来啦!"

白桂英站起身,向永明行礼:"可是永明大师?"

永明慈祥地点了点头。

"师太,您身体还好吧?"

永明笑答:"多谢施主挂念。老尼有菩萨护佑,百病不侵,身体康健!"

王金秋把带来的香拆开,分给白桂英三支,自己也拿了三支。两人在菩萨像前的红烛上把香点燃,毕恭毕敬地向菩萨鞠了三个躬,然后把香插在香炉里。上完香,王金秋和白桂英各掏出两枚银圆,投入功德箱里。

"阿弥陀佛!"永明师太高颂着佛号,"请二位施主到后堂喝一碗濯魂水吧!"

"濯魂水"其实是积善庵后的一眼山泉。据说,前朝一个京城的大官从此地经过,因口渴向积善庵讨口水喝。尼姑从后院的山泉中舀了一碗泉水,大官喝过之后连声赞叹,说此水清冽无比,甘甜润心,饮后神清气爽,只觉得天地明净,仿佛灵魂都洗涤干净,于是传下了"濯魂水"的名字。

后堂的桌椅陈旧,摆设也很简单。吴玉光和白桂英坐下小声地聊着天,不一会儿,永明师太端着两碗水走进来:"二位施主,请喝一碗濯魂水,涤清这混沌的世道洒在人心上的尘埃吧!"

"多谢师太!"王金秋和白桂英异口同声地谢过永明,各自接了一碗水。王金秋正口渴,"咕咚咕咚"地一顿牛饮。白桂英看见,轻声对王金秋说道:"仙品细酌!"

对白桂英来说,这"濯魂水"可是神圣的。她相信,喝了"濯魂水",就能把她曾经卖唱的生涯清洗干净,让她的灵魂得到清洁,这样才能走向崭新的生活。

离开了积善庵,两人在附近的山林和原野中尽情游玩,抓紧时间享受难得的愉悦和清闲。中午的时候,白桂英拉着王金秋在邙山脚下的桑林里野餐,因为她知道,此生很难再有一个机会与恩人这样相处了。

这片桑林是清末修铁路的工人们植下的,转眼也有三十多年了。大桑树的枝丫互相交叉着,虽是冬日,依然给人以葳蕤之感。"春末夏初之时,这里不但有茂密的树荫可以乘凉,更有紫红的桑葚诱人,想想都美。"白桂英轻声说着。两人选了个较为清静的地方,铺下一块干净的粗土布,摆开食物。

"这里你来过?"王金秋问道,"有时想想,佛教所言的轮回之说,确能使人忘忧。"

"我母亲信佛。早些年曾随父母来进过香。"白桂英轻声应着,"我就要远行了,来这里喝一碗濯魂水,也是洗涤我这颗幽怨的心。"

"你看这遍地的茅草,被割被踩被烧,却年年春风吹又生。"王金秋拔一根茅草根放在嘴里嚼着,"那是因为它的根是甜的,是充满希望的。"顿了顿又说:"我的家和你一样,历经变故。去年,我又因组织学生游行而被退学。在我绝望之时,我的老师递给我一节茅草根:'你尝尝希望的滋味!'又对我说,'你去看看人间草木的方向吧,然后,就知道该怎么做!'"

　　"人间草木的方向都是向着阳光!"白桂英看着被桑树枝铺满的天空,"那是心的方向!"

　　"是的,当下山河破碎,民不聊生。我的方向就是改变这个社会,赶走帝国列强,实现民族自由,人人平等。"王金秋看着黄河上的夕阳,"我们还要建立一个新社会,没有压迫,没有剥削,人民当家做主。"

　　"金秋哥,你等我回来,咱们一起去赶走日本人,去打倒胡海天这样的恶霸。"白桂英忽然悟出,不能单靠自己的力量去报仇,"咱们再团结吴老板、得子叔,还有一切正义善良的人们,就不信斗不过恶人!"

　　两个年轻人的心在逐渐地靠近,而时间的脚步已悄然走向暮色。他们只好伸出告别的手,温情地相约着未来……

　　两人坐上黄包车,沿着洒满月光的大路往回走。夜半,白桂英坐着火车去往遥远的南方,等待她的依然是捉摸不定的命运!

第十八章　庖丁解牛呈绝技　赤心向党献厚礼

虽然时局不稳,生活也要日复一日地继续下去。现在东盛祥的生意更是应了"鲜花着锦、烈火烹油"。尤其是吴玉光遵守诺言,和丁胜祖合开了平遥斋,生意同样如日中天。

那年三月,丁胜祖赶着马车,来到东盛祥。王金秋一见丁胜祖来了,又惊讶又高兴:"东家前些日子还在念叨丁叔!"

得善魁闻声,慌忙跨出店门:"你再不来,我可要去找你了!"两匹辕马嗅到得善魁身上的熟悉气味,兴奋得发出一阵嘶鸣。"看看,我的马也想我,想东盛祥了!"

将马车交给得善魁后,丁胜祖随吴炳义、王金秋来到后院茶室,一见吴玉光,就要施以大礼,被吴玉光拦着:"你总算来了!"

"去年你离开赊旗店镇后,胡海天带着属下税丁,以剿匪为名,恨不得把赊旗店镇的地皮铲去三寸。"丁胜祖感叹,"昔日繁华的赊旗店镇眼见着败落,无可奈何!"

"使我一直惴惴不安的是,大同商号的赵老板是否受了牵连?"吴玉光将一杯热茶递给丁胜祖,"眼下,情况又是如何?"

"自你们走后,满镇都传说着豫西的大杆子白面书生抢劫了大同商号,还带走了梧桐苑曲子班的头牌白牡丹。"丁胜祖显然也了解不多,"胡海天就在赵老板和几个大商户的支持下,带着两百多税丁和团丁攻开了野猪崖的匪寨,砍了几颗土匪的脑袋,挂在城墙上示众。"品了一口茶接着说:"这一举动,可是彻底惹恼了土匪。土匪接连派出高手刺杀,刺死带兵攻入野猪崖的胡三饼,还差一点儿取了胡海天的性命。至于赵老板,好像是被妹夫接到了南阳,也就没听到有何消息了。"

"这么一说,赊旗店镇的商埠可要彻底败落了!"吴玉光不由叹息,"官匪斗法,伤的都是无辜百姓。"

"谁说不是?"丁胜祖点头,"我之所以来得迟些,还是因为胡周山满镇地查找咱们的马车。还好有广盛镖局的几个老师帮我施了障眼法,将马车藏在城郊的老庙里,我就安心养马,等风声过去。"笑了笑又说:"这风声一过,我不就来了吗?"

"这次来了,就别走了!"吴玉光安慰道,"我已让得子找好了铺面,丁记牛肉也要香飘德化街。"

"多谢吴老板考虑得周全。"丁胜祖从腰间解下包袱,顺手一抖,里面赫然是七把长短不一的刀,憨憨地笑着,"这是丁记走南闯北吃饭的家伙,是我祖上打造的七星解牛刀,也是我丁家镇店之宝。"

"好刀!"这样一套精巧别致、分工明确的刀,幽亮闪烁,光芒似雪,吴玉光的确是前所未见。然而,开饭馆要的是手艺!吴玉光把刀放了回去,"刀确实是好刀,不过,要在德化街开一家好的饭馆,可不是一套刀就能行的。"

"吴掌柜说的是。"丁胜祖应着,"我这套刀既然叫七星解牛刀,自然是用来宰牛、解牛的。有个成语叫庖丁解牛,说的不就是我老丁家的事儿吗?"

"哈哈哈!"吴玉光大笑不止,"丁老兄,我倒要看看,你是怎么解牛的!"

"那是自然!等我儿子过几天来到郑县,我父子便为德化街上的客商展现绝技。"

"我子龙哥有信儿了?"王金秋一个激灵,"啥时候到?"

"这小子总算有信儿了!"丁胜祖也是高兴,"他跟你伯前几年到了汉口,货被军队买去,人也被军队收编。至于这次他为啥能来郑县,我也是云里雾里的,等他买牛前来,你问他。"

王金秋更是惊讶:"让他去买牛?"

"是呀,他拿了好几年的军饷,也总该花在店里,"丁胜祖笑了笑,"就算是孝敬我了。"

当晚,吴玉光于蔡记蒸饺设宴,让吴炳义带着名帖,邀请了几个饭店同道,笑谈时局和风月,为丁胜祖接风洗尘。没过数日,一座两层经营的平遥斋便在顺城街收拾停当,只等前去邓州买牛的丁子龙来到郑县后,开业迎宾。

迎着四月的春光,挺拔健硕的丁子龙牵着三头高大的老黄牛,出现在德化街上。看着儿子来了,丁胜祖便让王金秋赶紧去叫吴玉光,就在平遥斋门前,布下案台。

丁子龙与吴玉光稍事寒暄,"哗啦——"一声,丁胜祖已在实木案台上排下刀具,不紧不慢地说着:"吴老板既然要看我手艺,那您就开眼吧!"看一眼儿子,"子龙,准备家伙!"一说要动手宰牛,一向温顺甚至有几分懦弱的丁胜祖,忽然像变了一个人似的,嗓门提高了,精神振奋了,一股豪情壮志油然而生。

"好嘞!"丁子龙牵一头牛过来,替父亲把另一个包袱打开,从中取出两只烛台,一个神位,一壶酒,一把香,还有几张符纸,稍作收拾,便备好了一个简单的香案。

再看丁胜祖,趁这段时间脱掉了自己脏兮兮的外衣,换上了一件干干净净的白布大衫,在水池洗了脸,净了手。待香案备好,他跪在神位前,向神位焚香祷告,嘴里不知在念着什么祭文。丁子龙则将一套七星解牛刀一一拔出,用酒擦拭了一遍,整齐地摆在香案上。

吴玉光和吴炳义、王金秋、得善魁还有一群围观的同道,都看得发愣。丁胜祖焚香祈祷之时,引得德化街上的客商游人纷纷驻足。

念完祭文,跪在地上的丁胜祖惊天动地地发出"喝"的一声吼,满面肃穆地向每一把刀行礼。丁子龙将牛牵到院子当中的石台上,丁胜祖在待宰的大黄牛额心上贴了一张符纸,向牛行了叩拜大礼。牛发出"哞"的一声低鸣。丁胜祖站起身,双手在牛身上摸了一遍,然后回到香案前。

"要开始了!"丁子龙跑到宰牛台外,对吴玉光通禀一声。听到这句话,围观的人们也都伸长脖子,睁大眼睛。

"嗨!"丁胜祖抽出长刀,只见一抹寒光划过,众人只见两道血瀑从牛脖子处喷溅出来,牛吭都没吭一声,轰然跪倒在地。再看丁胜祖,雪衣上不见星点儿血迹。过了片刻,牛脖子处不再往外喷血。丁胜祖深吸一口气,以迅雷不及掩耳之势,出刀直取牛身。围观众人几乎看不清他是如何出刀和切割,只见他绕着牛身上下翻飞,一头庞大的黄牛皮被剥开,肉被割下,骨被剔净。吴玉光瞅着自己的洋表,不出一刻钟,那头牛便只剩一副干干净净的骨架,分割好的牛肉按部位在案台上摆了几大堆。丁胜祖挑了一块牛里脊去了平遥斋的后厨,不一会儿,便端出一碟爆炒牛里脊来。

"吴老板,您尝尝我的手艺如何?"宰完牛,丁胜祖又恢复了之前谦卑的神情。

吴玉光尝了一口,转身递给吴炳义,让围观诸人品尝,众人交口称赞。他一把拉过丁胜祖,仔细地打量着他,只见丁胜祖的白衣仍然是一尘不染。

"哎呀,真是庖丁在世啊!"吴玉光心悦诚服地大叫,"请恕吴某人有眼不识泰山!"

"那,今天开店?"丁胜祖殷切地问。

"开业!"吴玉光乐得手舞足蹈,"丁兄,由你和子龙经营平遥斋,利润五五分账。往后,你就是平遥斋牛肉坊的掌柜和掌勺了!"

之后每到宰牛的时候,平遥斋就会在门口摆上宰牛台,德化街的百姓都会挤过来观看丁胜祖的七星解牛刀的神奇,亲口尝一尝刚刚切割下来的新鲜牛肉。丁胜祖很快也成了德化街家喻户晓的人物。经丁胜祖手做出的菜肴,赢得了无数食客,也为东盛祥带来了源源不断的现金流。

七月的一个阴雨天,王金秋总算得空与子龙坐在平遥斋后院的小屋里,各自述说着这几年的遭遇……

民国十八年春,以蒋介石为首的国民政府以划分"国税"和"地方税"为名,迫使京津卫戍司令阎锡山将平津税收划归中央,而阎锡山上书中央欲发行三千万公债未果,遂联合军阀李宗仁、汪精卫、张发奎等,以建立"整个的党,统一的国"为由,引发震惊中外的"中原大战"。战火迅速燃遍中原……

为发战争财，汉口码头的过江龙在赊旗店镇订购了一批救治伤员的物资，委托赊旗店镇的广盛镖局押货。丁子龙随师父王银夏带着一行十人，押着一百匹棉布、两百包艾草、黄精和山茱萸，还有几百斤大枣，乘船下潘河转汉水，艰难地抵达汉口江滩。不料想，过江龙不讲信义，拒不支付货款，还趁着夜黑风高，带着一群地痞流氓抢夺物资，打死了广盛镖局的两个兄弟。见对方势大，王银夏向在武汉国军中担任营长的表弟杨宛康求援。

听说表兄王银夏带来如此多的急需物资，杨宛康喜出望外。向上峰禀报之后，带兵夺回了这批物资，并枪杀了过江龙。王银夏还没来得及道谢，就被杨宛康拿出一套国军少尉军服披在身上。正值中原大战，这批物资简直就是雪里送炭。再加上，广盛镖局的镖师一个个武艺不凡，稍一训练就是精兵强将。王银夏不愿失去广盛镖局的信誉，绝食而死。其余兄弟为了活命，也就只好加入国军。杨宛康又借此大做文章，说是赊旗店镇的父老捐出物资，前来拥军，一夜间就官升上校团长。也许出于隐隐的内疚，杨宛康送丁子龙进入武汉国军干训队学习一年后，委任他为中尉连副。丁子龙恩怨难解，郁闷塞胸，却又无法逃脱。民国二十二年，杨宛康率部入江西剿共。丁子龙见杨宛康心狠手辣，滥杀无辜，誓死不愿为杨宛康卖命。杨宛康大怒，将丁子龙投入战地黑屋，只待战后枪毙。红军在一个暴雨之夜，突然反击，将杨宛康所率的一个团包了"饺子"，杨宛康自杀，所部缴械投降。正在关禁闭的丁子龙也被红军救出，成了共产党人争取的对象。在红军根据地的几个月，目睹共产党人的所作所为，丁子龙打心底敬仰共产党，尤其对镇平老乡俞青松更是佩服得五体投地，便主动要求，教红军新兵识字和射击。身为支队总教官的俞青松也十分信任丁子龙，还让他负责所在地的减息征税。丁子龙全心投入，发掘财源，不仅使支队钱粮增收，还扶助当地农民发展生产……第五次反围剿失败后，红军及时调整策略，开始了举世闻名的万里长征，主力部队转战陕北。留下的教导队在俞青松的领导下，渗透到中原各地。就这样，丁子龙跟随俞青松回到了河南。

在南阳分别的那一天，在豫西马山口的关帝庙里，俞青松用粉笔画出一面中国共产党党旗，带着丁子龙高举右手，宣誓志愿加入中国共产党。俞青松语重心长地说道:"革命第一是要有饭吃。所以,我们开辟新根据地的关键任务就是要有党产,有税收来源。决胜战局的胜负是物资供应,取得百姓拥护,让他们能够吃饱穿暖。"走出关帝庙,站在高冈上,俞青松又叮嘱丁子龙:"我五叔曾是豫西新乡村建设的缔造者,有恩于别香斋。我这次回南阳,就是要向他借钱借枪,在中原把根据地建立起来。听说你父亲结交了郑县德化街上的东盛祥老板,正要在郑县开店,这是个好机会。那个老板与我有一面之交,若时机合适,可以对他提起我。"俞青松说到此处时,表情严肃起来:"你受党委派,前去郑县协助你父亲开店。一为根据地筹措急需物资;二要团结爱国商人和进步的工人、学生,暗中发展党组织;三要积极掌握日本进犯中原的情报。"

"请首长放心,坚决完成任务!"丁子龙毫不犹豫地接下任务,并从俞青松的手里接过一千大洋和一把手枪,"我这就扮作贩牛的客商,去郑县。"

"你也要注意安全,不能暴露身份。等时机成熟,会有人去郑县和你接头。"俞青松目光坚毅。

当然,丁子龙不可能把这一切都告诉王金秋。王金秋听到伯父活活地被流氓地痞和杨宛康逼死,双目含泪:"为了信誉,我的父母变卖了所有的房产和土地,在还清赊旗店镇商户的货款后,也撒手人寰了。这是一个什么世道?"

"改变这个世道靠不了别人,得靠咱们自己!"丁子龙握了握拳头,压低声音,"军阀混战,民不聊生。现在,日本人的铁蹄又踏上中华大地,金秋,你说该咋办?"

"弄死他们!"王金秋本来就是一个热血青年,"'九一八'事变之后,我和扶轮中学的刘老师组织学生走上街头,宣传抗日,却遭到了政府的镇压。刘老师被认定是共党分子惨遭杀害,我也被学校勒令退学。要不是我的东家开明,我现在还不知道在哪里流浪呢。"

"我现在来郑县了,以后咱们就互相有了依靠。"丁子龙安慰着,"这时局早晚会变,要有耐心。"他霍然起身,说:"耐心需要好身体,也不知道你现在还练不练功夫?"

"我现在是东家的文书兼保镖,不练咋行?"王金秋也"噌"地站起身来,"我的飞刀绝技可是家传的!"

"来,试试身手!"丁子龙笑着,和王金秋比画起拳脚。

平遥斋开业半载后,以味美实惠而闻名德化街,也吸引了不少外地客商前来。快到八月中秋,金域钱庄的吴思典带着一个瘦高的青年忽然来到平遥斋,让丁胜祖吓了一跳:"这不是大同商号的少掌柜熙禄吗?"

正是赵熙禄!大同商号与金域钱庄一直交情不浅,互认金圆券,也暗地里做些"黑金"生意。过去,由于吴老抠与裕兴祥的刘志仁结为儿女亲家,而刘志仁又不喜大同商号赢家通吃的做派,所以,吴老抠也就有意压下与大同商号的关系。现在,那个不识好歹的刘思琦彻底损了吴老抠的颜面,连带着金域钱庄与裕兴祥也脱离了关系,吴老抠反倒轻松许多,尤其是不再担心被刘志仁知道鸦片在金域钱庄可以抵押贷款的事。靠剿共起家的刘峙当省主席,有"蝗虫吃尽中原草,河南半地是江西"之称。卖官鬻爵,贪污腐化,重用乡党,绥靖东洋,还暗许种植鸦片,以索军资。整个中原到处开满罂粟花。吴老抠成为德化街上的首富,唯一令他头疼的,就是他唯一的女儿——素素!

素素也听说过刘思琦的一系列荒唐事儿,心里虽是憋屈,却从未想到变心。她固执地相信,只要自己能够嫁给思琦哥,就一定能让他浪子回头金不换。可是,当父亲亲口告诉他,那浑小子除了喜欢穆兰香之外,好像又喜欢上了东盛祥的野丫头。关键是,这小子跑了,音信全无!素素大哭一场,只好认命,同意嫁给一直等她的赵熙禄。

赵熙禄是赵忠月快五十岁才得的儿子,自幼娇惯在所难免。稍长之后,被赵忠月送到郑县育才中学,刚好与素素同班。他成绩平平,却好结交一些狐朋狗友,一副公子哥的派头。唯一一点,对素素好,言听计从。经常从外面带些稀奇古怪的东西送给素素,也不管素素是否喜欢,是否给他白眼。就像父亲说的,这是命啊!虽然自己那么喜欢刘思琦,却得不到他一丁点儿的真心;而自己那么讨厌赵熙禄,却偏偏被赵熙禄赖着。嫁给赵熙禄时,她忍不住放声大哭……

赵熙禄毕竟曾是少东家。丁胜祖安排一个上好的房间，自然亲自掌厨，并安排丁子龙前后跟脚。见丁家父子在岳父面前如此给脸，赵熙禄也是得意，举杯敬吴老抠："当初若非赵家收留丁家父子，还不知他们在哪里讨饭，又如何开得起平遥斋？"

"贤婿，话可不能这样说。"吴老抠历经风雨，很是老道，"俗话说'三十年河东，三十年河西'，你看那丁胜祖的儿子，年纪不大，有礼有节，说不定将来就是你和素素生意场上的对手！"顿了顿说："最好，能成为你们生意场上的朋友！"

与曾经的下人交朋友，多少还是有些掉价的！赵熙禄瞥了一眼站在门口不远处的丁子龙："咱们的生意又与他不相干，还是各行其道的好！"

吴老抠不由想到眼下的大生意，鸦片生意虽说能赚大钱，毕竟还是不敢过于招摇，也就认下这个理："那些净膏能抵押贷款？"

"这你就不知道了！"赵熙禄喝了杯酒，"净膏可是鸦片提纯后的精华，金贵着呢。再说，鸦片可是政府默许的。"看一眼吴老抠说："这是财政厅厅长万舞和秘书长张廷休给刘主席出的主意，暗许商家经营鸦片，以弥补政费支出的不足。刘主席已经同意了。"

"前段时间，我看布告说，省里成立了禁烟委员会。难道是假的？"

"不假！既当婊子又立牌坊的事儿！"赵熙禄也不避讳，"一面叫人吸毒贩毒，一面又逮捕吸者贩者，勒索罚款。这罚款盈余，都入了官家私囊。"

"噢，我说这罂粟花咋开遍中原，"吴老抠恍然大悟，"看来，这生意还是能做。只是，不宜走漏风声，毕竟是二十万的生意！"关切地看着赵熙禄说："不过，你可不能沾净膏，我可是等着抱外孙呢。"

"放心，我也就是尝尝，好为净膏分个等级，定个价钱。"赵熙禄探首吴老抠，"就是这样，也不能让素素知道。"

"素素好吧？"吴老抠见女婿惧怕女儿，也是欣慰，"男人总得有人管！"

"那是那是！"赵熙禄连连点头，"我这次带的这批净膏，可都是省府秘书长张廷休手中的好货。要不是他急于向南京政府进贡，也不会轻易出手。"

"钱是赚不完的，"吴老抠忽然表情有些不振，"做完这笔净膏的生意，我可要金盆洗手了。"

"为啥?"赵熙禄不解,"有难处了?"

"还真被你说中了!"吴老抠自饮自酌,"郑县税查局调查课的吴玉莹盯上了金域钱庄,说是我们这些年偷税漏税,数额巨大,她还把账做得死死的,让我动弹不得!"

赵熙禄夸张地张大嘴巴。"她不是东盛祥的二掌柜吗?怎么就去了巡缉税查局?还专门和你过不去?"皱起眉头,"报复!赤裸裸的报复!还是恩将仇报的报复!"

"可不是嘛!"吴老抠一副心疼至极的样子,"要说,我们还是一个宗族。她如何去的巡缉税查局,我不知道。但说结仇,也就是当年她爹遇到难处时,我该帮忙没有帮。"

赵熙禄有些好奇:"为啥该帮忙没有帮?"

"还不是因为天津东盛祥的吴家和郑县裕兴祥的刘家是世仇。"吴老抠显然还有些记恨,"那时候,谁都知道我和刘志仁是儿女亲家!"

"帮是情分,不帮是生意。"赵熙禄却因能够从刘思琦手里夺过素素而开心,"过去的事就不提了。我找时间去会会东盛祥的掌柜吴玉光,赵家一样有恩于他!我爹还让我与他世代交好。"

"那敢情好!"吴老抠这才露出一丝笑意,"吴玉光可是个能人,与张殿臣、日本人还有土匪都做生意。"又不由感叹:"早晚他会把德化街变成他的地盘。"

"他不怕撑着?"赵熙禄略有不忿,"还有金域钱庄、大同商号在呢!"

第十九章　暗度陈仓资故友　走投无路做匪徒

　　毕竟是北大高才生，又留学东洋，吴玉光和日本人合作生意的事儿，可以和金银花茶放到一起说，可谓是赚得盆满钵满。

　　前年与大杆子赵继缔约，东盛祥独家经营金银花茶。每年的夏天，从大浮山运来的金银花茶，由于口味独特，味甘性寒，具有清热解毒、疏利咽喉、消暑除烦的功能，加之，外形紧细匀致，色泽灰绿光润，香气清纯隽永，汤色黄绿明亮，滋味甘醇鲜美，叶底嫩匀柔软，备受德化街上的日本人喜爱。尤其是福民商店的老板智贺秀二，钟情此款异于其他茶品，不惜多花些款项，从东盛祥茶园购得大批量的金银花茶，转运回国，或者直接供给日本驻东北的关东军。日本关东军把金银花茶当作药茶，来对付士兵水土不服的症状，造成金银花茶一时用量大增。只是，发过去再多的金银花茶，换不来关东军应付的茶款。时间一长，智贺秀二的资金开始周转不灵，无法大批量从东盛祥提货，更因无法满足军方需求，而屡屡遭到上司的叱骂。智贺秀二后悔而又无奈，只好与吴玉光商量结算的办法。办法归办法，账归账，最后总得真金白银说话。没有真金白银，就无法从东盛祥拿出金银花茶。刚好前几日，日本关东军又来电报催茶，甚至将电报直接发给郑县领事佐佐木，限十日内，务必将两千斤金银花茶发往关东军司令部。怀揣着这份电报，智贺秀二带着账房先生王留成和亲随赵龙田，怯怯地再次拜望吴玉光。

　　在东盛祥店后的院落里，吴玉光和穆兰香一边品茶，一边聊戏。正其情融融时,得善魁进来通报,说智贺秀二和王留成、赵龙田又来了。吴玉光微微皱眉毛,挥了挥手:"扫兴!就说我不在。"还未等得善魁出去,就听见店门外智贺秀二的声音:"吴Sir,我是你的好朋友贺二。看到你的车子没有离开,知道你在店里。我想在你的茶园请你喝茶,喝好茶。"

"我去把他赶走!"得善魁不忿,"尤其是那个汉奸王留成,一肚子坏水。前两年骗咱们的货,早晚要让他给吐出来。"

"吴Sir,茶叶的生意怎么都好谈。"智贺秀二在店外踮着脚尖,一脸媚笑,"我想到好办法了。"

"还账来了?"吴玉光抬了一下眉毛,"得子,让他进来,看看他这次想到了什么好办法。"

片刻后,智贺秀二带着王留成、赵龙田进来,弯腰站着:"吴Sir,这次咱们交换茶叶如何?"

"拿什么东西交换?"吴玉光头也不抬,"就你们那些红丸、清酒之类的东西,白送我都不要。要不,拿你们日本的棉纱?"

"那可不敢!现在正是战争时期,棉纱是军用物资,倒卖是要杀头的。"智贺秀二干脆蹲下身子,"吴Sir,你看这样如何?……"

"好!"吴玉光听智贺秀二说完,一拍大腿,"就这么定了!"

赵龙田伸过头来,媚笑着:"这都是我和我表兄想的主意。这几箱东西,比真金白银还好使。"

"你们店里这东西多吗?"吴玉光翻了下眼皮,"佐佐木知道这事吗?"

"东西还有,"赵龙田讨好着,"不过,这事儿哪敢让领事大佐知道?会要命的。"

"赵,你的话太多了。"智贺秀二不满,"还不过来算账?"

一会儿工夫,王留成已经按照智贺秀二的意思,算好交易的数额,交给智贺秀二。智贺秀二看了看,将账单双手递给吴玉光:"吴Sir,你看这样可以吗?"

吴玉光点了点头,与智贺秀二分别签字画押之后,起身与智贺秀二握手:"成交!"

"成交!"智贺秀二用手捋了捋仁丹胡,"不过,要保密!"

随后,赵龙田和王留成带着福民商店的几个伙计,趁着夜色,抬着五箱沉重的东西,悄悄地放在东盛祥店里。第二天,从大浮山下来的装着金银花茶的马车,就直接停在了福民商店的门口。智贺秀二翘着仁丹胡,看着店中的伙计们卸货……

这几天,吴玉光一直在盘算如何将这批军火出手。如果送给大杆子赵继,他必然是喜笑颜开。但土匪到处抢劫,杀的还不是平民百姓?即使惩治贪官酷吏抑或是土豪劣绅,也应该依国法行事,岂可由着土匪横行?交给张殿臣?似乎更为不妥,那个翻脸不认人的官痞随便给东盛祥扣上一个走私军火的罪名,即使不抓吴玉光入狱,也可从此以后随便拿捏东盛祥;最好,这批军火能送到徐团长手里,让他们在长城、热河打击日寇……

正在吴玉光捉摸不定时,吴玉莹带着丁子龙和王金秋来到东盛祥后院茶室,让他多少有些意外:"你们怎么一起来了?"

"事儿大!"吴玉莹坐下,先喝杯茶,又回头招呼二人,"你们也坐下。"

当初,吴玉莹之所以答应张殿臣去巡缉税查局,一是舅父安排,更重要的是让她去按条约,查对德化街商埠上的日本人经营和税收的状况。由于父亲死于日本人之手,再加之天津东盛祥又投靠了日本人,若郑县东盛祥再被贴上"中日亲善"的标签,吴玉莹怎不委屈。她只能去努力证明,哥哥吴玉光是一个爱国的商人,绝不是日本人的走狗!朴素的民族感情支配着她不停地奔走在日商和侨民之中,查对货物凭据,计算应交给中国政府的税款。也是奇怪,正常营业的日商全都照章纳税,然而,三百余家的日本商店却只有一半营业,另一半几乎从无交易。在张殿臣的授意下,自己带人跟踪过这些不交易的日商,却发现这些人根本就不是商人,竟是彻头彻尾的间谍!

说到这里,吴玉莹忍不住提醒吴玉光:"咱们东盛祥发展太快,柜上是几十号人,再加上平遥斋的伙计,帮厨的、送货的、采买的、打杂的人手,现在少说也有两百人。你可要睁大眼睛,千万别让日本间谍混进来。"

"有炳义招呼着,咱尽量给难民们一碗饭吃。"吴玉光也意识到这事儿不小,"这三百多家日本商店有一半不营业,一个店按两个人算,这郑县地面就至少有两三百个日本间谍。一旦日寇进犯中原，那可是一股不小的暗流。"

"日本间谍行事缜密，还得抓住他们的把柄才行。"吴玉莹轻叹一声，"不过，抓日本间谍的事儿由政府出马，咱们只不过尽心而已。"

"我就是一个生意人，正正当当地挣钱交税，还收留这么多难民，也算是为国家和民族尽了份微薄之力。"吴玉光话虽这么说，内心还是不甘，"不过，真要是日本侵犯中原，我也会为家国民族冲上前线。"又加重语气说："尤其是吉川贞佐，我早晚必取他性命，以慰父灵！"

"就冲东家这句话，我和金秋唯东家马首是瞻！"丁子龙冲着吴玉光拱了拱手，"早晚这德化街要迎来风暴！"

"丁胜祖能有你这样的儿子，也是骄傲！"吴玉光欣赏地看了丁子龙一眼，"你的气质沉稳刚正，哪像是一个普通人？回头我可要找你好好聊聊。"丁子龙淡笑，并未接话。

"再说另一件事儿。"吴玉莹说道，"我查税中，发现这德化街上的偷税漏税大户竟是金域钱庄的吴老抠。他依仗着省府秘书长张廷休的势力，倒卖金圆券，为不法商家虚开票据，提供担保，两年下来，偷漏税款三十余万。"

"奸商！"吴玉光不屑，"这些奸商在国难之时，大发横财，天理不容！"

"吴老抠现在和大同商号结为亲家，让我为难。"吴玉莹知道吴玉光曾在赊旗店镇的遭遇，"毕竟大同商号有恩于东盛祥。"

"一事归一事！"吴玉光沉思片刻，"好久没有赵伯的消息，也不知他现在可好？"

"赵忠月去年已经作古！"丁子龙显然知道故乡事，"连那在赊旗店镇一手遮天的胡海天也做了土匪。"

原来，三年前，当吴玉光离开赊旗店镇后，胡海天果然就带人去了大同商号的赵家大宅。赵忠月心中有数，未待胡海天坐下，便推过来一箱金条。

"这不是分明看不起我吗？"胡海天咋呼一声，"我可是听说您老受惊了，前来慰问的。"顺势坐下，呷了一口茶，口气不阴不阳地说："看来，赵老板并无大碍。"

"你以为土匪把我撕票了？"赵忠月也不看胡海天，"土匪要的无非是钱和人。"

"您老资匪了?"胡海天故意留下话口,"也是,钱财乃身外之物。"

"资匪?"久走江湖的赵忠月岂能上套,只见他摇手叹道,"不过,这次他们抢的是人——白牡丹,顺便劫走了店里的汽车。"

"抢了白牡丹?"胡海天隐隐有些心疼,舔了舔嘴唇,"妈的,便宜土匪了!"盯着赵忠月,"我可听说,白面书生在你府上并没有动刀动枪。"

"此话怎讲?"赵忠月微皱眉头,"还望胡局长明示。"

"不瞒赵老板,属下有人告发,说赵老板似乎与那劫匪——白面书生相熟,所以就彼此安然。"胡海天故意大笑,"我听了之后,自然不信。这不,就前来登门落实此事不是?"

"此事,今早已托人送信给了南阳公署马专员,说不定也会派人前来调查。"赵忠月意味深长地扫胡海天一眼,"相信,马守敏将军会有个说法的。"

"也好!"胡海天虽说也有靠山,但赵忠月的妹夫毕竟是自己的顶头上司,他得罪不起,只好点头,道出此行的目的,"此事既然已报马将军了,那我巡缉税查局更应加紧剿匪。只是,剿匪需要钱。"

"老夫自然已经有所准备。"赵忠月再次将装着金条的小箱推了过去,"这是二十根金条。"

"赵老板如此慷慨,我和弟兄们拼死也要为赊旗店镇父老讨回些公道。"胡海天一副大义凛然的样子,振衣起身,拱手告辞。

几日后,胡海天就派出侄子胡周山、胡三饼带了两百税丁,将白面书生属下的一股土匪围堵在东山野猪崖。双方交火,土匪寡不敌众,丢下几具尸体后,仓皇逃回老巢——大浮山。白面书生赵继从此与胡海天结下了梁子。赵继的队伍当时还没有攻城拔寨的力量,只好三番五次派人刺杀胡海天,却屡屡难以得手。

不过,此时的胡海天也是度日如年。随着铁路带来的德化街兴起和因漕运而兴的赊旗店镇没落,再加上这些年官府的无度搜刮,曾经繁华的十一条大街上,外地商客愈来愈少,店家门可罗雀,生意一落千丈。没有生意也就没了税收,没了税收哪还有他手下兄弟们的活路? 这个时候,他又彻底得罪了大同商号的赵忠月,赵老板私下将胡海天曾经做过的孽一一登记在册,交给妹夫。南阳专员马守敏接到诉状大怒,上禀省府,要将胡海天绳之以法。昔日风光无限的胡海天提前得到消息,不得不另谋出路。

"一不做,二不休"。胡海天干脆带着几个侄子和属下,一夜间抢了大同商号在赊旗店镇的所有财物还有梧桐苑的十几个妓女,就在南阳与洛阳交界处的夜郎山安营扎寨,拉起了一股不大不小的杆子。赵忠月经此一变,卧床不起,不久去世。担任南阳专员的妹夫马守敏也因胡海天和其属下哗变为匪,而被上峰免职。河南省主席刘峙随即委任王凌云为剿匪总司令,移驻南阳剿匪。

出生在匪患横行的豫西,又追随大小军阀几经沉浮的王凌云熟稔土匪的套路,众多杆匪皆被他一鼓而定,唯独鲁山夜郎寨的胡海天匪众仗着武器精良、家底厚实而暂时偏安。并不是王凌云不想剿灭胡海天,而是他深知胡海天是一个见风使舵的主,存有招安之心。胡海天也想投靠王凌云,双方正在积极洽谈之时,上海局势紧张,中日战争即将爆发,王凌云接到上峰命令,率部驰援淞沪战场……

第二十章　浪子归来助学运　战士赴死唤民心

一场大雪后,刘思琦踏雪归来。

盛安琪细细地看着儿子,像鉴赏一件名贵的瓷器。儿子变了,尤其是他的眼神:从前清澈而顽皮,甚至有些玩世不恭,现在有一丝沉稳,甚至还有一丝忧伤。儿子脸上带着成熟和沧桑,他在汉口肯定经历过许多事情,他身上散发着倔强而正直的气息,让盛安琪流下久别重逢、失而复得的泪水。

"你变了! 我的儿,"盛安琪抚摸着刘思琦的手,"连你的手都粗糙了!"

岂止是儿子变了,德化街已充满着暴风雨前的雷霆和闪电。

日本侵占中国东北后,继续向华北进犯,控制察哈尔省,指使汉奸殷汝耕在冀东建立傀儡政权。国民党政府不顾民族利益大局,以"攘外必先安内"之策,拟成立冀察政务委员会,对日本的"华北政权特殊化"行绥靖之术。在民族危亡关头,中国共产党发表宣言,号召全国军民抗日救国。北平各大学校学生代表秘密成立北平学联,公开发表成立宣言,提出以反对日本帝国主义吞并中国华北为核心的政治纲领,呼吁停止内战,共赴国难,团结全国各界民众,武装反抗日本侵略者,为中华民族的独立解放而斗争。在"冀察政务委员会"计划成立的前夕,北平学生和各界群众举行声势浩大的示威游行,迫使"冀察政务委员会"延期成立。为取得全国人民的支持,爱国学生又组成南下扩大宣传团,沿着京广铁路线,深入人民中间,宣传抗日救国,形成了全国人民抗日民主运动的新高潮。

感知到一场风暴即将来临,刘志仁也早将过去的事儿淡忘了,尤其是吴老抠和女婿倒卖鸦片、偷税漏税的事暴露被政府处罚后,他认为,糊涂的儿子有时也不傻! 所以,家里破例做了一席丰盛的菜肴,他要劝说儿子回头。

"人在做,天在看。"刘志仁借着酒意,伸着三个指头,"十多年前,有个人所做的三件事,令其而不得善终。"

"哪三件事? 哪个人?"刘思琦这次回来,在姐夫林贤清的教导下,逐渐认识到自己以前的幼稚和莽撞。所以,他对父亲有一丝理解,开始学会倾听。

"第一件事,他到河南任督军后,大肆招兵买马,组建两套军队,一套是宏威军,驻扎开封,由他三弟赵杰任司令;另一套军队是各县自筹经费成立的巡缉营,由他二弟赵俊任巡缉营总统领,兄弟二人皆是浪荡公子,吃喝玩乐抽大烟,巧取豪夺欺百姓。第二件事,他在河南掌握大权后,立即改变原来的征税办法,实行所谓'改两征元',把原来每丁征税银一两改为征银二元二角,仅此一改,税增五成多。再借成立宏威军和巡缉营需要增添军械粮草之名,设立附加征税,更使百姓雪上加霜,纷纷撂荒为匪。第三件事,他在兵工局内,附设铜圆局。让他西屋太太的舅舅当铜圆局长,私自铸造铜圆。使得河南市场混乱,物价飞涨,百姓深受其害。"刘志仁最后不无遗憾地说道,"德化街开埠以来,多年未能发展,皆因此人所致。"

"你说的不就是前河南督军赵倜嘛! 我倒认识一个县长,曾一次在咱柜上拿走十匹杭绸送给他的西屋太太。"盛安琪说,"还听说一个候任的县长到老凤祥金店买个金铃铛,送给赵倜的西屋太太,挂在她养的小哈巴狗脖子上。西屋太太一欢喜,赵倜就把此人委去当县长了,绰号叫'金铃县长'。"

大家听完一笑,气氛逐渐融洽。刘志仁轻舒一口气:"后来当政的吴大帅是一个忠孝廉洁之人,爱恤百姓,又善于用兵,富于韬略,让中原百姓多少有些盼头。只是,老天也不开眼,转眼间就又被蒋介石夺了天下。不过,听说蒋介石对吴大帅还算尊敬,奉为政府顾问。依我看,吴大帅若在,就还有盼头。"

"盼头? 大清国没了,老百姓盼来了民国;民国了,反倒世道更乱了。"盛安琪不相信,"你要说吴大帅这么精明强干的一个人,怎么还没有罢免张殿臣？他可曾是赵倜的亲信，跟着赵倜没少做坏事。”

“张殿臣颇有治理赋税之能。任何政府治理天下都离不开钱！再加上，他见风使舵，关键时候背叛了赵倜，这才使吴大帅没费多少枪炮，就赶走了赵倜。”刘志仁说着，“张殿臣这一反水，就把过去做过的恶给抹平了。”

“怀义，你怎么看？”刘志仁想听听刘思琦的想法，看儿子在汉口这两年是不是真的长进了。

“国因人而治而不依法而治，必不长久。”刘思琦起身说道，“今天下事，纷扰不断，皆因无法可依，各自为政所致。”见父母想听下去，他继续道：“我在汉口时，经常听二姐夫去给铁路工人夜校上课，他说，中国应该由人民当家做主，建立统一的民主共和国家，而不是各省联邦自治。”

“什么是共和？”刘志仁问道，“什么是民主？”

“共和的根本原则就是天下为公。要求官府做事公平，要求人们共同接受正义，在法律和道德的基础上，各安其分，公正相处。民主就是要求官府保护人们在法律面前人人平等的权利。”父母期待的眼神使刘思琦越说越激动，“现在的革命者，就是反对军阀专制和洋人的欺凌，求得天下各民族的平等；让老百姓管理官府，为官府的人定做事的规矩；还要百姓都有自己的田地，平均地权，轻税薄徭，从而使天下‘人能尽其才，地能尽其利，物能尽其用，货能畅其流’，最终实现国富民强、天下为公的大同社会。”

客厅一片静寂，只有大家呼吸的声音。

刘志仁忽然意识到在汉口的女婿所做的事情是要革命！这事情甚至要将自己唯一的儿子也牵扯进去！革命，说不定首先就要革去自己的命！

想到这里，刘志仁耐心地对儿子解释：“怀义，上一次革命的时候，虽说你还小，但总该记得你姑父是为啥被官府杀的，你和秀秀又是为啥避祸日本的。前几天，你吴叔，也就是吴老抠，就因为私下贩卖鸦片、偷税漏税被张殿臣给抓了。仅罚款一项，就多达三十万。”

“也该！”盛安琪对鸦片深恶痛绝，“德化街开埠以来，政府一再禁烟，却屡禁不止。这玩意儿让多少百姓倾家荡产，卖儿卖女。”又轻叹一声：“只是苦了素素，多好的姑娘！”

"素素嫁人了,咱就别操人家的心!"刘志仁知道儿子那一点儿心思,有些担心,"前几日,我和你娘去见省公署的张钫,他说,眼下全省剿匪,抑制内乱,就是为了对付共产党。连蒋委员长也说,'攘外必先安内。'"见儿子在听,也就继续说道:"看来这仗早晚要打。现在郑县也不太平,共党分子总是在铁路工人和学生中宣传什么人民当家做主的主张,鼓动工人进行什么革命斗争,并在斗争中发展壮大自己。前些日子,一个共党分子为了提高工人的薪水待遇,反对资本家的压迫、剥削,号召工人罢工。有些工人还真听他的,结果让火车停运了一天,纱厂更是停工了三天。政府顾全大局,同意给他们加薪。这一退让,工人们更来劲了,好像还要罢工。早晚要出大事!"

"爹,那些铁路工人辛辛苦苦挣下的血汗钱甚至不能够养家糊口,而那些官老爷们还骑在他们头上作威作福。"

刘志仁忽然悲哀地发现,自己唯一的儿子恰在这个时候回来,说不定也掺和进来了:"怀义啊,我和你妈都老了,就你一个儿子,做什么事一定要掂量轻重。革命的事咱不参与。裕兴祥义利经商,纱厂咱家有股份,一样可以为百姓谋福利,一样可以为国家做好事。"

知子莫如父。实际上,这次刘思琦是和姐夫林贤清一起回到郑县的。林贤清这次来郑县,是按照党的指示,尽快地在郑县境内的京汉、陇海铁路工人和裕丰纱厂工人中间,建立党的基层组织,响应正在北平举行的"一二·九"运动。原本他是想和刘思琦一起探望父母的,但是,在会议上,大家认为建立纱厂党组织的条件已经成熟,遂决定要马上召开成立大会。林贤清只好暗中交代刘思琦,转达他的问候,但绝不能说出他的行踪。

在共产党员林贤清的组织下,裕丰纱厂工人联合铁路工人,和郑县扶轮中学学生冒雪在陇海体育场集会之后,一万多人拥上德化街和大同路街头,游行示威。愤怒的学生振臂高呼:"打倒日本帝国主义!""反对华北五省自治!""打倒汉奸卖国贼!""立即停止内战!""联共抗日""坚决不做亡国奴"……学生和工人们沿街贴着标语,喊着革命口号,还向行人和商户派发传单。

刘思琦被母亲紧紧地看着,不许出门,连裕兴祥也停止营业。刘志仁忧心忡忡，想当年他为了修筑铁路、建设纱厂耗费了多少心血，即使现在，只要牵扯铁路和纱厂上的事儿，他就觉得自己的心在疼。他知道，京汉铁路的收入是河南军费的重要来源，闹事的工人直接威胁着刘峙的利益；京汉铁路又是英美国家对中国进行经济掠夺的动脉。工人斗争热情的高涨，必然影响他们的经济利益和政治利益。裕丰纱厂又直接关乎着自己和日商的利益。

"要出大事了！"刘志仁感叹着，"怀义，你给我说实话，你二姐夫是不是共党分子？"

"他是一个坚持正义、追求光明的人。"

太阳照着雪地，刺眼的光忽然被一大群乌鸦般的军人和税警所掩盖。张殿臣骑马在前，率领全副武装的巡缉税查局的警察向游行队伍逼来。紧接着，从西大街口又冲出数百正规军人，联合对游行队伍进行拦阻和恐吓。学生和工人们却并不害怕和退让，随后，他们与军警发生冲突……

由于叛徒告密，林贤清被抓。张殿臣对林贤清软硬兼施、威胁利诱，终究无果。刘峙下令将林贤清就地处决……

像一棵立在旷野上风中的树，刘思琦一直在激动和不安中。他知道，那个自己最为信赖和敬仰的人一定会为他的信仰付出生命！虽然，他还没有完全理解他及他所追求的梦想，但他知道，那是一个公正、民主、自由的梦！

在刘思琦似睡非睡中，忽然，一阵粗暴急促的敲门声传来，他几乎和父亲一起打开院门，门口站立着一排全副武装的军警。张殿臣在四名卫士的簇拥下，大步进入庭院，对着刘志仁略一抱拳："得罪了，刘掌柜！"

"所因何事？"刘志仁虽说那日听刘思琦的言论有些预感，但他没想到担心的事还是发生了。

张殿臣摘下皮手套，一副皮笑肉不笑的表情："你的好女婿死了，还没有忘记与你这个剥削工人的资本家撇清关系。"

"你是说我那个在汉口的二女婿？这个浑蛋，害了我女儿！"

"还害了你的儿子！"

"什么？我儿子？"

"对,刘思琦知情不报,涉嫌通匪通共!"张殿臣收起笑容,喝道,"拿下!"

刘思琦倒也不惊:"你们说我通匪通共,总得有证据!"

"这是自然,否则,我也不会亲自上门来缉拿你!"张殿臣看着身体微颤的刘志仁,"你我毕竟是老友,能照顾的地方,我一定关照! 告辞!"

看着刘思琦被带走的背影,看着黑洞洞的大门,刘志仁似乎一寸一寸地矮下去,倒在地上。

第二天,秀秀看着忧伤不堪的母亲和昏迷床榻的父亲,瞬间改了过去柔顺的个性:"爹,妈,不用急,我和你们一起去找民政厅的张钫,他父亲曾是舅舅盛大人的部下,应该会给些面子。况且,国民政府也不能不分青红皂白地乱杀人!"

刘志仁长吁一口气,吩咐管家:"备车,秀秀从柜上支出二十根金条,跟我一起去洛阳张钫府。他一直主张豫人治豫,不会见死不救。"

民政厅厅长张钫官邸位于龙门山下的西工营中,按照"天地玄黄……"排序,为"天字第三号院"。院门自书一副对联:"柳营春试马,虎帐夜谈兵。"书法厚重浑朴,雄强有力。

在两名全副武装的侍卫引领下,刘志仁在前,秀秀搀扶着盛安琪在后,向府内梅园的暖阁走去。三号院系旧宅,院内广植杨柳槐榆,三进院落,森严阔大。昔日的红墙蓝瓦、雕梁画栋依旧,几处亭台楼阁镶嵌在林中和水边。只是缺乏修缮,色彩有些暗淡。张钫置身梅园的暖阁,手捧《论语》,正读到会意处,夫人拿着一封拜帖进来。

"昔年盛大人的妹妹盛安琪来拜望你。"吴夫人轻声说道,"安琪夫人也是一位留过洋、见过世面的人。"

"盛大人对国家厥功至伟。"一直着力大兴实业的张钫对盛宣怀心存仰慕,便放下书,起身整衣,"你和我一起前迎。"

见张钫和夫人站在暖阁门口相迎,盛安琪刹那感到一丝暖意,便加快脚步,穿过梅花初绽、梅香悠长的连廊,来到张钫夫妇面前,还没有屈身施礼,就被张夫人拦下动作:"外面风凉,快些进来。"

"多谢夫人,多谢将军!"盛安琪随着张钫和夫人进入暖阁,宾主落座后,下人布上香茗。张钫见盛安琪虽已六旬开外,依然风韵犹存,举止恰切,心生敬重:"昔年,国有盛大人建铁路、通邮轮之功,西风渐进,文明日兴。令我等后人追慕不已。"

"将军能如此赞誉家兄,我谢谢了!"盛安琪施礼被夫人扶起,"张将军身居西宫,运筹帷幄,平乱豫西匪众,有大功于政府。可是,"见张钫眉头一紧,盛安琪干脆说道,"政府不该去杀那些游行的工人和学生,他们要赶走日本人,大理不亏!"

张钫面有疑惑之色,看侍卫和参谋一眼:"到底怎么回事?"

"刘主席下令,枪毙了在郑县组织工人和学生游行的共党分子林贤清。"参谋拿过几张传单,递给张钫,"你看看这些,就知道了。"

张钫接过几张传单,扫一眼《告工人书》和处决共党林贤清的布告,已经明白发生何事。轻叹一声:"委员长训令:攘外必先安内!"

"对内无非是兄弟之争,对外那可是灭族灭种之祸。工人、学生游行,让政府抗日,这也是民心所向。"盛安琪的泪水止不住了,"张将军,这次他们游行,不管谁对谁错,死去的人也都是咱们的同胞,忍心吗?"

"我岂能不知?"张钫点头,"国民自大清朝以来,仍是愚昧无知。中日早晚会有一战,但现在实力悬殊,需要政府充分准备。"

"张将军,我的女婿已经死了!"盛安琪忽然觉得自己没有必要与张钫谈什么开战时机,她眼下只求儿子能活下去,"我唯一的儿子现在也被押在死牢!"

"真的?"

"张将军,我已经写了条陈,你看看。"侍立一侧的秀秀将信拿出,递给张钫,"我哥哥是一个善良而又仗义的人,他不会去做作奸犯科的事儿!"然后,退到盛安琪身后,轻轻地为盛安琪捏着肩膀。

"多好的孩子!"张夫人为了缓和气氛,夸赞着,"秀秀这姑娘真是又好看又懂事。"

张钫看完条陈,便拱了拱手:"死者不可追。至于怀义知情不报、以通匪罪在押之事,由我做主,让他们马上无罪释放。"

见盛安琪无论如何无法说出"谢"字,刘志仁代谢:"这样就好了,我俩的终身也算是有了依靠!"他说着话,便将装着金条的布包推向张钫,被张钫用手止住。

"你多年经商,然经商不易。"张钫点了点头,"我听说,你在我号召创办铁门小学时,一下子捐出两千大洋。今天,你为了儿子一下子就拿出二十根金条,又显出为人父的慈爱!"张钫大手一挥:"你这份礼,我收下了。"

刘志仁点头,再次将装着金条的布包推向张钫,张钫顺势将这些金条推向盛安琪。

张钫笑着对盛安琪说道:"就以我的名义,将这款项抚恤给死者如何?"

"恐怕没人会要!"盛安琪说话很直,"打一巴掌揉三揉,揉不醒已经死了的人。"

"那就给活着的人留着吧!"张钫又将布包推给刘志仁,"就算我为怀义贤侄将来结婚送份贺礼。"

盛安琪和刘志仁父女刚回到郑县,一身是伤的刘思琦就被两个军警送回来了。这个偶尔不着调的孩子,眼神还是如此清澈,浑身散发着阳光般的健康气息!从儿子眼睛里看出来,他做的事儿不一定没有道理!

这两年,随着年事渐高,刘志仁的身体大不如从前。他半倚床榻,看着刘思琦进来,眼神里也多出一丝关怀:"坐吧,你能活着回来,就好!"

"没多大的事儿。"刘思琦有些饥渴,他一口气喝了桌上的热茶,顺手又拿起一块桂花糕放进嘴里,"因为我二姐夫给我二姐留了一封信,信中提到了我,就惹了祸。"

"什么信?"

"我念给你们听。"刘思琦又喝口茶,从贴身的口袋里掏出信,表情凝重地读了起来。

兴豫:

　　……明天,我的生命将迎来它最后的璀璨的黄昏,随后将沉入大海般深邃永恒的黑暗中。那帮寡廉鲜耻的军阀就像在强光下不知所措的硕鼠，甚至没有给予我一场公正的审判，就这样迫不及待地想把我送上长路！麻木的中国，只有死亡的闪电才能让同胞们感到一丝疼痛！我和同志们的死，势必会让这星星之火，形成燎原之势，将旧制度旧社会和帝国主义所代表的陈腐朽烂的一切，都以风卷残云之势燃烧殆尽！我的灵魂将投射出这新时代最初的微光！

很抱歉不由自主地又开始我的慷慨陈词，我知道这是你十分反感的。或许在这时候，我们之间应多一些柔情蜜意，十六年前，我初次见你，我就爱你，这爱随着岁月的沉淀弥足珍贵。倘或我没有远赴法国，没有认识那样一帮壮志凌云的朋友，没有接触到那样多崭新的思想、崭新的学说，没有由此产生对这千疮百孔的社会的痛恨，我或许会与你过着恬淡自足的日子，最终在子孙绕膝的幸福中，白头终老。然而，倘若如此，其余的四万万同胞仍在旧社会的枷锁下不堪负重地生活，列强仍飞扬跋扈，鱼肉中华，大好河山在那帮卖国求荣者手中渐渐变了颜色，这是每一个有觉悟的中国人见了都为之痛心疾首、不能坐视不管的。所以，我踏上了这条布满荆棘的光荣道路。我固有儿女情长，但不能为之所困，希望你能谅解。

我倒下之后，不要为我悲伤哭泣，更不要为示忠贞而守寡三年云云，寻一个温润宽厚、家境殷实的男子再嫁即可，万不要再与革命者结为伴侣，你这样的性情中人，痛失所爱的感觉此生尝一遍也就够了。

"我唯一的遗憾是没有将第二次生命奉献给祖国"。当然，这祖国，并非现在这愁云惨淡、遍体鳞伤的中国，而是那个在未来青年前仆后继的奋斗下，从旧社会的废墟中，如红日般冉冉升起的民主、平等、自由的崭新的中国！

当你看到这封信的时候，想必我已经成为那茫茫冥界中的一个孤鬼了。注意保护好自己和儿子，我甚至不敢提我们的儿子，我太爱他了，我害怕因为他而不敢去死！但我必须去死，恳求他，让他原谅我这个不称职的父亲！

　　另：转告怀义弟弟，若做革命者，须知："革命者，天演之公例也。革命者，世界之公理也。革命者，争存争亡过渡时代之要义也。革命者，顺乎天，而应乎人者也。革命者，去腐败而存良善者也。革命者，由野蛮而进文明者也。革命者，除奴隶而为主人者也。"已经与我断绝关系的岳父母，我无法求得他们的原谅，只能说，对不起！祝他们健康！

　　永别了，我的亲人们！

信读到最后，刘思琦已经泣不成声，刘志仁、盛安琪也在叹息中落泪……

　　秀秀从刘思琦的手里接过信，用心再读了一遍，然后，遵照母亲的要求，在火塘边，流着眼泪，静静地将信烧毁。看着化作黑蝶的信在火光中舞蹈，秀秀似乎看到一丝光明的未来。

　　"他们会失败的！"刘思琦止住泪水，喃喃自语，"无论他们现在多么强大！"

　　"也许他是对的！"刘志仁止住泪水，轻声叹息，"那一天说不定会来的！"

第二十一章　义匪报恩为红颜　把柄在手挟贪官

　　听说刘思琦总算回来了,却又因为大游行被张殿臣打入死牢,白面书生赵继便带着万三猛乔装来到郑县,他准备摸一下虚实,以便劫法场,救下裕兴祥这棵独苗。毕竟,刘思琦的姑父和裕兴祥有恩于他,有恩于大浮山的兄弟们,这恩不能不报。不仅要报,还要报个大恩情。况且,若是救下刘思琦,他和秀秀的事就可以往下去说。小时候,他和秀秀都在周家口镇的码头生活,他们的父辈还是结义兄弟。清末民初,秀秀的父亲程江涛因去郑县赈灾,粮食被白狼的杆子抢了,却被狗官冤枉,以通匪的罪名处死。他死后,那些在漕运上的一帮兄弟也就散了。赵继的父亲回到乡里,本来可以安居乐业,却被土匪所杀。赵继为了报仇,也就拉起杆子,当了土匪……赵继闭上眼,总是想起他和秀秀早年在码头玩耍的情景,还记得秀秀的话:长大了,就嫁给他! 毕竟,现在的秀秀年龄也不小了,不能老是让她等下去。

　　通过疤痢爷私下叫出秀秀,他们刚在火车站附近的威尼斯西餐厅一雅阁坐下不久,就被一双眼睛盯上了。赵继可是政府悬赏三千大洋的土匪,如何能不勾起小人的贪心?

　　也该赵继出事!

　　这天恰遇智贺秀二在此为从豫西回来的吉川贞佐及两个日本间谍接风。忙前忙后的王留成一眼瞥见赵继和秀秀坐在一个角落里说话,便连忙下楼,让等在门口的赵龙田去巡缉税查局报信。很快,警车闪着警灯,前面开道,后面一队持枪的巡警,浩浩荡荡地便朝威尼斯西餐厅而来。

"秀秀,看来不能陪你吃晚饭了。"赵继为匪多年,早就练得耳聪目明,见自己可能被发现,便下楼要和万三猛先走。秀秀忽然觉得赵继要有危险,便不顾死活地追下楼,非要送赵继到西城门口。赵继无奈,只好由万三猛驾着马车,准备从西门出城。

果不其然,城西门已被军警派上了岗哨,出城的人都要挨个细细盘查。赵继本欲硬闯,却见城门前的军警都举着枪,恐怕难以逾越。正在踟蹰时,秀秀让万三猛"快些"赶车,自己却一头扎在赵继的怀里:"拿枪对着我!"

赵继瞬间明白了秀秀的意思!

守门的警长认识秀秀,见她被杆匪绑票,也不敢随意开枪,唯恐伤及裕兴祥的千金,不好交差。在他们犹豫时,万三猛已经打马过了城门……

由于赵继是上峰圈定的巨匪,抓住他就可以升官发财,所以,张殿臣亲自带人追赶。眼见距离越来越近,张殿臣本欲下令开枪,却见秀秀就像盾牌一样护着赵继!稍一犹豫,马车已翻过一道山梁,赵继和万三猛便被手下接应而去。他本欲带秀秀一起走,秀秀不肯,便只好留下马车和秀秀。待张殿臣带着军警赶来时,赵继已经立马于不远的小山头,对他喝道:"张达子,你要再追,就要你的命!"

张殿臣勒马,见赵继身边人马不多,便命令军警开火。双方一番枪战,万三猛受伤落马,几个杆匪见军警众多,便劝赵继先撤。赵继点头,撤退前却喊出了一句差点儿要了秀秀性命的话:"张达子,你要是敢伤秀秀一根汗毛,我必取你全家性命!"

张殿臣这才意识到,秀秀可不是杆匪的快票那么简单,这才抓住秀秀,带回警局审问。谁知秀秀到了警局,就是一个劲儿地哭,让张殿臣不知所措。后来听说裕兴祥的掌柜也来了,他干脆把刘志仁关起来,暂且不让他们相见……

养伤中的刘思琦听到母亲的哭声,便知道家里肯定出了大事。他挂杖走到母亲房间,听盛安琪说了来龙去脉:"那赵继和他的随从武艺高强,虽然受了伤,还是跑掉了,可是,秀秀却被警局抓了!你爹听说后,就去警局要人,现在还没回来!"盛安琪忽然有些生气地说:"你说你误事吗?现在该咋办?"

"妈,你不要慌!他们说咱们通匪就通匪了?"刘思琦反倒极为冷静,"张殿臣就不是个东西,无非想借机敲诈!既然张钫厅长能救我,就没有救不出我爹和秀秀的道理。再说了,张殿臣从咱裕兴祥一年拿走多少东西!"扭头让管家张良才备车:"妈,这事儿我去办。"

巡缉税查局还在原来的府衙内。这世道就是这样,无论城头大旗怎么变幻,铁打的衙门,换汤不换药。刘思琦不止一次来过这里,轻车熟路地就被带到了正堂。

张殿臣在郑县多年为官,对裕兴祥十分熟悉,看刘思琦拄杖而来,面无表情地客套着:"你伤好了吗?长个记性,通奸也不能通共!"

"张钫厅长说我没通共!"刘思琦干脆大刺刺地坐下,"你案子办错了!"

"可这一次呢?杆匪巨头光临裕兴祥……"张殿臣也不好强辩,只好冷笑着,"确实让我捏了一把汗!"

"不是光临,是劫掠!"刘思琦接过话头,"我妹妹被他们当了快票,我父亲连夜报警未归!"

"是吗?"张殿臣听着话音不对,忽然觉得眼前的刘思琦已不可小觑,"你妹妹似乎是自愿的,要不是她舍身挡着赵继,白面书生已经被缉拿了!"

"张局长,你说这话,我就不懂了!"刘思琦摊着双手,"刘家算是郑县的大户人家,秀秀也知道些礼仪。要说她有意于杆匪,说出去,恐怕也没人相信。"

"要不是我亲眼所见,我也不信。"张殿臣看刘思琦一眼,"你这两年不在家,不知情不怪你!再说了,多年前,裕兴祥就曾因通匪,差点儿被封门。"

"张局长,我记得那是民国初年的事儿!那个诬陷裕兴祥通匪的刘镇华还在吗?"刘思琦提高声音,"早就被风卷残云,烟消云散了。这叫多行不义必自毙!"

"大胆!"张殿臣显然被激怒了,"刘秀秀就是通匪!要不是她挡在前面,杆匪赵继就跑不了!"毕竟是面对在郑县颇有实力的裕兴祥少东家,他也不能把弓拉得太满,便呷了口茶,放缓语气,"俗话说'宁做太平犬,不做乱世人'。豫西诸县刀客滋扰,匪焰甚炽,造成大动乱、大饥荒、大灾难,杆匪不除,百姓难安! 你说呢?"

"裕兴祥支持剿匪。"刘思琦顺着张殿臣的话题,"张局长应该记得,每年裕兴祥支持政府剿匪的白银不下三千大洋。我这里还有账单呢! 要不你过下目?"扫一眼神情有些不淡定的张殿臣,继续说:"正因为裕兴祥每年都主动上缴剿匪的钱,所以,秀秀就不可能通匪!"

刘思琦这话击中了张殿臣的痛处:每年裕兴祥都向他进贡不少款项。今天要是不放刘志仁和刘秀秀,一旦他们向张钫告发,这贪墨之罪可是要掉脑袋的!"张厅长一直主张豫人治豫,可容不得贪赃之人!"看着张殿臣额头渗出的细汗,刘思琦心里豁然,顺势为张殿臣找来下坡的理由,"我这次来,是代表裕兴祥感谢张局长的。若不是张局长及时派出警员拦阻杆匪赵继,秀秀说不定……"

"对对对! 这话有理!"张殿臣久历官场,自然明白,连忙吩咐侍卫,"快,快去将裕兴祥老掌柜和秀秀带来,我要为他们设宴压惊!"

"张局长公务繁忙,设宴就不必了。"刘思琦起身拱手,笑道,"况且,家人还在等着他们呢!"

"也好!"张殿臣点头,吩咐侍卫,"就用我的汽车直接送老掌柜和秀秀回去。"卫兵应声而去。张殿臣搓了搓手,顺手解下腰间的手枪,推给刘思琦,"贤侄啊,你刚回来,德化街上现在是暗流涌动。这把配枪随我多年,你就用来防身!"

"礼重了,礼重了!"刘思琦连忙推辞,"况且,我就是一个老百姓,手里有枪叫怎么回事? 万一德化街上有枪响,我不就成了第一个被审之人?"说到这里,向张殿臣一拜,"这礼太重,我不能收。如果……"见张殿臣伸着脖子期待着,用手向墙上一指:"能不能将这副对联送我?"

"少年惜春华,胜日斗芳菲。"张殿臣念了一遍内容,笑着,"这可是张厅长亲书的对联啊!"看刘思琦一眼:"不过,老夫已不是少年了,转送贤侄,正是恰切!"

"多谢张局长。"刘思琦从张殿臣手中接过这副对联,便向张殿臣告辞。张殿臣也不再挽留,与刘思琦拱手告别,反复叮嘱:"贤侄,现在日本步步紧逼,中原恐怕必有大战。若战事一开,裕兴祥可要带头捐助物资,助我国军杀敌!"

"这是自然!"刘思琦虚与委蛇,含笑点头。

张钫挤走了刘峙,不过,他也没赢,被蒋介石任为无权的国府参议,安置西安。此刻,他身着便服,在新编20师第一旅第一团团长郑发永的陪伴下,悄然来到德化街的东盛祥茶园雅舍,与早已等待在这里的山口一郎相见。山口一郎之所以让智贺秀二将会面安排在东盛祥的茶舍,是想让张钫看到中日亲善的局面。

山口一郎早年与张钫熟识,见张钫进来,连忙起身问候:"伯英(张钫字)君,胜败乃兵家常事。"又看一眼侍立一侧的郑发永:"这位就是金罗汉的徒弟吧?"这句话让张钫不得不佩服山口一郎。"金罗汉"俗姓金,字豪文,自幼家境贫寒,入少林寺拜恒林为师学拳习武,技艺超群。

"看来,山口君真是无所不知啊!"

郑发永致以军礼,就立于门口守卫。屋内只有熟识日本茶道的吴玉莹在侍茶。张钫入雅舍坐下,接过山口一郎递过的香茗,浅呷一口,方徐徐道:"让你久等了!"

"中国有句俗话,好饭不怕晚。"山口一郎笑了笑,"我受土肥原将军和佐佐木领事所托,代表大日本帝国,为伯英君准备了一顿大餐!"

"大餐?"张钫略显疲惫,表情平静,"我的口味开始变清淡了!"

"你先看下菜单吧!"山口一郎自怀里掏出一张纸,捧给张钫,"也许,会合你的口味。"

张钫接过,只见纸上记着:"大日本帝国援助豫中建国自救军军队装备一览:火炮:五十门;重机枪:一百挺;轻机枪:三百挺;长枪三万支……"山口一郎名义上仅是日本驻郑副领事,实际上是日本老牌间谍。张钫扫了一眼,内心隐隐有些刺痛:"日本人要将这些枪炮对准国民的同时,也把我当作了一支枪!"他轻叹一声,将这张纸推给了山口一郎:"口味太重了,会崩掉老夫的牙!"

"难道你甘心这样失败吗?"山口一郎不敢相信,"你还是那个兵出潼关,攻打清兵,屡战屡胜,名声大振的勇士吗?"

山口一郎说的这些事,发生在清末战争时期。当时,曾任陕西新军教官的山口一郎组织日中联合情报机构,从新军中挑选数十名精干士官。联合情报机构中,张钫的谍报工作颇有成效。其间,张钫不幸被清军俘获,但拒不招供,被判死刑后跳车逃生。其英雄气概,备受赞赏。张钫回陕西后,又和于右任一起组织陕西靖国军,任副司令,从此开始了叱咤风云的军旅生涯……

山口一郎算是张钫多年旧交,想以此激起张钫东山再起的雄心,顺利独霸中原:"难道伯英君甘心这样失败吗?"

张钫虽然没能如愿接任河南省政府主席,却也心如止水,平静地应道:"中国同胞之间相互绞杀多年,该歇歇了!"

"什么?"山口一郎不敢相信,他所认识的张钫怎么忽然产生如此念头?到底因为什么?

"就像脚下的土地,一茬一茬的庄稼被收割后,需要重新耕种。"张钫叹息,"今日之中国,战乱频仍,黎民涂炭,皆因我等作孽!"

"天哪!到底是什么让你变化如此之大?"

"佛!"

"难道你要归于尘土吗?"

"君子寡欢莫如落叶扫地!"张钫点头,"豁然开朗,得见东篱菊花!"

"你太让大日本帝国失望了!"

"我的民族会看到希望!"

"一个劣等民族!"山口一郎忍不住播着茶桌,"你的民族会有什么希望?"

"请你收回你粗鲁的言语!"张钫加重语气,"还有你无理的行为!"

"你们的民族希望?"山口一郎看着张钫,带着威胁的味道,"我的一只手就可以掐灭它!"

正在布茶的吴玉莹纤手一颤,金黄的茶汤溅在了桌上。

"试一试吗?一个'劣等民族'的男儿也会和你放手一搏!"张钫紧盯着山口一郎,"我知道你是柔道高手,更是黑暗中的忍者!"

"你不是对手!"山口一郎轻蔑一笑,"请你收回刚才说的不当言辞,你我还是朋友!"

"我今天是与你——山口一郎告别的,我明日入鸡公山看山。"张钫想到自己已经答应蒋介石,为河南黎民少受兵燹之灾,甘愿服输,看山洗心,便淡然应道,"你不是我朋友,以后我也不会与你见面了。"

"八嘎——"山口一郎再也无法忍受张钫的态度,一脚踢开面前的茶桌,霍然拔出腰间的菊花刀,指着张钫,"你的良心大大地坏了!"

听到屋内茶壶、茶盘、茶杯落地时稀里哗啦的声音,在外面小心守卫的郑发永冲进来一个飞脚,踢飞山口一郎的长刀,抢在张钫面前。"住手!"闻声而入的智贺秀二见郑发永身手超群,也不敢妄动,只是弯腰捡起长刀,插入刀鞘内,用日语小声劝说山口一郎,"冷静,这里还是中国的土地!"

张钫不理山口一郎,转身对一直服侍茶水的吴玉莹满含歉意:"对不住了,扰了你茶室的静雅。"说完,便转身出门。山口一郎还想要拦阻,郑发永却像一堵墙一样,挡在他的面前。

"张大帅,这杯茶为你送行了!"吴玉莹看着张钫的背影,将一杯茶举过头顶……

两年后,日军进攻武汉,张钫由鸡公山移居西安。在西安,他倡办麟凤煤矿公司、勉县民生煤矿公司,又创办西北中学,致力于兴办教育与实业开发。日军侵占河南后,大批难民逃往陕西。张钫以河南同乡会会长身份,利用他与陕西政界友人的关系,救济和安置了大批难民,又解决难民子女及河南大学迁到西安的师生吃住问题,被河南难民誉为"老乡长"。此乃后话。

第二十二章　渡口争棉起烈焰　江湖斗茶兴波澜

桂花树下,刘思琦愁眉不展。裕兴祥的生意在他回来后,父亲便不再过问,再加上大姐一家去了重庆经商,偌大的产业便由他和秀秀打理。由于裕兴祥多年的积累,他刚接手时,生意也算顺风顺水,不料,自己两次近乎赌注般的经营,生生地把自己逼上了绝境。

从去年开始,郑县市面上忽然开始流行喝普洱和金银花茶,导致裕兴祥的茶叶积压了不少,不得不低价出售,茶庄开始出现亏损。刘思琦倒不在意,毕竟裕兴祥是靠经营棉花、山药、大枣、瓷器、中草药等起家发家的。但没想到,郑县周边战乱不断,尤其是当年中原大战,蒋介石的军队和冯玉祥的西北军在新郑反复拉锯,裕兴祥的枣园一片荒芜。当刘思琦将自己全部的赌注放在棉花收购时,一场巨大的灾难突然降临……

由于山西南部、陕西关中、甘肃陇南等黄河流域的棉区日照充足,热量条件尚好,土壤肥力中等,年降水量适中,纤维品质较佳,自然成为各地棉商的采购基地。裕兴祥经过多年经营,在山西、陕西和陇南拥有棉田和稳定的棉花供应商贩。今年,由于土地大旱,棉花产量锐减,各地棉商竞争激烈。裕兴祥下手较早,已经在风陵渡口囤积了数十吨棉花,正等待着起运。

恰在这时,东盛祥的吴炳义带着车马也来到风陵渡,找裕兴祥的管家张良才商议,想以合适的价格,买走十吨棉花。张良才是裕兴祥的老伙计,对于这些年东盛祥掌柜和东家之间的事儿,多少听说些,心中一百个不愿意。

吴炳义对这两家之间的仇怨了解不深,便对张良才实话实说,是因为东盛祥去年已与天津丰盛德纱厂签了合约,如今无法按合约供给棉花,便要支付一大笔违约金。张良才也不厚道,干脆故意抬高价格,试图逼吴炳义就范。二人在讨价还价中产生了纠葛,差点儿动起手来。吴炳义见裕兴祥在风陵渡的人手多,带着王金秋和赶车的哑巴伙计,悻悻而去。

但谁也没有料到,当晚月黑风高,裕兴祥的棉仓发生大火,火借风势,棉花熊熊燃烧,人们无论如何也无法遏制住冲天的火光……

"除了东盛祥作案,还能有谁?"张良才一口咬定是吴炳义带人放的火,就去风陵渡警局报案。警局派员查了几日,得知吴炳义和王金秋案发当晚与山西的几个棉商一直在喝酒,根本没有作案时间,不但驳回张良才的诉状,并险些给他安上诬告的罪名。张良才愤懑不已,又想着无法向东家交差,就干脆上吊自杀了事。

消息传来,刘思琦急忙赶到风陵渡处置此事。吴炳义和王金秋听说刘思琦来了,反倒不避不躲,带着祭品上门,被张良才的儿子张浩天逐出。刘思琦也私下找到当地的袍哥打听大火的来由,都无法说出一个所以然。倒是这两年一直跟着裕兴祥车队走南闯北的车夫庄田,一口咬定就是吴炳义带人放的火。只是,他无法说清楚留在火场上的汽油桶从何而来,那汽油桶上可是打着一个太阳的标记!

但不管如何,面对跟随父亲多年的张良才之死,刘思琦暗中把这个账记在东盛祥头上。毕竟,东盛祥是德化街上"中日亲善"的典型,与日本人来往密切! 他暗暗发誓:"早晚有一天,要和东盛祥算清这笔血债!"

刘思琦忍痛将祖上经营多年的陇上棉田贱卖,方脱身回到德化街。未待他歇息,就见自己的仇人智贺秀二在赵龙田的引领下,前来拜望。

刘思琦一边内心嘀咕,一边让张浩天将二人引进茶馆客室。有些时间没有见面,智贺秀二明显发福,那双小眼睛在一张圆饼似的脸上透着锥子一般的光,仁丹胡下的那张阔嘴蠕动着:"打扰了,刘 Sir!"

"智贺秀二,是哪阵风把你给吹来了?"

"神风!"看一眼跷着二郎腿的刘思琦,他趋前一步,"听说刘 Sir 遇到一点儿麻烦,我这就来了!"

"找麻烦来了?"刘思琦眉梢一挑,"正好!"

"哪里哪里!"赵龙田连忙上前,"是这样,听说东盛祥这次狠狠地咬了老东家一口,我也是看不惯,就带着智贺先生来帮忙了。"

"那就坐吧!"刘思琦待二人坐下,心不在焉地说道,"怎么帮忙?"

"福民商店这几年在德化街赚到不少,这中间也多有裕兴祥的照顾。"赵龙田看着不住点头的智贺秀二,继续说道,"智贺先生想借给裕兴祥一笔款项,帮着裕兴祥渡过难关。"

"不是落井下石?"刘思琦不敢相信,"恐怕日本人的钱没那么好用吧?"

"好用,好用!"智贺秀二笑道,"你们的国家这些年一直在向大日本借钱,修铁路,建城市,大日本有义务帮助你们走进大东亚共荣圈。"

"如何借?"

"以裕兴祥所占豫丰纱厂股份的一半做抵押,从福民商店和大众西药房借贷十万,如何?"看着刘思琦眉头微蹙,智贺秀二干笑着,"至于利息,可以谈,可以很低。"

"你们再拿走裕兴祥所占豫丰纱厂股份的一半,那豫丰纱厂就是你们的了!"刘思琦略一思忖,"豫丰纱厂的股份不能抵押,要抵押……"他扫一眼茶馆里积压的茶叶和一批钧瓷,"就抵押这些茶叶和瓷器。"

"这……这茶叶无法长久存放,瓷器又易碎,恐怕不好吧?"智贺秀二皱着眉头,"要不,用裕兴祥的中药铺做抵押?"

"送客!"一听智贺秀二又看上裕兴祥的中药铺,刘思琦不干了,"中药是我裕兴祥立于德化街的根本,也是我大中华之瑰宝,焉能变卖?"

"且留步!"见刘思琦要起身送客,智贺秀二连忙拦阻,"刘 Sir 的建议,也可以谈!"

"怎么谈?"

"大和民族是一个爱茶的民族,这些茶叶我要了!"智贺秀二咬牙道,"至于瓷器,我们暂时不需要!"

"为什么?"

"历史上,中国曾经很富裕,就是拿这些泥巴做成的东西,换来世界各地的粮食和布匹。"智贺秀二慢慢地说着,"大日本也并非十分富裕,暂时不需要这些泥巴玩意儿。"

"你这么说,我可就要和你理论。"刘思琦又坐下身来,呷了一口茶,先吟一首乾隆皇帝的诗《赏钧红》,"晕如雨后霁霞红,出火还加微炙工。世上朱砂非所拟,西方宝石致难同。"然后说道:"钧窑瓷器乃我国之瑰宝,以釉具五色,艳丽绝伦而独树一帜。钧瓷釉色灵活瑰丽,釉质乳光晶莹,肥厚玉润,类翠似玉赛玛瑙,有巧夺天工之美。"略带轻蔑地看一眼智贺秀二。"钧窑瓷极其珍贵,中国有句俗语……"看贺秀二和赵龙田一脸茫然的样子,刘思琦干脆说道,"你们无法知其美,我也就不作贱这批好钧瓷了。"

"那就借贷五万,至于利息……"刘思琦未待智贺秀二把话说完,就打断他的话,"利息由我家老掌柜和你商量。"

"也好!"智贺秀二虽说心有不甘,但毕竟目的达到一半,也就顺着说下去,"今日你我合作,过去的事情就过去了!"他举了举手中的茶杯:"希望今后能与刘 Sir 紧密合作!"

"就此一次!"刘思琦决绝地说道,"我可不愿背上汉奸的骂名!"

"中日亲善,怎么会有骂名?"智贺秀二笑着,"裕兴祥对面,东盛祥东家如今就是我大日本的朋友!"

"早晚我会找他算账!"一提起吴玉光,张浩天便想起父亲之死,不由怒火中烧,"难道说他是靠着你们日本人的势力,害死我父亲的?"

"绝无此事!"智贺秀二连忙摇手,"他做的事,连佐佐木领事都很生气!"

"为什么?"

"他在生意上,大大地不老实。"智贺秀二摸着仁丹胡,说道,"他把大日本的武器当作商品,去卖给不受大日本欢迎的人。"

趁着中国国内军阀混战之际,日本商人纷纷走私军火,在发中国国难财的同时,削弱各方势力,为日本进一步侵华奠定基础。在这样的背景下,德化街上最大的日商智贺秀二也在日本领事佐佐木的暗中支持下,走私军火。毕竟,乱世中,军火是最挣钱的行当。不过,时间一长,中国国内的军阀也就悟出味儿来,能不买日本军火就不买。去年,智贺秀二与东盛祥交易的那点儿枪支弹药,被吴玉光顺手倒腾给了丁子龙。丁子龙请示俞青松,俞青松指令将这批武器交给正暗中筹备豫西游击支队的刘向三。

"哈哈哈……"刘思琦大笑,"反正,你们和土匪也差不多。"

智贺秀二一脸蒙。赵龙田干咳一声,试图打破僵局:"吴掌柜自从来到德化街,就处处挤对裕兴祥,如今更是变本加厉,害死张管家,这事儿不能算完。"他添油加醋,急于在老东家这里讨好。"既然官府说没有证据,咱治不了他的罪,那咱们就按江湖规矩来办。"见刘思琦想听下去,赵龙田来了精神,"东盛祥卖茶,裕兴祥卖茶,咱们就和他按江湖规矩,斗茶!"

"斗茶?"刘思琦想到自己痴迷茶道多年,心中还是有几分把握,"谁输,谁就不得经营茶叶。"

"正是如此!"赵龙田见自己的提议得到刘思琦认可,来劲了,"我代表裕兴祥去下战书!"

当吴玉光接到刘思琦的斗茶战书时,顿时怒火中烧。自来到德化街后,吴家虽负家恨,但看到裕兴祥东家为人不孬,也就没有挑事儿,甚至在生意上处处忍让着裕兴祥,但没想到,在自己需要一些棉花时,裕兴祥不但借机涨价,还把在风陵渡发生的棉花仓库大火的案子强扣在自己头上!若不是花了不少钱财通路,让官府秉公而断,说不定自己早就下了大牢,甚至性命难保。"刘思琦真是欺人太甚!"他忍不住拍案而起,对着外面忙活的吴炳义叫着,"炳义,给裕兴祥回书,斗茶!"

吴玉莹见哥哥如此恼怒,本欲劝阻,但也暗想教训一下刘思琦,谁让他回来这么久,也不来看她,让自己伤心。再说了,按江湖规矩,斗茶之后,过去的恩怨也就翻篇了,她可不想夹在哥哥与刘思琦之间难受。

斗茶的日子定下了,就在九月十五日。两大商铺公开以江湖方式进行对决,一时成为街谈巷议的话题。然而,出人意料的是,张殿臣为了以示公正,将这次斗茶定在日商的樱花茶舍举行,外面还有警察和日本浪人把守,不让任何人围观。出任这次斗茶裁判的是神龙见首不见尾的日本领事、樱花茶舍的主人——佐佐木。佐佐木中等身材，五旬左右，虽说两鬓有些花白，但满面铁硬之色，尤其是那双蛇眼，幽然透着寒光。

此时，佐佐木像一股暗流似的潜入斗茶的茶室，看一眼剑拔弩张的刘思琦和吴玉光，轻声说道："茶礼是人伦之礼，茶道是人伦之道。茶道人道，茶道仁道。人通茶理为要道，人通茶礼是要道。"似乎又对着站在两侧侍茶的几位女子说："放下吧！"

斗茶，又名斗茗、茗战。始于唐，盛于宋，上起皇帝，下至士大夫，无不好此。斗茶内容包括：斗茶品、斗茶令、茶百戏。斗茶品以茶"新"为贵，斗茶用水以"活"为上。一斗汤色，二斗水痕。首先看茶汤色泽是否鲜白，纯白者为胜，青白、灰白、黄白为负。汤色能反映茶的采制技艺，茶汤纯白，表明采茶肥嫩，制作恰到好处；色偏青，说明蒸茶火候不足；色泛灰，说明蒸茶火候已过；色泛黄，说明采制不及时；色泛红，说明烘焙过了火候。其次看汤花持续时间长短。点茶、点汤，指茶、汤的调制，即茶汤煎煮沏泡技艺。点汤的同时，用茶筅旋转击打和拂动茶盏中的茶汤，使之泛起汤花，称为击拂。反之，若汤花不能咬盏，很快散开，汤与盏相接的地方立即露出"水痕"，这就输了。水痕出现的早晚，是茶汤优劣的依据。斗茶以水痕晚出为胜，早出为负。有时茶质虽略次于对方，但用水得当，也能取胜。所以斗茶需要了解茶性、水质及煎后效果，不能盲目而行。斗茶令，即古人在斗茶时行茶令。行茶令所举故事及吟诗作赋，皆与茶有关。茶令如同酒令，用以助兴增趣。茶百戏又称汤戏或分茶，即将煮好的茶，注入茶碗中的技巧。茶百戏能使茶汤汤花瞬间显示瑰丽多变的景象，若山水云雾，状花鸟虫鱼，如一幅幅水墨图画。

吴玉光和刘思琦显然熟知此道。吴玉光看一眼身后的妹妹，吴玉莹点头，从身后轻轻托出一套黑瓷茶具，釉色黑青，盏底有放射状条纹，银光闪现，异常美观，显然是一套不可多得的福建建窑盏，因其色黑紫，故又名"乌泥建"。茶盏束口，深腹，卷足，釉面呈现兔毫条纹，显然是为人津津乐道的兔毫盏！吴玉光亮出茶具，又让精心打扮的王金秋呈上一壶净水，就着樱花茶舍的风炉，开始煮水。

刘思琦不敢怠慢，也让身后的秀秀托出茶具，竟是富于禅意的江西吉州的木叶天目盏。其釉白中泛黄,釉彩酱褐,釉下剔花、贴花,纹饰山水,边饰回纹。显然也是茶具极品,恰可与建州兔毫盏媲美。侍立刘思琦身后的张浩天也一改往日装束,一袭白衣,显得干净利落。他轻步向前,在长桌对面开始煮水。

吴玉莹小心取出一饼茶叶,佐佐木深吸一口茶香,低声赞叹:"此茶乃武夷山天心岩九龙窠大红袍母树所生,绿红镶边,形态艳丽;深橙黄亮,汤色如玉;岩韵醇厚,花香怡人;清鲜甘爽,回味悠长。它既有红茶的甘醇,又有绿茶的清香,是'活、甘、清、香'齐备的茶中珍品。武夷岩茶饮后唇齿留香,清袁枚曾言:'尝尽天下之茶,以武夷山顶所生,冲开白色者为第一。'"

听闻此言,秀秀嘴角微微一动,也自身后取出一蓬茶叶。佐佐木扫了一眼,眼睛顿时放光:"莫非就是传说中信阳毛尖中的极品——口唇茶?"秀秀淡然一笑,开始布茶。佐佐木由衷感叹:"中国地大物博,多有神品。信阳毛尖素来以'细、圆、光、直、多白毫、香高、味浓、汤色绿'的独特风格而饮誉中外。其外形细秀匀直,显峰苗,色泽翠绿,白毫遍布。尤其是口唇茶,据传是仙女以口唇采摘,精心炒制而成。冲沏后,茶盅慢慢升起的雾气里会现出九个仙女,翩翩飞舞。尝之,满口清香,浑身舒畅,精神焕发。"他顿了顿说:"只是与大红袍茶系不同,实难分出伯仲。"

东盛祥和裕兴祥的茶水已经煮好。吴玉莹看刘思琦一眼,起身布茶,就见她先是"白鹤沐浴",用开水烫洗盖杯;接着"乌龙入宫",将称好的大红袍倒入杯内;继而"悬壶高冲",滚水顺杯沿慢慢冲入杯内;然后"春风拂面",用杯盖轻轻刮去浮沫;加盖后,打开杯盖细闻香味,"梦里寻芳";随后"关公巡城",将茶依次斟入茶杯。

"活水还须活火煎,自临钓石取深清。"佐佐木轻轻品茶,低声自语,"此水取自天心岩活泉,以此水煨茶,绝佳。"

说话间,秀秀也代表裕兴祥将茶水煮好,依着茶礼次序,布好绿莹莹一盏好茶。

"大瓢贮月归春瓮,小杓分江入夜瓶。"佐佐木依然是略品好茶,低声自语,"以山涧梅花朵上的雪水泡茶,果然脱尘。"

此时,佐佐木似是醉了,眼睛微闭,不时感叹。他无法给出斗茶的结果,只能暗自盘算着一个计划……

窗外,天幕已经垂下,星月透过窗棂的微光又给斗茶的现场弥上一层神韵,好似将这群人罩在一个神秘的境地。

忽然,一道火光冲天而起,有人大呼:"着火了!着火了!"

当众人冲出樱花茶舍门口时,就见德化街西街口裕兴祥茶庄燃起大火,火势猛烈。刘思琦大叫一声:"有人放火!"狠狠地看吴玉光一眼,带着秀秀和张浩天前去救火。

"怎么回事?"吴玉光呆立,"为何在这个关键时刻,偏偏是裕兴祥茶庄起火?"

"回去再说。"吴玉莹也是惊讶,无法安慰刘思琦,只好连忙拉住哥哥,登上王金秋备好的车子,急急而去。

当刘思琦等人赶到大火现场时,火势猛烈,只好带人建起防火隔离带,眼睁睁看着囤积的茶叶冒着青烟,看着色彩绚丽的钧瓷被火焰包围……

"快去城南门救你爹!"盛安琪挤过人群,一把拉着刘思琦,"你爹去追放火的人,他那么大的年龄……"

刘思琦顺手拿起地上的铁锹,对秀秀叫着:"你照顾着妈妈,我去追!"又扭头对张浩天吩咐,"跟紧我!"

城门外一片苍茫。

刘思琦和张浩天奔出城外,面对黑色的树林和庄稼大声地呼喊着,良久,才在几百米外的一处河岸,听到父亲有气无力地应答:"怀义,我在这儿!"

"爹!"好似失散多年,刘思琦忽然心头一热,潸然泪下,"你坐着别动,我去找你!"

蹚过一片庄稼地,刘思琦来到父亲跟前:"爹,你没事吧?"

"没啥大事儿,脚崴着了!"看见儿子,胡须花白的刘志仁忽然笑了,"你咋来了?"

看见父亲的表情,刘思琦忽然有些哽咽:"你怎么一个人就敢追着那两个贼人?"

"因为他们是贼!"刘志仁在儿子的搀扶下起身,"他们害怕! 再说,看见天杀的贼,我的腿脚就年轻了!"

"我去追!"刘思琦看着父亲,"决不能饶了他们!"

"我去追!"张浩天接过刘思琦手中的铁锹,"你照顾好老掌柜!"说完,扭身追去。

"行了,他们也跑不了! 黑疤瘌带着人一直在跟着他们呢!"刘志仁看着远方黑暗的树林,"他们跑进了树林,你就别追了!"见张浩天已经跑到了远处,只好收回目光,看着儿子执拗的眼神,刘志仁笑了,"这会儿,才觉得你是我儿子! 你就别追了,他们有枪!"

"有枪?"刘思琦下意识看着父亲用手压住的腿部,一下子看到流淌的血,"爹,你受伤了?"

"他们要是手中没枪,还不是我的对手!"刘志仁笑了笑,"不碍事,被枪子儿咬了一口!"

"爹——"刘思琦撕下衣袖,赶紧为父亲包扎伤口,跪在地上,"我背你回去!"

刘思琦背着父亲站起身,忽然感到自己眼中稳如泰山的父亲原来这么轻。所有以前对父亲的不满和埋怨全部化作了温情,似乎一下子走进了父亲的内心。

"爹,我们回去!"

"回去!"刘志仁也变得顺从起来,这场大火虽然焚毁了裕兴祥的茶庄,但也焚毁了这些年来父子之间的隔膜。在这刹那,刘志仁似乎完全忘却这场大火,他伏在儿子肩头,笑着:"你小时候,有一次我喝了点儿酒,背着你去看戏。看完戏后,走夜路回家,当我晕晕乎乎到家时,你妈见我背上没有你,才知道把你给背丢了!"刘志仁轻喘一口气,继续说道:"你妈一下子就吓晕过去! 我见闯了大祸,赶紧往回找,没想到你落在路边的草垛下,拱在草窝里睡着了!"

刘思琦听着就笑了,笑着笑着,眼泪就怎么也止不住了……

第二十三章　幕后黑手搅乱局　商道途穷衅勇夫

一座废墟，断指一般突兀地立在德化街口。

刘思琦盯着仔细翻检着残存货物的秀秀和几个伙计，眼睛里不时冒着火星："再仔细看看和这个东西相关的物什。"他手中握着一块奇异的火石，似乎从未见过："说不定，这就是纵火的贼人留下的。"

秀秀继续低头找寻着，片刻，又有发现："哥，你看！"

三颗菱形的铁渣、五个尖刺的坚硬果核儿，还有一段麻绳制作而成的软梯，在废墟的角落处，似乎在指认着放火者的真实身份。

"对了，"刘思琦忽然想起来，一大早起来，就没有见到几乎与自己形影不离的张浩天，"张浩天还没回来吗？"

秀秀头也不抬："他和疤瘌爷一起，去追纵火犯还没回来呢！"

"不会也出什么事了吧？"刘思琦猛地一震，"爹说，放火贼手里有枪！"

秀秀倒是淡定："应该不会有事吧！去的人多，要有事也该有人回来报信儿了。"

话音刚落，就见街角一队警察跟着一辆小车向这里跑来。小车在裕兴祥茶店的废墟前戛然而止，一个警察上前拉开车门，张殿臣身着便服，手挂文明杖，从车内缓缓而出。

"久违了，刘老板！"几个月不见，张殿臣显然又发福了，油光满面的脸上，也多出了几道褶子。由于几个月前裕兴祥与东盛祥的案子，刘思琦认为张殿臣偏袒吴玉光，就断了与张殿臣的来往，今天，他突然亲自前来，肯定没有好事。

果不其然，张殿臣不待刘思琦应声，便让手下人将刘思琦拿下。

"你为什么抓我，而不是去抓放火的贼？"刘思琦愤怒地挣扎着，"你这个狗官！"

"为什么抓你？"张殿臣被刘思琦一骂，也变了脸色，"人命！是你指使下人公开报复，杀了东盛祥的人！"

"胡说！"刘思琦口中这么说，却想起秀秀刚才的话，恐怕是张浩天和疤癞爷去复仇时，惹了大祸，"你血口喷人！"

"嚣张！"张殿臣原本并不想抓刘思琦，只是，近日中、日形势突然紧张，而一大早被张浩天和疤癞爷失手杀死的东盛祥哑巴伙计，在验明正身时，穿的竟是日本的兜裆，显然，他是一个日本人！据疤癞爷交代，他们追着放火者，从城里追到城外，从城外又兜回城里，一路追到顺城街里东盛祥堆放货物的杂院，那叫狗蛋儿的哑巴，拔刀与张浩天死拼时，被疤癞爷一记偷袭，倒地而死。更蹊跷的是，今天上午，先来报案的不是东盛祥的人，而是日本福民商店的智贺秀二和赵龙田！随后，东盛祥的吴炳义才来报案。因为牵扯到了日本人，张殿臣不得不亲自出马。

张殿臣原本是要借机敲山震虎，重新与裕兴祥扯上关系，却不料刘思琦开口就骂："张殿臣，你不得好死！"

张殿臣不由大怒："纵火犯要抓，杀人犯背后的主使更要抓！带走！"

"好！"刘思琦倒也不惧，"我就跟你走一趟！"他竟一头撞进张殿臣的汽车里，张殿臣也不好再让人拖他出来，干脆自己也甩腿登车，汽车在人们的注视中，扬尘而去……

警局大厅里，张殿臣坐在中间，身后，围护着几个持枪的军警，吴玉光、智贺秀二分坐两侧。已经被解去绳索的刘思琦和吴炳义、赵龙田在前面站着，后面跪着戴着镣具的张浩天、疤癞爷以及三个平日里跟随疤癞爷的黑皮。

"这事儿也算是清楚了。"张殿臣看一眼吴玉光，"你与刘思琦斗茶，不管输赢,也不该派人去放火。"又盯着刘思琦,"你不该指使下人,擅自处死所谓的贼子。"

智贺秀二听着,一个劲儿点头。

吴玉光抢在刘思琦前面说话:"张局长,我虽是生意人,却不会去做如此不义之事!"他站起身来,"东盛祥与裕兴祥在生意上有竞争,是再正常不过的事。你怎么就认定是我指使人去放火纵毁裕兴祥茶庄?关键是,我与刘老板正在斗茶中,结果还不明朗,又为何去干那伤天害理之事?"

"你说这话,有些道理!"刘思琦接道,"按照江湖规矩,谁输谁退出茶叶市场,眼见着我就要败了,似乎用不着那把火。"他盯着吴玉光,"可是,为什么纵火犯又偏偏是你店中的伙计?"

"狗蛋儿平日里是个哑巴,"吴玉光也存着疑惑,"验明正身时,却穿着日本人的兜裆,我也纳闷!"

"那狗蛋儿不是哑巴,他死之前,叫了一声'天照大神!'"张浩天伸着脖子说道,"他是自己寻死的!"

"自己寻死?"张殿臣有些吃惊,"怎么回事?"

"我一个拐腿将他放翻时,那货忽然对着东方叫了句'天照大神',收回短刀,捅了自己的肚子。"疤瘌爷分辩着,"要说,我这就没有罪!"

"可是,你们一口咬定那跑掉的贼子是吴炳义,又是怎么回事?"张殿臣眉头紧皱,"吴炳义可是东盛祥的管家。"

"我……"吴炳义急得满面涨红,"那人不是我!"

"谁可作证?"

"哎——丢人哪!"吴炳义先扇了自己一巴掌,然后吞吞吐吐地说道,"那天,刚好杏花楼的桃姐生病,我抽空去给她送点儿药……"他偷窥一下吴玉光,见吴玉光毫无表情,继续说着,"听到有人喊'起火了',我就连忙回到店里,店里的伙计们都可以作证。"

"恰恰裕兴祥起火的时候,你去了窑子。"张殿臣皮笑肉不笑地点头,"也好,让我见见那个桃姐!"未待吴炳义应声,张殿臣便命手下的两个军警前去带桃姐。

片刻后,桃姐来了。桃姐年龄并不太大,三十岁左右,面如满月,身材丰腴,举手投足之间,甚至有丝贵气。在杏花楼待了几年,显然也是见过世面,只见她对着张殿臣道了万福:"不知局长着人带我前来,所为何事?"

"你说呢?"张殿臣听说过桃姐,知道她曾是老绿营副管带华山的女儿,为华山的侍妾所生。世道一变,身为八旗子弟的华山经受不住从山顶到山底的生活落差,一命归西。他的大房夫人容不下这可怜的母女,趁着民国二年大灾荒之际,把这母女卖给了平顶山的一个粮贩。民国十八年春,桃子随丈夫回山西老家探亲,遭到土匪抢劫,为助丈夫脱逃,桃子甘愿留在土匪窝中做压寨夫人。几年前,夜壶寨被官军攻破,土匪四散,大杆子也被击毙,桃子从后山逃脱。好不容易回到家中,谁知自己以命救下的丈夫已另娶新欢,还嫌弃她被土匪弄脏了身子,坚决不让桃子进门。就这样,万念俱灰的桃子就流落在德化街上的老坟岗,成为杏花楼的头牌。

"果然有几分姿色。"张殿臣暗暗点头,"说吧,前天裕兴祥茶庄起火时,你在干什么?"

"我……这事儿怎么能扯上我呢?冤枉啊!"桃子扫一眼堂上站着的、坐着的、跪着的诸人,目光最后停留在吴炳义身上,"炳义,到底咋回事儿?"

"他们说,这火是我放的。"

"不可能!"桃子叫道,"那天起火时,他正在给我喂药。"

"这事儿已经明了。"吴玉光看着张殿臣,"局长,那个吴炳义是假冒的,明显是有人栽赃陷害东盛祥。"

"这案子不小!"张殿臣思索片刻,"先把张浩天、吴炳义在押候审,"看着刘思琦和吴玉光又说:"然后,巡缉税查局慢慢地查。"

"必须马上严办!"智贺秀二忽然起身,"佐佐木大佐对此事非常生气!"

"这么说,东盛祥的这个狗蛋儿还真是日本人?"张殿臣假装来兴趣了,盯着吴玉光,"吴掌柜,这个狗蛋儿又是怎么进东盛祥当杂工的?"

"赵龙田,你说呢?"吴炳义看着站在智贺秀二身后的赵龙田,"你不说是你的远房亲戚吗?我想着和你冤家宜解不宜结,又看着是个可怜人,才安排进来的。"

"这个……"赵龙田看着智贺秀二,"是。我也是看他可怜,让东盛祥赏碗饭吃。"

"把赵龙田也先押起来。"张殿臣不顾赵龙田的辩解及智贺秀二的阻挠,让警察先把赵龙田、吴炳义、张浩天押下去,"至于黑疤瘌,还有桃子,你们几个以后要是再掺和这热闹事儿,也就等着下狱吧。"恶狠狠地扫疤瘌爷一眼说:"还不快滚?"

看着疤瘌爷带着几个闲汉一溜烟儿滚出衙门的样子,张殿臣露出一丝笑容。吴玉光见桃子怯怯地退去,忽然叫住她:"杏花楼不是你一辈子待的地方。"

"可我能去哪儿?"桃子流泪,"炳义要是因我遭了冤屈,我只能去死了。"

"跟炳义去东盛祥!"吴玉光示威似的看诸人一眼,"东盛祥为你赎身!"

"天啊——"桃子一下子就晕了过去。得善魁过来,将她扶了出去……

"好气魄!"张殿臣点头,对留下的人说话,"喝茶!"又似乎自言自语:"这泡茶需要工夫,要等茶叶泡会儿,茶汤才能出来!"

吴玉光、刘思琦、智贺秀二哪里还有心喝茶,纷纷憋着一股气,互相仇视地看一眼对方,拱手辞行。张殿臣也不送,看着三人离去的背影,阴笑着,摇了摇头:"你们相互咬吧,看谁笑到最后!"

刘思琦回到店内,怒气未消:"张殿臣明显袒护东盛祥!我咽不下这口气!"

"哥,他葫芦僧判葫芦案,咱就没办法了吗?"站在旁边的秀秀插话,"他袒护也不怕,只要咱手中有证据。"看着刘思琦想听下去,继续说:"我的意思,这事儿让鸿飞(赵继字)哥帮忙。"

"大杆子白面书生?"刘思琦吃了一惊,"把他再搅和进来,弄不好就更麻烦。"

"你放心!咱刘家不能就这样咽下这口气。"秀秀和刘思琦依着石桌坐下,小声说着,"从被烧的茶庄现场,咱找到汽油桶、软梯、火链还有其他小物件儿,分明是罪犯留下的。再联想去年风陵渡棉仓的大火,放火的手法很像。"

"这两件事儿,都是东盛祥干的。"刘思琦很肯定地判断,"秀秀,你知道吴玉光是谁的儿子吗?"秀秀屏气听着,"是咱家世仇吴瞎子的儿子!"

秀秀吃惊:"是天津卫东盛祥的吴瞎子?"

"是啊,和郑县东盛祥一个主人。"刘思琦看着头上的桂花树,长吁一口气,"吴瞎子是让他儿子回来报仇的。"

"你是从哪里知道的?"秀秀有些吃惊,"我怎么觉得不像?"

"这个世界没那么复杂。"刘思琦顿了顿,"吴玉光回过新郑,上过祖坟。"

"可是,东盛祥来德化街这几年,没见他们做什么伤天害理的事。"秀秀疑惑,"相反,他们对大小商户甚至街坊邻居都很和善。"

"对别人和善,并不意味着他们对仇家不做伤天害理的事儿!"刘思琦霍然起身,"我这次是不会咽下这口气的。"

适逢中秋佳节,货物准备充裕的东盛祥没有挣得开门红,相反,商店却被几辆垃圾车堵了大门。远远地,疤瘌爷手托紫砂壶,带着一帮闲汉,就在街口斜斜地看着王金秋和得善魁怎么处置。

"不用说,这是疤瘌爷干的好事儿。"王金秋头也不抬,"先让咱们店里的伙计们把这垃圾弄走。"

得善魁没有作声,却从怀里掏出乌木弹弓,暗暗压上铁丸,一个回首望月,疤瘌爷手中的紫砂壶砰然而碎,茶水溅了疤瘌爷一身。

"烫死我了!"疤瘌爷跳起身来,"得善魁,你他妈的等着!"顺手解下缠在腰里的软鞭,便要扑过来。

得善魁仍不作声,再一扬手,一颗铁丸照直打在疤瘌爷挥鞭的右手,手中的软鞭顿时委在地上,像条死蛇。

"得……得子!"疤瘌爷捂着手腕,"你我在德化街这么多年,可是抬头不见低头见,谁也没招惹谁,你今天为啥和我过不去?"

"垃圾车弄走,咱说话。"得善魁不依不饶,"我是一个看门的,受人之托,忠人之事,别让我犯难!"

"你东家放火,这事儿你知道吗?"疤瘌爷高声嚷嚷,"猪狗不如!"

"就是,就是,"有些不明真相的街坊群众开始窃窃议论,"这要是得罪了火神爷,整条街都要遭殃。"

"谁说是俺东家放的火?"得善魁辩解着,"你们不能栽赃!"

"那吴炳义呢?让他出来说。"福民商店的王留成不知什么时候跳了出来,"我可是听说,放火的事儿是他干的。"

"吴掌柜不在,"王金秋应付着,"等他回来再说。"

"恐怕回不来吧,"王留成笑着,"听说已经被巡缉税查局给抓了!"

"东盛祥滚出德化街!"一个闲汉这么一喊,便有几个街坊附和,随后汇成一条声音的洪流,"东盛祥滚出德化街!"

"坏了!"王金秋有些惊慌,"得子,你赶紧去叫东家!"

看热闹的无数百姓干脆随着人群,开始向东盛祥商店逼来:"砸了东盛祥!烧了东盛祥!"有人甚至开始对着东盛祥投掷砖头瓦块,一副势不可当的样子!

"你去叫东家,这里我守着!"得善魁不容商量,蹿身东盛祥商店屋顶,手持乌木弹弓,扣上一把铁丸,先拱了拱手,"老少爷们儿,我得善魁替人看门守户,就得尽心尽职。谁要是再往前来,得子认得你,弹弓不认人!"

就在这边僵持着的同时,吴玉光正欲出家门,却被刘思琦拦住。

"吴掌柜,这事儿已经闹大了,你我也就没必要护着这张脸面!"刘思琦显然有备而来,"你我总得有个说法才是!"

"那就请吧!"吴玉光倒是镇定,"屋里坐!"

"果然好风度!"刘思琦也不客气,"我自带茶叶和好壶。"

"还要斗茶?"吴玉光笑了,"这次,我让你!"

"晚了!"刘思琦进入院内,就依着树下石桌坐下,"吴掌柜,你我应该是老相识。"

"好记性!"吴玉光很淡定,"从日本回来,眨眼也几年过去了,你依然好斗!"

"你依然能忍!"刘思琦放下茶壶,"猜猜,这壶里装的什么好茶?"

"我尝尝!"吴玉光从桌上移过一只玉杯,"你我无须猜心思。"

"要是毒茶呢?"刘思琦盯着吴玉光的眼睛,"敢喝吗? 你早该知道,你我不是一路人。"

"是仇人!"吴玉光似笑非笑,"从上辈子传下来的。"

"这茶还喝吗?"刘思琦挺起身子,"裕兴祥毁在你手里!"

"这话说得还早!"吴玉光举着玉杯,"倒上吧,我要听听怎么毁在我的手里?"

"那两把火是你指使干的吗?"刘思琦紧盯吴玉光,"我这就为你倒茶!"

一股金黄浑浊的茶水哗啦啦地倾入玉杯。

吴玉光笑看刘思琦一眼,端起玉杯,一饮而尽。

"走了!"刘思琦起身,"亮堂! 这把裕兴祥茶庄的镇店之宝——大宋京瓷壶送你了!"

"该!"吴玉光拱手,"不送!"

刘思琦刚出院门,就和吴玉莹撞了个满怀,"你……"刘思琦一看是梦里想见的吴玉莹,脸色顿时一红,怯怯地赔着笑,"给你哥送把好壶!"未待吴玉莹应话,刘思琦侧身便走。

吴玉莹一脸疑惑地急忙进了院子,看到哥哥正以手磋磨着那把壶,顺手夺了过来,"你喝了他的茶?"

"喝了!"吴玉光话音未落,肚子便疼了起来,"我,我要去茅房!"不待妹妹接话,便飞奔而去。

吴玉莹赶忙倒出一杯茶水,就在玉杯里"望闻问切",片刻后,怒道:"这个王八蛋! 竟给我哥下泻药!"

正要出门去赶刘思琦,王金秋慌张张地跑来:"快,快,咱家商店出事了!"

吴玉光刚走出茅房,正要发问,肚子又是一声"咕噜",只好对妹子吩咐:"天塌不了! 你去!"又折身茅房,嘴里不由骂着,"刘思琦,你他妈的不是好汉!"

好汉抵不过三泡稀。吴玉光腰都直不起来,只好让妹妹随着王金秋前去处理街上的事儿。

当吴玉莹赶到东盛祥店门前时,拥挤的人群生生地把她隔在局外。她连忙让王金秋去报案,自己干脆就做个看客,看这帮闲人如何闹下去。

此时,得善魁正站在屋顶上,秋风将他的长衫吹起,猎猎似一面战旗:"今天,有我得子在,谁也别想近东盛祥店门半步!"

"得子,疤痢爷我不是存心找你茬,只是你东家欺人太甚!"疤痢爷在下面跳着吆喝,"你想想,裕兴祥的老掌柜对咱们不薄!"

"靠边去,我只认我东家。你带人走,我让东家赔你一把好壶!"得子懒得搭理他。

"你他妈的,油盐不进的主,"疤痢爷平素里横行老坟岗时,唯独对这个玩弹弓的人有几分怵意,听得善魁这么说,他也就顺坡下驴,"好,我可等着用呢!"

"放心吧,少不了你的。"得善魁笑了,"德化街之所以热闹,还不是外地人喜欢来咱这儿做生意。咱要欺负了外地人,咱郑县地界的人还跟谁做生意?大伙说,是这个理吧?"

"在理,在理呢。"刚才还气势汹汹的百姓们又开始窃窃私语,人群也开始松动。有一个老者带头,问了一句:"我说得子,你说个实话,那把火是不是你东家指使人放的?"

"俺东家是读书人,这下三烂的手段他不会用。"得善魁站在房顶,看着下面黑压压一片人,"再说了,巡缉税查局在放火现场找到的可是印着日本旗的油桶。"

"这么说,是日本人干的?"老者伸着脖子应着,"我也觉得,那日本人在咱这地界卖大烟膏什么的,没安什么好心……"

一个妇女一听大烟膏,就哭开了:"天杀的日本人,把大烟膏卖给俺家掌柜的,一个好好的人现在连畜生都不如,为了吸大烟,还要卖我卖闺女……"她这一哭,德化街上的百姓们转眼间变了风向:"把小日本赶出去!"

"把小日本赶出去!"

"把小日本赶出德化街!"

"八嘎!"站在王留成身后的一个灰衣人嘀咕一声,忽然自腰间拔出匕首,寒光一闪,对着屋顶的得善魁射去……

"不好!"练武出身的得善魁身子一扭,脚下的瓦片"哗啦啦——"碎了一片,脚下一虚,躲闪不及,那把匕首就钉在得善魁的肩膀上,鲜血瞬间染红了他的白衫。得善魁咬了咬牙,踉跄着身子,使尽全力,拉开乌木弹弓。王留成身后的灰衣人手捂着一只眼睛,"啊"了一声,转身便逃……屋顶上,得善魁踉跄几步,像一只断线的风筝,轰然向下倒去。

疤瘌爷率先一步,试图接住得善魁,还是晚了,得善魁砸在屋檐下的杂货堆上,荡起一层烟尘。

见瞬间出了人命,观望的老百姓便像洪水退潮,轰然而去,只留下王留成、疤瘌爷和几个跟随的闲汉杵着。

王金秋刚好报案回来,连忙过来抱着得善魁的身子。

见王留成和另一个灰衣人想走,吴玉莹喝道:"王留成,你们不能走!"

街角处,警笛响起,一队警察已经赶来……

第二十四章　水落石出显真相　同仇敌忾驱魍魉

三天下来,吴玉光瘦了,穆兰香心疼。

使吴玉光快速消瘦的原因,泻药是其次的,关键是得善魁死了,得善魁为东盛祥而死。

而杀害得善魁的凶手山口一郎就躲在日本领事馆。他虽然愤怒至极,但按中日协定,日本侨民即使杀人越货,也只能交给日本领事馆处理。吴玉光气得吐血,甚至逼得那个老油条张殿臣降了辈分,见吴玉光便拱手:"成韬贤弟,此事儿能否暂且搁置? 先把那两件放火案审理清楚?"

此时,吴玉光就坐在张殿臣面前,将擦得锃亮的马靴高高地搁在张殿臣面前的公案上,一边修剪着指甲,一边不时看着张殿臣如何处理案子。他之所以有这样的底气,是因为吴玉莹在查税的过程中,已经掌握了大量张殿臣贪墨的证据,无疑,对张殿臣也形成了极大的震慑。

"要说,我与成韬贤弟还是世交,别人无端陷害东盛祥,我首先一百个不答应。"张殿臣解释着,"你看,与东盛祥一直竞争的裕兴祥茶店被一把火烧了,放火的凶手又曾是东盛祥的伙计,这伙计又是日本人,但死了,线索就断了。况且,有人还看到,逃跑的另一个纵火犯与东盛祥的管家很像。所以,这案子棘手。"

"张局长历经多年风浪不倒,神通不小。"吴玉光歪着头,"两次放火案迟迟解决不了,现在,东盛祥大伙计又被日本人杀死,"看一眼张殿臣说:"以你的本领,只要想破案,一点儿不难!"

"你小子就是个狐狸!"张殿臣不由苦笑,站起身来,这些事儿我心里清楚。但你为政府唱一出《借东风》,如何?"

"也好!"吴玉光灵光一闪,"我可等你一起看戏!"

"这三件大案,可合为一案。背后,都有福民商店智贺秀二和日本浪人的影子!"

吴玉光点头:"是,这三件事一直关联着。"

"你知道,自民国以来,日本就有大批间谍来到中原,以在德化街开店经商为由,四处刺探军情,绘制地图,狼子野心不小。"张殿臣揉了揉太阳穴,"蒋总裁训令,中国与日本早晚一战。只是,现在不宜急于开战,攘外必先安内。"

"外族入侵,岂能不顾?"吴玉光看着张殿臣一副推心置腹的样子,也就少了顾忌,"抵御外侮是我民族生存之本,民族危亡,何谈内乱?"

"有道理!"张殿臣点头,"既然成韬贤弟有此见解,我就不再隐瞒处置案情的办法。"探身过来,低语着:"我想把关着的三个人都放了。"

"都放了?赵龙田也放吗?"吴玉光不解,"他可是铁杆汉奸!"

"你还是中日亲善的代表呢!"张殿臣挤对吴玉光,"不管你是真是假,当时的刘主席可是下过表彰的。"

"那事儿你最清楚,冤死了!"

"也不冤,你这些年没少做日本人的生意!"张殿臣笑着,"我听说,你连日本人的机枪都敢卖给共党?"旋即拉下了脸说:"我正告你,少与共党分子往来!"

吴玉光不由心中一怔,张殿臣果然厉害!

"说到哪儿了?"张殿臣又解围道,"赵龙田在狱中扛不住酷刑,已经招了。去年,在风陵渡口,裕兴祥棉花是山口一郎指使裕兴祥的车夫——日本间谍庄田为内应,他和日本浪人田中教夫放的火;前几天,裕兴茶庄是王留成和潜伏在你店中的日本浪人八木村实放的火,你认为他们的目的呢?"

"让德化街上东盛祥和裕兴祥两大商家闹起来,福民商店和大众药房就可以渔翁得利！也就是日本人得利！"吴玉光想了想，"加之，我吴家与刘家有世仇，前几天，刘思琦还对我下了黑手！"

"大敌当前，你们还真不能再闹了！"张殿臣劝着，"眼下，南京派员前来郑县，要我放长线钓大鱼，一定要拿到日本人在中原从事间谍活动的证据，也好公布于国际社会，以求战事一开，国际道义襄助。"

"明白了！"吴玉光向张殿臣拱手，"案情如何处置？全听局长大人定夺！"

得善魁的灵堂就设在吴玉光的别院。

想不到的是，刘思琦竟带着花烛祭礼，前来吊唁。甫一进门，他便扶棺大哭，让心生恨意的吴玉光不知道如何下手。

刘思琦哭得差不多了，吴玉光才找到说话的机会："刘掌柜，得子为了东盛祥不被赶出德化街，命丢了。"

"好人哪！"刘思琦以头抢地，"义人得善魁不朽！"

"有这话，咱们还有商量的余地。"吴玉光示意吴炳义扶起刘思琦，"请刘老板随我到内院喝茶。"

"不用了吧，你这正忙，"刘思琦看吴炳义一眼，"炳义回来了，张浩天还在牢里，我能安心在你这儿喝茶？"

"炳义惹的是中国人的事儿，"吴玉光看着刘思琦，"张浩天惹的可是日本人。"

"日本人？日本人怎么了？"刘思琦顿时硬起脖梗，"在中国，在咱们德化街上，就该按咱们的法律办！"愈说愈气："你们害怕，我不怕！想当年在日本，我还不是把智贺秀二打得满地找牙？"

"你不也是差点儿被喂鱼了吗？"吴玉光挤对一句，"去喝茶！"

"喝就喝。"

进了内院，正好吴玉莹也在，听说哥哥请刘思琦喝茶，便说："刘老板，就用你送我哥哥那把好壶泡茶吧，刚好这些天还没来得及洗呢。"

"得罪了！"刘思琦满脸通红，倒也坦荡，"原本我是想放毒药的。"

"手软了?"吴玉莹淡然一笑,"你不是让人赶我们离开德化街吗?"

"想到你,手软了!"刘思琦大咧咧坐下,"自从你们来到德化街,裕兴祥生意每况愈下,要不了多久,离开德化街的就是刘家了!"

"这么说,你还有理了?"

"去年的风陵渡大火,你的管家难逃嫌疑;前几天,你店上的伙计烧了我的茶庄,打伤我的父亲,"刘思琦眼眶红了,落泪了,"张殿臣又是你们靠山,可是,我心里真没把你们想得那么坏!"

"喝茶!"吴玉光长吁一口气,"怀义贤弟,我得谢谢你,让我看清这些事儿。这都是佐佐木和山口一郎在背后使的鬼!"吴玉光压低声音,将前前后后给刘思琦说了明白……

转眼就是春节,德化街上依然热闹非凡。街口一座戏台在裕兴祥茶庄的废墟上高高搭起,据说已经罢戏三年的小美兰应裕兴祥东家之邀,再次复出,演唱新剧。这消息像长了翅膀,迅速传遍四面八方,七村八街。喜欢小美兰的戏迷,甚至从几百里外赶过来,为的是能再睹偶像风采。

正月初五,大雪过后的郑县迎来雪晴日,天空瓦蓝。刘思琦和吴玉光第一次联手,打造的舞台绚丽无比。连多年登台演出的艺人们,眼前都为之一亮。

先是小窝班演了两出戏,一出大戏《开红门》,一出丑戏《贼捉贼》。两出戏后,吴玉光方随着张殿臣、日本领事佐佐木等一群郑县头面人物来到台下坐定。

随着混加官、毛边、鲍老催等开台锣鼓点和一锣、两锣、三锣等过后,昔日小窝班的台柱子小美兰踩着鼓点,捻着兰花指,款款而出。

> 雪驻日出大晴天,
>
> 普天欢喜过大年。
>
> 本该回家看父老,
>
> 我却双手空空无颜面。
>
> 叫声哎——哎! 我的——哥。

穆兰香一开嗓，昔日的小美兰便彻底回来了，美妙的嗓音宛如春燕入云，又如春风拂面，顿时将窝了一整个冬天的阴冷雾霾中的诸人唤醒。

刘思琦禁不住吴玉光的劝，也为自己心中多年的梦，扮了个丑角，为小美兰搭戏。

　　你请听我说：

　　你不该，你不该学会抽大烟。

刘思琦接唱：

　　是的么！不吸我难受——

　　头昏脑涨，腰疼腿酸，

　　鼻涕眼泪打哈欠，我浑身软瘫。

刘思琦破天荒登上舞台，看着昔日的小美兰春心泛动，嗓子亮开：

　　鸦片烟它本是害人的独苗，它好比杀人不见血的刀。

　　谁要是吸上瘾就算是入了圈套，

　　你纵有那坚强意志一切都完了。

　　为吸烟亲戚朋友都不要，

　　为吸烟好邻居都断情绝交。

　　更可恨你先卖地后卖房，

　　家产地产都卖净了——

　　你你你——

　　你还要卖我去换钱，

　　你还是什么男子汉？

唱到此处，小美兰不由想起她的师叔，也是开封祥符班的名角赛鹦鹉，初来老坟岗时，老百姓为能听上他的戏，起五更赶黄昏，也要捧他。后来，他抽起了大烟，没多久，嗓子倒了，人也倒了，被人胡乱地埋在老坟岗上的荒地里。想到此处，小美兰已是涕泪纷飞，惹得下面观众也忍不住抹泪。

　　这么说我好羞惭，

　　好不该学会吸大烟。

　　想当初荣华富贵我享不尽，

　　　　如今我缺吃又少穿，

　　　　想当初，你我恩爱如鸳鸯，如今见面就翻脸。

　　　　都怪我当初吸大烟。

　　　　眼看年节已来到，

　　　　一没米二没面三没有柴烧，

　　　　没吃没喝还算小，

　　　　大烟瘾发得我实在难熬。

　　　　我不卖你，我就得死，

　　　　我的妻呀，你就行行好！

　　刘思琦这无赖的扮相再加上无赖的唱腔，可把下面观众惹恼了。"打他——"有人这么一喊，下面白菜叶子、臭鸡蛋等便雨点一般飞向舞台……

　　戏唱到这里，就唱不下去了。一阵疾风锣，小美兰最后唱道：

　　　　要怪就怪卖大烟的黑心商贩，

　　　　让我今日命不全——

　　小美兰唱到此处，绝命回头，眼一闭，便纵身跳下戏台，被吴玉光稳稳地接住。

　　　　你要死了，我也死。

　　　　我要拉着那些卖大红丸、力士膏的王八蛋，

　　　　一起去那阎王殿。

　　刘思琦最后又来了一句：

　　　　化成鬼，我——

　　　　我也要砸烂那些在德化街上的大烟馆！

　　刘思琦唱罢，仰身舞台，动也不动。天地间刹那静寂。

　　片刻后，有人高呼："砸了那些大烟馆！"

　　"砸了那些大烟馆！"

　　看戏的百姓瞬间好似一股洪水，直冲着福民商店、青木烟馆、大众药房而去……

打砸声、号叫声伴随着浓浓的烟尘,直冲霄汉。

佐佐木终于明白,郑县人多年被日本人欺压的屈辱,今天像火山一样迸发了! 望着张殿臣一脸无动于衷的样子,佐佐木大叫:"八嘎,你的巡缉税查局的出动!"

智贺秀二暴跳如雷:"张局长,你们中国政府要负责任!"拦着就要登车的张殿臣,顺手拔出手枪:"你不能走!"

"怎么着? 要动枪?"一队警卫已经把十来个枪口对着佐佐木、智贺秀二还有几个日本浪人,张殿臣坐上车,"我不去巡缉税查局部署,就等着德化街上所有日本人的商店被砸光吧!"

"让他开路!"佐佐木对着智贺秀二劈脸一巴掌,"你的明白!"

"我的烟馆!"智贺秀二松开抓着车门的手,"张局长,你们中国政府要负责任!"

"你他妈的对中国的老百姓负责任了吗?"吴玉光侧身过来,将智贺秀二手中的枪一把打落,"记着,这里是中国的中原!"

一个日本浪人似乎奉着命令,来到佐佐木身边耳语片刻。佐佐木登车,对着智贺秀二和几个日本浪人一挥手,一群人像风吹落叶一般走远……

佐佐木坐在车上,像一块朽木:"我们就这样走吗?"

在他身后,一个相貌英俊但充满戾气的年轻浪人,冷冷地看着远处,好似这一切都与他无关。片刻后,终于说话:"佐佐木,这大块儿的土地就在我们脚下。"此人正是日本皇室近支、王牌间谍吉川贞佐,"来中国这些日子,我看到太多中国人为了苟且生存,趋炎附势、颠倒黑白、指鹿为马,沦为邪恶的打手。他们不配统治这块土地!"

"在下未能保全大和民族的利益。"佐佐木有些伤感,"就这样看着中国人放火?"

"回国去吧,佐佐木,要不了多久,这里就是战争的热土。"吉川贞佐看着佐佐木,"到那时,你将率着我大日本的武士们,像秋风扫落叶一般,席卷这块土地上的一切!"

"吉川,你呢？军部一直在召唤你！"

"我还要留下,我要将这里的河流山川、一草一木标注清楚,"吉川贞佐抬起头,"我要做引领大日本皇军占领中原的旗帜!"

第二十五章　狗急跳墙入藩篱　间谍俯首树国威

　　日本领事馆是日本在中国内地城市为数不多的外交机构之一,隶属日本驻汉口总领事馆。地处中原的郑县,因京汉铁路、汴洛铁路在此交会,交通枢纽地位初步形成,商业迅速兴盛,引起了觊觎中国已久的日本军方注意。早在1922年,日本驻青岛守备军就曾派人到郑县调查"民情",记录了当时郑县的地理、人口、工商业等情况。日本驻郑县领事馆设立后,日本人对郑县的调查更加细致。领事馆名义上是为德化街上数百家日商服务,实际上,是他们搜集中国军事机密、从事特务活动的重要场所。对此,身为巡缉税查局长的张殿臣了如指掌。前些日子,他有意邀请几乎从不出馆而又酷爱中国茶艺的佐佐木作为东盛祥与裕兴祥斗茶的裁判官,就是要将他调出巢穴,也好安排身手不凡的李永和蒙面潜入日本领事馆,找到证据。税查侦缉队队长李永和不负所托,在佐佐木的办公室拍下了确凿证据。只是没有上峰的命令,他只能借日本副领事山口一郎犯下命案为由,暗中加派警员,严密监视着领事馆内日本人的一举一动。

　　此时,夕阳在德化街铺上一层晕色,打砸日本烟馆的民众也在警察的驱使下,潮水般退去,只有几丝烟尘还在缭绕,空中飘着大烟膏散发着的腐烂味道。

　　在东盛祥茶庄的雅舍,张殿臣正与吴玉光、刘思琦商讨着如何收网,穆兰香在一侧静静地布茶。

"今天的戏好!"张殿臣举着茶杯,"让老百姓自发地去砸毁日本人烟馆,巡缉税查局就不便追究了。"点了点刘思琦和穆兰香,说:"可真有你们两个的!"

"都是吴老板的主意!"刘思琦面露钦佩之色,"日本人两把大火,使我与吴老板结怨很深,也使德化街上商业受损,给日本人倾销各种商品提供了方便。若不是巡缉税查局用心办案,弄清了谜团,说不定……"

"说不定我已经被你害死了!"吴玉光苦笑着,"你可真是送我一把好壶!"

吴玉莹招呼着下人,为他们布好酒菜:"今天是个好日子,你们就开怀畅饮!"

"且慢!"张殿臣以手止住,"我要等人!"

"等人?"

"等人!"张殿臣点头,"今天的戏只演了一半,这下半场,由我来唱!"

看着张殿臣有意卖关子,诸人也不深究,吴玉光只好笑着:"那就等! 要说,今天的戏词还真好!"

"我就不明白,这大烟膏竟能让人欲罢不能,魂不守舍。"刘思琦一脸不解,"日本人好东西很多,为啥一定要在德化街卖这害人的东西?"

"这些东西能毁我国民意志。"吴玉光解释着,"一个民族的意志被瓦解了,就只有任人宰割!"

"东三省已经被日本人占领,还成立了一个满洲国。"吴玉莹也坐了下来,"日本又攻打了上海,签了什么《淞沪协定》,狼子野心昭然若揭!"

张殿臣说话了:"去年,日本人山口一郎、田中教夫等人,奉天津日本中国驻屯军军部命令,配合老牌间谍佐佐木,来到郑县开办了一家名为文化研究所的机构。以文化研究为幌子,搜集情报,收买汉奸。"

"是东亚文化研究所?"

"对,就设在福民商店隔壁的二楼,与你们东盛祥之间,也就隔着德化街商会救火所。"看大家听得仔细,张殿臣干脆说开,"福民商店的王留成、赵龙田就是日本收买的铁杆汉奸! 不过,赵龙田在狱中扛不住打,招了,这才放了他,让他去引蛇出洞!你们等着吧,一场好戏马上就要开演!"

与此同时,离德化街不远的东三马路上,日本领事馆里,伤口未愈的山口一郎戴着一个黑色眼罩,透过一只眼睛,试图从二楼的窗户观察外面的情形。

德化街上已经次第亮灯,街上川流不息的人群和小贩的叫卖声似乎说明,白天打砸日本烟馆的事儿已经平息。只是,领事佐佐木并未回到领事馆,按说,他该回来了。这些日子,文化研究所的成果是显著的,不仅将吉川贞佐所长所收集的中原资料编辑成册,而且,还将中国腹地复杂的地形、交通、关隘甚至军力部署,绘制出了地图。昨天,佐佐木接到电报,命东亚文化研究所前去天津联络军情。难道佐佐木忘了吗?

佐佐木没有忘记。他此刻正在青木武馆和吉川贞佐商议下一步如何行事。由吉川贞佐撑腰,佐佐木对白天发生在德化街上针对日本烟馆的打砸行为,似乎也不在意了,表情如水,不悲不喜。这种情绪,无形中影响着在座的所有人。

一直待在领事馆的山口一郎有些坐不住了。

按照约定,今天,他必须和田中教夫带着研究所收集的最新情报,前往天津联络军情。关键是,这是一次自己逃脱郑县命案的绝好机会。如果等着佐佐木回来,恐怕就赶不上今晚去天津的火车了。可是,佐佐木严令自己不能离开领事馆半步,否则军法从事!难道,就这样拖下去吗?

一个虾米一样熟悉的身影突然出现在山口一郎的目光里:"赵龙田?"

正是赵龙田!自从投靠日本人后,赵龙田打心底觉得日本人好!智贺秀二不仅给予自己每个月不菲的收入,还安排青木茶馆的智子不时陪夜。……别说智贺秀二就是让自己放个火,摸几趟国军的军营,就是让他去杀人,只要有智子伺候着,他也去!刚被关进巡缉税查局时,赵龙田被毒打了无数次,都没有说啥。直到那次张殿臣带着几个警察,生生地要活埋他时,他才想到,以后再也见不着智子了。一想到智子,他就不想死!张殿臣承诺,只要他老老实实地招了,关键是把研究所的事儿说了,就放了他,并替他在日本人那里保密。果然,张殿臣放了他。回到福民商店后,王留成拉着他前去见智贺秀二和山口一郎,把他身上被打的伤疤像勋章一样展览着,山口一郎还一个劲儿竖着大拇指夸赞:"吆西!"

赵龙田进入日本领事馆不久,便和乔装打扮的山口一郎登上一辆黄包车,直奔德化街上的研究所。还没有来得及和等候已久的田中教夫、八木村实、王留成交换怀里的情报,就听到一阵又一阵粗暴的敲门声和吆喝声。

"山口一郎,你跑不了了!"

"快点儿开门! 不然,老子砸门了!"

"大事不好,是侦缉队!"赵龙田慌乱,手里拿着一卷地图,"这……怎么办?"

"烧,快烧!"山口一郎催促着,"把所有的文件都烧掉!"

"又是放火!"赵龙田嘀咕一声,手哆嗦着,火柴怎么也划不着。山口一郎过来,一脚踹翻赵龙田:"八嘎!"

直到现在,山口一郎才明白:赵龙田是巡缉税查局放出的一条线,他们早就被便衣警察暗中跟踪了!

"八嘎呀路!"田中教夫拔出腰间长刀,山口一郎也掏出怀里的短枪,准备负隅顽抗,和侦缉队拼个鱼死网破。

王留成急了,双手挥着:"太君,你看外面黑压压的全是警察,不能硬拼啊!"

"对,不能硬拼啊!"赵龙田也急了,"我知道,有一条小巷,可以逃跑!"

此刻,山口一郎已经将资料室点燃,屋内开始弥漫着呛人的浓烟。

"开路!"山口一郎一挥手,几个人便随着赵龙田跑到二楼拐角,向下跳去……

"起火了——"

德化街商会救火所的水车就在楼下,蜂拥而至的警察推着水车,拎着水桶,瞬间便将研究所的火苗扑灭。警察将一张又一张显示着军事机密的资料,还有和日本驻天津特高课的电报,全部整理装车,等着定案。

隔壁起火,住在后院的救火队员纷纷起身,未待集结完毕,就见几个人影蹿了进来。

"他妈的,这些毛贼还真坏!"救火队长陈玉理恼怒,"先在隔壁放火,让我们去救火,然后他们就乘虚而入,来偷我们!"

"打死这几个毛贼!"几十个救火队员蜂拥而上。王留成和赵龙田实在挨不过去,只好哭诉着:"兄弟们,别打了! 俺俩是给日本人干事的,那三个是日本人!"

"哎呀,逮着大鱼了! 送巡缉税查局去!"

看着不远处火焰渐熄,张殿臣大笑举杯:"好戏! 干杯!"

诸人正在疑惑时,巡缉税查局侦缉队队长李永和进来,拱手笑道:"局长妙算! 那三个日本人果然是间谍!"

"佐佐木呢?"

"没动静。"

"这只老狐狸!"

"通知日本领事馆的佐佐木,让他马上和我会商处置!"

傲慢的佐佐木并没有前来。甚至,在之后也拒绝和张殿臣见面。

张殿臣对诸人举杯:"这就是我要等的人!"然后,吩咐李永和:"先把人关押起来,仔细审问。对于身负命案的山口一郎,关照仔细点儿。"

间谍案证据确凿! 次日,经《申报》《大公报》等披露后,震惊全国。中国外交部向日本方面提出严正抗议。日本大使馆特派专员八谷村实到郑县调查情况,在相关证据面前,八谷村实无言以对。当月,在开封面见河南省政府主席商震将军时,八谷村实表示道歉,并遵从中国方面对案件的处置。随后,日本间谍山口一郎意外病死狱中,田中教夫、八谷村实被引渡到天津日本驻屯军军部后,遭同僚讥笑羞辱,切腹自杀。赵龙田被郑县警方枪决,王留成因告发福民商店匿藏鸦片、武器有功,被判处缓刑。

郑县日本间谍案,是抗战期间,中日外交交涉中,唯一一次日本向中国道歉的事件。

下卷

第二十六章　拨开云雾见肝胆　放手擂台逐敌顽

随着伪满洲国的建立，以中国东三省为大后方，日军开始对平津和中国腹地进攻。淞沪会战、长城会战、绥远会战、古北口战役……日军加紧侵华步伐，中华民族已到了生死存亡的关头。

虽然中日战争已经全面爆发，但国民政府仍作出对日不宣战、不断交的国策。究其原因，一是中国在日本的侨民众多，顾虑在日侨民得不到应有保护，会被驱逐或拘捕；二是中国作战军需物资需要英、美等国的输送和支持。故而，郑县德化街依旧是公开商埠，日本商人和侨民并未撤离，领事馆也未关闭。

不过，受风起云涌的抗日热潮影响，曾率军与日寇血战长城的河南省主席商震借着"郑县日本间谍案"大做文章，授意郑县巡缉税查局以日商走私、贩卖红丸和破坏民国法币发行为由，彻底清理德化街上的日本间谍，并提高对日本商人的赋税，意在驱赶日本侨民，铲除国军抗日的隐患。

遵从上峰指示，巡缉税查局调查课的吴玉莹在王金秋、丁子龙协助下，带着一队税丁，挨门逐户地进入日本商家，核对账目，查验经营商品，每天下来，总有意外收获，尤其是在青木武馆。

青木武馆是一幢白墙朱顶的日式建筑，位于东三马路与大同路交叉口的西北角上。门口栽着几株樱花树，恰至樱花盛开时，灿若云霞。由于热兵器的出现，压制普通百姓数百年的习武禁令也在清末解禁，各地武馆便如雨后春笋,应运而生。加之,民国提出的新生活运动,使习武强身成为风尚。德化街在清末开辟为商埠后,押送货物的镖局接纳了大量习武之人。为争生意,镖师之间的切磋交流频繁,逢年过节,一些武馆还要设下擂台,各自派出功夫高手,决出胜负,以招揽客商。随着大批日商来到德化街开设门店,青木武馆也在日本领事馆的支持下,于德化街开埠不久建成,并由日本国内的空手道黑带高手担任教练。除教授日商日侨及其子弟功夫外,也招收郑县及其周边士绅的子弟为徒,大同商号的赵熙禄便是青木武馆的徒弟。

当吴玉莹一行人踏着樱花落英来到青木武馆时,忽然就见几位日本浪人铁闸似的挡在前面。王金秋上前,以日语交涉,对方却以武馆规矩为由,坚决不让他们进入武馆。吴玉莹拿出河南省政府文告:"按照中日缔约,凡在商埠的日商,必须照章纳税。若不让开,国民政府当以抗税之罪,缉拿尔等!"

正在僵持之中,青木武馆大门打开,一位肉山似的日本相扑手站在门口,握着斗大的拳头,朝着吴玉莹诸人示威般地扭动着脖子,目光中满是蔑视之色。未待丁子龙上前,相扑手身后又走出一人,年约四旬,身材壮实,浓眉犀目,气质华贵,显然就是当下青木武馆的主人。"我乃吉川,暂领武馆事务。"吴玉莹不由吸了一口冷气,暗自咬牙:这个传说中的仇人总算出面了!吉川贞佐朝着吴玉莹绅士一般施礼后,说道:"我大日本商人至此,皆恪守贵国法令,及时缴纳税款,并无拖欠。倒是贵国政府自清朝以来,累计欠大日本帝国之款项不下数亿,利息也不下数千万。"

吴玉莹义正词严:"大清朝为日本枪炮所挟,签订丧权辱国条约,并未受到我新生的国民政府乃至西方盟友所接受。"

"国之大事自有我大日本政府交涉,我与你无须枉费口舌。"吉川贞佐不屑解释,"今日你们既然来到武馆挑衅,可否按贵国江湖规矩,过三关?"

过三关是挑战武馆的规矩。来者要以拳脚功夫自门外、门口而至武馆内,连赢三场,可向武馆提出任一要求。吴玉莹不过一女子,手无缚鸡之力。一队税警在百姓面前如狼似虎,真要面对武士,却忍不住退缩。

"我受政府委派,前来查税,秉公办事,岂在拳脚之争?"吴玉莹当场拒绝，"还望馆主明白事理，以免引起不快。"

"青木武馆立于德化街上，江湖不分南北，皆以'闯三关'为规。"古川贞佐看着不远处的围观人群，故意大声叫道，"闯馆者，当以此！"

"对着咧！"围观的闲汉们唯恐天下不乱，"闯三关，闯三关！"

"有何难？"正在吴玉莹进退两难时，就见一身劲装的刘思琦拨开围观众人，"我来！"

吴玉莹闻声扭头，略带惊讶："你怎么来了？"

"听说你要来青木武馆查税，我就跟来了！"刘思琦压低声音，"这里可是日本间谍的老巢，比日本领事馆还麻烦！"

见有人前来闯关，六个站在青木武馆的日本浪人齐声一喝，已摆好姿势。

刘思琦显然熟悉这些江湖规矩，已让疤瘌爷从德化街上的少林武馆、忠义镖局找来几个高手应敌。吴玉莹感激地看了刘思琦一眼，便带着王金秋、丁子龙和几个税警退到一侧："让他们小心点儿！"

"放心吧，这些都是中原的武林高手！"刘思琦挤到吴玉莹身旁，"不过，今天这事儿估计要闹大了！"

"抓紧去报案！"吴玉莹点头，吩咐王金秋，"多带些人手来！"

说话间，六个武师已与武馆前的日本浪人交上了手，拳来脚往，眼花缭乱，让围观的人不住喝彩。

"子龙也有功夫在身，那个守门的相扑手就交给你了！"刘思琦向丁子龙交代着，"我最后对付吉川馆主！"又笑看吴玉莹说："二掌柜就负责观战，也可为我叫几声好！"

疤瘌爷混迹德化街上十几年，找来的武师一个个身手不凡。虽说有三个武师也被日本浪人打得鼻青脸肿，却好歹将六个日本浪人全部打倒在地。

"过一关了！"刘思琦淡笑，"子龙，该你了！"

丁子龙暗自运气，向馆门走近。那肉山似的相扑手出人意料的身手敏捷，竟闪身抓住丁子龙的臂膀，将他高高举起，顺手像抛一束麦捆，掷向吴玉莹脚下。丁子龙暗叫"不好"，急忙卸去大部分力道，仍然跟跄着地。在为自己的轻视付出代价后,丁子龙缓缓起身:"再来!"相扑手咧嘴一笑,"嗷"的一声,再次扑来。丁子龙飞身跃起,乘势一记鸳鸯连环脚踩在相扑手的后背,相扑手收身不及,着实一个嘴啃泥!未待他翻过身来,丁子龙又是一击腿拐,将相扑手推出丈把远。在丁子龙喘息的刹那,相扑手却蛤蟆般跃起,竟扑向旁侧的吴玉莹而来。丁子龙大惊,一把推开吴玉莹,却未能躲开相扑手生生一击,颓然后退。相扑手见一击得手,更是步步紧逼。丁子龙稳了稳心神,以梅花桩法与相扑手周旋。时间一长,相扑手步履有些迟缓,口中开始喘着粗气,就在相扑手试着再次抱摔他时,丁子龙一个旱地拔葱,高高跃起,双肘狠狠地砸在相扑手的后背,这一次,相扑手再也无法爬起……

"好,好,好!"围观的众人齐声叫着,眼见着青木武馆已打开半扇门,众人期待的关键之战即将开始。吉川贞佐以手压住众人的喧嚷,高声道:"诸位,接下来的馆主之战,以江湖之规,闭门切磋。"

一群浪人自馆内鱼贯而出,将门外受伤倒地的浪人和相扑手拖进馆内。吉川贞佐向刘思琦拱了拱手:"请吧!"又看吴玉莹一眼:"若吴税官愿意做回裁判,也是好的。"

吴玉莹稍一思索,便让丁子龙带着持枪的税警在馆门警戒,自己随刘思琦走进馆内,身后木门被重重地关上。

刘思琦和吴玉莹步入青木武馆的中厅,见四个日本浪人手持长刀,分站在擂台四方,虎视眈眈。

"刘 Sir,请!"走在前面的吉川贞佐在擂台入口处停步,"今天,你我需要一个了断。"

"哈哈哈,也该跟你们算算账了!"刘思琦鄙夷地看吉川贞佐一眼,一个鹞子翻身,已在擂台上站稳,"这里还不是你日本人的天下!"

吉川贞佐登台施礼后一声低喝,探身便是一招黑虎掏心。刘思琦急忙折身,还以回首望月;吉川贞佐又一记左手勾拳,被刘思琦以肘荡开……一个使出空手道功夫,一个尽显少林拳法,眨眼之间,已是多个回合。吉川贞佐力大拳猛,刘思琦只好闪躲跳跃,伺机出手。瞥眼见吴玉莹一副泫然欲泪的担心神情,顿觉一股力量自心中涌来,先以劈、点、拨、挂的醉拳扰乱吉川贞佐的视线,趁一空当,忽然飞身而起,一记无敌鸳鸯腿径向吉川贞佐袭来,吉川贞佐以手抵挡,却不料刘思琦此招劲道十足,使他不得不退向擂台的边缘。未待吉川贞佐调整步幅,刘思琦又是一记连环无影脚,将吉川贞佐踹下擂台。四名武士瞬间拔出长刀,一齐围攻刘思琦。刘思琦顺手拔出插在擂台一角的铁质旗杆,荡起少林棍法,与四名日本浪人混战一起,竟能刚好抵住。

“无耻!”吴玉莹对着吉川贞佐大叫,“如此不讲信誉、不讲武德,有何颜面自称武士!”

起身站在擂台下的吉川贞佐充耳不闻,抱臂静观,一动不动。当他看到刘思琦棍法稳准狠时,忽然出手,直向刘思琦脖颈袭来。吴玉莹“呀——”了一声,竟侧身来挡,被吉川贞佐一掌击飞。刘思琦怒极,侧身巧躲身后一刀,自擂台之上纵身飞起,手持铁棒,直劈吉川贞佐。吉川贞佐不敢怠慢,急忙腾挪快闪,躲过致命一击。

刘思琦鄙夷地瞪吉川贞佐一眼,竟丢掉铁棒,俯身将倒地的吴玉莹抱在怀里:“玉莹,醒来!”

擂台上的四个浪人顿时呆住,不知进退,吉川贞佐也收住攻势,兀自站立。

就在这危急时刻,青木武馆门外已经响起警笛的声音,更响起有节奏的撞门声。

闻听警笛和撞门声,吉川贞佐面无表情地宣布:“青木武馆从今闭馆!”又挥了挥手:“你们可以走了!”

刘思琦屈身抱起吴玉莹,像捧着一件精美的瓷器,缓缓走出青木会馆的大门,厚重的木门在他们身后再次砰然关闭。

武馆内,几个浪人正在焚烧着大批资料图纸。火光映着吉川贞佐忽明忽暗的脸。听着外面不停的撞门声,夹杂着凌乱的枪声,他的脸色微微一动,命令属下:“开路!”然后,悠然转身,向武馆后面走去。片刻,几个浪人已经手持火把去点燃青木武馆……

以木竹搭建的建筑瞬间大火升腾。火势太猛,刘思琦、丁子龙和随后赶到的王金秋及其援兵无法靠近,眼睁睁地看着青木武馆在大火中倾倒、焚毁……

未待烟尘散尽,丁子龙和王金秋率先踏入已成废墟的武馆,放眼看,武馆内没有任何人的痕迹。"一定有密道!"丁子龙、王金秋带人四处查看,终于发现被一块青石压着的密道。丁子龙、王金秋将短枪插进腰间,正要踏进密道,被刘思琦拦住:"青木武馆在德化街经营多年,又是日本间谍的巢穴,说不定这是陷阱!"话音刚落,就听见从地底传来一连串的爆炸声,已成废墟的青木武馆再起漫天的尘埃……

震耳欲聋的爆炸声已将刘思琦怀里的吴玉莹唤醒,她睁眼看着刘思琦,也不羞涩,有气无力地说道:"撤吧,大火烧了这么久,恐怕那些日本间谍早已出城了!"

刘思琦见吴玉莹醒来,顿觉累乏,软绵绵地趴在地上:"他们跑不了!等待恶魔的,一定是天罗地网!"

丁子龙和王金秋安排税警和围观的闲汉清理废墟。刘思琦抱起吴玉莹安置在马车上,缓缓地向裕兴祥走去……

郑县国民政府以突袭青木武馆为突破口,旬日后,将日本在郑县周边精心组织的间谍网络大半摧毁,为国军抗日消除隐患,也招致了日本人更为疯狂的报复。

第二十七章　望月思乡风飘絮　纳匪抗敌挺身出

半月前,赶着父亲的祭日,吴玉光带着穆兰香和三岁的儿子回天津祭奠父亲,既是为穆兰香正名分,更为了告诉父亲:妹妹也找到意中人了,虽是仇人家的儿子,却也是化干戈为玉帛的佳缘。

当吴玉光再次回到梦中的天津卫时,归乡的淡淡喜悦瞬间被忧伤所代替:天津卫再也不是过去的模样,连熟悉的城头也因换了大旗而变得陌生。当回到自己最熟悉的街道时,率先抢入眼帘的是东盛祥门头上的日本旗!他只好带着穆兰香和儿子站在街口望了片刻,便乘车去了天津卫郊外的磨盘山,在父亲的长眠之地,跪地不起,感伤不已……

随后,他接连拜望几位在天津的故友,无不对当下局势充满忧惧,并催促吴玉光赶紧返回郑县。

回河南途中,到处都是流亡的百姓,扶老携幼,艰难地向南蠕动。尤其是进入河北境内,火车几乎是一站一停,乘客们不断地遭到日军或国军的盘查,也可以从中看出河北呈现出的犬牙交错的战局。

车入河南,局势似乎有些平静。车上来回走动的小贩为了多兜售些花生、大枣或柿饼,道听途说着当下的战局,譬如:国军在安阳一线设下重兵,准备对抗即将南下的日军。商震将军誓死与河南共存亡等,说得云山雾罩,天花乱坠。车到安阳站,吴玉光趁机走下车厢,呼出一口胸中的闷气。放眼处,到处都有国军士兵在匆忙构筑工事,明显感到战事逼近。一群满怀憧憬

的爱国学生在站台上高呼口号,散发传单。吴玉光顺手接住一张传单,认真地看着:

> 国民痛苦,水深火热;帝国主义,以枭以张。国共合作,救国救民;总理遗命,炳若晨星。吊民伐罪,迁厥凶酋;复我平等,还我自由。嗟我将士,为民前锋;有进无退,为国效忠;实行主义,牺牲个人;丹心碧血,无畏精神。

吴玉光将传单揣在兜里,本来想走出车站多看看,又不放心穆兰香和儿子,便又买了几张报纸和一只道口烧鸡,返回车厢。见报上说,日军正准备从上海沿着长江两岸与国军鏖战,暂时还没有大规模沿京广铁路线南下的举动,心中略有安慰。收回遐思,开始思虑着如何在乱世中将德化街上的东盛祥经营下去……

回到郑县的当天,是中元节的月夜。虽说城市上空一直笼罩着战争的乌云,但德化街依然热闹,好似局外的一座孤岛。当圆月升上天空时,吴玉光和家人就在院中的桑树下摆上酒菜。

他望了望月亮,略带感伤地看着吴玉莹:"还记得儿时的月夜,我走在淮河路的林道上,总认为月亮追随我,一直到无路可去的地方,甚至到心灵的边缘。我曾经跟你说过,你说,月亮也追随过你。看着月亮,看着月亮上的树影,我便不由想起咱爹,他一生都在忙碌着,像吴刚伐着桂树……"

"哥,忽然间,我觉得你是一个诗人!"吴玉莹向哥哥举了举杯,"父亲去世后,你和我就没根了,是流浪者。"

"过去,月圆时,即使家人没有团聚,我也能感到父亲的心在我们身上,天津卫在我们脚下。如今,却永远隔着一条河流,甚至是一片海。"月光下,吴玉光将一杯清酒倾在地上……

忽然,外面传来轻轻的叩门声。

王金秋起身,透过门缝一看,不由吃惊地看着吴玉光:"是他!白面书生——赵继!"

"他怎么悄然孤身进城?"吴玉光眉头微皱,"难道大浮山出事了?"

穆兰香淡然一笑,知趣地带着儿子先去歇息。

吴玉光起身,打开院门:"赵掌柜,久违了!"向赵继拱了拱手,"你是怎么进城的?"

"就郑县这丈二围墙,能挡住我?"赵继抱拳施礼,"这么晚来,着实打扰了!"

"你我之间,一直是生意往来。"赵继以这样的方式来到东盛祥,令吴玉光略微有些不爽,"如果东盛祥因之被冠以通匪的罪名,恐怕对谁都不好!"

"你也不放眼看看,郑县的周围到处是硝烟炮火,"赵继也有些不高兴,"现在的郑县已是风浪中的小船。"见吴玉光眉头不展,又说:"怎么着,这个时候还怕受我牵连?"

"先坐下,吃菜喝酒!"吴玉光虽然不悦,也不能少了礼数,毕竟是大杆子,又是东盛祥生意上的伙伴,"这么晚你孤身前来,可有什么难处?"

"你是一个好生意人!"赵继接过吴玉光斟满的酒,一饮而尽,"不过,这次由不得你我了!"

"到底发生了什么事儿?"

"你还记得那个把你认作是我的胡海天吗?"

"那个狗屁统税征收局局长?"

"他当了土匪后,勾结日本人,带着山炮围攻我大浮山!"

原来,去年吉川贞佐带着两个随从前往南阳收集情报时,在鲁山夜郎寨下的山路上,落入了土匪设下的陷坑。土匪行当无非是绑人收钱,吉川贞佐虽然没钱,却气势汹汹,一言不发,倒让见多识广的胡海天犯了难。他生怕遇到一个硬茬子,偷鸡不成蚀把米,只好先将吉川贞佐好生伺候着,伺机观察吉川贞佐的来路。三天后,吉川贞佐主动开口:"若放了我,五日内便送来山炮一门,炮弹五十发;机枪三挺,子弹三千发。"这话对"有枪便是王,有奶便是娘"的胡海天来说,自然是喜出望外,亲自将吉川贞佐送出寨门。吉川贞佐言而有信,五日后,一门山炮和三挺闪着蓝光的歪把子机枪放在了山寨议事厅。胡海天竟单膝跪地,抱拳施礼,惹得吉川贞佐得意大笑:"去吧,用枪炮射出的光芒,去荡涤大浮山的蝼蚁!"看来,吉川贞佐的谍报工作极为出色,甚至知道胡海天与赵继结下的梁子。

"吉川贞佐这只狐狸,他存着心就是要让中国人打中国人。"赵继饮了杯酒,润了润嗓子,继续说着,"也是巧了,刚好万驴子又闯了祸……"

前些日子,万三猛带人去禹州劫了一个大户,顺便绑了人家的小妾。那大户人家倒也知趣,按约定期限缴足了钱粮,但在领人时,才知道小妾已经被酒后的万三猛给糟蹋了。那大户人家当时嘴上不说,暗地里竟变卖一些家产,通过德化街上的表亲王留成介绍,从日商智贺秀二的手中买了两门山炮,要资助一直与大浮山作对的胡海天,借刀杀人。此时的王留成因郑县日本间谍案,被判了缓刑,身败名裂,已经成了过街的老鼠,他只好再次暗中投奔日本人。

一见王留成带着两门山炮陪着吉川贞佐而来,胡海天笑逐颜开,顿觉如虎添翼。这些年,他做梦都想干掉大浮山的匪众,尤其想要干掉数次派人刺杀他的白面书生,同时做梦也都想找到一个新靠山。本来已经与王凌云将军谈好归顺的事儿,却随着中日战争的爆发而泡汤。中日交战,日本人明显占了上风。当胡海天知道吉川贞佐就是日本驻河南的大官时,心中止不住狂喜。吉川贞佐所代表的日本人无疑是自己最好的靠山。为了在吉川贞佐面前证明实力,胡海天带着两百匪众,暗中包围雪花洞,并用山炮对着大浮山的寨门,一定要赵继给个说法。

"无规矩不成方圆。"赵继在此事上感到有些理亏,再加之实力有些悬殊,就施缓兵之计,假意要绑万三猛,交给王留成去处置。万三猛不解其意又生性粗野,大骂赵继不顾兄弟之情,折身便要从山顶跳下,被吉川贞佐跨出一步,生生救下。胡海天见赵继服软,也见好就收,撤走匪众。万三猛决心离开大浮山,便随着吉川贞佐来到郑县。不料想,自己刚住下,便惊见那大户人家的小妾已被送到自己的房里。一番颠鸾倒凤后,万三猛将吉川贞佐视为再生父母。此时,"七七事变"爆发,吉川贞佐接军部指令,准备策应南下日军,便授意胡海天、万三猛和王留成组织汉奸队伍——豫中护国自救军。万三猛已经是死心塌地投靠了日本人,暗地里将大浮山上自己的族人和亲信二十多人拉了过来,和胡海天合在一处,取名豫中护国自救军第一旅,胡海天任旅长,王留成任参谋长,万三猛任一团团长兼特别行动队队长,由吉川贞佐派出日本教官于豫西夜郎寨深处集训,以待时机,配合日军占领河南。

万三猛的事情发生后,驻守在洛阳的国民党一六六师师长郜子举也亲自派参谋长马励武带着刚刚组建的军统豫站临时负责人郑发永、白桂英来到大浮山……

郜子举与赵继都是鲁山人,曾是赵继私塾启蒙老师,有大恩于赵继。昔日,赵继刺杀杀父仇人,是郜子举替他求情,免于一死。多年来,他与赵继暗通款曲,相互壮大。若不是日本侵华,二人的关系永不会对外人道。马励武在日寇侵窥中原之际来到洛阳,既是受命于危难之际,更有重用之意。刚刚组建的军统豫站由郜子举的卫队精英组成,卫队长郑发永暂时担任军统豫站的负责人。郑发永与赵继早年虽同为少林寺高僧妙兴的弟子,但二人并不熟识。妙兴在中原大战中战死后,听说郑发永亲自护送师父遗体回归少林寺,受到僧众和百姓赞扬,使赵继暗存敬意。所以,得知郜子举亲自派这些人前来,岂敢怠慢,早早地就在山口迎接。

赵继将全副武装的马励武、郑发永和白桂英一行数人迎入山寨聚事厅,得知他们此行的目的就是招安大浮山匪众,募军统行动队员,配合国军正规军行动,也是吃惊。马励武年约四旬,脸面白净,戴金丝眼镜,镜片后的眼睛透着让人捉摸不定的幽光。郑发永三十五六岁,身材魁梧,紫膛面皮,浓眉大眼。白桂英飒爽英姿,那双宛如秋水的秀目,扫诸人一眼,便摄魂似的让大厅内的土匪不由自主地低下头去。赵继与诸人相见,拱手礼让。不料,马励武就坐在聚事厅的豹皮椅上,看大小匪首一眼,开口便给赵继一个下马威:"赵爷,你可知罪?你的属下万三猛带着二十几个杆匪投靠了日本人,说不定此时正在祸害国家!"

"此话怎讲?"赵继见马励武上来就施下马威,显然不忿,"万三猛投靠日本人,我也是事后才知。要是当初知道,我还不一枪毙了他?"

见马励武不接话,郑发永上前一步,安抚道:"万三猛投敌,事出有因。一是日本人吉川贞佐设了美人计,二是他与东盛祥的吴老板素有怨恨,而恰恰大掌柜又与吴老板交情不浅……"

"郑站长，话不能这么说。"未待郑发永话说完，白桂英插话，"万三猛就是十恶不赦的土匪，民族败类！他当年杀人越货可有原因？他带着手下一干人反水大掌柜需要理由？若说原因，恐怕只有一个：见利忘义，数典忘祖！"

"这话还中听！"赵继扫一眼白桂英，不觉微微一笑，"想不到军统豫站还有如此俊俏的女子！"

"民族危亡之际，地不分东西南北，人不分男女老少，皆有抗敌守土之责。"白桂英正色，"大掌柜以为呢？"

"国家兴亡，匹夫有责！"赵继敛起笑容，"这道理我懂！"

"果然豪杰！"马励武皮笑肉不笑，"识时务，明大局！如此说来，大掌柜真不知情？"马励武盯着赵继，转了话锋，"我也知道，你们杆子里的规矩，反水是死罪。"

"那是自然。"赵继就于旁侧豹椅上坐下，"说吧，让我如何出手？"

"真像！"白桂英上前，看赵继一眼，忽然眼睛一亮，"白面书生？"

"江湖送的绰号不当真。"赵继笑道，"杀人魔王倒更贴切。"

白桂英正是当年的白牡丹。数年前，她离开郑县投奔在国军任通信处处长的叔叔时，恰遇新军招收电报员，仗着语言天赋和天生的优势，她竟成为一名军人。两年后，又跟随升职的叔叔加入蓝衣社，接受系统的特务组织训练。由于她屈辱的人生经历和为报父仇的强烈愿望，很快成为蓝衣社不可多得的人才，并在中日情报之战中，因出色完成锄奸任务，受到上峰的嘉奖。中日战争全面爆发，中原日渐成为中日作战的焦点之一。军统豫站适时成立，她便主动请缨，从武汉来到洛阳，担任军统豫站的保密组组长，配少校军衔。

"奉郜长官命令，大浮山五百五十八名弟兄，留下老弱妇孺值守山门外，余者皆编入国军一六六师，准备抗日。"白桂英看着赵继捉摸不定的眼神，将郜子举手书递过来，"这是郜师长手令。"

"抗日应该，"赵继装作没看见郜子举手令，"但这有点儿让我手下儿郎们去送死的味道。"

"尚未临阵，就有怯意？"马励武嘴角露出一丝嘲笑，"上峰既然有令接纳你们，一定有所安排，断不会让弟兄们白白去送死。"顿了顿又说："就看大掌柜是否愿意带着弟兄们参加国军？况且，我也知道，大掌柜一直想学宋江，为弟兄们寻个出路。你熟读历史，看看历史上，当土匪的有几个有好下场？今国难当头，是热血汉子怎能不挺身而出？难道让弟兄们都跟随万驴子而去？"

"鸿飞兄，这可是部师长的意思。"郑发永显然知道赵继的底细，好心劝道，"其他几路土匪就是想投国军，师长也未必接纳。"

"大掌柜，我们愿意加入国军，"下面几个小头目摩拳擦掌，"跟日本人干！"

这些年，赵继一直在琢磨如何带着弟兄们走条正路。起初，想投奔刘镇华的镇嵩军，没想到，镇嵩军很快就烟消云散，代之以吴佩孚的护国军；紧接着，蒋介石带领的北伐革命军很快就到了河南，吴佩孚兵败，入川做了寓公。似乎局势稍一安定，这日本人就又打过来了！到处兵荒马乱，也正因为城头不断变换大王旗，自己才能在大浮山逍遥度日。不过，每当夜深人静，他内心总是苦苦挣扎：不杀人越货，山寨无法生存；经常杀人越货，早晚自己和手下弟兄也会被杀，并且留不下一个好名声。尤其是去年听秀秀在郑县的一席话，让他无地自容，让他渴望新生。要说他在大浮山逍遥，倒不如说他被困。中日开战以来，万三猛投靠日本人后，赵继没有一天不想着如何破局。

"赵营长，无须犹豫。"赵继内心剧烈的活动，早被马励武看在眼里，"大浮山弟兄们按整营建制，编入部师长下辖的一六六师九三三团，特任命你为三营营长，由你任命属下。武器装备由国军战备处足额配备，不知你可否满意？"

"就这样离开大浮山？"赵继不敢相信地扫了属下一眼，"山上还有一些家小，还有一些产业，总得留下一些人吧。"他看了看马励武、郑发永和白桂英说："不过分吧？"

"自然，由赵营长做主。"马励武起身，拱手赵继，拱手议事厅诸人，"我和白少校这就回去复命,留下郑站长协助你整理队伍。五日后,郜师长亲自在洛阳东门,迎接诸位!"

沿着来时路径,马励武、白桂英带着几个属下先行离去。郑发永和几个国军老兵留下,负责督促赵继带领属下尽早开拔。

五日后,赵继将愿意返乡的两百多名土匪遣送,将不愿下山的八十多位年龄稍长的弟兄和一百多名家眷留下守寨,严令他们不许再做刀客,只能开垦土地,经营金银花茶和柿子醋为生。而后,自己带着三百名精壮弟兄下山,正式成为国军。

郜子举果然亲自出城相迎,并在洛阳唐宫酒楼宴请赵继、马励武、郑发永、白桂英还有八路军驻洛阳办事处主任刘向三等人作陪。

"做邻居毕竟是隔堵墙啊!"郜子举举杯,"小日本把咱们拧成一家人了,咱得领情! 不过,这个情可是要血债血还的!"

赵继接话:"现在,我总算明白了:内战无非是兄弟相争,外辱则是要亡国灭种!"

"历尽劫波兄弟在,相逢一笑泯恩仇!"儒雅的刘向三举杯淡笑,"国难当头、民族危亡之际,我们的主义只有一个:驱除日寇,还我河山!"

"咱多少地方部队千里赶赴战场,"郜子举提高声音,"日军马上便要再开战事,沿京广线向南攻打,现已陈兵河北之地,侵窥安阳。马参谋长,我等将士该何以报国?"

"当固守不退,誓死不屈。"马励武接话,"将日军阻在安阳城下。"

"但是,诚如诸位所知,敌我在武器战备、后勤保障乃至单兵作战能力上,实力相差悬殊。况且,日军又有飞机、大炮、坦克等先进武器,着实令我方守土不易。"郜子举忧心忡忡,轻叹一声,"自九一八事变爆发以来,中日战场不断南移。要不了多久,恐怕日本铁蹄就要踏上黄河大堤,策马渡河了。"

"在下以为,我军以阵地战有些得不偿失,"见郜子举有意听下去,赵继起身,"常言道:水无常形,兵无常势。既然是敌强我弱,不如换个打法。"

"还是游击战?"马励武暗扫刘向三一眼,"我怎么觉得是土匪战法。"

"土匪战法也不是没有可学的地方。"刘向三听马励武话里暗有所指,也不恼，"官军剿匪，也是强弱分明。为啥土匪难剿？为啥土匪往往以弱胜强？关键在于战法灵活。"

"话虽有理，然时不我待。"郜子举放下杯盏，"今大敌当前，开封、郑县、洛阳等地工厂、学校、机关急需向后方撤退，若不能作出最大牺牲，挡住日军锋芒，就来不及了。"看着赵继："你这次能够带着弟兄们加入国军，赤诚之心，令我感佩！"

"国难当头，匹夫有责。"赵继起身立正，"师长有令，在下誓死遵从。"

"我知'白面书生'的功夫了得，又擅长夜袭侦查之术，这次还真需要你出马。"郜子举盯着赵继，"为了摸清日军的战略部署及打法，着你随同白桂英少校行动。"白桂英听令，起立行礼，郜子举仍盯着赵继说："具体任务，随后由白少校部署。"

"这……"赵继不敢相信，自己刚刚入城，还没有想好如何安顿兄弟们，便要离开自己的队伍，心中不免有些惴惴，"师长，我的兄弟们怎么办？"

"所有的兄弟纳入正规军籍，由你的拜把兄弟李彪代理副营长，跟随郑发永中校所属的教导队，进行严格训练。"郑发永闻言忙起身行礼。郜子举笑着拍了拍赵继的肩膀："怎么了，不放心？等你回来的时候，这支曾经的土匪队伍就是一个正规的国军加强营！"

第二十八章　军统拟行雷霆谋　山雨欲来风满楼

第二天,当赵继醒来的时候,阳光照在庭院,一个柔美的身影坐在院中的梨树下,似乎在等待。他不由摇头笑了笑,伸了伸懒腰,叫了声:"马家驹!"门口常随自己左右的卫兵马家驹应声入内,施以军礼:"到!"

赵继笑了。看赵继笑看自己,敦实的马家驹不好意思地挠了挠头:"昨天一换军服,连长就教我施礼和走路,说我以后就是你的勤务兵了。"一边说着,一边伺候赵继洗漱:"今天一大早,弟兄们都高兴地穿着新军服背着新枪,开拔了。"

"去哪里了?"赵继吃了一惊,"咱队伍就剩你我了?"

"郑团长带着一队教官过来,说是带着咱们的队伍去黄河滩整训。"

赵继边听边吃早餐,笑道:"也是,咱们的队伍和正规国军一比,就是一群叫花子。"

"只要弟兄们觉得我没把他们带到茄子地里(方言:差地方)就好。"赵继想起昨日部师长的话,心里踏实了不少,"外面的是啥人?"

"一个可好看的女人!"马家驹说这话时,脸上所有的表情都活了,"原先,我当是国军给你发的女人,谁知道,我刚说了句话,就挨了巴掌。"

"你说的啥?"

"我说,赵营长醉了,你进去好好伺候,让他舒坦舒坦!"马家驹不由摸了摸左脸,"我话音刚落,她就抡起手来。我一急,就连忙应招,就打上了。"

"和一个女人打?"赵继讥笑,"你还被她打了耳光?"

"是,那娘儿们凶着呢!"马家驹面红耳赤地看着那女子背影,"早晚我要好好收拾她一顿!"马家驹是赵继同乡,从小也在少林寺学过拳脚,又跟着赵继在刀尖上混过两年日子,被一个女人打了巴掌,着实有些害臊。

"我去看看,啥娘儿们这么厉害!"赵继第一次身着少校军服,全副武装,对着镜子一照,果然英武挺拔,眉眼俊爽,不由挺着腰杆走出来,对着梨花树下的女子背影,装腔作势:"是找我赵某人吗?"

"酒醒了?"那女子转过身来,正是白桂英,"赵营长,酒好亦不能多饮。"

"喝酒不就是为了醉吗?"马家驹伸了伸脖子,"不醉那还有啥意思?"

"不得无礼!"赵继瞪了马家驹一眼,"喝酒和醉酒两回事儿!"言毕,忙整衣行礼:"白长官好!"

"进屋说话。"赵继引着白桂英进入客厅,落座后,白桂英示意马家驹将屋门掩上。

"我们先去郑县德化街,"白桂英压低声音,"抢在日本人之前,从豫丰纱厂采购全部棉纱,运往安阳战地医院。"

"安阳守得住?"

"你认为呢?"

"恐怕守不住!"

二人暂时沉默少顷,赵继已经知道事体重大:"我们一共去多少人?"

"你和我,另外带着马家驹和豫站的颜妞儿。"

"需要准备吗?"赵继有些不踏实,"就我们四个人?"

"是,"白桂英盯着赵继,"人少方便行事。你要知道,日本间谍可不是吃素的,他们的鼻子比狗都灵。商震将军对这次转运军事物资之事非常重视,还派了三十二军的四位武术教官前来接应。"

"三十二军的武术教官?"赵继略有吃惊,"是不是那四个赫赫有名的拳击高手?"

"不错,正是靳贵第、王润兰、李梦华、靳桂。"白桂英点头,"这四人可都是商震将军的宝贝,曾代表国家参加过柏林奥运会。尤其是靳贵第上尉,乃我中华武术名家张思桐老先生的弟子,战绩骄人,为国争光。"

"我在报纸上知道这几个人。"赵继不由面露钦佩之色,"听说他们从柏林回来后,要被党国重用,却执意回到三十二军当小兵,也不知道为了啥!"

"是啊,靠他们的身手开所武馆,或者为达官贵人做保镖,过上体面的日子一点儿不难。"白桂英也有些感慨,"可是,国难当头,尤其是日军正与三十二军在漳河对峙,战事随时爆发。他们不愿落下逃兵的名声。"

"真是好汉!"赵继轻搁桌案,"这四人中,王润兰与我同乡,是一个憨厚壮实的青年,早年还随我学过拳脚,没想到现在出息了。"想到这里,他忽然觉得自己能够和他们一起承担这样的任务,不由有些激动,信心倍增:"能够和这些好汉们共同做事,值! 再说了,毕竟日本人还没有进攻安阳,这任务简单。"

"切不可掉以轻心!"白桂英若有所思,"德化街上的日本商人有不少是日本间谍。恐怕早已被吉川贞佐笼络在一起了。"

"郑县目前还是我们的天下,区区日本商人直接让军警抓起来不就行了?"赵继有些疑惑,"就像上次收拾日本间谍一样!"

"不一样!"白桂英淡笑,"中日虽然在东北、上海、热河开战,可对世界而言,两国尚未公开宣战。德化街上的日本商人和浪人都以侨民身份行事,一旦行动过激,必将威胁到我国在日侨民的安全。所以,也只能暗中行事。"白桂英又想起一件事:"不过,郑县政府已公开向日商摊派各种杂捐,对他们正在扎紧口袋。"

"我明白了。"赵继点头,"那另一项任务呢?"

"大战前后,除掉胡海天和万三猛!"白桂英压低声音,"据线报,胡海天和万三猛带着属下一直在接受日本人的秘密训练。近日,他们已走出深山老林,在黄河南岸的蟒岭一带活动频繁,目的在于接应日军渡河。"白桂英目光一闪,"这个任务就不简单了! 这两个汉奸是日本人进攻郑县的活地图,所以被日本人严格保护。"白桂英加重语气:"恐怕你我要舍得一身剐了!"

"明白了!"赵继拱手致意白桂英,"我在刀尖上混日子也不是一天半天,上面能如此看重赵某,我万死不辞!"话虽这么说,仍心有不甘:"不过,走之前,我想再看看我的队伍。"

"队伍已开拔黄河滩军营。"白桂英以复杂的眼神看了看赵继,"由郑团长亲自挑选教官为队伍进行整编训练。正规军要有军风军纪,望你理解。"

"明白了!"赵继想了想,看了看刚着身的军装,有点儿不舍。

"大敌当前,军部对你另有重用。"白桂英起身,从随身包里掏出一份公文,"你自己看吧。"

"我改任军统豫站行动队队长?"赵继吃惊地看着公文,"我的队伍就没了?"

"这是军令!"白桂英看着迷惑的赵继,"你继续留在你的队伍中,能否整肃你的弟兄?"随即又笑了笑:"你整肃不了!"

"我自幼熟读《水浒传》《三国演义》,略知兵法,"赵继愤慨道,"离开我的队伍,这不是逼我造反吗?"

"你试试!"白桂英反倒不急,"连郜师长也不敢说一六六师是他的队伍!"想起一件重要的事:"对了,郜师长昨日已荣任九十一军中将军长,马励武将军就任一六六师师长,郑发永也正式擢升为九十三团团长,你的属下皆归郑团长管辖。"

"妈的,早知如此,我就不干了!"赵继有些悔恨,"还在大浮山过逍遥日子。"

"万三猛带着手下投奔日本后,你还能逍遥吗?"白桂英讥笑,"国军要收拾土匪,那是易如反掌。"见赵继有些不屑,白桂英点了点桌案,"要不是郜军长与你有旧交,国军的九三三团早就包围大浮山了。"

提起郜子举,赵继便摇头:"这么说,我没退路了?"

"民族危亡之际,你我哪有退路?"白桂英显然是受郜子举所托,来为赵继解惑,"你的身手不错,又擅长夜袭奔逃,加入军统可谓人尽其用。军统选人非常严格,若非军长竭力举荐,你未必能入军统。"

"那郑发永为啥不干豫站站长了?"赵继疑惑,"他不是郜军长的卫队长吗?"

"你根本就不知道军统是干什么的!"白桂英不屑地看赵继一眼,"郑发永不是这块料!"

二人正说着话,院中便传来一声唤:"鸿飞在吗?"

便听见马家驹的声音:"将军好!"

"鸿飞?"赵继多少年没有听到这个名字了,心中有些温暖,"是军长!"

厅门打开,郜子举带着郑发永和几个马弁进来。赵继礼毕,诸人落座。"白组长可将我的意思说清楚了吗?"郜子举扫一眼赵继没有表情的脸,"看来没有!鸿飞,我来说吧。

"军统全称国民政府军事委员会调查统计局,八月份刚刚组建。其前身是军事委员会密查组、复兴社特务处、军事委员会调查统计局第二处,由戴笠戴老板负责。内勤组织共有八处、六室、一所;外勤组织在各大城市设区,在各省设站,在一些重要城市设特别班,其基本组织为组级直属情报人员。特工人员分布到军队、警察、行政机关、交通运输机构,乃至驻外使领馆;控制着一些大专院校的'抗日锄奸团'。海关、边卡和交通要道的'缉私大队''税警大队''盐警大队'及铁路沿线的'交通大队',负责刺探情报,进行反谍工作,也以刺杀等手段执行情报任务。其各站下属交通警察大队则深入日寇占领区,开展广泛的游击战,打击日寇和汉奸,其作用不亚于正规军。"郜子举呷了一口茶,"鸿飞,你是我早年学生中武艺最出众的,与日寇作战,你偏向于游击战,军统正是你大显身手的地方。"最后,郜子举又补充道,"由你从大浮山的弟兄们中,精选出二十人,经严格训练后,作为行动队队员,归你指挥。"

"老师,我懂了!"赵继在听到郜子举唤他"鸿飞"时,不知为何,心中的野性正悄悄退去,转眼间真如一个白面书生。

"你的对手可是日本谍报精英,日本皇族近支——吉川贞佐。"郜子举扫诸人一眼,"他多年在我国收集情报,为日本侵华立下大功。此人既是日本樱花会剑道高手,心狠手辣,又熟知我国地理人情,擅长逢场作戏。其手下日本谍报人员皆受过严格训练,一个个都是杀人魔王。"

一听说对手如此强大,赵继反倒心中安慰:"我要和他较量。"

"至于你的队伍,不,我们的兄弟,"郜子举笑看赵继,"加入国军,我会一视同仁。"起身手抚赵继肩膀，"老师惜才爱才，你是知道的。"又对着白桂英点头说："这次你们的任务重大，也是鸿飞初次为国效力，还望你们多照应他。至于新入国军的弟兄，就由郑团长带领，一定会洗去他们身上过去的污垢！"

邰子举一席话，令赵继如沐春风。此时，赵继已经无话可说。邰子举离开时，又将自己腰间的手枪赠予赵继："此枪是张大帅赏赐与我，今转赠予你，望你奋勇杀敌！"

"你应该感谢我才是！"听赵继这么一说，吴玉光笑了，"要不是我在赊旗店镇冒你大名救了白桂英，你进不了军统。要不是我去大浮山救了穆兰香，万三猛不反水，你也当不了国军少校。最起码，你以后再来德化街可以大摇大摆了！"假装敛起表情："以后，不要说是我让你进退两难的话了！"

"你还有心说笑！"赵继说，"这次来到德化街，事关重大。具体的事还要白长官和你面谈。"

"白长官？莫非你带着队伍进城了？"吴玉光疑惑，"这么大的事儿，我怎么就没听张达子言及？"

"军统与警税局互不往来。军统对委员长负责。"

话音未落，就听门外的王金秋吃惊的声音："你可是多年前的白妹子？"

"我回来看看哥嫂。"

熟悉的声音传来，吴玉光立马跳起身来，"哗啦"一声拉开房门，只见白桂英正站在月光里。"真的是你？"

"是我，哥，我回来了。"白桂英眼圈一红，"这些年，家里都好吧？"

"好着呢，"吴玉光咧嘴笑着，"快进屋！"扭头吩咐王金秋："快，叫厨房再准备酒菜，叫你嫂子和玉莹都过来陪客。"

白桂英进屋坐下，颜妞就站在身后。吴玉光上下打量白桂英，见白桂英俊俏的脸上透着刚毅，貌似柔弱的身躯蕴着坚强，不由心中五味杂陈："走了六年了吧，今年二十五岁了！"

"哥，以后不要对外人说我年龄，"白桂英忽然有小女儿态，"不知道女子的年龄要保密吗?"

"保什么密呀!"赵继大大咧咧地插话,"我今年三十岁了,不照样把你当长官敬着?"

"你是他的长官?"吴玉光不敢相信地看着白桂英,"待会儿,你可要好好给哥说说。"

"先说正事。"白桂英点头,抬起头时,已是满脸严肃,"奉上峰指令,此次我和赵队长入城,一是尽快将豫丰纱厂的棉纱运往抗日前线;二是掌握日本人和汉奸胡海天、万三猛、王留成在郑县、洛阳、开封布下的间谍网,随后全部捣毁。"

"先说第一件事儿,裕兴祥是豫丰纱厂的股东之一,他们可比我更清楚。"吴玉光建议,"老板刘思琦虽说年轻时偶尔不着调,但在大是大非面前,绝不含糊。"

"我一直听说,你和怀义几乎水火不容,怎么现在又好起来?"赵继借机说出心中藏了多时的疑问,"从东盛祥进入德化街开始,你俩恩怨很深,几次互相要置对方于死地。"

"确有此事。"吴玉光承认,"一年前我见他时,还想一刀劈了他。"不由笑了。"不过,现在见他,又忍不住想和他喝几杯。要说原因,恐怕你们不敢相信。"转眼一副愤慨的样子,"前些日子,那小子在青木会馆虽说救下玉莹,却没有千里送京娘的气魄,非君子之所为!"

白桂英闻言,脸色微微一红,多年前在赊旗店镇被救的画面便不由在脑海一闪:"怎么了? 我去替哥要人去!"

"晚了,我那傻妹子也是义气,无以为报,就以身相许……"吴玉光调侃着,"不是冤家不聚头!"

"吴玉光,吴掌柜!"吴玉莹刚好和穆兰香进门,"我的事情你少管!"

"哈哈哈,不管!"吴玉光连忙打岔,"你们看是谁来了?"

"原来是大杆子!"穆兰香盈盈一拜,"我当初还要感谢你做的好媒!"

"亏得当初在山上护得周全,"赵继连忙还礼,"要不然我今天就不知道该咋死了!"

"让你俩来陪的是白妹子!"吴玉光介绍白桂英,"昔日赊旗店镇的桂英妹子,现在是国军的少校。"

"果然是花中牡丹,人中凤凰!"吴玉莹知道过去的事儿,也不点破,"见过妹子!"

白桂英也是心头一热:"两位姐姐,桂英永远是咱吴家的妹子!"

趁说话的时间,王金秋和马家驹已经重新布好了酒食。一番寒暄过后,吴玉光这才顺着刚才的话头,继续说下去:"几个月前,日本间谍案被破获,真相大白。裕兴祥和我东盛祥结怨的根子,就在于日本人使坏。你想啊,德化街上的两大商家结怨,日本商人不就可以为所欲为了吗?"

"原来是这样!"赵继顿时如释重负,"以后,我就不用夹在你们两大商号之间过日子了。"看着吴玉光笑道:"我自幼得刘家照顾,后来又与你合作生意,你们之间矛盾越深,我越不好过。"

"国难当头,咱们现在啥也别说,就是要联起手来,一门心思对付日本人。"白桂英建议,"时不我待,最好现在就把裕兴祥刘掌柜请过来,一起商量。"又略一思索:"至于第二件事,我和赵队长自有主张。"

王金秋本欲出门去请,赵继抢在前面:"还是我去更为妥当。"吴玉光点头,看着赵继离去的背影,笑了:"也是,前年赵继进城,要不是刘家姑娘冒死相救,估计就没现在的赵队长了。"

"妹子,你与老刘家的秀秀经常来往,可知道刘老板这些天都在忙啥?"吴玉光岔开了话题,"这些天,他与丁子龙扎进裕丰纱厂,天天与工人们打成一片,教工人们识字唱歌,还对抗日本监工。恐怕早晚要逼得日本人退股。"

还真被吴玉光说中了。

刘思琦此刻和丁子龙刚从扶轮中学观看"救亡话剧团"演出的激动中,慢慢恢复了冷静。二人在月光照耀下,沿着金水河岸,边走边聊。"今天中午,日本的飞机又轰炸了巩县孝义的兵工厂,据说多名学徒被炸死。"丁子龙看着流水,有些忧心,"郑县已是危机四伏之地,宛如大海中的一片礁石,随时都会被战争的风浪淹没。"

"是啊,"刘思琦平复情绪,"武汉救亡话剧团在替逃亡百姓诉说着背井离乡的苦难！刚才看着话剧，我就恨不得去前线抗日去。"

"现在，全国抗日的烽烟已经点起，已不分前线和后方了。"丁子龙望一眼明月，"就说裕丰纱厂的日本监工，这些天压着棉布和棉纱不让出库，显然是不愿让我们卖给抗日民众。"

"这几天，太多的烦心事让裕兴祥无法平静，"刘思琦点头，"尤其是昨夜佐佐木带着智贺秀二突然来访……"

德化街上稍有根基的人，对这个神龙见首不见尾的日本领事，都充满好奇和疑惑。佐佐木似乎只有一套青色的布衣，配上总是没有表情的脸，让所有人不知道他究竟多大年龄。自山口一郎暴毙后，佐佐木才偶尔走出领事馆。但是，佐佐木似乎又心不在此，只对收购棉花走遍中原的事感兴趣。每到一地，他就会蹲下身子，拿出草纸，画着各地标志性的地理风貌。听说，佐佐木早年学过地质测绘，所以，他画出的山川丘壑，与实际上的几乎一致。数月前，当郑县间谍案被披露后，许多人认为，日本领事馆是另一个间谍据点，甚至佐佐木就是日本在中原的间谍头子，但当局却以证据不足为由，并没有驱逐佐佐木。佐佐木也依然神出鬼没地游走在中原大地上……

昨夜，当智贺秀二带着佐佐木敲开刘府的门时，刘思琦不免吃了一惊。先说打扮，佐佐木一改短衫青衣，而是一件做工十分考究的和服，沧桑的面容也罩上了一丝冷光。见到刘志仁时，佐佐木点头致意："刘Sir，你听到郑县周围的枪炮声了吗？"

"老了，听不清了！"处变不惊的刘志仁淡笑着，"自清末至今，郑县周围似乎天天都在放鞭炮，好像过不完的年节。"

"不，是枪炮声！"佐佐木坐下，"很多人已经在逃亡。"

"我不能带走这条街，更不能带走这块土地，"刘志仁用手中的龙头拐捣着脚下，"这是我的家，我不能走！"又貌似关切地说："佐佐木，这里多年兵荒马乱，难为你了！"

"感谢刘Sir多年的关照，"佐佐木施礼，"使我这个异乡人找到了家！"

"这里终究不是你的家！"刘志仁看着佐佐木，"你来郑县多年，也该回去过几天太平日子了！"

"这里很快就是我的家了！"佐佐木咬了咬嘴唇，"今日，我专为刘 Sir 安危而来！"

"安危？"刘志仁笑了，"我已是古稀之年，生死对我而言，不过尔尔！"

"难道不考虑家人吗？"佐佐木有意看一眼侍立一侧的刘思琦，"大日本皇军马上将要渡河！"

"大日本皇军？"刘志仁摇首，"没听说过！倒听说过日本鬼子！"看佐佐木一眼："说吧，他们以枪炮开路，来这里干什么？"

"实现大东亚共荣，打造王道乐土。"佐佐木有些激动，"难道这些不够美妙吗？"

"我明白了！"刘志仁讥笑，"要在中国的土地上，实现你们的白日梦。"

"不是白日梦！"佐佐木嘿嘿一笑，"也许，明天，郑县街头都会挂满太阳旗！"佐佐木对刘思琦不屑的表情视而不见，自怀中掏出一张委任状，"我与刘 Sir 是好友，这是感恩的礼物！"

"不敢！"刘志仁扫了一眼，"我为中国人做了一辈子的事儿，从没想着去日本和你们共荣！"

"不是去日本，"佐佐木见刘志仁不接委任状，只好放在桌上，"这是中日互助商会会长委任状，皇军将来进城后，对你大大有利！"

"收起这张纸吧，"刘志仁不悦，"佐佐木，我老了，也累了，只想用最后这点儿力气，守护着裕兴祥，守护着德化街。"说完，便闭目不语。

"刘 Sir，你认真考虑！"佐佐木有些无趣，转移话题，"今日，我来还有一事，就是豫丰纱厂的纱布不再对外出售。"

"为什么？"刘思琦看着佐佐木，"与客商的合同不履行了吗？"他加重语气："刘家经商，唯'诚信'二字！"

"现在是战时，纱布是军用物资！"佐佐木强调，"否则，我会阻止此事，日方甚至会撤股！"

"那好啊！"刘思琦摊着双手，略带挑衅，"试试看！"

佐佐木一副不屑一顾的表情："小刘 Sir，你还是劝劝你的父亲！"

"我父亲是为了你好！"刘思琦做出一个请的手势，"听说国民政府到处在抓日本间谍,刘家可不想拿你去邀功。请吧!"

"好,好!"佐佐木看刘志仁似乎睡着,只好快快起身,"告辞!"

待佐佐木带着智贺秀二走远,刘志仁睁开眼睛:"明天,你抓紧安排将那批纱布发往西安。另外,你去拜望一下东盛祥的吴老板。这个时候,劲儿该往一处使了!"

　

刘思琦和丁子龙边走边谈,竟在月光下迎面撞见赵继,不由吃了一惊:"你怎么来了?"

赵继上前施了一个军礼,把刘思琦又吓了一跳:"你这是……"

"看来,大浮山的掌柜被招安了。"刘思琦身后的丁子龙笑了,"国军给了个什么职务?我也好称呼。"

"国难当头,不能再做土匪了。"赵继有些不好意思,"弟兄们都愿意参加国军打鬼子,我也就顺坡下驴。"

"那以后你就可以光明正大地来德化街了。"刘思琦想起前年的事儿,有些感慨,"只是这些年苦了秀秀。"

"我也是无奈!总不能让秀秀和我一起在刀尖上过日子。"赵继沉默片刻,"我今天随白长官来,有要事相商。"

"要事?"刘思琦笑了,"莫非是要向我刘家下聘礼?"

"这倒不急,"赵继挠了挠头,"现在,当务之急是咋对付日本人。"看着刘思琦询问的眼神。"是这样,我的长官和吴老板正在东盛祥茶舍等你。"赵继做出请的手势,"事关裕丰纱厂。"

"真是巧了!我正要和吴老板商量这事儿呢。"刘思琦笑了,"不过,我提醒你,下聘礼的事儿也不能拖。"又招呼丁子龙:"走,子龙,一起认识下白长官。"

第二十九章　巧夺棉纱激寇怒　血洗浮山结深仇

　　月光流淌在德化街上,又在东盛祥茶舍打了旋儿,月光和亲情凝在这里,温暖而馨香。在赵继去找刘思琦的时候,白桂英向吴玉光述说着这些年的经历,吴玉光和家人静静地听着,时而惆怅,时而感伤,时而喜悦……忽然,白桂英似乎耳朵一动,笑了笑:"他来了! 还带着一个人。"吴玉光看着外面细细碎碎的月光,有些疑惑:"没人来。"

　　话音刚落,就见三个人影出现在街口的月影里。

　　穆兰香款款起身,轻轻扯了下吴玉莹的衣袖:"咱俩还是早点儿休息。"吴玉莹只好起身,和穆兰香一起退去。

　　片刻,刘思琦含笑拱手而来。吴玉光忙起身相迎:"刘老板,这么晚请你来,确有要事啊!"

　　"尽管吩咐!"刘思琦也不客气,在吴玉光身边坐下,见白桂英面生,点了点头,"在下刘思琦,字怀义。"

　　"坐!"吴玉光招呼赵继入座,又打量一眼站在门口的丁子龙,"子龙,也坐。"向白桂英介绍:"丁子龙! 在这兵荒马乱的光景,投奔我来了!"

　　"一看就是个好帮手!"白桂英看丁子龙器宇不凡,夸赞着,"我从洛阳来的时候,八路军驻洛阳办事处的刘向三主任对我提到了你!"

　　"刘主任?"丁子龙装着一副懵懂的样子,"不熟悉!"

　　"现在是国共合作时期,不必如此提防。"白桂英淡笑,"况且,早年你和广盛镖局的大师父还救过我呢！"当年，白桂英和父亲在赊旗店镇被蒙面的胡海天、万三猛抢劫时，正是被押镖回来的王银夏和丁子龙所救。

"路见不平拔刀相助而已！"丁子龙显然已经从组织内知道白桂英是何人，"以后，还要听白长官指挥。"

吴玉光重新安排酒食，诸人坐定，王金秋关上门，和马家驹一起守在外面。

"兄弟，你府上昨晚是不是有不速之客登门了？"吴玉光坦率，"看那走路的架势，应该是日本人。"

"你是怎么知道的？"刘思琦有些吃惊，不过，他很快释然，"也不奇怪，在德化街上，你到处都有眼线。要说这事儿，我还正要找你商量呢！"

刘思琦看一眼白桂英，白桂英淡笑回应，却一直未动。吴玉光起身，亲自为刘思琦斟酒："咱俩商量的事儿，也要桂英妹子帮忙。她是军统豫站的人，连鸿飞都要听她指挥。是她让鸿飞约你来的。"

"在下白桂英，受命前来郑县，为抗日尽力。"白桂英笑看丁子龙一眼，"如果我没有判断错的话，丁先生恐怕也是为抗日而来。不过，在抗日的问题上，委员长已经与贵党达成一致，实现国共第二次合作。"

"我不是什么共党，也就是和父亲一起，投靠吴掌柜讨生活而已。"丁子龙不便承认自己的身份，"党国有什么需要我做的，我乐意效劳。"

"我听说丁先生拉着刘掌柜一起，和裕丰纱厂的工人们走得很近，教他们识字唱歌。"白桂英笑了笑，"和共党的做派很像。"

"我就是受刘掌柜所托，教工人们识字唱歌。"丁子龙淡定回应，"听说军统豫站是打击日本侵略者的，所以，我就跟着刘掌柜和你们认识下。"

见丁子龙如此言语，白桂英不再执着于查证他的身份，只好转了目光，与刘思琦、吴玉光相商。

"安阳自古为天下之中，西靠太行山，东临大平原，境内河流纵横，道路如织，历来为南北交通要道。同时，安阳也历来成为兵家必争之地。今日寇森田、远山、武藤部队已于安阳北面集结，即将侵入中原，占领安阳，打开中原的北大门。我国军三十二军和五十三军在商震将军指挥下，正于漳河南岸布防,阻敌南进。大战即将爆发。"白桂英心事沉重,"现在,我野战医院急需一批棉纱,还望二位老板鼎力支持。"

"你知道昨夜莅临我府上的是什么人吗?"刘思琦沉默片刻,"就是裕丰纱厂的股东,佐佐木和智贺秀二。他先是劝说家父出任将来要成立的日中商会会长,被家父严词拒绝。随后,他又威胁家父,不准将棉纱运出郑县。"

"自青木武馆被焚之后,德化街上的日商都在甩卖物品,准备撤离郑县。这些天,德化街上行走的日本人多是浪人。"吴玉光点头,"大都是日本的间谍。"

"看来,咱们的行动队需要马上成立,"赵继向白桂英建议,"先把这些日本间谍连根拔起。"

"这些日本间谍当下还翻不起大浪。"白桂英微微一笑,"当务之急,是先想办法把裕丰纱厂囤积的棉纱运出去。"

"安阳大战在即,我军伤亡在所难免,"赵继拱手刘思琦,"这批棉纱制成绷带,说不定能救下许多受伤的兄弟。"

白桂英看着刘思琦:"还请刘老板费心。"

"棉纱囤积在裕丰纱厂的向阳里仓库,守库房的有五个日本浪人和三个裕兴祥负责搬运的纱厂工人。"刘思琦说道,"过去是见钱或见智贺秀二的字条发货,现在估计有些难度。佐佐木一定会交代智贺秀二和把守仓库的浪人,无论如何,绝不发货。要不然,咱们来硬的?"

"恐怕只有如此。"白桂英思索片刻,"上峰已协调好郑县铁路运管处,明天晚上十点,这批棉纱棉布准时起运。"

诸人又将发货细节做了具体商量,各自分头行动。

似乎嗅到一丝危险的气味,第二天一早,智贺秀二便带着几个日本浪人来到囤积棉纱棉布的向阳里仓库,叽里呱啦给那几个日本人训了一通话,并对乔装成库房搬运工人的赵继、丁子龙、马家驹交代,严禁将棉纱棉布出库,即使客商拿钱进货也不行。赵继私下与丁子龙商议,如果实在不行,只好先把那几个日本人用迷药放倒。

当晚,五个日本人吃了晚餐后,便倒地不醒。白桂英带着军统豫站行动队十几个队员扮作土匪模样,很快将裕丰纱厂仓库库存的棉纱棉布装上汽车,直接转运到郑县车站的火车上,由王金秋的大姐夫陈玉成带着可靠的火车司机班组,准备连夜发往安阳。临走之时,顺便将扮作库房搬运工的赵继、丁子龙、马家驹绑成粽子,连同一样被绑成粽子的那几个日本人一起,扔在仓库的一角。

佐佐木得知消息后,暴跳如雷。刘思琦也装模作样地陪着智贺秀二前往郑县巡缉税查局报案。张殿臣假模假样地派出李永和、吴玉莹带着一队警员到事发仓库调查取证,又将几个日本人和赵继等人拘进巡缉税查局问讯。

"真是不打不相识!"提审赵继时,张殿臣有些不敢相信,"白面书生,你啥时间成了国军的少校?"

"'七七事变'的时候,"赵继对自己加入国军的日子记得清楚,"今年的七月十日。"

"昨日得上峰指令时,我还真不敢相信。"张殿臣点头,"要说抢裕丰纱厂的仓库,大浮山的土匪完全有可能。"

"那就把这件事先记在大浮山土匪的账上。"赵继笑了笑,"反正这是一笔糊涂账。"

"这账你清楚,我也清楚。"张殿臣以看穿时事的口吻说道,"要不是上峰有'不要轻易为难日本侨民'的话,我早就将德化街上天天蹦跶的日本浪人和间谍缉拿干净了。"

"尽管如此,还望张局长以抗日大业为重,派属下警员将那些日本间谍看死,绝不能让他们随意收集国军作战情报。"赵继建议,"要知道,进入河南的日本特务吉川贞佐可是一个地道的中国通。"

张殿臣听到过这个名字:"吉川贞佐?"

"他是日本皇族近支,樱花会剑道高手。这几年一直待在中国,专一从事情报搜集。"赵继这些天一直在研究自己未来的对手,"说不定,他很快就又会出现在郑县。"

"你是怎么知道的?"张殿臣来了兴趣,"军统这消息也太灵了吧。"

"安阳大战在即,郑县是作战物资转运重地,军统当然会严阵以待。"赵继起身告辞,"还望张局长多多支持。"

"这个自然,分内之事,守土有责。"张殿臣起身送走赵继、丁子龙和马家驹之后,正要准备去提审那几个日本仓管员,就见侦缉队队长李永和急匆匆跑来,收脚不住,差点儿撞上张殿臣。

"慌什么?"

"不好了,刚要去提审那几个日本人,却不料他们都死了。"李永和额头冒汗,"邪门了,明明守得密不透风!"

"啊——"张殿臣大吃一惊,"到底怎么回事?"

"听看守汇报,那几个日本的兜裆里有药丸,发现时已经晚了。"李永和比画了一下脖子,"好像智贺秀二在那几个日本人被带往警税局时,做了一个这样的手势。"

"大浮山要遭殃了!"张殿臣眉头一紧,"快,立刻带着你的侦缉队前往大浮山!"

"大浮山是土匪窝,咱这侦缉队百十号人马能行吗?"李永和仰着脸踌躇,"那帮土匪可不好对付!"

"你没长眼?刚从这里离开的赵继就是原来大浮山的大掌柜!他和他的兄弟已被招安了,大部分都已加入国军抗日。留在大浮山上的都是老弱病残、妇孺孩童。咱们把劫裕丰纱厂棉纱的案子栽在大浮山土匪的头上,日本人怎肯善罢甘休?况且,又死了几个日本人,他们肯定要去大浮山复仇!"

"这可咋办?"李永和有些惶恐,"我这就召集弟兄们!"

"快,去找赵继,让他带路,一定要抢在日本人前面到达大浮山!"

烟火升腾,像无数双绝望的手伸向天空……

"不好!"赵继大叫一声,发疯似的向大浮山寨门奔去。一路上,三个隐蔽的瞭望哨已经化成废墟,尚未干透的血迹似乎在诉说着曾经发生的惨烈故事。

他踉踉跄跄撞进寨门,但见漫延的血迹如河,倒伏的躯体似丘。他不由眼前一黑，轰然倒下。片刻，他又摇摇晃晃站起身子，对着这人间地狱失声号叫："还有人吗？还有活人吗？"

不远处的死人堆里似乎动了一下。他连忙冲过去，拖开二弟和弟妹的残躯，只见一双黑洞洞的眼睛向他看来："是大伯吗？"

"春子！"赵继一把抱过活着的少年，呜咽着，"我要为你的爹妈报仇！"

这时，李永和带着警税局侦缉队也已赶到，看着这场景，无不放声大哭，咬牙切齿。李永和拼命劝住已经发疯的赵继："鸿飞，节哀！咱们要赶紧去追那群王八蛋哪！"

"他们一个也跑不了！"赵继咬着牙，摇晃着站起身来，对着侦缉队的队员拱了拱手，"辛苦弟兄们，先让这些兄弟、家人入土为安！"看着侦缉队的警察将一具一具尸体掩埋在寨河沟里，赵继在心中报着一个个死去的兄弟们的名字，守寨的三十六位老兄弟，外加二弟夫妇，一共三十八人！

"我赵继此生不为你们报仇雪恨，誓不为人！"

从春子的口中，赵继断断续续地了解到，是万三猛带着许多人来到这里，大开杀戒。

佐佐木得知是大浮山土匪抢劫了裕丰纱厂的仓库，震怒不已。为配合日军进攻安阳、济源等地，数日前从青木武馆地道逃走的吉川贞佐也潜入日本领事馆，命令智贺秀二转运存在向阳里仓库的战略物资。当棉纱仓库抢劫案发生后，吉川贞佐大怒，连夜出城，当即召集藏匿在邙山涧的胡海天部，由万三猛带路，扑向大浮山。

不愿加入国军的大浮山土匪在赵继离开后，大多带着家人到山后过着普通百姓的生活。大浮山山寨只剩下一批老弱病残的顽匪。黎明时分，当胡海天的人马悄悄抵达山寨时，他们还在梦乡中。由于万三猛对所谓的昔日弟兄们做了保证，守寨的土匪也就未作抵抗，被围在寨子中央的空地上。胡海天问话："昨夜，可有兄弟下山？"他们都说没有下过山。万三猛带着几十个手下在寨子里翻箱倒柜，没有那批棉纱的踪迹。此时，吉川贞佐已经明白，抢掠这批棉纱的不是大浮山土匪，而是国民党军统有计划的安排。恼羞成怒的吉川贞佐遂下令将这批土匪格杀勿论。

赵继带人处理完寨中后事,看着已被大火几乎焚烧干净的山寨,颓然跪地,放声大哭:"你们都曾是我的兄弟,我要为你们复仇!"

当赵继、李永和带着侦缉队回到郑县时,德化街上的日本领事馆内也正在上演龙虎斗。原因是吉川贞佐得知仓库抢劫案并非大浮山土匪所为,自然就将矛头对准裕丰纱厂的另一个股东:刘思琦! 只有他有调用库管员的权利。当他派人把在纱厂的刘思琦、丁子龙挟持到领事馆时,气氛顿时充满火药的气味。

佐佐木质问刘思琦为何不经他的同意,擅自更换棉纱仓库库管员。刘思琦反问:"你日本库管员调用时,可曾与我商议?"

"可是,你的人刚刚撤换,就发生棉纱被劫事件,是巧合吗?"佐佐木暴跳如雷,"你必须为此事负责!"

"棉纱被劫,我刘家一样遭受损失。"刘思琦倒不着急,"该负责的应该是那些劫匪,而不是我!"

"劫匪跑不了!"佐佐木擂着桌案,"要么你与我合作,要么我撤出股份,让中国工人统统喝西北风去。"

"好,你撤吧!"刘思琦起身,"我也撤了!"

"什么? 你也要撤?"佐佐木没想到,"那纱厂交给谁?"

"大战在即,纱厂自然要停工!"刘思琦笑了笑,"你们日本人来到我们的土地上,舞刀弄枪,也该是你我算账的时候了!"

"算账?"佐佐木耸了耸肩膀,"好啊,如何算?"

"账本都在纱厂,你应该清楚如何算。"刘思琦带着丁子龙便要向外走去,"我等你消息。"

当刘思琦走出门口时,四个日本浪人围堵过来。"刘 Sir,请留步!"佐佐木在后面叫着,"今天,你我必须对纱厂有一个了断。"

"哈哈,想拦我?"刘思琦将手中的文明杖一横,"这里还不是你日本人的天下!"

眨眼间,智贺秀二带着四个日本浪人各仗手中武士刀已与刘思琦和丁子龙混战一起。刘思琦荡起少林棍法,劈点拨挂,与智贺秀二和两个浪人刚好抵住。丁子龙手无寸铁地对阵两个浪人,只好闪躲跳跃,伺机出手。吉川贞佐和佐佐木抱臂静观,一动不动。当他看到丁子龙出手稳准狠时,忽然出手袭来。丁子龙感到后背有风,一个侧身巧躲,正面那个浪人收势不及,差点儿撞在吉川贞佐的怀里。"八嘎!"吉川贞佐低吼一声,展身飞起,直袭丁子龙软肋。丁子龙不敢怠慢,一连串的腾挪快闪,总算化解了眼前困局。而刘思琦此时却被智贺秀二和两个浪人车轮般围着,显然有些吃力。丁子龙急切相救,又被吉川贞佐紧紧缠着。就在这危急时刻,领事馆门外已经响起警笛的声音。

闻听警笛,吉川贞佐收住攻势,青石般站立:"你们可以走了!"

"后会有期!"刘思琦略一拱手,和丁子龙走出日本领事馆,铁质的馆门在他们身后,砰然关闭。

"好险哪!"刘思琦面向德化街,仰天长吁一口气,"差点儿出不来了!"

"未必!"丁子龙耸了耸肩,"吉川贞佐和佐佐木现在还不敢在领事馆内杀人。"

门口的警车上,赵继瞪着怒目,高声叫着:"吉川,你跑不了!"

领事馆内,几个浪人正在焚烧一些图纸。火光映着吉川贞佐灰暗的脸。听见外面叩门的声音,佐佐木脸色微微一动,他知道大浮山发生的事情恐怕已经被中国警方获知。他以目光问询吉川贞佐:"怎么办?"

"袭击大浮山的土匪,是胡海天部,与大日本无关。"吉川贞佐却轻轻挥了挥手,"我要去截回物资!"言毕,带着三个浪人,起身向密室暗道走去……

赵继虽然知道血洗大浮山是吉川贞佐授意,但没有确凿证据。毕竟是胡海天和万三猛杀人!眼下,他只能派人盯着日本领事馆,决不能让吉川贞佐逃走。

第三十章　起运物资战敌顽　兑付股金收主权

当吴玉光陪着白桂英在车站高处听到日本领事馆门前警车的警笛声时,脑海里首先想到了刘思琦:"桂英,咱快去看看,说不定佐佐木要和怀义同归于尽。"

"啊!"白桂英虽吃了一惊,却一把扯住本欲离去的吴玉光,"赶紧让金秋他们装运棉纱和药品。"略加思索又说:"有赵队长和警税局侦缉队前去解救,你放心。"白桂英嘴上这么说,内心也不平静。看一眼不远处的王金秋正指挥着疤瘌爷和一群工人扛着一包包棉纱和药品装上火车,白桂英心里忽然有些不很踏实的感觉,"那个脸上有疤的黑汉是何方人氏?"

"绰号疤瘌爷,专为德化街的有钱人看场子的,"看一眼白桂英,"怎么了?"

"他带的苦力可都是经常为你商行干活的伙计?"见吴玉光有些疑惑,"我是担心这些苦力中混杂进日本的间谍。"

"小心使得万年船!"白桂英这么一说,吴玉光马上想起过去在自己柜上当伙计的哑巴八木。去年,当裕兴祥茶庄被大火焚毁后,张浩天和疤瘌爷顺藤摸瓜追查到东盛祥时,哑巴八木竟喊一声"天照大神"就挥刀自裁了。

说话间,"呜——",随着一声火车汽笛声响,从北边开过来的火车喘着粗气徐徐驶入郑县站。未待火车停稳,从一节车厢内已经跳出十几个装备精锐的国军,冲着正在装棉纱的火车就奔过来,领头的一个健壮的国军上尉边走边喊:"白长官何在?"

"他们来了!"白桂英向前迎了两步,"可是靳连长?"

靳贵第收住脚步,向白桂英施以军礼:"三十二军上尉靳贵第向长官报到!"

"来得正好!"白桂英还以军礼,"十吨棉纱和一百箱药品正在装车,请靳连长负责查验,今晚十点准时起运。"

受三十二军军长商震指派,靳贵第带着王润兰、靳桂、李梦华及商震将军卫队一班的军士前来接收这批物资。吴玉光曾经听说过这几个人,在去年德国柏林奥运会上,代表中国差点儿得了世界拳术冠军,便笑着走过来,向靳贵第拱手:"听说你哥儿几个为国争了光,又不愿留在中央部队当教官,一定要回来与兄弟们同甘共苦,令人敬佩!"

"大战在即,我可不想让弟兄们以为我当了逃兵。"靳贵第腼腆一笑,"丢不起这人!"

"好!"吴玉光点头,"不过,这德化街也不平静。"

"无非是一些日本间谍和汉奸活动猖獗。"白桂英插话,"靳连长,根据情报,一小股日本特种兵化装成难民在汉奸的配合下,已经潜伏在黄河岸边,其目的就是阻挡这批物资顺利抵达安阳。"低头看了看手表,"还有半小时,这批物资就将开运。请你安排属下警戒!"

靳贵第所带的兵士个个训练有素,应声散开,五米一人,持枪将几节车厢围住。正在指挥装卸货物的疤瘌爷看这阵势,有些吃惊,对着吴玉光叫道:"吴掌柜,货快装完了,要盘点吗?"

"当然要盘点。"吴玉光看一眼白桂英,"我陪你一起挨个车厢查验一下货品。"

"好!"白桂英扫一眼等着领工钱的疤瘌爷,对吴玉光低声交代,"你带两人,对那些工人挨个核查身份后,再放行。"

吴玉光会意,在疤瘌爷的配合下,带着王金秋和国军排长王润兰一边发放工钱,一边查验这些工人的身份。白桂英轻舒一口气,带着靳贵第登上火车,挨个车厢查验货物……

好不容易盘点完货物,白桂英和靳贵第走下车厢,车站钟楼的时针刚好指向十点的数字。靳贵第与白桂英、吴玉光施礼告别,带领属下登上火车。一声汽笛长鸣,火车缓缓启动。

忽然,在车头的气雾中,似乎有几条身影一晃便消失不见。白桂英低声叫道:"不好!"紧走几步,飞身抓住尚未关闭的车门,迅速登上火车。吴玉光见状,连忙追赶,被站在车门前的靳贵第一把拉到车上。

火车已经开动。白桂英见吴玉光也登上火车,本欲劝他回去,话到嘴边却变成一句:"我倒忘了,哥哥曾是东北军六四七团的财税专员。"将自己的另一支配枪递给吴玉光,"拿着!我们差点儿就坏了大事儿!"

"怎么了?"吴玉光接过手枪,"我刚才仔细盘查了那些工人的身份,没有问题。"

"问题不是出在他们身上。"白桂英焦虑道,"刚才火车启动时,有几条黑影一晃就不见了,八成是日本的间谍登上了火车。"

实际上,当裕丰纱厂的棉纱被运走后,吉川贞佐就马上派人在暗中观察郑县站火车的进出情况。当他从领事馆的密道爬出来,第一时间便乔装易容混进了郑县站,与藏匿在这里的胡海天接上了头。得知这批货物连夜起运,便精心部署,决不能让这批棉纱和药品落入安阳国军手中。吉川贞佐命令胡海天抓紧纠集邙山涧待命的汉奸前去破坏铁路,自己亲自带着五个日本间谍趁着夜色,藏匿在车厢底下。等待火车启动,趁机登上火车,途中实施拦截……

白桂英命靳贵第、王润兰、李梦华等严密看守车厢,自己带着吴玉光、靳桂爬上车顶,向车头方向移动,仔细查寻日本间谍的影子。

身着夜行服的吉川贞佐和几个日本间谍暂时蜷伏在车厢的连接处,只待火车减速就开始行动。出乎意料的是,火车顺利地通过了邙山地段,又顺利地通过了黄河大桥。吉川贞佐意识到胡海天没有完成破坏铁路的任务。"八嘎!"吉川贞佐咬了咬牙,一挥手,带着两个日本间谍飞身登上车顶,向火车头方向爬去。

在蒸汽火车散发的浓浓烟雾的掩护下,吉川贞佐和两个日本间谍持枪已经接近车头。他对着刚刚进入车头、倚着车窗的靳桂接连开枪,靳桂猝不及防,肩膀中弹。"不好!"吴玉光一把拖过靳桂,"白妹子,你守着,我去车顶看看。"

吴玉光一个鹞子翻身,飞身车顶,正好与另一个日本间谍碰面。两人来不及用枪,就在车顶扭作一团。那个日本间谍如何是吴玉光的对手,被吴玉光一拳击飞,像一团破絮飞向车厢下的黑暗处。看见车头不断冒出的火舌,吴玉光知道一定是白桂英与另一个日本间谍交上了手。他急忙折身,悄悄从后面向车头爬去,对着另一个日本间谍藏身处,连开数枪,一声哀号,另一个间谍也像风中破絮,跌落车下……

吉川贞佐一心想进入火车头部的车厢,逼停火车,但被白桂英以枪挡住。眼见属下阵亡,就剩自己一人,吉川贞佐已经知道这次行动彻底失败。但他不甘心失败,他要想办法降低车速,因为,就在过黄河桥后不远处,有一小队日军特种兵在接应。他躲在火车头与车厢的连接处,掏出手雷投向火车头的车窗,被火车疾行所带来的强风拽偏,手雷瞬间就在火车下爆炸。爆炸的火光暴露了他的位置,未待他掏出第二颗手雷,吴玉光已经从天而降,将他一把抓住。吉川贞佐顺势脱去外袍,与吴玉光在狭隘的车厢连接处拳脚往来。未有几个回合,吉川贞佐不及吴玉光拳脚有力,只好虚晃一拳,跳下火车……

吴玉光收住身子,连忙进入车头车厢,见白桂英已为靳桂包扎完毕,喘了口气:"白妹子,让吉川贞佐跑了!"

"三个日本间谍两死一逃,"白桂英宽慰着,"车头这边暂时没事了。"

吴玉光不放心:"不可大意!火车过黄河大桥后,在新乡境内有一段低速区,说不定日本人还有埋伏。"

靳桂笑了笑:"军长早有部署,那一段铁路由一个连把守,不会有太大问题。"

吴玉光微皱眉头,还是有些不放心:"白长官在此照顾你,我去和王润兰、李梦华等人会合。"一边说着,一边再次攀上车顶,向后面车厢匍匐而去。

见吴玉光折身回返,靳贵第吁一口气:"见前面交火,正准备和弟兄们去帮你们呢。"

"前面已经没事了。这边情况怎么样?"吴玉光问道,"白长官说,一定要确保这批货物的安全。"

"有两个毛贼试图闯进来,被兄弟们开枪打死了。"王润兰淡笑,"这些毛贼胆子也太大了!"

"不是毛贼胆子大,"吴玉光纠正道,"而是日本间谍的野心太大了!"

"日本间谍?"王润兰有些吃惊,"他们怎么混上车的?"

"他们无孔不入!"吴玉光对众人吩咐,"你们切不可掉以轻心!"

汽笛一声长鸣,火车已缓缓地进入新乡站。新乡站的站台和铁路两边,国军三步一岗、五步一哨,防备森严。白桂英待火车停稳,对前来迎接的国军一营营长仔细吩咐后,扭头对吴玉光小声说道:"你我马上返回德化街,安排裕丰纱厂向后方搬迁事宜。"又交代王润兰,"你和李梦华带两个兄弟,护送我和吴老板回郑县。"

"放心,长官!"王润兰接话,"我十五军官兵早已做好与安阳城共存亡之心!"白桂英、吴玉光登上停在站台上的一辆美式吉普车,诸人很快乘车驶出车站……

刘思琦站在自家花园的梅树下,出神地看着枝头刚刚含苞的梅花,内心幻化着练武的意念:五个花瓣的梅花,在微风中随势而变:站立、舒展、起舞、潜伏、翻腾……

刘志仁扶着拐杖,见儿子正在趟拳,不由微微一笑。儿子这两年的变化,让刘志仁和盛安琪得到莫大安慰,也多了份怜爱之心。

"怀义,改练梅花拳了?"刘志仁轻咳一声,"有少林拳的拳法基础,练好梅花拳不难!"

刘思琦之所以改练梅花拳法,是因为梅花拳法正是克制日本拳道的正解。他笑道:"爹,你不是常说梅花拳是爱国拳吗?"

"梅花拳的文招武式都蕴含着儒家精神。"刘志仁捋须笑着,"练梅花拳者,切忌用意念指挥手脚,这是与练拳术套路者的根本区别! 梅花拳动作都是在无思无为心态下的倏忽而动,它应当是不行而至,不急而速⋯⋯"

"爹,你说的这些,我早就会背了!"

"会背可不行,关键是记在心上,练在拳上。"

"要说记在心上,我可真的在用心记着'一贯之道'。"刘思琦走过来,搀扶着刘志仁,一边向前院走着,一边背着,"夫一者,太极也。贯者,生生不穷之仪也。⋯⋯天地设位,而易行其中矣。成性存存,道义之门,引而伸之,触类而长之,天下之能事毕矣。⋯⋯世子欲学文武之道者,一而已矣⋯⋯"

"梅花拳拳路就是阴阳、五势、四门、八方,其中最重要的五个桩步姿势为大、顺、拗、小、败。学拳法者,首先应当知道大小、顺拗、胜败。为什么五势中没有'胜'呢?古人说:失败为成功之母,所以有了'败'势也就隐含着有了'胜'势。另外,与五势对应的金、木、水、火、土及正、顺、圆、满、够,也都是咱中华民族的传统观念。"刘志仁总结着,"所以通过练拳就能懂阴阳之理、太极之功,五行寓于五势,八卦寓于八方。"

"振三纲须赖真武,论纲常要恃文友讲。整五常全凭大文,定太平还让武将能。"刘思琦笑着点头,扶着父亲来到茶阁坐下,为父亲续茶,"爹,多事之秋,你一定保重身体。"

"我就是遒劲苍梅,又何惧风雪欺凌?"刘志仁切入正题,"这几日咱这胡同口一下子冒出不少日本浪人,日本驻德化街的领事佐佐木也是三天两头地来,来者不善哪!"

"不瞒爹,这些日子,我就是要联络各方人士,坚决抗日!"刘思琦面带郑重之色,"眼下,我首要任务是保护你的安全,因为,你亲手缔造的德化街是郑县的象征,而你就是德化街的商魂!"

"言重了!爹无非在过去做了一些事情,受到了一些百姓的抬爱而已!"刘志仁笑了笑,"你也看见了,日本人软硬兼施,让我承诺,生意与战争无关。还想搞什么战时互助商会,让我当会长,意在瓦解郑县人抵抗。"用手拍了拍刘思琦的肩膀,"你放心,我就是死,也不会去臣服日本人!"

"早晚我要把他们像苍蝇一样赶走。"刘思琦看着远处盛开的蜡梅。

"好!"刘志仁看着儿子,大笑。片刻又问,"我再问你一句,你是不是也加入了组织?"

"是的!"刘思琦也不再隐瞒,"在武汉,我就随着二姐夫读了不少马克思的书,尤其是《共产党宣言》《资本论》,知道了只有共产党才能救中国。"经历漫长的考验,刘思琦成为中共预备党员,不久就赶上"一二·九"运动。担任入党介绍人的姐夫随即遇难,一直与自己单线联系的薛镇不久去了东北,加入东北抗联,在白山黑水之间抗击日本侵略者。直到丁子龙来到郑县,他才终于找到组织,并在庄严的党旗下宣誓,成为一名真正的共产党员……

在刘思琦遐思时,秀秀来到后花园,向父亲问安后,将刘思琦拉在一边:"刚才,智贺秀二带着几个日本商会的理事去了裕丰纱厂,勒令纱厂停工。"

"还有吗?"刘志仁微微皱眉,"战事一开,生意难做。"

"智贺秀二指责我们不顾大日本股东的警告,擅自将裕丰纱厂的纱布全部赊账发往安阳,以致他们不得不采取果断措施。"

"什么措施?"刘志仁抬头,"难道他敢杀了我们?"

"现在他们还不敢!"刘思琦回答,"不过,工厂已经停工了!"

"那些工人怎么办?"刘志仁思索着,看着刘思琦。

"工人们也不愿再为日本人干活,更不愿意让日本人一边赚着中国人的血汗钱,一边对我们烧杀抢掠!"

"佐佐木和智贺秀二不是说要退股吗?"刘志仁想起来,"我看,让他们退股!即使我们多出钱!"

"爹,那可是一百万的股金!"刘思琦知道家底,"我们就是砸锅卖铁,也凑不齐!"

"凑不齐也得凑!"刘志仁下了决心,"我不相信,整个德化街上的中国商人,凑不齐这点儿钱?"

"难道我们就不能暂时赊他的账?"刘思琦建议,"对付佐佐木和智贺秀二这样的无赖,就该让他血本无归!况且,这战事就在眼前,工厂效益肯定要受影响。"

"两码事!"刘志仁起身踱步,"两国交战,是政治;合资办厂,是生意。虽说生意场上有政治,但更要有信义!"刘志仁下了决心:"所以,这钱必须退,马上退！好让佐佐木和智贺秀二看到中国商人的骨气！"

日本驻德化街领事佐佐木接到刘志仁的回信，虽说在他的意料之中，但仍然有些不敢相信："一百万的股金，刘志仁根本没有这样还款的能力！"

带着这样的疑惑，佐佐木带着智贺秀二再次来到刘志仁府上。见刘志仁只是背着手，心事重重地在书房里走来走去。他坚信刘志仁无法按三天的约定退出股金，不由露出一丝笑意："刘 Sir，因为小刘 Sir 的不合作，我不得不要求工厂停工！"

"裕丰纱厂的协议中，三菱株社和裕兴祥各占四成股份，金域钱庄占二成股份。"刘志仁盯着佐佐木，"金域钱庄的股份年初已被裕兴祥收购，现在，裕兴祥占六成股份，是大股东。所以，我的意见是暂不停工。眼下时局艰难，不能把工人逼死！"

"只要你答应一个条件！"佐佐木看着刘志仁，"为了实现大东亚共荣，出任郑县互助商会的会长！"

"我即使答应你，也算不了数！"刘志仁不屑地看佐佐木一眼，"况且，你们的军队未必就能进入郑县！"

"无人能够抵挡皇军前进的铁骑！"佐佐木得意扬扬，"如今，大日本皇军已陈兵安阳城下，随时发起攻击。郑县不过弹丸之地，皇军入城不过顷刻之间！"

"我可是听说，国民政府已经下令，让你们的领事馆三日之内关闭！"秀秀来到父亲身后，轻蔑地看着佐佐木，"看来，你是准备三日后让中国警税局以间谍罪将你们绳之以法！"

"八嘎！"刘秀秀的话刺中了佐佐木痛处，一年前，佐佐木差点儿因为爆发在郑县的间谍案而剖腹，"国民政府并未与大日本宣战。我现在只是一个代表大日本利益的商人，与你的父亲在谈生意。"佐佐木踢了一脚站在身边的智贺秀二，"你的，说。"

"我们是要走了，但很快就会回来。"智贺秀二从怀里掏出几张纸，"你们，要么退还股金，要么允许我将这纸合同登报，让中国商人在世界面前露出不讲信誉的真面目。"

"是哪条狗在我家乱吠？"刘思琦带着丁子龙从院外走来，"是你吗，秀二?"

"不不不,"智贺秀二被刘思琦打怕了,一见刘思琦就有些胆怯,"我和佐佐木先生和刘 Sir 谈生意,谈生意。"

"这是花旗银行一百万的支票,你收好了!"刘思琦顺手将手中的支票甩在智贺秀二的脸上,"从现在起,裕丰纱厂与你们日本人没半点儿关系。"

"不合作了?"佐佐木顿时有些木讷,"小刘 Sir,你从哪里弄到这么多钱?难道是美国佬借给你的?"

"这是德化街上的中国商人共同出资的,"刘思琦笑了笑,"他们和我一样,再也不愿看到你们! 揣着你们的钱,滚吧!"

智贺秀二无望地看着佐佐木,佐佐木却冷笑着点头:"哈依!"二人就要转身离去,被刘思琦喝住:"且慢! 这纸合约还是要签的。"拿出早已拟好的合约,交给佐佐木。

佐佐木拿过合约看了一眼,让智贺秀二提笔签了名字,然后面无表情地转身离去。智贺秀二揣起支票,看一眼刘思琦:"你的良心大大地坏了!"见刘思琦攥紧的拳头,连忙追赶佐佐木而去。

"吃人不吐骨头的畜生!"刘思琦对着他们的背影骂道,"早晚我给你们算总账。"

"唉,难为德化街上的街坊邻居了。"刘志仁轻叹一声,"你可要记住大家的恩情啊!"

"要说,这最大的人情算是东盛祥的二掌柜了!"刘思琦略有感慨,"我去找吴大掌柜说事儿,才知道他随白长官前去押送那批运往安阳的棉纱还没回来。二掌柜得知我的来意,就说,那日本人的股份,吴家收购了。还说,从此刘家和吴家就是一家人了!"

"巾帼不让须眉啊!"刘志仁点头,"其情难得!"

"明天,待吴大掌柜回来,就一起去裕丰纱厂安排纱厂搬迁的事。"刘思琦下决心,"决不能让纱厂毁于战火。"

"工人的工作我去做。"丁子龙主动请缨,"纱厂到了后方,还要继续生产。"

第三十一章　贪婪成性设计谋　黄雀在后囊中收

张殿臣听说日本人退股了,故作吃惊:"我可是听佐佐木说,刘家根本拿不出一百万股金。他是要逼着裕兴祥的老掌柜背上不讲诚信的名声啊!"

"可恶的家伙!"侍立一侧的李永和呸了一口,"明天就是关闭日本领事馆最后的日子,按你的吩咐,我要带着弟兄们好好送送这帮浑蛋!"

"佐佐木拿到钱了?"张殿臣显然有心事,因为,他昨日已经接到省府的文书,因年龄及张钫离开河南的原因,他不得不卸任局长一职。今天一早,他已与新任驻守郑县的长官孙桐萱见过面,大事已经交接。因战时需要,巡缉税查局也一分为二,成立警察局和财税局。新任的警察局局长是一位在淞沪战场上负过伤的少将旅长,据说已经从武汉动身,前来赴任;财税局局长也正在选拔中,不日公告。对于这个巡缉税查局局长的位置,张殿臣倒不留恋,毕竟自己干了多年,尝遍了酸甜苦辣,有时也在刀尖上过日子。况值多事之秋,战火随时燃到郑县,何必再去冒生命危险?唯一使自己失望的,是以后再也没有人给额外的孝敬,这可是一笔不小的收入。想到这里,他不由舔了舔嘴唇:"永和,这些年你跟随我没少出力,明天我就要解甲归田,总觉得有些委屈你!"

李永和出身绿林,被招安后参加过北伐战争。他在中原大战中负伤。在郑疗伤期间,结识了郑县进步人士张治平,逐渐对军阀混战的乱局开始厌倦。李永和伤愈后,不愿回到军队,便被张殿臣留在了巡缉税查局。他为人正派，又体恤下属，很快便成为局里不可多得的人才，一步一步走到侦缉队队长的位置。听张殿臣这么说，李永和笑了："局座，这话说得让我有些不好意思。"随后，敛起笑容说："我知足！"

"要说知足，我早该知足！"张殿臣轻叹一声，"只是便宜了日本人。"又盯着李永和说："你想想，说不定日本人又拿着这笔巨款去造飞机大炮，将来倒霉的还是咱中国人！"

"说吧，局座，决不能便宜这帮孬孙，尤其是佐佐木。"李永和摩拳擦掌，"弟兄们也早看不惯这个日本领事。"

"好！"张殿臣向李永和附耳交代着如何行事。

李永和出了税查局，点上一支烟，皱眉略思片刻，径直向不远处等待的一辆黄包车走去。

"去裕丰纱厂。"李永和登车，看着德化街两侧日渐萧条的商店，轻轻地叹了一口气……

刘思琦和丁子龙赶走佐佐木和智贺秀二后，就来到了纱厂。显然，日本领事馆已经提前通知了在纱厂的日本技术人员和工头。见刘思琦和丁子龙前来，这些日本人已经收拾好行李，排着队向刘思琦递上辞呈，登上纱厂大门外的汽车，绝尘而去。

丁子龙看着汽车直接向出县城的方向而去，小声对刘思琦说道："日本开始撤侨了，这是大战的前奏。咱们也要抓紧将工厂和工人向后方转移。"

刘思琦点头，让人通知所有的工人集合。当他宣布裕丰纱厂从今天起，日本人撤股了，厂子属于我们大家的时候，一千多名工人发出雷鸣般的欢呼声。接下来，丁子龙简单地向工人们介绍了当下中日战争的局势，最后说道："为了大家有一碗饭吃，为了能够持久地与小日本干，裕丰纱厂必须马上转移。大家不要担心，国民政府已经安排好火车、汽车还有队伍，帮助我们的纱厂先向武汉安置，再转重庆。"

工人们一听这话，面露愁色，窃窃私语。刘思琦举手示意安静："大战在即，实属无奈！对于不愿随工厂转移的，厂里会为大家分发安家费，你们也好回到乡里避避战火。待战事结束,纱厂一定还会回到郑县生产,到时候你们再回来!"

说完这些,刘思琦便忍着泪水,走下高台。丁子龙带着一群骨干工人开始分工,准备撤厂……

李永和忽然来到裕丰纱厂,使刘思琦感到意外,心知必有大事发生。三个月前,经丁子龙介绍,二人同时加入共产党组织。按组织规定,没有特别紧要的事,不能直接见面。他二人来到一偏僻处,李永和首先安慰刘思琦:"咋了?这眼圈还红了?纱厂到了后方,也可以照样开机生产。"

"说是这么说,其实不容易。"刘思琦接过李永和递来的卷烟点上,吐出一口闷气,"纱厂机器和设备都可以很快拆卸,连同生产原料,打包运走。只是,这上千工人的遣返有些难度。"

"这次郑县厂矿和学校向后方转移由军统负责,足见国民政府的重视。赵队长和他的属下都是精干之人,料无差错。"李永和看着刘思琦,"至于遣返工人之难,恐怕难在一个字:钱!"

"可不是嘛!刚刚退还日本人一百万股金,裕兴祥确实没钱了。"刘思琦苦笑,"我总不能在德化街上挨门逐户地去讨要吧?"

"我正为此事而来,"李永和压低声音,"那个老狐狸要对日本人动手了。"

刘思琦有些疑惑:"张殿臣当局长多年,对日本人不是一直怀着绥靖之策吗?"

"是因为他卸任了,想最后捞一把。"李永和把张殿臣的计策道出,"张殿臣授意我今晚突袭日本领事馆,强行将佐佐木等人驱逐出郑县。"

"早该这样了!"刘思琦看着远处,"佐佐木、智贺秀二没一个好东西。尤其是佐佐木,这些年来,他以领事为名,干着间谍的勾当。"

"张殿臣的想法是,"压低声音,"将佐佐木等人送出城后,在邙山岭那段山路上,制造一起车祸。然后,神不知鬼不觉地将裕丰纱厂刚刚退给日本人的百万支票,据为己有。"

"据为己有?"刘思琦吃惊道,"决不能让他得逞。"

"我负责此次行动。"李永和皱眉,"我的意见,当我夺得这笔巨款后,交给你作为裕丰纱厂工人的遣散费用。然后,我暂时离开郑县,隐蔽一段时间。等张殿臣离开郑县后,我再回来与你联络。"

"眼下只能如此了!"刘思琦想了想,"不过,日本人早晚会知道张殿臣的阴谋。"

"走一步说一步吧!"李永和面带无奈之色,"这项任务我不执行,张殿臣会起疑心,也会招来杀身之祸!"

"吉川贞佐可有消息?"刘思琦问道,"军统查到了他罗织夜郎寨土匪血洗大浮山的事。"

"吉川贞佐跑了。"李永和与刘思琦、丁子龙道别,"不过,他早晚还会来德化街的,你可要当心。"

佐佐木和智贺秀二回到东三街日本领事馆内,已是深夜。侍者悄悄地过去,为二人布茶,摆上清酒和糕点。智贺秀二举杯向佐佐木:"大佐,没想到刘 Sir 如此诚信!"

"中国人害怕我大日本皇军的雷霆之怒!"佐佐木得意地笑着。

"这一百万巨款不再用来做生意了吗?"生意人出身的智贺秀二略有不甘,"战时物资紧缺,用它作为资本,我们可以赚取更多利润。"

"不,整个中国都是我们的。"佐佐木喝着酒,指点着,"我们大日本皇军所到之处,一切都是我们的。明天,我就要离开德化街了,意味着大日本皇军即将来到郑县。"

"那我们的店铺怎么办?"智贺秀二有一丝担忧,"虽然,我们有不少人关门闭店,回到日本去了,但没有离开的商人还有很多。"

"你们这些商人已经被金钱蒙住了眼睛!"佐佐木不满,"大战在即,必须撤侨。"

"可是,我们的货怎么办?"智贺秀二摊着双手,"我们无法调用火车,甚至无法将大宗货物运出城去。"

"把你们的物资全部便宜出售给中国的商人们!"佐佐木显然已经得到

军方的授意,"在领事馆关闭后,你要组织他们,尽快地,统统地离开德化街。"看一眼智贺秀二懵懂的眼神,又说:"难道你们想和中国人一起,死在大日本皇军的炮火下吗?"

"我们不再建设东方芝加哥了吗?"智贺秀二想起吉川贞佐曾经说过的话,"要实现大东亚共荣圈,要把德化街建成东方芝加哥!"

佐佐木大笑:"那必须是中国人完全臣服大日本皇军之时!"

"好吧,我暂时留下,等吉川君回来,便离开德化街。"智贺秀二虽说是商人,在军部也有一些朋友,知道军方很快就要进攻河南了,"不过,我还是希望有一天我能再回到德化街。因为,这里是做生意最好的地方。"

"为了使你能够很快再回到德化街,由你出任商会的会长,"佐佐木紧盯着智贺秀二,"你要把那张支票交给我,军部一定会给你大大的奖赏!"

"这钱可是由吉川君掌管的,"看着佐佐木贪婪的眼神,智贺秀二不由退缩一下,"没有吉川君的旨意,实难从命!"

"吉川君正在执行一项特殊任务,暂时回不到德化街。"佐佐木也不为难智贺秀二,拿出一纸电文让智贺秀二看了看,"这是军部的命令。"

智贺秀二不甘心地将支票交给佐佐木:"期待皇军早日占领郑县。"

二人正说着话,就听见外面有汽车的马达声。智贺秀二跳起身来:"莫非是吉川君回来了?"他从屋内快步走出,推开把守的浪人,急切地拉开领事馆的大门,"我这次可以得到奖赏了!"

"八嘎!"佐佐木冲着智贺秀二的背影大叫,"给我回来!"

智贺秀二在拉开大门的一刹那,脚步不由后退:"你们什么地干活?"

"送你们回老家!"李永和端着枪,带着一队全副武装的警察已经将领事馆围住,"请你们举起手,走出来!"

佐佐木这才看清外面的人,连忙将支票贴身收起,平静一下心绪,这才走出屋外:"我代表大日本政府和大日本战无不胜的皇军,对你们政府表示抗议!"

"抗议?"李永和用枪指着佐佐木,"马上上车,我们送你们离开德化街!"几个警察过来,将国民政府关闭日本领事馆的文书张贴在大门外:"这是国民政府的命令！"

张殿臣就坐在后面的汽车里，透过车窗看着外面的情况。他这次亲自出马，就是要在佐佐木措手不及的情况下，趁机夺得那百万股金。

德化街的日本领事馆不大，一座两层小楼也就十数个房间，由于国民政府已经提前照会关闭事宜，留在领事馆的日本人只有十数人，很快就被军警驱赶到了门口，强行塞进了军车。

智贺秀二见状，挤出一丝笑意："我是一个商人，请允许我留下来，待处理完日商在德化街的货品后，再离开德化街！"

"限你十日之内，处理完商品，"李永和点头，"国民政府不会过分为难真正的日商。"

见李永和口风有些松动，智贺秀二又连忙说道："我这就帮着佐佐木领事收拾东西，送领事离开。"

"不用了，我们正在帮你们收拾！"李永和挥手，一队军警便冲进领事馆内。随着一声闷响，想必是军警用炸药炸开了领事馆的地下密室。很快，几个军警抱着一堆文件、地图还有一些枪械放在李永和的面前。

李永和蹲下身子，仔细翻看着，拿出其中一份文件打开，抬手对着佐佐木就是一个嘴巴："你看看这是什么！"

这份由佐佐木和吉川贞佐策划的河南各县独立的计划以及勾结土匪、供给枪械、预谋暴动的活动方案顿时暴露在众目睽睽之下。佐佐木瞥了一眼，便闭上眼睛，不再做无谓的挣扎。李永和拿着这份文件去向车内的张殿臣汇报，张殿臣笑了一下，点了点头："干得好！按计划执行吧！"又低声吩咐："快去快回，确保万无一失。我等你回来！明白？"见李永和重重地点头，张殿臣乘车离去。

随着咣当一声铁门关上的声音，日本驻德化街的领事馆彻底关闭了。门外，智贺秀二呆呆地站立，看着佐佐木被军警推上一辆汽车，在夜幕中向城外驶去……

三天后，李永和该回来了，但没有回来。张殿臣询问一起押送佐佐木出城的侦缉队队员，大家都说："走在前面的李队长亲自押着佐佐木的车，行走到蟒岭黄河渡时,汽车的方向失灵,一头栽进了黄河。"

"真是蹊跷!"张殿臣挥了挥手,让所有人退下,垂首落泪,良久不语。

第二天黎明,张殿臣便带着家人和亲随匆匆离开郑县,永远不再回来了。

第三十二章　激战安阳彰气节　练兵湖畔沥肝胆

得知驻郑日本领事佐佐木殒命于黄河，日本军方一边授意刚刚逃得性命来到邯郸指挥部的吉川贞佐立即潜回郑县，调查佐佐木死亡真相，一边令化装成难民混入新乡、汤阴等地的三十个特种兵于汤阴北山密地集结，赶赴汤阴一处火车必经之地，再次对国军运送物资的火车进行拦截袭击。不料，被严守此地的国军士兵发现，双方随即展开一场战斗。这场由日本小股特种兵与驻守此地的国军十五军三十团一营的短兵相接，拉开了日军进攻河南安阳的序幕。

由于日军装备精良，攻势猛烈，商震将军所率领的十五军伤亡惨重，急令部子举所部派兵支援。马励武刚刚荣升师长，希望建功，便主动请缨，率国军一六六师增援安阳，并在漳河沿岸布阵。日军不断向漳河对岸炮击，并在轰炸机的配合下，日军井下支队以两个大队的兵力向漳河大桥发起轮番进攻。马励武亲自坐镇一线，尽管一六六师官兵伤亡巨大，却无一人后退，并数番击退如狼似虎的日军进攻。正面进攻不成，日军在保障、高穴一带涉水渡河，实施偷袭，一六六师官兵与日军激战，双方展开肉搏，日军两个大队伤亡惨重，但后续部队不断增多，使一六六师东、西保障防线被突破。与此同时，由日本特种兵训练的胡海天部，从国军背后突然发起偷袭，并占领漳河东、西高地，国军三面受敌，形势危急，但仍死战不退。在这紧要关头，一二九师关麟征率国军一个旅乘夜包围了河南岸的胡海天部，同时命令河北岸曾谦的步兵团,在夜色掩护下,由西向东对日军河北岸的炮兵阵地和后方部队猛烈侧击。顿时,形势逆转,日军处于前后夹击的困境,死伤千人,被迫放弃阵地,向漳河北岸溃退。这是日军自南进以来,遭到的最大的一次打击。

日军丢失安阳漳河阵地后,又增加援兵,企图夺回失地,敌我双方激战一天,均伤亡惨重,遂又形成对峙状态。敌军主力因前进受阻,伤亡甚大,撤退至邯郸、武安附近,拟由武安、涉县进窥晋东南,威胁平汉线侧背,同时声援山西作战。

随着娘子关失陷,山西告急,关麟征等部奉命经林县增援太原。日军乘机对安阳发动猛攻。同时,集结在丰乐镇一带的万余日军,强渡漳河,向国军阵地拥来。在敌人飞机、重炮轰击下,马励武部刚烈不屈,浴血抵抗,十分顽强。在众寡悬殊的情况下,漳河阵地被突破。为保存实力,一六六师接郜子举命令,被迫后撤,在鹤壁淇河等地整军,以待再战。

漳河河防被突破后,日军大队步兵在炮火掩护下分四路渡过漳河,直逼安阳,敌人集中炮火向安阳城猛烈轰击。由于后续日军越来越多,中国守军且战且退,拼死固守。

安阳城池及野战工事,经不住日军数十门重炮轮番狂轰滥炸,城防多处被摧毁,工事倒塌。日军选择小西门和北门为主攻点,小西门为靳贵第所率的警卫连把守。见日本坦克喷射着炮火,横冲直撞,靳贵第心中暗下为党国献身的决心。他嘱托靳桂:"今鬼子火力太猛,小西门恐怕难以守住。我身为连长,守土有责,当与城门共存亡。"见靳桂要誓死追随,挥手阻拦说:"你带着幸存的弟兄们赶紧撤进街巷,与鬼子展开肉搏,才能不白白送死。"见靳贵第说得在理,靳桂点头,恳求道:"长官,你随我们一起撤吧!"靳贵第苦笑:"我不能!"扯开衣服,露出腰间捆绑着的十几个手榴弹,"我要炸毁鬼子第一辆入城的坦克,才能阻击鬼子后面的坦克入城,你们才能与鬼子展开白刃决战。"靳桂无法劝动靳贵第,只好服从军令,对伏在残破城墙上射击的幸存士兵,大声招呼:"兄弟们,都随我来,在巷子里与鬼子展开肉搏,不能死在鬼子的炮火下。"看着靳桂带着几十个兄弟撤往身后的厚德巷,靳贵第毫不犹豫地拉响腰间捆绑的手榴弹,从残破的城楼上如一只展翅的大鸟,直扑那辆冒着火舌、刚刚进入城门的坦克。随着一声巨响,倒塌的城楼掩埋了靳贵第,也掩埋了日军坦克和紧随在坦克后面的十几个日军……硝烟渐淡,日军便如蝗虫一般踏着废墟向德厚巷拥来。靳桂大喊一声:"给我上!为靳连长报仇!"几十个国军与冲进德厚巷、西营街、大院街的日军展开激烈的白刃战,闻讯而来的群众标枪队也随即投入与日军的白刃战中……

日军主力联队在战车掩护下,避开小西门,疯狂地向城东北角发起冲锋,从河北武定驰援的日军松山支队也如潮水般涌来。守城国军面对强大的日军实在无能为力,只好从大西门和南门撤出城外。而此时,靳桂所率的警卫连和几十个群众标枪队队员已经全部战死。

安阳城被攻陷,安阳保卫战最终失败。

旬日前,白桂英、吴玉光自新乡车站坐汽车返回郑县。刚至郑县城外,白桂英接上峰指令,由王润兰、李梦华卫护,马上赶往洛阳,参加军事会议。吴玉光独自回城后,便来到刘思琦的宅邸,刚好赵继、丁子龙也在。

见吴玉光风尘仆仆、疲惫不堪,诸人已经知道此行不易。吴玉光胡乱用些酒菜,对刘思琦苦笑:"你我就是本本分分做生意的人,咋就蹚进了这潭浑水?"

"不能这么说。"刘思琦为吴玉光递来一根烟卷,顺势点上,"国家受难,百姓难安。正所谓'覆巢之下安有完卵'。此时,这生意要看怎么做了。"

"肯定不能与小日本做了。"吴玉光吐出一个烟圈,"我着急慌张来你这儿,就是白长官接上峰的旨意,让咱们赶紧将裕丰纱厂,还有你家的利民药厂向后方转移。"

"你来得正好,我正与刘掌柜说这事儿呢!"赵继看吴玉光一眼,"后方就是日本人暂时攻打不到的地方。先将工厂搬迁到武汉,然后再沿江送往重庆、四川等地安置。"

决定一场持久战争的胜负因素,不仅有国民的意志,还有战略物资的储备。当日军轰炸巩县兵工厂后,国民政府为了保护民族产业,将河南各地具有战略意义的纺织、食品、钢铁、药品等许多工厂甚至河南大学都向大后方转移。

接下来,他们就如何撤厂开始认真研究。

刘思琦在丁子龙和赵继的协助下,借着军统豫站的力量,按照国民政府的安排,将裕丰纱厂的机器设备装了几十个车厢,由赵继和王润兰、李梦华带着十个军统豫站的行动队队员押送,连同纱厂的两百名熟练工人经武汉向大西南后方转移……

当赵继带队完成押送任务回到郑县,便按上峰指令,在军统设在雁鸣湖边的秘密训练场,由已是军统豫站行动队副队长的王润兰、李梦华这两位武林高手负责,开始了名为"砺锋"的魔鬼式训练。训练刚开始,行动队的三十名队员——刚投诚不久的大浮山土匪,个个枪法不俗,让昔日的大杆子赵继倍儿有面子。当进行夜袭爆破、擒拿格斗的项目训练时,被白桂英推荐为教官的丁子龙来了。土匪们望着这位身材匀称、面相英俊的家伙,难免有些不服。丁子龙心里也明白,他来到操场中央,看了一眼旁侧的赵继,拱手相商:"今天,我与大家切磋拳艺,恐有得罪。"

"无妨!"赵继笑着点头,"这群兄弟出身绿林,皮糙肉厚。"

"那就好!"他这么应了一声,兄弟们不干了。马家驹率先起了高声:"怎么着?我们不信他能教我们!"

"试试!"丁子龙轻蔑地微微一笑,"那就一个一个来吧!"

大浮山的兄弟很快就因为轻视这位年轻的教官而付出了代价。不到一个时辰,一个个都被丁子龙轻重不一的拳脚教训了一番。赵继冷眼看着,渐渐地看出丁子龙的功夫不简单,一套干支五式梅花拳:大势、顺势、拗势、小势、败势,已经练到刚处如大山,柔处如水流,有定式,无定形,式式如磐,招招神鬼莫测。赵继心中一边嘀咕:"这货到底什么来路?"一边思考应对的拳法。在兄弟们吃尽苦头后,拳法高手王润兰、李梦华要出场,被赵继拦住:"还是我来!"

"好手段!"赵继上前两步,向丁子龙拱手,"在这梅园拿我的兄弟们来演练你的干支梅花拳倒也应景。"

"献丑了!"丁子龙略有惊讶,"不愧是白面书生,见多识广,久仰!"

"练梅花拳者,临阵切忌用意念指挥手脚,"赵继扫一眼圈子外倒地的一帮弟兄,"这是与练拳术套路者的根本区别! 丁教官的动作叫'一贯之道',就是在无思无为心态下的倏忽而动,不行而至,不急而速……"略皱眉头又说:"说这些你们也听不懂,反正是你们没白挨这顿揍。"

"谁说我们听不懂?"马家驹叫着,"让丁教官教教我们,要不然这顿揍就真白挨了。"

"想学?"丁子龙扫一眼这群大浮山兄弟,"那好,我不妨先给你们说说,啥叫梅花拳的文武大法。"略微有些卖弄地起梅花式,"梅花拳的文武大法说的是:夫一者,太极也。贯者,生生不穷之仪也。……天地设位,而易行其中矣。成性存存,道义之门,引而伸之,触类而长之,天下之能事毕矣。……世子欲学文武之道者,一而已矣……恃文友讲;整五常全凭大文,定太平还让武将能。"

"别扯那么远!"这群土匪出身的兄弟果然听不懂,"丁教官,你今天到底教不教我们拳法?"

"怎么能不教? 这是上峰的命令!"丁子龙板起脸,"不过,梅花拳可是文武拳,总要先说点儿文理不是?"看着这群张口结舌的汉子们,微微一笑说:"我还是先教你们梅花拳拳路,桩法。五式梅花桩为昆仑派,五式梅花拳、八卦拳为昆仑派的基本拳法。昆仑派之祖师化名云檗,修炼在昆仑山清静宫玄金殿,因而有昆仑派之称……"

赵继见丁子龙多少有些卖弄,有些不悦,觉得丁子龙看不起他的这帮兄弟。不由侧身出列,缓步走近丁子龙:"来,丁教官,让我来领教一下你的干支梅花拳法。"

"大掌柜!"弟兄们早就有些不满丁教官的卖弄,一看自己的老大出马,便都想着让他替兄弟们出气,"大哥,你代表兄弟们和丁教官过几招。"

"什么大掌柜? 大哥?"赵继挺了挺身子,正了正军装,"叫队长!"又小声嘀咕一句:"真是痦子土匪作风!"

他这么一说,弟兄们笑得东倒西歪,丁子龙不由也笑了。他这一笑,却把赵继惹恼了。赵继心中以为,这年轻的丁教官刚才挨个教训了手下的老弟兄们,有些得意,有些看不起自己和自己的队伍,必须还他以颜色:"让他学会尊重。"想到这里,他暗暗捏个拳头,表面上却笑着:"今天,我与你喂拳。"

"你我对练,要有'求一''谐和'的精神。也就是浑元一气、精气神合一。"丁子龙未在意赵继的表情,只顾说着,"动作要脚手齐到、全身协调。拳法在成拳对练中,双方不是敌对、竞争,而是相互喂拳、相互帮助的和谐关系。梅花拳的基本功架子是'动静互根',即两者要达到和谐、统一。"

他说的这些,赵继早年背过,此时也懒得给丁子龙说,一招白鹤亮翅,便直扑过来。丁子龙来不及反应,被赵继一掌击中,倒退几步。丁子龙肩头一阵剧痛,立马清醒,暗自咬牙:"原来这货是来真的,土匪作风!"不由暗自运气,与赵继缠斗在一起。

众兄弟们一看赵继上来就占了先机,顿时兴奋起来:"大掌柜,队长,让教官知道咱们也不是泥做的。"

"看来,赵队长是要下重手了!"丁子龙躲过赵继一记重拳,还以鸳鸯连环脚,逼退赵继,"没想到你的少林拳法如此纯熟!"

"想必丁教官也是世家弟子! 你我今日相搏,万不可以为游戏!"赵继正色,"因为,要不了多久,你我都要拿性命与日本恶狼斗!"

"言之有理!"丁子龙抖擞精神,与赵继拳脚交错,互不相让。二人果然都是功夫高手,众兄弟看得眼花缭乱,不住叫好!

一个时辰后,赵继微微一笑,向丁子龙拱手:"承让!"

"白面书生果然名不虚传!"丁子龙满含敬重之色,"将来有机会,必再讨教。"

见二人忽然住手,众兄弟还没分辨出胜负,一个个探着头:"到底谁输了?"

"都赢了!"赵继大度地挥了一下手,"有丁教官如此功夫,将来有小鬼子受的。"

赵继正说着话,忽然发现弟兄们的目光都不由自主地转向梅园月门处,也转身去看。月门中，站着一位穿翠色旗袍的女子，秀眉俊目，身材高挑，看见赵继，便面含怒气而来。

“秀秀，你咋来了？”赵继惊讶得有些不敢相信，“我过一段时间就回去了。”

在丁子龙转身偷笑时，秀秀过来，迎着赵继就是一巴掌。赵继捂着痛处：“秀秀，你听我说……”秀秀不理，含着眼泪对着赵继又是几拳。赵继的属下刚刚才见识过老大的武艺，又见他忽然被一个弱女子追着打，都不由起哄：“队长，还手啊！”

赵继只顾迎着秀秀，赔个笑脸：“秀秀，你咋来了？”

“我为啥就不能来？”秀秀见赵继的笑脸，也就住了手，“你招呼不打一声就又跑了，我不依。”

这话一说，赵继心里明白了。自己被招安后，去刘家老宅两次都没见到秀秀，这秀秀一定是以为自己不想要她了，这才舍下面子来找他。可是，军统梅园的练武场她又是咋进来的？

“白长官让我来找你的。”秀秀说着，向外面走去，“你给我出来说。”

赵继向兄弟拱了拱手：“你们随着丁教官和王教官、李教官继续练，我马上回来。”

在兄弟们的嘻哈声中，赵继跟着秀秀走出梅园月门，在一棵梅树下的石桌边坐下。

秀秀的眼泪像断线的珠子，让赵继惶惶不安：“说呀，秀秀，到底咋了？你这一哭，我就慌神儿了。”

“你慌啥神儿？”秀秀总算住泪，“几个月前我听说你被招安，改邪归正了，我高兴。你去德化街我家，我高兴。可是，你为啥不见我？”秀秀说着，又是一拳擂在赵继的胸膛上：“我原来想着你来我家是下聘礼呢，结果你忽然就跑了。你一走俩月，杳无音信。我慌了两个月的神儿，伤心死了。直到前几天见到吴掌柜和白长官，才知道你在这儿。”

“白长官让你来看我了？”赵继不由拉着秀秀的手，“她现在在哪儿？还好吗？”

"你就记着你的白长官！"秀秀扭过身子，"人都好，就是德化街的市面有些乱。"

"我已接到上峰指令，明日就带着弟兄们回城。"赵继这样一说，使秀秀有些安慰，"这次回去，我就去你家提亲。只是，我在这刀尖上过日子，要委屈你了。"

第三十三章　贪财无度落圈套　恶贯满盈喋血波

　　安阳之战后,恐日情绪笼罩着黄河两岸。德化街大小店铺的主人都不得不做着最坏打算,暗地里都在收拾细软,随时准备离开,哪怕躲到乡下也好。

　　为了达到不战而屈人之兵的目的,日本间谍联合胡海天的土匪队伍,不时在暗处煽风点火,四处破坏,让郑县当局忙得焦头烂额,百姓们更是人心惶惶。再加之从东北、河北逃难而来的各色人等在郑县火车站熙熙攘攘,德化街似乎较之以前,更加繁华。很快,当德化街精明的商人们发现日本商店还在甩卖商品,郑县大户人家还没逃亡,甚至从安阳逃到这里的商贩口中,得知日本军队占领安阳后,市场的生意照做,妓院、烟馆还比过去多了几倍时,德化街的商人们便一边提心吊胆,一边抓紧时机做生意。毕竟年节又快到了。

　　面对如此局势,军统豫站一边以整肃市场为名,暗中缉拿日本间谍和浑水摸鱼的奸商,一边安置随处可见的逃难人群。

　　然而,树欲静而风不止。刚刚卸任郑县巡缉税查局局长的张殿臣突然命丧郑县西关老奶奶庙,顿时让郑县的空气凝重起来。

　　白桂英自洛阳至重庆接受任务,一回到郑县书院街的军统豫站,便与整训归来的赵继见面,部署瓦解胡海天和万三猛队伍的行动。行动尚未开始,便被张殿臣遇刺身亡的事件打乱。

"张殿臣主政郑县巡缉税查局多年,前几日刚刚卸任,离开郑县,为啥要忽然返回?为啥又瞬间送命?"白桂英皱眉,"他的仇人到底是谁?"

"为啥送命?不过一个'贪'字。他为人阴险狡诈,虽说善于见风使舵,但毕竟本性使然!"赵继分析,"若说仇人,一个不能为地方百姓谋福利的官员,老百姓都是他的仇人。不过,能杀他的人,倒不多。"

"张殿臣是在送走日本领事佐佐木后,离开郑县的。"白桂英用手点了点桌上的一封文件,"可是,护送日本领事佐佐木的汽车也掉进了黄河,日本人岂能善罢甘休?"

"是日本人干的。我已调查清楚。"赵继冷笑,"张殿臣最后还是没有逃脱吉川贞佐的魔爪!"

当日本华北特务机关得知佐佐木殒命黄河的消息,立即派刚刚伤愈的老牌间谍吉川贞佐前往调查。吉川贞佐调查后认为,是张殿臣觊觎那份裕丰纱厂的巨款,设计害死了佐佐木,这便展开了对张殿臣的追杀。

张殿臣本应该远走高飞,避祸为上,然而,因护送佐佐木的李永和生死不明,而裕丰纱厂的上千工人忽然都拿到了遣散费,加之,又有人报告,李永和与刘思琦暗中有来往,让出城后的张殿臣认为,其中必有文章。关键是,他认定李永和背着他耍了阴谋,李永和没有死,一定躲在郑县某个角落,他要找到他,拿回那笔巨款。贪婪的张殿臣,怀着被背叛的愤怒,带着几个亲随就这样走上了不归路。

吉川贞佐知道张殿臣离开郑县,据说是要回热河故乡养老,正在踟蹰是否安排沿途截杀,就得到张殿臣返回郑县的消息。吉川贞佐随即带着几个潜伏在郑县的日本间谍,在张殿臣回郑县的必经之路——西关老奶奶庙等待张殿臣。他原本想活捉张殿臣夺回巨款,向军部报功,却不想张殿臣一见吉川贞佐,开枪便打。双方就在老奶奶庙下展开激烈对攻,最后,活下来的只有吉川贞佐一人。

"不过,吉川贞佐再狡猾,我也要拿他归案。"赵继对那笔巨款也不清楚,只知道是吉川贞佐杀了张殿臣,"请白长官放心!"

"上峰对此案高度重视!"白桂英点头,"若能刺杀吉川贞佐,必将提振我国军将士信心！另外,我要离开郑县,前往安阳。"

白桂英到安阳的目的,就是刺杀汉奸胡海天。胡海天投靠日本人后,可谓官运亨通。上次,他虽没能及时带人阻止从郑县发往安阳的战略物资,但是,他救下了从火车上受伤跌落的吉川贞佐。

那天,他受命离开郑县火车站,回到黄河北岸邙山涧的石寨后,与王留成、万三猛商议如何破袭铁路,却遭到手下兄弟们的反对。这帮弟兄因为郑县有火车来往,一些货主经常主动纳粮进贡,他们才得以逍遥度日,忽然间让他们去自断财路,显然不合道理。尤其是万三猛,与胡海天早年就有过节,虽说吉川贞佐把他们扭在了一起,但毕竟面和心不和。当他看到手下人都不愿去破坏铁路,就出头说话:"破路就是破财！只听说过修路的,没听说去毁路的。"胡海天心里也不想去破铁路,毕竟自己也经常得到货主们的孝敬,又与郑县铁路局的苟长章副站长是亲戚,他那里也是自己在郑县落脚的地方。王留成见胡海天并不是一定要去毁铁路,也就不再多说。就这样,犹豫着,时间就过去了,眼看着火车就开上了黄河大桥……但是,吉川贞佐安排的任务,自己又不能没有一点儿动静,便只好带着胡周山等十几个亲随,在夜幕中,骑马尾追火车,刚好就救起了落在铁路路基下的吉川贞佐。

胡海天护送吉川贞佐来到日本军营不久,安阳大战爆发。熟识地形的胡海天就成了日军的活地图,尤其是日军进攻水冶镇国军三十一团防线时,胡海天为日军特别行动队带路,事先潜伏城里,与城外日军里应外合,击溃国军,三十一团团长、两个营长及全团将士大部分壮烈殉国。踩着国军将士的鲜血,胡海天升任安阳市伪警察局长,就连他的侄子胡周山也成为侦缉队队长,一时风光无限。为了打击汉奸,军统下达命令,务必刺杀胡海天。

白桂英以香港《大同报》主笔徐倩的身份参加日军在安阳举办的年前工商联谊年会,听日本驻华北司令长官冈村宁次宣扬大东亚共荣圈的理论。来到安阳后,她坐着假扮车夫的王润兰的黄包车,带着摄影记者颜妞儿,跟随美国、法国、德国等几个国家的新闻记者以及大批的日本记者,在日本华北特务吉川贞佐的引领下,查看安阳战后的市容市貌,假意对安阳虚假的繁荣市场不住地称赞,让吉川贞佐对她不断地点头。胡海天见自己的主子如此看重这位美女记者,更是处处照拂白桂英。白桂英也对他假意微笑,让已经鬼迷心窍的胡海天以为是自己的权势发挥了效能。

胡海天似乎已经记不得多年前在赊旗店镇梧桐苑唱曲儿的白牡丹了。因为昔日的白牡丹早已脱胎换骨,成为另外一个冷艳高贵的女人。但胡海天没有变,依然是黑胖的身子,长着麻点的大脸。当然,对白桂英而言,他即使化成灰,也能认出他来!这些年,白桂英一直聚集着仇恨,当上峰将任务指示下来时,心中竟有一种天命所归的使命感。所以,当胡海天故作绅士地邀请她去普乐门舞厅时,白桂英轻轻地点头应允。

普乐门舞厅位于安阳市彰德公园门口,由于这里是日本军官和安阳达官显贵寻欢作乐的地方,故而,戒备森严。当专车去宾馆接来白桂英后,早已等候在此的胡海天大笑着迎来:"徐小姐能够大驾光临,胡某荣幸之至!"

"哪里哪里!你大局长有请,我能不来吗?"白桂英身着一袭红色的天鹅绒绲边旗袍,围着白色的貂皮围巾,身材婀娜,十分美艳。她笑着向胡海天伸出纤纤玉手说:"胡局长能这么快地让安阳恢复繁荣,甚至比战前更加繁华,足见胡局长乃是经国治世的良材,令小女子敬仰、崇拜!"

"哎呀,徐小姐这么说,我这心里像着火一样!"见白桂英露着贝粒似的雪齿,妩媚一笑,胡海天已经有些目眩,"徐小姐实乃天下无双的佳人!"

普乐门歌舞厅金碧辉煌,灯光缭乱,人头攒动。舞池内二十余名舞女袒胸露背、美腿如林,跳着时尚的舞蹈。一名舞女正在哆哆地唱着。几个高大的侍卫护着胡海天和白桂英穿过舞池,来到一处豪华包间,侍者们随即送来开胃的小菜和两瓶上好的葡萄酒。

白桂英坐下,顺势解下围巾,露出白玉一般的脖颈。胡海天连忙递来一杯嫣红的美酒,麻脸挤成一团,笑道:"这可是上好的法国葡萄酒,我先敬徐小姐一杯!"

"恭敬不如从命了!"白桂英盈盈一笑,"我就与胡局长干了这杯!"

胡海天手舞足蹈道:"好好好!"

白桂英似乎无意地看了站在胡海天身后的两个侍卫一眼:"胡局长,我还真想单独好好采访下你,也好记录下你英勇的事迹。"

"英勇嘛,算不上,"胡海天知趣地对身后的侍卫挥了挥手,两个侍卫退到门外,将屋门掩上,"我也就是识时务,明大体,不与日本人做无谓的抗争!"见白桂英一副倾听的表情,胡海天故作深沉:"你想啊,日本人有飞机、坦克、大炮,咱中国人靠啥去挡? 血肉之躯?"

"胡局长高见! 果然是识时务者为俊杰!"白桂英为胡海天斟酒,笑吟吟地,"我敬胡局长一杯!"

"痛快! 真知音也!"胡海天一饮而尽,"若徐小姐看得起胡某,愿与你一醉方休!"

"我可没什么酒量,一会儿就醉了。"白桂英故意抛出一个媚眼,"到那时,还不知道你胡局长操得什么心呢!"

"哎呀,怎么能这么说,我可是真心待你的。"胡海天趁势握了握白桂英的纤纤小手,"我可舍不得欺负你!"

一来二去,两瓶葡萄酒都已下肚,白桂英忍不住去洗手间呕吐,再踉跄着回来时,已是醉眼迷离。胡海天见状,却忽然目露凶光,将腰间的手枪啪的一声放在桌上:"说吧,你们来了几个人?"

"什么几个人?"白桂英依然醉着,嗲声撒娇,"你别吓我,好不好?"

"我一辈子都在刀尖上混日子,见得多了!"胡海天一张麻脸逼向白桂英,"你努力接近吉川大佐,不是为了情报吗?"

"我就是想挖一条头条新闻。"白桂英说完这句话,头一歪,便趴到胡海天的大腿上,"你要帮我,好不好?"

胡海天"嘿嘿"一笑,对门外的侍卫招手:"把她送到我寓所去。"

白桂英在汽车的颠簸中假意醒来:"这是去哪儿?"

"到了你就知道了,"胡海天阴笑着,"反正,让你好受。"

"反正有你胡局长呢。"白桂英嘀咕一声,又翻身迷糊过去。

胡海天的寓所位于警局后面一座雅静的院落。院落不大,两株巨大的香樟树遮挡了月光,阴影铺满院子。当白桂英被侍卫搀扶着送到后院房间后,侍卫开灯,并知趣地退到门外守护。

"真的喝多了吗?"胡海天点着烟卷,看着蜷在沙发上酒醉的白桂英,像欣赏着自己的猎物，"白小姐，给你提个醒，这样你死得会明白些。"

"我是徐小姐。"白桂英似乎一直在天旋地转，"酒，酒。"

"那一天，你指挥着吴玉光和他手下的人在郑县火车站装运棉纱时，我就在火车站的站长室看着你，越看越像当年在梧桐苑唱曲儿的白牡丹。但又不相信，一个小妓女怎么能有你这本事？"胡海天一边说着，一边摩挲着白桂英的大腿，"不过，都是我爱吃的菜！"

"什么白牡丹？我不喜欢花。"白桂英嘀咕着，"我要酒，我要睡觉。"

"吉川贞佐对我说，你就是军统的人。想不到，你会自投罗网！"胡海天把烟圈吐在白桂英的脸上，"不过，你要是把我伺候舒服了，说不定我就不把你交给日本人了！"俯身逼视白桂英，淫笑着："怎么样？"

"我要酒。"白桂英涌着酒意，满脸妩媚，浑身发热，"等等，我要酒。"

"哈哈哈，给你酒。"胡海天大笑着，起身去酒柜中倒了两杯红酒，一杯端给白桂英，一杯自己端着，"真没想到，你这么喜欢喝酒。"

"酒好！"白桂英踉跄起身，去接酒杯。当她的手刚碰着酒杯，好似触电似的将右手顺势一扬，右手中指上含有氰化钾剧毒的钻戒已经牢牢钉在胡海天的脖颈上。胡海天手中的酒杯，"啪"的一声掉地。

门外侍卫闻声，便开始敲门。白桂英嘴角一挑，将一截枯木般慢慢倒下去的胡海天拦腰放在床上，自己顺势滚在胡海天身上，嘴里发出"咯咯咯"的笑声。侍卫推门进来，又连忙关门出去，并顺手好意地关了灯。

白桂英麻利起身，已无丝毫醉态，对着只能哼哼的胡海天低声说道："你没看错，我就是昔日梧桐苑的白牡丹，现在是军统的白桂英！"说完，顺手拔出胡海天长靴里的匕首，稳稳地刺入胡海天的心脏。看着胡海天死去，白桂英终于长吁一口气。然后，她解下胡海天挂着手枪的腰带，转身走近窗子，轻轻推开窗户，看了看窗外，跳了出去……

第二天，安阳街头巷尾都在议论着胡海天被杀的事儿。日本人也在满城搜捕可疑人员，到处人心惶惶，鸡犬不宁。不过，胡海天被杀，日本人并没有让各国记者停止采访活动。只是参加采访的记者中，吉川贞佐再也没有看到香港《大同报》的那位美女记者。

第三十四章　特殊党费献红心　财赋新政育税魂

　　上午,吴玉光来到店里,不由微微皱眉。虽然临近春节,店里的生意却越来越冷清。外面传言,日本人朝夕之间便要攻打郑县。经常来光顾的客人有的往后方撤了,有的闭门不出,连一些走街串巷的小贩也大多借着过年,回老家待着,以观时局。甚至,政府官员们也撤的撤、逃的逃,军队又驻扎在城外,整个郑县死气沉沉。现在,德化街上整日晃悠的人大部分是无赖闲汉,他们恨不得马上起了战火,亦好趁火打劫。好歹还有几个警察来回走动,证明着这个政府的存在。

　　这些日子,时局的变化令吴玉光目不暇接。安阳城被破、日本领事馆闭馆、佐佐木跌入黄河、张殿臣身死、胡海天被刺杀⋯⋯在不知何去何从的困惑中,昨夜,八路军驻洛阳办事处主任刘向三忽然来到东盛祥,为吴玉光带来新生。

　　昨日大雪。日暮,丁子龙陪着刘向三来到东盛祥,见到被俞青松和徐正声赞誉有加的吴玉光时,只说了两字:"归队!"便让吴玉光热泪盈眶。多年前与俞青松、徐正声话别的场面,顿时浮现心头⋯⋯

　　"晚来大雪,能饮否?"儒雅的刘向三目光中透着睿智,诙谐地笑道,"我可是受你两位故人所托而来。"

　　西安事变爆发之前,徐正声调往张学良暂住西安的行营继续担任侍卫参谋处长。在张学良和杨虎城发动对蒋介石的兵谏后,徐正声更加深切地体会到共产党抗日民族统一战线的伟大和正确,在西安事变和平解决后,徐正声重返东北军六四七团任职。不久,率部接受共产党的改编,加入共产党,任新编六九一团团长,转战太行山,开展抗日救亡活动。俞青松也在豫南成立了新四军游击支队,在中原战场和日寇、汉奸展开殊死斗争……

在刘向三介绍两位上级的情况后,很少动感情的吴玉光竟热泪盈眶:"两位将军戎马倥偬,还记得我?"

"你是一位我党需要的财税专员,担负着为党为民生财聚财的重任!"刘向三起身,表情郑重,"经过多年考察,我今天受组织委派,宣布:批准吴玉光同志加入中国共产党,任命为中共河南省委财税专员。"随后,又宣布成立中共河南省财税支部,成员由吴玉光、丁子龙、刘思琦、王金秋和李永和组成,刘向三兼任支部书记。工作中心围绕发展党产、争取物资、平抑物价、减租减息、惩处汉奸、团结进步志士共同抗日等开展。

"现在是第二次国共合作时期,当前最大的敌人就是日寇!"刘向三语重心长地说道,"前些日子,你配合军统运送战略物资至安阳,又妥善安排纱厂、学校转移后方,赢得了上峰的嘉奖。"

"为民族做事,是应该的。"吴玉光的心绪逐渐平静,一边与刘向三小酌,一边说着,"昨日我应孙桐萱将军之邀,前往陇海花园的国军总部与他见面。说起自郑县巡缉税查局局长死后,为战时需要,该局一分为二,警察局和财税局。他拟任命我出任战时财税局局长。"

"孙将军是老派军人,很有民族气节,做了不少有利于我党及抗日的事情。"刘向三显然对孙桐萱比较了解,"孙将军也是穷苦出身,所以体恤将士,爱惜百姓。大军所驻之地,孤寡皆得照顾,尤其是流浪孩童可入学校读书,实乃大善之举。"感慨不已,"今冬,俞青松将军为筹措新四军过冬军服,让我去见孙将军,他稍加思索,便拨付了五千大洋!"

"如此说来,他也算是国军将领中的一股清流。"吴玉光点头,"我又该如何回复?"

"这不是官位,而是为国为党为民服务的机会。"刘向三顿了顿,举杯敬吴玉光,"只不过这个位置需要较高的平衡术,难为你了!"

"为党为民死且不惧，又何来难为之说?"吴玉光见刘向三代表组织给予答复，也就不再推辞，慷慨起身，"尽我所能，为我党抗日积极筹措资金、物资，决不让战士们衣食无着地去战斗。"

"做好财税工作，离不开警察局的支持。"刘向三替吴玉光分析着，"新任郑县警察局局长杨新德是土匪出身，后来被豫西剿匪司令王凌云招安，任新编五师少将旅长。中日战争爆发后，他随王凌云率军驰援上海，在松浦之战中，亲率五百兵勇，面对日军激烈的炮火，死战不退，身负重伤。伤愈之后，王凌云以其忠勇，推荐给河南省主席商震。恰赶上张殿臣卸任，郑县又是军事要地，杨新德便就任警察局局长一职。此人虽说是一个坚定的抗日派，但也有反共思想，是一个既要利用又要提防的人。眼下，他和你分别就任新职，又逢张殿臣被杀未几，受此影响，巡缉税查局刚刚分家，局中上下一定是人心惶惶。你做事一定要多思多想，不能莽撞行事。"

"张殿臣之死虽已查清与吉川贞佐有关，但一直没有吉川贞佐的踪迹。所以，人心惶惶也是在所难免。"吴玉光思虑着，"我意借此机会，多招纳和起用新人，也好摆脱原来张殿臣心腹的影响，以便为党展开工作。"

"郑县是交通枢纽，现在又是对日作战的前沿，是北方学生和百姓逃亡必经之地。"刘向三点头，"孙将军喜爱有文化的人，在他军中也破格收留了许多南下的学生。你也可以多用这些满腔热血又报国无门的学子，让他们为国为民效力。相信此举既可避免与杨新德争权之嫌，又会得到孙将军支持!"

说话间，已值夜半，雪住风起。吴玉光起身看雪，雪光明亮，令人胸中豁然："刘主任，今天也是我新生之日。"下决心地说："我要交一笔特殊党费——将东盛祥和平遥斋的经营利润作为党产!"

"我代表组织接受这笔党费!"刘向三面露钦佩之色，"店铺照常经营，让党产变恒产，变成为广大人民谋福利的恒产。"他征求吴玉光意见："吴玉莹颇有经商才能，可全面负责经营东盛祥和平遥斋。李永和年龄稍长，处事稳重，可为辅助。"略思片刻说："王金秋账目清楚，心思缜密;丁子龙身手矫健，有对敌斗争经验。你可将这一文一武同时纳入财税局，方便工作。至于刘思琦,还是让他以裕兴祥掌柜身份,活跃在郑县商界,左右逢源,及时获取情报。玉光同志,你以为如何?"

"我完全同意。"

"开展工作中,还是要尽可能地掩护好身份。虽说现在是国共第二次合作,但也要吸取第一次国共合作的教训。"刘向三又补充道,"这也是组织的要求。"

"组织考虑得周全。"吴玉光轻舒一口长气,看着窗外,"明天的郑县会是什么样呢?"

"丽日雪景!"刘向三笑着起身,"云破月来花弄影,这般颜色作未来!"

　

虽说郑县许多政府部门、重要的工厂、学校也都开始向后方转移,但警察局没有撤,也不能撤。见吴玉光刚上任财税局局长便来找他,挂着文明杖的杨新德倒是吃了一惊:"成韬先生,这郑县城里的豪门富户都开始逃命了,你不但不走,还来担任政府的战时财税局局长,如今这局势,又能向谁征税?"一边说着,一边安排手下布茶:"这不是为难自己嘛!"

"是个苦差事! 保障灾民和受伤兵士的生活,组织军队急需的战备物资。"吴玉光坐下,"这活总要有人干!"

杨新德拱了拱手:"这也是我敬佩吴局长的地方。"略有感叹:"郑县眼下已经是一处风暴眼,都在想着走。"

"你大局长从重庆来到郑县,放着安生不安生,我又为啥要走?"吴玉光笑了,"都走了,郑县这么好的地方,不就拱手送给日本人了?"

"血性! 也是!"杨新德点头,"我就看不起小日本。"

吴玉光早年去过日本,对日本国情还算了解:"小日本的胃口装不下整个中国,中国太大了,会撑死它的!"

"几个月前,老子还在上海和小日本干了一仗。那一战,弟兄们打出了豪气。"杨新德也就不到五十的年纪,身材魁梧,浓眉大眼。方脸上一道弹片划过的伤痕为他平添一丝煞气,"当时,在松浦青羊泾码头,小日本用军舰、坦克、飞机开路,向我新五师三旅阵地发起多次冲锋,愣是被我和兄弟们的血肉之躯挡住了!"把文明杖在地上磕了两下,"要不是我负伤失去了一条腿,说不定,我还在战场上和小日本干呢!"

"来到郑县也不会太平,早晚还要与日本人干!"吴玉光对杨新德在上海抗日的事儿多少有些耳闻,心里也佩服杨新德是条汉子,"局长,就说咱这德化街上,日本间谍多有出没,汉奸也不在少数。"

"咱们的前任张局长,就是死于日本间谍之手!"杨新德一副视死如归的样子,"昨日,我已命侦缉队分头盯防郑县各个要处,对间谍、汉奸露头就打。"捋了捋袖子,"我就不相信,他小日本能独吞了咱?"

"大清末年时,十几个国家打中国,也没见哪个国家独吞了中国。"见杨新德不同于张殿臣,抗日意图明显,吴玉光便说明来意,"现如今,郑县学生、工人都在对日本人示威抗议,我们也不能袖手旁观。"

吴玉光顺着刚才的话题:"我是想组织德化街的商人们,拒绝买卖日货,让市民们也不用日货。"他加重语气:"不能让日本人赚咱们的钱!"

"好!我倒是建议财税局对日商加重税,"杨新德点头,"不过,年关在即,你们也不能关门闭市。怎么着也要让市民们过个太平年。"

"怎么着也要让市民们过个太平年。"吴玉光回到刚迁入管城景贤书院的财税局办公室,想着这句话,脱口而出,"有道理!"

王金秋和丁子龙过来,站在吴玉光前面。王金秋一开口,便扯到了眼下的时局上:"这小日本前年还在向国民政府道歉,咱们还没愣过神来,他们就动手了,太不讲信义了!"

"还是中国人厚道!两国都在打仗了,警察局只是查封了与间谍有牵连的福胜洋行和广仁医院,日本商人照样能在德化街上做生意!"丁子龙自言自语,"这些日本人胆子也太大了。"

"他们不光胆子大,胃口更大!"吴玉光说,"日本的领事馆关闭了,所谓的侨民也撤了,留下来的这些日本商人,八成都是间谍。这说明,他们准备对郑县动手了。"

"仗早晚是要打的。"王金秋看着吴玉光,"局长,德化街上又有几家老板关门逃难去了,再这么下去,郑县可就没剩什么人啦,财税局还向谁征税?

没有税源,咱们就是巧妇难为无米之炊!"

"战时财税局主要是以安置难民、保证百姓生活和军备急需物资为主。至于税源还是要广开财路,而不是紧盯着德化街上的那些商户。"吴玉光显然有所思考,"今日本商人在重税压力之下,急于倾销日货,这是财税局纳入货源的机会,有货就有收入。其次,临近年关,百姓要过年,大宗购物在所难免。财税局要体恤百姓,要想办法从南方购置平价粮,或从敌占区尤其是东北粮仓购进大米,平抑物价,造福百姓。再次,开春之后,组织滞留难民垦荒种田,由财税局出资购买农具、种子和耕牛。夏收之后,留够灾民口粮,其余进入储备粮库。至于军队急需物资——棉布棉纱、中成药材,可集中统购,西药及手术器材委托美国玛丽医院订购。"

"中原虽是征战之地,但土地肥沃,盛产棉花小麦,玉米大豆。"王金秋也合计着,"只是郑县面临战火,百姓撂荒逃亡。建议财税局组织专人,先将荒地承包给种粮大户,来年产粮由我局集中平价收购。"

"这也是个办法!"吴玉光点头,"就像银行贷款给商家,商家牟利,银行收取利息,国家收取赋税。"

"多年前在赊旗店镇的赵老板家,他给我说的'新乡村建设'的法子,也可以参考。"吴玉光略一思索,"选派一些能写会算的人,授以赋税知识后,分派郑县各辖地,对所有土地进行丈量,以户为单位进行登记,写清亩数,规定土地等级,以等级定税额,取消杂捐,改变田赋混乱、负担不均之状,增加政府收入。再以政府信誉,成立借贷所,以低息贷款扶持农工商人的生产运销。发行金融流通券,尝试建立金融体系。"

第三十五章　虎口夺食争税收　战火临城涌暗流

　　为了摸清国军军力部属,标注重要轰炸目标,趁着无月多雾之夜,吉川贞佐带着刚从郑县过来的智贺秀二,由几个日军特种兵保护,在汉奸胡周山的引领下,悄悄渡过黄河。他们乔装成从豫北逃难过来的难民,从城外一条废弃的隧道,来到郑县火车站一处偏僻的废弃货场,与藏身于此的汉奸王留成见面。得知德化街和火车站区域已经被郑县警方戒严的消息,他不由沉下脸来:"可见到苟站长?"见王留成摇头,内心暗叫,"不好!"

　　郑县车站的副站长苟长章是胡海天的远房亲戚,也是日本多年前铆进郑县的老牌间谍。白桂英从胡海天口中,无意得知苟长章是日本间谍,便安排赵继、王润兰于前几日将他悄悄除掉了。吉川贞佐略思片刻,知道情况不妙。正要带着属下走出隧道,刚一露头,便和埋伏在这里的军统行动队交上了火。对方虽然人数不多,作战能力却明显高于一般国军,武器也很精良,显然是军统。吉川贞佐由于人手不足,不敢缠斗,只好边打边退。

　　王留成看着身边的十几个日本间谍像稻束一样倒下,心中充满恐惧,甚至后悔自己过早地投靠了日本人。当吉川贞佐、智贺秀二、王留成和胡周山再次退到一处杂树林时,身边只剩下三个日本间谍了。忽然,吉川贞佐一把拉过胡周山当作肉盾:"你的,带路!"

　　"太君,有路!"看着眼前子弹乱飞的境况,王留成忽然想起来:郑县大同商号的赵熙禄曾在日本间谍案暴发不久、自己最倒霉的那些日子,雇他带着几个混混在这乱坟岗的后面挖了一条暗道,一头连着大同商号的后院,一头通到护城河的下水道。

"太君,我带路!"在三个间谍的掩护下,胡周山由王留成指路,带着吉川贞佐和智贺秀二向那条暗道入口跑去。找到暗道入口,胡周山跺了跺脚,先跳入暗道入口,王留成随后带着吉川贞佐、智贺秀二向大同商号的方向摸去……

当吉川贞佐出现在大同商号杂乱的后院时,为配合吉川贞佐这次入城行动的日本飞机正绕飞郑县,散发传单。吉川贞佐不顾浑身污秽,顺手捡起几张传单揣在怀里。他表情凝重,举首望天:"轻视会有代价的!是该给郑县一点儿颜色看的时候了!"

位于大同路的大同商号是清末兴起于赊旗店镇的大同商号的分号,自老掌柜赵忠月去世后,便不复昔日的荣光。商号的门面由原来的八开间变成了三开间,过去经营的票号也被新任财税局局长吴玉光主事的郑县银行挤兑垮了。丝绸和棉花生意被东盛祥夺走了份额,茶叶和药材又被裕兴祥垄断。要不是赵熙禄与智贺秀二多有往来,能拿到一些日本货,加上岳父吴老抠的黑货支持,估计大同商号早关门了。

赊旗店镇赵家三辈人的努力,为赵熙禄积累了巨额的财富,即使赊旗店镇的财物被胡海天一卷而空,但大同商号分布在开封、信阳、武汉和郑县的生意还在,赵家不应该混到今日的局面。但是,摒气斗狠的赵熙禄却因为三件事沦落如此。先说第一件事,当他得知胡海天抢了赵家在赊旗店镇的财物后,怒火中烧的他立马变卖汉口的商铺,四处使钱,通过各种渠道找到国民政府豫西剿匪司令王凌云,却不知王凌云心存招安胡海天之心,一直推诿,直到中日战争爆发,王凌云率军增援上海,杳无音信。第二件事,赵熙禄不吸取教训,又变卖开封的铺面,在开封使钱找到了省政府秘书长张廷休。张廷休是个老狐狸,一边让赵熙禄为自己走私鸦片和倒卖金圆券,一边让驻扎在洛阳的郜子举派兵剿灭胡海天。不料,张廷休走私鸦片和倒卖金圆券的事被张钫向南京中央政府举报了。若非张廷休拼命行贿并推责于赵熙禄和吴老抠,恐怕要被军法处置。赵家的这笔巨款不但打了水漂,还连累自己坐了半年监狱。第三件事,赵熙禄想起来就觉得更窝囊。有人将赵家出钱要剿灭胡海天的事儿捅了出去,胡海天岂能善罢甘休,干脆派胡周山悄悄带人来到大同商号,将刚出狱的赵熙禄绑票了,不但夺了赵家在信阳的茶山,还强占了大同商号的一大半股份。赵熙禄委曲求全,这才保住了性命。他后来通过王留成认识了智贺秀二,又想借着日本人的手来收拾胡海天,谁知胡海天已经早他一步投靠了日本人,还当上了安阳警察局局长。从此之后,赵熙禄认命了:"胡海天就是金雕,自己就是肥羊!"

此时,已经认怂的赵熙禄就坐在前面院落中的冬青树下,就着一壶黄酒和两碟小菜,摇头晃脑地哼着豫剧。即使天上的飞机飞过,他也没睁眼看。当他睁开眼时,忽然眼前一黑又一亮。"哎呀,智贺先生来了!"瘦高的他弹簧般弹起,吃惊地看着一袭短衫青衣、浑身污秽的智贺秀二,"哪阵风把你们给吹来了?"

"浩荡东风!"智贺秀二剜一眼赵熙禄,"快些为吉川大佐沐浴更衣!再备好酒食。"

片刻后,洗去污秽的吉川贞佐穿着一件并不合体的丝棉长袍露面。他一展袖子,稳稳坐下:"你的大仇已经报了,胡 Sir 已经在安阳毙命了!"

"什么?"赵熙禄不敢相信,使劲揉一下眼睛,"胡海天死了?"

"他该死!他在黄河边违背了大日本皇军的意志!"吉川贞佐顺手饮下一杯黄酒,"你的机会来了!"又瞥见胡周山一个哆嗦:"你别怕,带路有功。"

"真死了?"听到胡海天的死讯,赵熙禄有些恍惚,"那我活着还有啥劲儿?"他心里一直想着,自己活着的意义就在于看看胡海天到底有个啥结局。不想,结局来得太快。"我还想在他死之前问他几句话呢!"

"八嘎!"吉川贞佐对着神情恍惚的赵熙禄一个巴掌,"要不是我救你,你还能等到胡 Sir 的结局?"

半年前,赵熙禄被胡海天绑架后,恰好与吉川贞佐在山寨相遇。吉川贞佐游走德化街时,通过智贺秀二认识了大同商号的赵熙禄,也知道胡海天为啥绑架赵熙禄。吉川贞佐看中大同商号的名头,更看中大同商号遍及各地的商业网络,就救下赵熙禄,还让胡海天在山寨安排酒宴,亲自为二人和解。

为了彻底收服赵熙禄，吉川贞佐还让智贺秀二的福民商店送了一批日本大力丸和适销的尼龙布给大同商号，让朝不保夕的大同商号依然立在德化街上。

当然，吉川贞佐这个时候来到大同商号，不是来送大力丸的，而是来送毒药的。"赵 Sir，你听到郑县上空飞机的轰鸣声了吗？"吉川贞佐沧桑的面容罩着一丝冷光，"那是大日本皇军对郑县的问候！"

"听到了！"赵熙禄点头，暗自揣摩着吉川贞佐的来意，"德化街上，很多人已经在逃亡了。"

"我们不能带走这条街，更不能带走这块土地，"吉川贞佐以手中的武士刀捣着脚下，"这是我们的新大陆，你的，不能走！"又貌似关切地说："赵 Sir，这里多年兵荒马乱，也该换主人了！"看一眼侍立一侧的赵熙禄说："大日本皇军马上将要渡河，在郑县实现大东亚共荣，打造王道乐土。"他有些激动。"难道这些不够美妙吗？"

"我明白了！"赵熙禄笑着，"要让这块土地和日本共荣！"

"皇军马上就要渡河攻城，谁也无法阻挡。"吉川贞佐从怀里掏出一张地图、一把手枪、一袋银圆，连同十几面特制的镜子，一同放在桌上，"皇军进城后，对你大大有利！"

"感谢，感谢栽培！"赵熙禄做梦都想重振大同商号的昔日辉煌，声音激动得有些结巴，"我愿意为吉川先生效劳！"

"赵 Sir，大大的好！"吉川贞佐点头，吩咐着，"你听王队长安排，和胡 Sir 从现在开始，做一件事：在这张地图标注的地方，放上一面镜子。"吉川贞佐起身，狠狠地瞪赵熙禄、胡周山一眼："否则，死啦死啦的！"

王留成也探过身子，下意识地看着地图，上面标注着华阳春饭店、书院街军统豫站、郑县警局还有裕兴祥仓库等位置，不由问道："吉川先生，在这几个地方放面镜子干啥？"

"这个，你不用多问。"吉川贞佐面无表情，"我问你，刚才追杀我们的人知道暗道吗？"

"应该不知道！"王留成回答，"要不然，他们早追来了！"

"好!"吉川贞佐抱住武士刀,看着王留成、胡周山、赵熙禄,"我听说,两日后便是裕兴祥老掌柜刘志仁七十大寿的日子。刘家准备在华阳春饭店举办大型宴会,邀请各色人等。你二人召集属下,在宴会上阻止刘志仁发表反日言论。"

"我昨天倒是接到了邀请。"赵熙禄有些疑惑,"他过寿,干吗要说反日言论?"

"这是共党地下分子的阴谋!"吉川贞佐分析,"刘志仁的儿子是共党分子,他希望通过刘志仁的威望,发动德化街的商人们抵抗皇军入城。"

"明白了!"王留成点头,"闹场子的事儿,我会!"

"很好! 到时候你就看智贺君的指挥行事!"吉川贞佐的眼中忽然露出凶光,"实不得已时,可以将刘志仁击毙! 然后,我们一起从这里的暗道出城!"见赵熙禄两腿有些哆嗦,吉川贞佐又故作轻松地笑着说:"我会在城外安排皇军接应。放心,赵 Sir!"

当天晚上,趁着夜色的掩护,智贺秀二带着赵熙禄、胡周山、王留成悄悄地将十几面特制的镜子放置在郑县几处关键的位置上。赵熙禄和王留成做梦也想不到,当太阳升起的时候,这些镜子会将光束反射到空中,为日本空军战机指引投弹的方向。按照计划,三天后,也就是中国传统的元宵节,吉川贞佐要让德化街上喜庆的烟火变成冲天的大火。

第三十六章　德化商魂办寿宴　王牌间谍魂归西

日军飞机彻底炸毁黄河铁路大桥之后，从安阳、新乡兵分两路，先用飞机轰炸、重炮打击，继以坦克开道，步兵、骑兵跟进，沿平汉线长驱直入，先后占领辉县、获嘉、淇县、长垣等地。

由于日军飞机开始不断骚扰郑县上空，再加上间谍汉奸到处破坏，德化街的一些商人终于扛不住了，开始撤离。为了抗日需要，刘思琦劝说父母，带着怀孕的吴玉莹撤往重庆的大姐家居住，但老爷子死活不愿意走。"这条街的名字是我起的，我能把它带走吗？它要是能走，或者消失，我就走！"刘思琦这两天老是想起父亲的这句话，想多了，就真觉得这条街到处都留着自己的影子和脚印，从儿时、童年、少年到现在，自己的眼泪和汗水在这条街上似乎就没干过。他开始理解父亲，谁让自己也即将是父亲呢？"我要像父亲一样守着德化街，守着裕兴祥的商誉！"

为了安顿从黄河北逃难而来的大批难民，刘思琦带着丁子龙、李永和还有裕丰纱厂的工人，分头将募捐的慰问品送到灾民手里，之后才想起来安排老爷子刘志仁七十大寿的事儿。

入冬以来，刘志仁的睡眠一直不好，尤其是日本飞机隔三岔五地飞来飞去，使他觉得德化街正面临着一场巨大的灾难。虽说国民政府调了三个军的兵力布防黄河南岸，可为啥心里还有些不踏实呢？

见刘思琦和吴玉莹回来看他，刘志仁拄杖起身，向梅园走去。

天空飘着细碎的小雪,雪落梅花枝头,梅花分外妖娆。刘志仁看着清新的梅园,吐出一口闷气:"怀义,还经常练拳吗?"

"练,"刘思琦握了握拳头,"爹教我的东西不能忘。"

刘志仁在廊亭的石凳上坐下。"梅花桩武功的精髓就是技击,它通过抓、拿、摔、打等法,使梅花桩技击在瞬间体现出灵妙莫测、威力强大的技击风格。"接过刘思琦递来的热茶,轻呷一口,"你看这五瓣梅花,是金木水火土呢,还是人的精气神?"

刘思琦调皮地拱手:"请爹指教!"

"要我说,梅花桩与眼前的梅树还真像。梅花桩就是根,敦厚坚实;梅树的枝干就是文道,屈伸自如;梅花就是拳法,虽自由舒展,却昂然自信。梅花暗香,其骨铮然!"

"爹这么一说,令我心生凛然之气!"刘思琦面露刚毅之色,"即使风雪漫天,依然寒梅傲霜!"

"你们这些天忙,应该忙。"刘志仁略微皱眉,"黄鼠狼已经进鸡笼了,马上就是见血的时光。"

"爹说的是日本人要攻打郑县的事儿?"刘思琦知道父亲的担忧,"前天,军统在火车站东边的草冈上与十几个日本间谍交火,几乎将他们全部歼灭。"

"咱德化街因为是政府对外开放的商埠,表面上没有理由拒绝日本人居留,"刘思琦依着父亲坐下,"但自几个月前再次关闭日本领事馆后,政府就规定:'商埠虽准商人居留,但不容许军界政客居住及活动。'现在,郑县商会号召市民不购廉价日货,警局也警告市民,不准购买日货。现在还滞留在德化街的日本商人,几乎都是间谍。"

"原来的税查局以保护之名,密侦跟随德化街上的日本人,是为了避战之计。现在,既然与这些间谍公开交火,这战事就在眼前了。"刘志仁轻叹一声,"我虽说老了,但总想做点儿事。后天是我七十大寿,我已发出帖子,想借此机会,召集德化街上的乡亲老邻,还有散在各处的青帮晚辈,号召他们一起抗日,守住郑县!"

父亲的话让刘思琦心绪激荡。自日军占领新乡后，日本的飞机几乎每天都盘旋在郑县上空，不时进行零星的空袭。毫无疑问，这是日本瓦解守军和市民意志的战术，让人们在惶惶不安的生活中，失去抵抗意志。父亲不仅是德化街上的商业领袖，更是郑县商魂的缔造者。由他在这危急之时振臂一呼，必定能唤醒许多浑浑噩噩的人，尤其是那些把日军入侵看成清朝初期满人南下的人，认为只要交粮完税就可以安然无恙的人。当然，这个时候为父亲举办大寿，由于来者众多，难免会有敌人混入，存在一定的危险。刘思琦看着吴玉莹，似乎在问："怎么办？"

"爹的想法很好。"吴玉莹显然对此事有过思考，"现在，德化街上弥漫着一股失败的情绪，不少商人已关门歇业，纷纷离开。若是任此下去，郑县必定守不住。所以，爹的七十大寿要办，该说的话，一定要说！"

"那后天就定在一马路华阳春饭店！"刘志仁点头，又嘱托刘思琦，"你抓紧去拜望一下德化街上的三得利、蔡记蒸饺、合记烩面等一众老板们。这个时候，你和他们该把劲儿往一处使了！"

雪后初霁，位于一马路的华阳春饭店显得分外明丽。阔大的门厅，高耸的屋顶，还有台阶上铺就的猩红地毯，昭示着这座郑县标志性建筑不是寻常人家可以光临的地方。

酒店的一楼中餐厅和二楼的西餐厅全部被裕兴祥包下，为刘家老爷子祝寿的客人络绎不绝。饭店的大门外，疤瘌爷破天荒收拾得齐整，一手托壶，一手比画着让弟兄们如何站立得更整齐。随着一阵阵鞭炮声，数十辆人力车队一路奔来。待车停下，赵继率先走上饭店台阶，在他身后，除几个军统行动队队员外，都是来自郑县各界颇负名望的人士。

片刻后，三辆福特牌汽车依次开上华阳春饭店的停车坪。前面一辆是杨新德的车，由王金秋陪着；后面一辆是吴玉光的车，吴玉光带着穆兰香。当刘思琦和秀秀陪着刘志仁从中间车上下来，顿时，鞭炮齐鸣，锣鼓喧天。身着松浦丝绸长袍的刘志仁顺手摘下礼帽，四下施礼后，由满脸赔笑的华阳春饭店总经理毛虞臣引路，来到二楼餐厅。

刘志仁就座，依次接受大家的祝寿大礼。祝寿礼热热闹闹进行了个把时辰，方才礼毕，诸人按照事先安排好的座次落座。刘志仁待诸人坐定，起身拱手："感谢诸位亲友前来为我祝寿！原本不想打扰大家，只是倭寇来犯，国事不宁，我等偷生一隅，欢聚不多。你们想一想，日本人来我德化街多年，他们的所作所为是什么？是以鸦片、红丸毁我国民身体，以走私军火让我国民混战，以威胁恐吓瓦解我国民意志。可惜我华夏民族饱受异族压迫，而举步维艰！"刘志仁不由痛心疾首："今日寇来犯，杀人如麻，必是亡国灭族之祸！在这民族危亡之时，老夫不得不振臂一呼：天下子民但有一国，必不可不爱国。凡我德化街商人抑或民众，不得通日投日；凡我青帮子弟，必抱驱除日寇之心！"

刘志仁的话音刚落，参加寿宴的人们顿时高呼："打倒日寇！""与郑县共存亡！"刘志仁看着群情激昂的人群，忽然发现一张熟悉的面孔，正在一个角落冷冷地看着自己。他的心一沉，以手示意诸人落座："诸位心存抗日守土之心，令老夫安慰，此乃无上的寿礼！故而，今日所收受的诸人寿礼，老夫委托国民政府的战时互济会，全部用以国军战死将士们的抚恤。"取过酒杯，高高举起。"至于今日所备薄酒，全由华阳春饭店的毛老板所置，老夫代诸人谢过！"对着毛虞臣，施礼饮酒，"大家尽可开怀畅饮，以唤起乡人同心之力、邻里互助之谊。老夫年事已高，只好委托犬子怀义为诸人一一敬酒！"说完，刘志仁由秀秀搀扶，走下礼台，先行离去……

华阳春饭店二楼西餐厅的一隅，乔装后的智贺秀二在大同商号老板赵熙禄的小心陪同下，一直不动声色。在刘志仁与他短暂的目光交会时，他相信，刘志仁认出了自己。

"认出来也没什么可怕。今天来到这里，就是要给刘志仁一个惊喜！"这是吉川贞佐让智贺秀二前来的心思，"要在刘志仁寿宴高潮之时，让大日本皇军的宣传单从天而降，让大日本的太阳旗猎猎飘扬。"为了这个计划，昨夜，智贺秀二奉吉川贞佐之命，带着赵熙禄、胡周山、王留成潜入华阳春饭店，和一直在饭店做工的两个间谍一起，将传单和太阳旗藏在西餐厅的夹墙里。智贺秀二没有想到的是，自己虽说乔装得无人认识，但自己所在位置却被赵继和他的行动队员紧紧地看住。尤其是刘志仁一席话便煽起强大的抗日浪潮,惊天动地的抗日呼声使他有一种巨大的挫败感。这个时候,如果自己和手下稍有举动,一定会被军统和充满爱国热情的各路人士踩成肉饼!

赵熙禄本欲起身招呼几个同伙行动,被智贺秀二以目光阻止。"不,"他想起吉川贞佐的话,"要熄灭这盏灯,摧毁这个巨大的商魂!"见刘志仁离去,智贺秀二冷眼看了看喧闹的祝寿宴席,也悄然起身……

见刘志仁的车辆离开华阳春饭店后,转了几个弯,停在东三马路巷子里的平遥斋前,尾随的王留成、胡周山马上向歇脚在大同商号账房里的吉川贞佐汇报:"吉川先生,刘志仁撇下一杆子祝寿的客人,到平遥斋躲清静去了。"

吉川贞佐点了点头:"你看清楚了?"

"是,只有三个人服侍他的左右。"王留成讨好着,"一个是他的女儿,一个是刘思琦,一个是平遥斋的丁子龙。"

"让智贺少佐带上所有的人,把刘志仁抓起来。"吉川贞佐下了决心,"我要拿他换回裕丰纱厂,不,换回整条德化街!"

平遥斋虽说不在最热闹处,但由于丁胜祖手艺高超,平时生意一直不错。只是,当下由于日本人占领新乡,随时都有进攻郑县的可能,这些日子的客流相对较少,尤其是过了中午的饭点儿后,也就只剩下两桌客人了。

见刘志仁从车上下来,丁老板连忙将他迎进后面的包间。"果然,您老来的路上,一直有人在尾随。"丁胜祖压低声音,"这帮龟孙,没安好心!"

"这么说,鱼上钩了!"刘思琦点头,"一切按计划行事。"

"你们也要小心!"刘志仁嘱托儿子,"那个智贺,可不好对付!"

"你放心吧,智贺秀二和他的手下不过十几个人。"刘思琦一边说着,一边看了看外面,"爹,你就等着瞧好吧!"

大约过了一个时辰,赵熙禄开着大同商号的汽车停在了平遥斋的门前。一身劲装打扮的智贺秀二带着十几个日本浪人跳下汽车,气势汹汹地进入店内。智贺秀二惊奇地发现,店内静悄悄的,一个顾客也没有,甚至连老板也不在了。"不好!"他正准备转身,霎时枪声四起,他身边的几个浪人还没反应过来,就已经倒地。智贺秀二折身躲在柜台后面,一边掏枪还击,一边观察外面的局势。

局势显然对他不利。赵继带着十几个军统行动队员,利用早已搭好的掩体,正在射击。而门口,又被刘思琦、丁子龙和带着一队税警前来增援的吴玉光用火力堵住。智贺秀二射出最后一颗子弹后,缓缓地从柜台后起身,喊道:"我是一名武士,武士有武士的死法!"

枪声停止。

智贺秀二踏过躺在地上的浪人们的尸体,来到相对空阔的后院:"刘Sir,我想你应该和老朋友见见面!"

"好哇!"刘志仁应声,"我一直在等你呢!"

刘志仁拄着拐杖,在赵继和刘思琦的陪伴下,从后院一处隐秘处走了出来:"只是没有想到,你用这种方式为老朋友祝寿!"

"大势所迫,不得已而为之!"智贺秀二看着刘志仁,"大日本原本给了你辉煌的出路!"

"可是,现在呢? 你的出路呢?"刘志仁笑了,"你还能走出德化街吗?"

智贺秀二没有表情:"你肯让我走出德化街吗?"

"你走吧,只要你永远不再踏上德化街!"刘志仁看着智贺秀二,加重语气,"因为你玷污了德化街的商业荣耀!"

"不,"智贺秀二不屈,"我是一名武士,只知道以手中的战刀去征服一切!"

"现在,你征服了什么?"刘志仁讥笑,"是人心还是脚下的土地?"说完,转身:"智贺,你还是走吧!"

"你们会为此付出代价的!"智贺秀二缓缓抽出腰间的武士刀,向东方虔诚三拜后,准备自刎,却被刘思琦用刀挡住。

"智贺,你们弄脏了德化街的土地,"刘志仁轻叹一声,"还有,你应该送这些浪人们的灵魂回去。"

智贺秀二訇然跪地!

赵熙禄哆嗦着从车里下来,在赵继的行动队员注视下,和智贺秀二一起,将死去的日本浪人丢进汽车。刘思琦挥了挥手中的大刀:"智贺,把你的刀留下,然后带着他们走吧,永远不要再回来了!"

智贺秀二像木偶一样,丢下战刀,坐上汽车离去。

城东十里的荒冈上,智贺秀二面若死灰,亲手将这群死去的浪人集中焚化后,对赵熙禄鞠了一躬:"赵 Sir,我将护送武士们的灵魂回到东方,回到天照大神的脚下。作为一名武士,我竟失去了战刀,无法原谅自己!"将身边的一堆杂木稍稍聚拢后说:"只能蹈火而永生!"言毕,智贺秀二坐上木堆,亲自点燃大火……一个老牌间谍就这样结束了自己的生命。

"要不是刘老板仁慈,我也脱不了干系!"赵熙禄以自己的汽车被日本强行征用为由,总算躲过一劫,"还没占到贼的便宜,便为他们收尸,真他妈的晦气!"猛然抬头,看见王留成、胡周山从荒冈的隐蔽处,向自己走来,便先哭道:"现在咋办? 一起回城?"

"回城? 你还真敢想!"王留成不敢回城,因为在刘志仁的生日宴上,刘思琦发现了藏在华阳春酒店二楼西餐厅里的日本宣传单,已经查出来是王留成和胡周山干的。刚才,要不是去向吉川贞佐汇报刘志仁的动向,他和胡周山这会儿说不定正陪着死去的智贺秀二呢!"我俩是回不了城了,只能一条道走到黑了!"王留成咬了咬牙,"大日本皇军马上就要渡河攻打郑县,郑县是守不住的。到那时,皇军进城,咱们肯定能扬眉吐气!"

"也是,"听王留成这么一说,赵熙禄心里宽慰,"这么多年,郑县城头换了多少次大旗,还不是谁有钱谁有枪谁说了算?"

"话说到这份上,咱们还是一起走吧!"王留成拍了拍屁股,站起身来,"也不为难你,你送我俩到黄河边就行了。"

"将来你俩当事儿了,可别忘了我帮过你!"赵熙禄跟在王留成、胡周山身后,随手胡乱地刨些智贺秀二的骨灰,连同那些浪人的身份小牌,结成两个包袱,交给王留成和胡周山背着。

王留成、胡周山顺利来到豫中自治救国军的秘密营地,恰好遇到刚从郑县逃到此地的吉川贞佐。王留成、胡周山将智贺秀二的骨灰递给吉川贞佐,吉川贞佐手持长刀,像醉酒一般狂舞,时而仰天长啸,时而涕泪长流。

"完了,"万三猛低声对王留成埋怨,"你这货不该把祸水引来! 早晚你不得好死！"

"我哪有这本事！"王留成低声解释，"智贺死了，他也该死。他在自己的日本国好好的，为啥要来咱这地界耍威风？又不是我把他请来的。"

"日本人这回肯定要报复！到时候，郑县人一定会撕了你！"万三猛看一眼正在发疯的吉川贞佐，"你惹的事儿，你去擦！"

"郑县人从来也没把我当过人！我在德化街上，连条狗都不如！"王留成把自己的委屈借着智贺秀二的死哭出来，让吉川贞佐万分动容，当即叫过接任胡海天旅长之职的万三猛，任命王留成为豫中自治救国军的参谋长，有越级向大日本皇军汇报的权力。同时，吉川贞佐命令豫中自治救国军集合队伍，离开营地并烧毁营地，马上向开封进发，配合日军即将开始的兰封之战。

第三十七章　日寇轰炸德化街　商埠遭遇生死劫

　　"一入新正,灯火日盛。"元宵节是一年中第一个月圆之夜,又是漫长严寒的冬季结束后,一年始发的日子。对于生活在沉寂和压抑中的郑县人来说,需要舒展,需要希望。从清早开始,便有大批人马向德化街上聚集,开始花街巡游。队伍中,老人扮着寿星,孩童举着花灯,各式各样的人似乎都忘了冬天,忘了战事。他们打着腰鼓、划着旱船、扭着秧歌,无不迫切地表达着自己的欢喜。游行队伍从德化街的大街小巷走过,路边观看的人摩肩接踵。调皮的顽童拿出零星的鞭炮,"刺啦"一声擦燃往人群里一丢,吐吐舌头跑掉了,只剩下母亲无奈的苦笑、抱歉的赔罪及众人宽容的笑声。狮子在街上上蹿下跳,长龙在人海中上下翻腾。夹杂着震天撼地的锣鼓声,欢乐的气氛沸腾到了极点。

　　裕兴祥打开店门,在门口沿街布施枣糕和梨茶,秀秀带着几个伙计为孩子散发着糖果和花灯。刘志仁也一早来到店里,正由吴玉光陪着,说着闲话。

　　"眼下的光景,老百姓难得有今天这样的乐呵!"刘志仁看着外面。

　　"白天就这么热闹,要是到了晚上,天上明月高悬,地上彩灯万盏,人们观灯、赏灯就更热闹了!"前来拜年的吴玉光笑着,"今天晚上,战时财税局也准备在陇海大院放灯,让郑县的百姓们看灯,在院里燃堆火,暖地开春!"

　　"亮光即生存的希望。"刘志仁想起年轻时在一本书上看到的话,"让人们不由自主地被黑暗中的灯火吸引,就会暂时忘了压在郑县上空的战争乌云。"

"听说,天神也喜爱焰火。今夜我要在庭院中行火祭,驱邪避祸,祈求来年风调雨顺。"吴玉光笑着,"您老可要来主祭!"

佛教中的传法又被称为传灯,代表着把解脱的光明传给弟子。"刘志仁点头,"我要去,带着一家人,咱们吃元宵,团团圆圆,然后一起看灯!"他又想起梁简文帝在《列灯赋》中的句子,低声吟诵:"何解冻之嘉月,值萋莛之尽开。草含春而色动,云飞采而轻来。"

二人正在说话中,忽然听到郑县上空传来空袭警报的声音。

"赶着天好,又来了!"刘志仁满不在乎地呵呵一笑,"又是发些花花绿绿的传单,什么大东亚共荣啊!"

"这次恐怕不一样了!"吴玉光想起智贺秀二离去时的眼神,"当日本人认为无法弱化我们意志的时候,说不定屠杀就要开始了!"

吴玉光说对了。

此刻,土肥原正站在日军作战指挥部悬挂的作战地图前,对日本华北空军下达作战命令:"田中支队所属战机从安阳机场起飞,分三批次,对郑县进行实弹轰炸!"

当吉川贞佐将智贺秀二自焚的消息电告日军驻华北指挥部时,愤怒的土肥原第一时间命令驻安阳日军第十四师团主力——及馆支队南犯。攻占安阳县魏家营后,即对村民进行血腥大屠杀。日军将一百多名村民逼进村西南角的一个巨型墓穴里,然后堵住墓口,往里面扔手榴弹,用机枪扫射,制造了"穿堂墓事件"。一天之后,日军在汤阴,继续制造血案……

土肥原下达空袭命令后,面无表情地坐下。属下参谋杉木一郎提醒:"将军阁下,今日空袭,恰逢中国传统节日——元宵节,郑县德化街上一定是人头攒动,平民居多。轰炸的时间是否延后?"

"什么?"土肥原露出不悦的表情,"吉川大佐传来情报,郑县百姓顽固不化。我的老朋友佐佐木君、智贺君,多年在郑县德化街上经商,一直致力于大东亚共荣的方略,却在郑县玉碎,难道不应该给他们一点儿教训吗?"

"按照中国人的传统,元宵节要放烟火,耍花灯,对大日本空军投弹的视线会有所影响。"杉木一郎为土肥原点上雪茄,"郑县是兵家必争之地,中国军队构筑了相对坚固的防线。我大日本空军要提高飞行高度实施空袭,需要有投弹引导。"

"吉川君在智贺君玉碎之前,已经在郑县做了部署。"土肥原想起吉川贞佐,"这次行动,就是要让郑县的上空开满炮火的礼花,以此祭奠佐佐木君和智贺君!"

"第一批战机已起飞!"杉木一郎接过报务员递来的电报,"顺利越过黄河!"

郑县上空,刺耳的警报声愈演愈烈。

吴玉光立马起身,叫旁边的吴玉莹、秀秀和伙计们赶紧带刘志仁、盛安琪往后院的防空洞躲避:"快,快,这一次日本飞机是实弹空袭!"

吴玉光见两位老人在吴玉莹、秀秀和伙计们的搀扶下,将信将疑地朝后院防空洞走去,便急急拉下店门,对着门口木然望天的百姓们大声吆喝:"快,快去街口防空洞,这是真正的空袭!"几个军警也跑过来,招呼百姓们往街口防空洞跑去。就在这个时候,听见从华阳春饭店方向传来一连串巨大的爆炸声……

赵熙禄听到飞机的轰鸣声似乎就在自家的楼顶,连忙跑出院子,手搭凉棚一看,就见一架飞机正在俯冲。他大喊一声:"不好!"顿时明白,胡周山当初对他说的"在屋顶放面镜子,是日军要重点保护"是混账话,放镜处实为轰炸的目标。他已经顾不上去通知身在金域钱庄的妻子,折身便往后院的防空洞跑去。来不及了,一连几颗炸弹就在大同商号楼顶、店前、院里爆炸,炸弹的气浪将他抛向空中……大同商号也陷入火海。此时,火车站附近的一些标志性建筑皆已起火,火随风势,映红半个天空。刚才还在表演狮子、旱船、龙灯、高跷等各色民间社火的欢乐人群,顿时陷入了人间地狱……

当日新闻记载,日本飞机"定时定距在人口稠密的郑县市区大同路、火车站、北乾元街一带接二连三投下六十余枚炸弹,炸毁民房数百间,炸死炸伤无辜同胞五百余人。城中商业区悉成灰烬,郑县几成废墟"。

德化街自开埠以来,遭遇了最大的危机。

大轰炸过后,刘志仁主动向郑县当局提出,将裕兴祥铺面改造成临时的难民安置点。东盛祥也在吴玉莹的主导下,将铺面作为郑县慈善会的粥棚,两家联手,配合政府救济失去店铺和营生的商户,安置大批难民。

吴玉光、刘思琦带着百姓们含泪清理干净德化街上难民的血迹后,在金域钱庄找到死于大轰炸的吴思典父女,和赵熙禄合葬在郑县义冢里:"吴老抠和赵熙禄到底是因钱而死,只是可怜了素素……"在外玩耍的赵熙禄之子赵春芳幸免于难,被吴玉光收为义子。多年后,已是港商的赵春芳重回德化街,建起一座现代化的大同商场,吹起了郑县商业的新风。此乃后话。

吴玉光让战时财税局在操场街口搭起一座高台,一边祭奠在大轰炸中死去的无辜百姓,一边宣传抗日,为难民募捐。已多年不再登台的穆兰香再次披挂整齐,一折《穆桂英挂帅》荡气回肠、响遏云天……

中日两军对峙的时间一长,郑县陷入了空前纷繁复杂的局面。郑县由于特殊的地理和战略位置,成为多方势力相互交换急需物资的要地。作为风暴眼的郑县竟然逐渐安宁下来,慢慢恢复了商埠的本色。另一方面,吴玉光在前两年将城外荒地租给郑县灾民耕种后,竟迎来了难得的夏粮和秋粮的丰收。如此一来,城外的荒地便成了宝地。吴玉光又借鉴昔日豫西自治时的乡村新建设政策,亲自带人丈量土地,清理田赋,规定出土地等级,以等级定稞石,取消杂捐,增加政府收入。同时,将郑县逃走日商闲置的门面房进行拍卖,确定商业税收制度,增加财政税源,并以政府信誉成立郑县银行和借贷所,以低息贷款扶持农工商人的生产运销。发行金融流通券,建立金融体系。经过战时财税局的一系列努力,原本逃离的商家们大多都回来了,更因这里的国、共、日、伪各方面势力犬牙交错,相互联系又相互封锁,使郑县以其便利的交通,变成了走私贸易的中心,商业竟比过去更加繁荣。

然而,这来之不易的局面很快被一股黑恶势力所打破。市面上出现大量日元收兑法币的行为。法币贬值,导致粮商囤粮惜售,百姓怨声载道。德化街上几乎绝迹的"净膏"忽然出现,让吴玉光深深地感到又一场风暴即将来临……

在日本发动长沙战役的前夕，丁子龙的税收侦缉队接到线报，在城外一处货场搜查违禁货物时，遭到埋伏，六名侦缉队员丧命。吴玉光闻报，急忙带人前来增援，与对方展开枪战，竟因对方火力太猛，不得不退入城中。经过仔细了解，这个货场的主人是豫中自治救国军的万三猛，他手下的别动队有上百人，并配备一色的镜面盒子枪。有日本人做后台，还有汪伪地方政府做保护伞，郑县周边的乡、镇、村，这段时间接连受到侵扰。许多抗日人士和他们的家属，更是命丧在万三猛的枪口之下。

为了充分备战，政府军队把守在黄河北岸和邙山一线，无法抽调。警察局的两百名警察维护市内治安已是捉襟见肘。能够配合战时财税局行动的，只剩下军统豫站的别动队。

第三十八章　错绑人质露行踪　全歼恶徒慰亡灵

这日清晨,因不便在财税局与军统的赵继谈事,吴玉光便派人请赵继来到东盛祥商议下一步如何行事。正商议着,听到有人在唤:"吴老板好镇定!日本人马上就要来了,你们还不跑啊?"

吴玉光、赵继赶忙转身望着外面,却没看见人。

"哈哈哈!吴老板,多亏你没走,咱们才能再相见啊!"那人放肆地大笑。这一下,吴玉光才看见在门口汽车一侧、混在一群难民中间说话的人。

只见那人身形矮胖,穿着一套黑色的缎子长袍,手一直揣在腰间。有着几颗麻点的黑脸红光焕发,只是他脸上得意忘形的笑容无法掩藏住他满怀的愤怒和仇恨。

"你是……"吴玉光只觉得这个声音似曾相识,却根本辨识不出那张面孔。

那人带着几个难民模样的人走过来,大大咧咧坐在东盛祥的门槛上,阴阳怪气地大笑起来。

"吴老板啊,你可真是发达了!连我都不认得了?"又扭头对柜上的伙计打招呼,"各位伙计,我今天来找吴老板说事儿,你们别掺和,该干啥干啥去。"

那两道凶狠跋扈的目光、那阴险歹毒的奸笑,一下子把吴玉光拖回了多年前的回忆:"胡队长,你他妈的还没死!"

"我能那么容易死吗?"胡周山翻了下眼珠,"当年,你一脚将我踹下车,害得我直到现在,遇到天阴下雨时,左腿还时时隐痛。"不过,他毕竟是奉命前来挟持吴玉光的,所以,并不准备打黑枪。

"当时,应该打折你的腿就好了!"吴玉光笑着,"听说,你跟着你叔父当了土匪后,又投了日本人。"

"谁给我好处,我听谁的。这年月有奶便是娘!"胡周山也不解释,看一眼吴玉光身边的赵继,忽然有些纳闷,"真他妈的像! 你俩到底谁是吴掌柜?"他毕竟只在多年前见过吴玉光两面,并且眼神不是很好,此时,就觉得浑身杀气的赵继更像。

赵继扫了眼胡周山和他身后的几个人,手都紧紧地按着腰间鼓囊囊的东西,显然带着家伙。如果现在动手,会危及东盛祥柜上的伙计们。"来者不善哪!"知道胡周山也不会轻易开枪,以免惊动警察,赵继便起身有意数落吴玉光,"弟,我和胡队长是老相识了。别把我过去说给你的事儿再抖搂出来了,胡队长爱面子! 既然来找我说事儿,你就忙你的。"

吴玉光想了想,转身正要走,被胡周山喝住:"我们万旅长要见吴局长。"眼中露着凶光:"等我们走后,如果我看到有人跟踪,你们就替吴局长收尸。"

"好,我跟你们去见万三猛。"赵继颇有深意地看吴玉光一眼,被胡周山以枪顶着,上了停在门口的汽车,扬尘离去……

吴玉光连忙安排东盛祥的伙计前去通知刘思琦和白桂英,自己骑着自行车,飞快来到财税局,召集巡缉队,乘坐两辆汽车,前去营救赵继。得知赵继被挟持,军统特别行动队也在白桂英、王润兰、李梦华的带领下,迅速乘车追赶。

接到吴玉光派人传来的消息,刘思琦便直奔郑县火车站的装卸行,找到在这里安排货物转运的吴玉莹、李永和和疤瘌爷商量对策。疤瘌爷听说万三猛的人突然出现在德化街上,不由跺脚骂道:"万驴子前些日子派人拿着钱和枪找过我,让我带着兄弟跟他干,我没答应。替日本人杀中国人,就是畜生!"

"那你不早说?"刘思琦有些急了,"早该除了这个浑蛋!"

"前段时间,开封打仗,又大水泛滥,谁能顾上这些?"疤瘌爷说的也是实情,"城里的国军都上了前线,连白长官、赵继也带人出城去了黄河岸上抗险。咱手中没枪,说也白搭。"

"现在是时候了!"刘思琦一把拉过疤瘌爷,"你带俩人去向孙桐萱将军报告,这次可千万不能放走了万驴子!"

"我也去!"吴玉莹一听说吴玉光被万三猛的人给绑了,不由发急,"他们为什么要绑架我哥? 他们想干什么?"

"因为吴掌柜现在是战时财税局的局长!"李永和想了想,"他最清楚郑县城内的军事物资调配。"

"万驴子绑架吴掌柜,恐怕是要他带路,去捣毁我军物资,再顺便截断郑县好不容易建立起的法币税务系统,配合日军进攻郑县。"刘思琦分析,"不过,如果我们和军统联手,也有可能将万驴子和他属下一网打尽。"

"昨天,我刚刚得到开封的信儿,知道万三猛几天前带着几十个汉奸从开封出来,悄悄渡河进入郑县。"李永和这才明白,"只道他们是来薛店货场倾销净膏的,没想到如此凶险。"

刘思琦安排大家分头行动,又从报信的伙计们口中得知,胡周山带人绑走了赵继,开车往城南去了。"这次是把白面书生当成东盛祥的老板了!"不由笑了,"这是什么眼神儿?"知道这些汉奸没开杀戒,说明万驴子还不敢过早暴露,刘思琦也就略微宽心。

"不用说,他们去的地方,肯定是黄冈寺一带。"刘思琦思索了一下,看着吴玉莹,"我和子龙开车去追他们,你留下,万一那帮汉奸折转回来,也好报警。"

"稍等!"吴玉莹是见过世面的女子,知道刘思琦说得在理,也不多说,从手袋里拿出用油布包裹的一把短枪,"这个你带着防身。"

"你怎么有枪?"刘思琦笑了,"这是你哥送你防身的吧!"

"这还是多年前,赊旗店镇的赵老板送我哥的。"吴玉莹笑了笑,"这枪在我手里派不上用场,你带着!"

刘思琦和李永和、丁子龙乘着店里的嘎斯牌汽车,一溜儿烟地出了火车站……

胡周山虽然绑架了"吴玉光",却不敢大意,毕竟他当年吃过"吴玉光"的大亏,所以,不仅让人绑了"吴玉光"的双手,在车上还一直以枪抵住"吴玉光"的头。直到汽车开出了南城门,才长出一口气:"他妈的,早晚我要大摇大摆地蹚平德化街!"

"恐怕没有那一天!"赵继冷笑一声,问道,"你这是要带我去哪儿?"

"去黄冈寺!"胡周山眼也不抬,"皇军马上就要渡河打郑县。你要识相点儿,到时候说不定给你留条活路。"

"反正你是没有活路了,"赵继笑了笑,"你和你的叔叔、弟弟一样,背叛民族,背叛国家,哪还有活路?"

"还他妈的耍嘴!"胡周山大怒,对着"吴玉光"就是一个嘴巴,"你信不信我现在就弄死你?"

"弄死我?"赵继吐出一口带血的口水,"你现在要弄死我,你就交不了差了!"

胡周山想起此行的任务是绑架"吴玉光",而不是杀死他,也就借坡下驴。"这一巴掌下去,我这心里舒坦了不少。"看着车窗外起起伏伏的土冈,"你说说,这里为啥叫黄冈寺?"

"这可有来历!这黄冈寺又叫显圣寺。"赵继也不愿再激怒胡周山,一边思索着如何脱身,一边说着故事麻痹车上的汉奸们,"乾隆皇帝登基后,去登封少林寺进香,路过报恩寺。随行士绅劝称,少林寺在深山,恐有刺客。乾隆一听,犹豫不决,暂住于报恩寺内。是夜,梦中遇强人行刺,乾隆拔剑还击,此时,窗外有人高呼:'皇上少安毋惊,云长奉佛祖之命前来护驾。'乾隆喜极梦醒,命手下查寻,果有强人。僧徒称宝殿内佛祖身边的关公铜像不见了,找来找去,铜像却在乾隆所住房间的窗前站着。乾隆大悦:'我有关公显圣护驾,还有什么可怕的?'去了登封后,下旨免粮税,赈灾民。从此,乾隆特意将报恩寺赐名为显圣寺,后为少林寺的下院。"

赵继话音刚落,坐在车厢上的汉奸就叫着:"队长,不好了,后面有一辆小车追来了!"

胡周山心里一紧,探出身来,扭头看去:"看看车里有几个人?"

"黄土荡得太高,看不清。"喽啰回了句,"开枪不?"

"再往前走走!"胡周山坐回车厢,吩咐开车的喽啰。

汽车又拐进一条杂树丛生的林间小路,一番颠簸后,在荒凉的黄冈寺前停下了车。赵继被蒙上眼睛、戴上黑色面套推下车,由两个汉奸架着胳膊向寺里走去。"这地方我熟,不用搀扶。"赵继此言不虚,当年为匪时,这里曾是他的一个据点。

坐在大殿上充佛的万三猛看着门口那个踉跄而来的人,嘴角露出一丝冷笑:"总算来了! 运气!"

这几年,万三猛运气不错。白桂英和赵继数次派人刺杀他,都被他一次次躲过。在日军进攻新乡和开封时,万三猛带着百十个由流氓、地痞、顽匪组成的"豫中自治救国军",为日军做向导和内应,得到了吉川贞佐的奖赏。在吉川贞佐的引荐下,万三猛见到了土肥原贤二。土肥原对万三猛的"忠诚"给予了更大的奖赏,不仅发给他十万大洋的活动经费,还拨给他一百支短枪和一批弹药,让他到郑县再纠集一批人手,扩大"豫中自治救国军"的队伍。万三猛更加讨好日本人,不遗余力地从事着破坏抗日的活动。短短半月之间,已有数十位积极抗日的士绅和知识分子惨死于他们的枪下。传闻说,日军攻下开封的战役中,正是这支所谓的"豫中自治救国军"提前买通了一些国军中下级军官,致使国军基层战斗力瓦解,才让日军轻易得手。"豫中自治救国军"几乎成了萦绕在郑县及周边乡村百姓头上的巨大梦魇。

不过,对万三猛来说,他心头念念不忘的一件事,便是昔日东盛祥掌柜吴玉光带给自己的耻辱。万三猛又得知吴玉光已是郑县战时财税局局长,与军统豫站的白桂英来往密切,他便按照吉川贞佐的指使,绑架吴玉光,准备摸清郑县国军战备物资配备情况后,再诱使军统豫站的白桂英露脸,好将他们一网打尽,配合皇军即将开始的郑县之战。

赵继进入院子后,带着几个汉奸往大殿方向走。"邪性!"胡周山有些吃惊,"你来过这里?"

"黄冈寺的永续老和尚是我旧交。你们不会连他也不放过吧?"见胡周山顿时沉默,赵继心中愤懑不已,"你们要遭轮回之苦!"

"人死如灯灭!"万三猛看着"吴玉光"被推了进来,接话,"何来轮回之苦?"

赵继似乎没被蒙面一样,走进大殿,径直在万三猛旁侧大椅上稳稳地坐下,让万三猛大为吃惊,"噌——"地站起身子:"吴老板,好眼力!"

赵继掩在面套后面的脸似乎在冷笑:"万驴子,你还真是命大!"

见"吴玉光"认出了自己,万三猛有些得意:"哈,吴掌柜,我知道有很多人盼我死,尤其是军统的那帮货们,隔三岔五地打我黑枪。但你这货还在德化街上蹦跶,我哪舍得走呢?"万三猛这个时候反而不着急了。多年煎熬之后,他决定要好好享受复仇的快感,说:"我原本是想绑架怀有身孕的穆兰香,又担心手下弟兄们不守规矩,破了她身子,所以,就直接找你来。你可不要不知好歹!"见"吴玉光"低了头,万三猛以枪磕着佛案:"我有话问你!"

"吴玉光"装作自知厄运难逃、反倒豁出去的样子,答道:"干啥?"

"你当财税局局长,账本有吧?"万三猛询问,"能否交给我?"

"能!"赵继演着吴玉光的样子,"只是军需供应全是代码,怕你看不懂。"

"清亮!"万三猛有点儿满意,"看懂看不懂是我的事儿。再问你,"喝了一口茶,把手中的枪插进王八盒子里:"多年前,你在赊旗店镇救了一个烟花女子叫'白牡丹',那女人现在不简单,听说神出鬼没,专与皇军作对。"万三猛有些嫉妒地探过身来:"我可是打听清楚了,她与你不清不楚,常有往来,你该知道她在何处。"

"吴玉光"倒不惊慌:"给你说她在哪里,你好抓她?"

"聪明!"万三猛点头,"抓住她,咱俩两清。你当初在大浮山糟践我的事儿,也一笔勾销!"

"哦,就这事儿!""吴玉光"故作轻松,"前几天倒是见过白长官。"

"在哪儿?"万三猛点上烟卷,猛吸几口,"她到底在哪儿?"

"在德化街、书院街、火车站、新乡、安阳……好多地方都见过她,枪法和人一样漂亮。"赵继说,"说不定,她也会来这里!"

万三猛把烟头甩在赵继身上，威胁着："你耍我?"

"军统豫站原来在书院街，现在搬到贾峪沟的一处地坑院。"赵继所说，与万三猛掌握的情况差不多，"那是'见树不见村，进村不见房，闻声不见人'之地，不太好找!"

"果然是个老把式，转得快!"万三猛笑了，"那你就带个路!"

"带路?"赵继假装想了想，"我不收拾下?"

万三猛忽然觉得"吴玉光"身上散发的气质很亲切："你这身打扮还用收拾?"

"既然请我带路，还不为我去掉行头?"在这帮曾经的土匪面前，赵继的气派让身边土匪有些哆嗦，"快点儿!"

见万三猛示意，胡周山过来为赵继松绑。赵继活动一下手腕，缓缓地撤掉黑色面套。万三猛惊讶："大……哥，你怎么来了?"

胡周山一听，一愣神儿，就被赵继刹那间拔出他插在腰间的毛瑟手枪。"还知道我是大哥!"有枪在手，赵继更显大杆子风采，"我和东盛祥的吴掌柜正在说话，就被你们请来了! 真是出息了，也敢对我动粗!"

万三猛顿时明白，这次是胡周山把赵继错当是吴玉光了! 他的手下有一部分人还曾是大浮山的土匪，见昔日的大杆子忽然现身，心中忐忑，目光在万三猛和赵继身上来回游走，枪口也慢慢低下。万三猛已经回过神来："真应了轮回之说! 多年前，胡海天错把吴掌柜当成白面书生;今天，胡周山又错把白面书生当成吴掌柜! 这他妈的是什么眼神? 也真是不是冤家不聚头!"不由感叹："大杆子已经是军统行动队的队长，有何见教?"

"五弟也已是'豫中自治救国军'的少将旅长!"赵继盯着万三猛，"一将功成万骨枯! 只不过，你是踩着自己兄弟们的枯骨爬上去的!"

一句话，让万三猛和一些殿内的土匪不由想起大浮山旧事，想起那桩血案，便像玻璃划破掌心般的刺痛。万三猛恼羞成怒，骂道："几年前，当你把我投下断头崖时，你想过兄弟之情? 你以假仗义骗我们为你卖命，结果又如何? 我说不上是好人，但你才是最卑鄙的小人!"

"说得好!"赵继的怒气忽然全部消散了。他终于明白，对万三猛这样从骨髓里透着自私的人来说,这个世界上凡是不能满足他私欲的人,一律都是他眼中的"卑鄙小人"。无论用什么样的办法去包容他、感化他,最终也不过是东郭先生的结局。而他一旦认定了仇人,必然会不择手段地疯狂报复。与其说这种人可恶,倒不如说这种人可怜。一个活在痛苦、烦躁和仇恨中的人,岂非天下最可怜之人? 想到此处,赵继泰然安坐,平静地望着万三猛,甚至露出了一丝怜悯的笑容:"这里还有一些老兄弟,过去的事儿,大家心里都有数!"

万三猛却觉得不自在了。他想看到的是赵继惊恐、恼怒和痛哭流涕向他求饶的样子,但赵继的从容不迫不仅打碎了他的期望,更令他觉得恐慌。于是,他想掏出腰间冰冷的手枪给自己壮胆:"赵继,你笑什么? 你的命现在可攥在我手里!"

"连过去的大哥也不放过?"赵继以枪指着他,阻止他拔枪,"你没我枪快!"又扫一眼殿内的十来个汉奸,"我们兄弟之间的事儿,你们少掺和!"

"别听他的!"万三猛动弹不得,也不愿坐以待毙,"他的命还攥在我手里!"

"我的命在你手里? 可你的命又在谁手里? 把自己出卖给日本人,你以为日本人拿你当什么? 不过是一条狗! 即使日本人打了进来,你也不过是狡兔死、走狗烹的下场。"赵继冷笑,"而日本人要是失败了、被打回老家去了,你就更难逃千刀万剐! 哈哈哈!"

此言正戳中了万三猛的要害。在他被复仇所蛊惑的心智偶尔清醒的瞬间,他也发现自己其实走上了一条不归路,悲惨的结局正在不远处向他招手。

万三猛的手不由自主地颤抖起来,面色也变得煞白,像是从棺材里爬出来的一样。"赵继……"万三猛强压着恐惧,定了定神,但说话的声音还是走了调,"老子的事情还轮不到你来管! 废话少说,趁弟兄们没开枪,你还是把你们接下来的行动交代了!"

"休想!"赵继一声断喝,"我身为堂堂中国人,岂能卖国? 古往今来,汉奸就没有好下场!"

赵继突然的强硬令万三猛很是诧异,一时竟不知如何应对,愣了片刻,也唤起原来土匪的血性:"你想死? 没那么便宜!"万三猛气势汹汹地叫嚣:"老子吃了三十多年的苦头,你想一颗枪子儿走个痛快的? 做梦! 老子非得慢慢折腾死你! 来人!"万三猛一招手:"先给赵队长松松筋骨,再送他上西天!"

"放肆!"赵继一声大喝,以迅雷不及掩耳之势,以枪顶住万三猛的脑袋,"今天,你是请神容易送神难!"汉奸们见势不妙,却面面相觑,不敢上来劝阻。

万三猛毕竟久居下位,又不及赵继体格强健,与赵继狠劲十足的目光一碰,竟心生胆怯,紧张地问:"你……你要干什么?"

赵继出手,闪电般地拔出万三猛腰间的枪,双手举枪,顺便将万三猛的脑袋夹进怀里。

"啊!"万三猛一声惨叫,"快来救……"

可是,他的呼救只喊出一半,便停住了。他手下的汉奸们也都是色厉内荏的货色,见此情形,谁也不敢上前。几年没有见面的仇人,在这个多事之秋忽然现身,万三猛的心里,实实在在地感觉到了惊恐。

正在此时,黄冈寺的外面已经响起激烈的枪声。胡周山知道就是救出万三猛,他也不会饶过自己,便转身带着殿内的汉奸后退着出门,以手向下比画着:"赵队长,咱们都不开枪!"

"好!"赵继也顾虑这帮汉奸们鱼死网破,"我和万三猛留在大殿禅坐!"

枪声愈来愈近,也愈加密集,满院的土匪一个个像没头的苍蝇,眨眼间已被撂倒了一片。显然是吴玉光带着税警队来了,并将黄冈寺团团围住。

"缴枪不杀!"果然是吴玉光的声音,"你们已经被包围了!"

胡周山闻声望去,看见站在黄冈寺瞭塔上的吴玉光,举枪便打。

吴玉光在高处一猫腰,回手一枪,眼见着胡周山像一捆麦束般倒地。

胡周山一死,没死的十几个汉奸已经无心反抗。

吴玉光对着大殿大喝:"万三猛,快些放了赵继,饶你不死!"

"小瞧人!"殿门打开,竟是赵继以胳膊夹着万三猛的脑袋走了出来,"万三猛在此!"

吴玉光带着刘思琦、白桂英等人上前一看,被赵继掼在地上的万三猛已经昏过去了,吴玉光笑看赵继:"早晚,我要和你掰掰手腕!"

白桂英上前,以枪连击倒地的万三猛:"我代表国民政府,对卖国求荣、无恶不作的万三猛,处以死刑!"见万三猛已经死透,白桂英忽然仰面望天,潸然泪下,"爹,你看见了吗?"

刘思琦和丁子龙带人收了汉奸们的枪械和通信器材,安排躲起来的僧人们打扫战场。

吴玉光联合军统一举清除活动在郑县附近的"豫中建国自救军"的别动队,让八路军驻洛阳办事处的刘向三主任惊喜万分。尤其是以郑县战时财税局的名义转往豫西山区的这部分武器装备和通信设施,极大地提升了抗日游击队的力量,也为后来豫西抗日根据地的建立奠定了基础。

第三十九章　日寇计谋取郑县　勇士决死战粮栈

　　黄河岸边,大批日本随军记者和几个外国记者簇拥着一名肩佩中将军衔的日军军官,听他描绘着即将展开的宏大战役。闪光灯不停地闪烁,记者们手中的笔沙沙地记录着。土肥原贤二,这个策动伪满洲国独立、策划华北自治的老牌侵华急先锋,是个老谋深算的"中国通",他的确与其他日军将领极为不同。他的第十四师团在执行军纪方面堪称"二战"期间整个日本军队的典范。当然,这并不是因为土肥原贤二心怀善念,而是他太明白了,只有以这样的手段征服中国百姓的心,才能彻底灭亡中国。于是,第十四师团占领区内异乎寻常的平静成为深受国际舆论指责的日本军队强撑脸面的唯一希望。

　　送走了记者们,土肥原贤二回到野战司令部,望着地图和贴满墙壁的各种情报,陷入了沉思。此刻,他正踌躇满志地思考着如何夺取河南重要的铁路交通枢纽——郑县。他心里明白,开封虽说是河南省会,但就战略地位而言,远不如郑县。尤其是国民政府许多重要部门和战略物资都集中在那里,国军依靠黄河和邙山的有利地形,再加上铁路运输物资和兵力的便利,一定会有一场恶战。

　　凭他的经验,在郑县这样繁华的商埠,爱财如命之人当不在少数,是不是可以用钱去收买人心,制造混乱,从而兵不血刃地进占郑县呢?吉川贞佐这两年在郑县搜集情报,甚至招募了一支土匪队伍——豫中建国自救军,不是没有这种可能!

"报告!"原来是被他刚刚从前线调回身边的特务机关长——吉川贞佐。吉川贞佐出身武士世家,自从在塘沽登陆以来,吉川贞佐每每以准确的情报和秘密行动为土肥原师团打开胜利之门,在军中名声大噪。

"吉川君,快快进来!"

吉川贞佐走进帐篷,在土肥原面前立正,敬了个标准的军礼:"师团长阁下,属下奉命刚刚完成对胡海天遇刺事件的调查,相关报告,请您审阅!"

"果然是军统所为!"土肥原一边翻看报告,一边思索,"胡海天这样的贪财好色之人,死不足惜!"抬头看着吉川贞佐:"你调教的那支队伍,正好可以牢牢地掌握在吉川君的手里。"

"为配合皇军渡河进攻郑县,旬日前,我部署'豫中建国自救军'的精锐别动队潜入郑县郊外货场。"吉川贞佐略一皱眉,"只是,自前日开始,该部通信信号全无。属下怀疑,他们已遭遇不测!"

"中国军队不惜以决堤为代价,守护中原心脏——郑县,其防守能力和抵抗决心不容小觑。"土肥原略思片刻,"不过,由你亲自调教出的别动队,不会如此不堪一击。除非他们良心大大的坏了!"

"请阁下同意我再次潜入郑县,召集别动队,配合皇军渡河,与中国军队在郑县决战。"吉川贞佐一边说着,一边将一份厚厚的报告恭恭敬敬地递到土肥原手中。土肥原略略浏览了一番,却又放下:"吉川君,皇军正在中国的长沙一带加快占领步伐,但遭到中国军队的顽强抵抗。为配合战事,必须尽快打通京广大通道。攻城在即,我想你去做一件更重要的事情。"

"请师团长阁下下令!"吉川贞佐一听又有自己大显身手的机会,兴奋得满脸通红,"是该给军统还以颜色的时候了!"

"不,我们现在要做的,就是培养更多的胡海天和万三猛之流,来节省大日本皇军的子弹。"土肥原将手里的报告翻开,指着其中一页,"吉川君,你看这里。我想让你去拜访一下郑县贤达,如果能争取到他们投靠皇军,那么郑县很快就将成为中原王道乐土上最璀璨的一颗明珠。"

吉川贞佐曾在郑县、洛阳、开封两年,是个不折不扣的中国通,类似的任务,他已经"出色"地完成了许多次。他相信,在郑县,他可以手到擒来:"请师团长放心!"

土肥原贤二满意地点头微笑。吉川贞佐敬了礼,便要去做再次潜入郑县的准备。

"等一下,"土肥原贤二摸着光溜溜的脑袋,"中国人的乡土、乡亲观念非常强烈,同乡之间的相互影响十分有力。在河南,这一特点尤其突出。如果能争取到具有代表性的人士,那就意味着我们大日本帝国拥有了一大批杰出的人才,这对于我们建立并稳定一个以华制华的政权具有十分重大的意义。"

"是!师团长阁下深谋远虑,属下定当竭尽全力,以报皇恩!"

土肥原思索着:"你要以利动之,多方罗织,挑拨离间,上下相扰,利用其河南部下不服国民政府之心,多多拉拢,为我所用。对于那些具有抗战意识的部队或者顶层人士、草莽英雄,不惜本钱,杀一儆百!"

"河南自古多仁义之士!"土肥原描绘的宏伟蓝图,极大地激发了吉川贞佐的干劲,"属下以为,我特务机关总部对外称谓就叫'仁义社',以便收拢人心,实现大东亚共荣。"

"很好!"土肥原贤二露出赞许的微笑,"仁义社要对国民党不同部队、土匪流寇、巨贾名伶、抗日分子等进行研究,拿出有利于皇军行动的政策!"瞬间收敛笑容:"尤其是针对国民政府刚刚组建的军统豫站,还有中共地下组织,要实施反间和有力措施,决不能让他们联起手来,抵抗皇军!"

"为了配合你们的行动,震慑黄河南岸的中国人,明天,大日本空军将派出三架飞机,轰炸黄河南岸的中国阵地。"土肥原目露凶光,"皇军将很快马踏郑县!"

接到吉川贞佐要求接应渡河的信号,一直潜伏在德化街瑞民粮行的王留成总算敢露出头来。为筹备"豫中建国自救军"的粮食,他带着五个别动队员来到德化街最大的商行交易,错过了与万三猛在黄冈寺会合的机会,从而与死神擦肩而过。相对于万三猛和胡海天,王留成更有计谋,他毕竟读过几年私塾,又一直在智贺秀二的福民商店担任账房的角色。他前几天力劝万三猛不要轻易招惹吴玉光,万三猛不听。这两天,别动队音信全无,十有八九凶多吉少。他一直胆战心惊,也不敢出门打听。毕竟,在德化街上,瑞民粮行是一个安全岛。究其原因,是因为瑞民粮行的掌柜毛庆臣之子是南京主管军需的国防次长的女婿,连郑县战时财税局局长吴玉光每次前来,都要对毛庆臣客气有加。

王留成今天刚要出门,恰遇吴玉光派丁子龙来照会瑞民商行,便赶紧躲起,屏息偷听。只见丁子龙冲毛庆臣说道:"我等将士为国为民与日寇死战,而你竟伙同汉奸王留成做着发战争财的美梦!"

毛庆臣老板大怒:"你一个财税局的小队长,竟敢大放厥词?若非我儿子在南京为郑县国军说话,他们早该挨饿了!"捎带着把财税局的靠山——孙桐萱也扯了进来:"你让吴玉光去问孙师长,可是实情?"

"你与新乡三井商行的交易频繁,既涉嫌偷税漏税,更染指走私黑货。"丁子龙也不客气,"受吴局长委托,我今日前来照会,还望毛老板金盆洗手,以免损污南京长官的颜面。"说完,抬腿就走。

"大胆!黄口小儿竟敢如此侮我?让吴玉光过来见我!"毛庆臣靠山够硬,望着丁子龙的背影,说话也是不软。

"这小子说话太不讲究!要我说,就该收拾他!"王留成本来想拍一下毛庆臣的马屁,却被毛庆臣大骂:"你就是个汉奸!就因为你,让我与黄河北岸做大豆的生意,被财税局查出了线索,要以汉奸罪论处。"

"吴玉光无非就是个外来户,仗着孙桐萱师长撑腰,也太不给面子了。"王留成脸皮也厚,依然替毛庆臣抱着屈,"若不是贵公子给予郑县国军特殊照顾,他们还能守住黄河?"

"两码事!"毛庆臣这两年通过与黄河北岸走私烟草、棉花、粮食和杂货快速积累了大量财物,已经成为德化街上的首富,"我与日本占领区做大豆、棉花生意,被说成是变相给日本人送衣送粮。"

"哪会是呢?"王留成有话了,"黄河北岸的商人也是真金白银地买,也卖给瑞民粮行不少紧缺的东西,譬如救命西药、红丸和烟草,甚至快枪。"

"那现在该怎么办?"毛庆臣倒是不怕什么郑县战时财税局,他怕一旦被吴玉光抓住把柄,让孙桐萱上告南京,会使亲家的面子上过不去,"真想让这个得理不让人的家伙消失。"

"万旅长已经派人绑了吴玉光。"王留成刚说出口,却被毛庆臣说出了结果:"万驴子和他的别动队在黄冈寺已被全歼!"

"死了?"王留成虽有预感,但听到这一消息,还是双腿一软,魂魄俱飞,"我还活着?"

"恶人活千年!"毛庆臣上前一个嘴巴,"你活着! 快想下步咋办?"

"吴玉光消失不了,让货消失。"王留成摸着热辣辣的脸,醒过来了,"吉川大佐今夜带一批紧俏货物渡河,你把库里那点儿大豆、棉花让他全部带走,那财税局不就没有把柄了?"

"死咬住,瑞民粮行不经营大豆、棉花,又何来向黄河北岸走私之说?"毛庆臣笑了,"还走荥阳桃花峪。"

王留成带着五个属下和几个瑞民粮行的伙计将大豆、棉花装满三辆汽车,向桃花峪渡口驶去。由于瑞民粮行有国军的特殊通行证,吴玉光只能派丁子龙带着两个精干属下骑着自行车,一路跟随⋯⋯

秋天的黄河在夕阳下泛着金波,如同一望无际的打谷场。运粮车到了渡口,一个叼着烟卷的国军连长带着几个持枪的兵士迎了过来。"哎呀,又卖大豆?"显然与王留成极为熟悉,"将来,我脱了军装,也做大豆生意。"

"黄连长真会说笑!"王留成下车,笑着迎上去,"这是最后一次生意了!"耳边似乎听到黄河上传来气垫船的声音。"河对岸的人来了。"从怀里掏出一根金条,"等会儿货物一交换,这片黄河也就风平浪静了。"

"我已得军令,日军这几天就要渡河,战事马上就起。"黄连长接过金条,"恐怕也真是最后一次做生意了!"

说话间,两艘没挂旗帜的气垫船相继靠上渡口码头。乔装成普通商人的吉川贞佐带着假扮成装卸工的十几个日军特种兵,每人扛着一个大麻袋,向停在渡口的汽车走来。王留成上前迎着:"辛苦! 辛苦!"吉川贞佐阴沉着脸,也不应声,只让属下抓紧卸货。待双方各自装好货物,令黄连长感到奇怪的是:黄河北岸来的十几个装卸工并没有坐上返回的气垫船,而是登上了回郑县的汽车。就在他犹豫是否让汽车停下的一刹那,汽车已经飞驰而去……

"他妈的,以后没生意做了!"黄连长对着汽车远去的方向啐了一口,又扭头对属下吩咐,"从现在起,加强戒备,绝不让一只船渡河!"

丁子龙躲在黄河堤坳处,看刚才那些气垫船上的搬运工,分明就是一帮训练有素的军人,暗叫一声"不好",就拼命地踩着自行车往回赶……

山雨欲来风满楼!随着日本军队在黄河北岸和郑县东南方向不断集结,郑县的空气中已经弥漫着枪炮火药的味道。

一大早,裕兴祥一个伙计显然也听到了日军即将进攻郑县的消息,有些沮丧和担忧:"唉,鬼子眼瞅就要打过来了,不逃,说不定就活不成了……"他这一说,伙计们悄悄瞅着刘思琦。刚才说话的伙计怯怯地接着嘬嚅:"东家,要不,咱们也往武汉逃吧,现在走,还来得及……"

"逃?"刘思琦木然地问。

"逃吧,都是一大家子人呢!"伙计们以为刘思琦动了心,顿时都围了上来,七嘴八舌地怂恿着。

"这可是咱中国的地盘!"刘思琦忽然发怒了,"裕兴祥是我几代人的心血干出来的,舍了裕兴祥,还不如杀了我痛快!"

"都给我干活去!"疤瘌爷也有些生气,"谁要害怕,马上滚蛋!"

伙计们惊愕地眨眨眼,无趣地散开了。

不过,刚才那伙计的话让刘思琦又添了一丝愁绪:"日本人要攻打郑县,究竟我该怎么办?尤其是战时物资如何保证?"

正犯愁间,门口的伙计几天来破天荒地迎进了一群客人。刘思琦抬头一看,其中为首一个个头高挑,穿着皮大衣,戴着金丝眼镜,举止谦恭得体,说起话来更是引经据典,颇有几分学究的味道。跟伙计简单聊了几句,那人便指名道姓地要见刘思琦。

刘思琦倒没有觉察出什么异常。这两年来,几乎每天都有找他的陌生人。又因此人文质彬彬，举止非同一般，刘思琦听他提到自己的名字，便上前答话："在下便是！请教先生？"

"鄙人黄平夫，从北平来。"那人拱手，"久仰刘老板大名，今日特来拜会。未曾事先知会，请恕在下冒昧之过！"

"哦，原来是黄先生！这兵荒马乱的，您这一行人从安阳过来，挺不容易吧！"刘思琦似乎看这人有些面熟，就是想不起来在哪儿见过。两年前，他和吉川贞佐在青木武馆会过面，但当时的吉川贞佐一身武士打扮，脸涂油彩，既无眼镜，又无胡须，两人在擂台上你死我活地打斗，皆是满脸血迹，他现在怎么能认得出来？加上，这段日子常有从北方逃出来的富商或是教授经过郑县，刘思琦以为他一定也是位教授，忙安排进后院茶舍，又布上好茶。

"刘老板如此好客，真是令鄙人感动万分！"吉川贞佐客气着，"果然是中原人物，仁义秉礼！"

"黄先生，我素仰有学问之人，"刘思琦亲自布茶，"若不是日本鬼子吃饱了撑的来打仗，您还不是安心地在学校里研究学问？今天既然到了德化街，那没啥说的，河南人好客，理应好酒好茶招呼！"

听到"日本鬼子"四个字的时候，吉川贞佐不自在地扭了扭身子，表情有些微变："似乎您对日本人十分痛恨？"

"能不恨吗？日本人到处奸淫掳掠，整村整村地杀人，没有啥坏事干不出来！"刘思琦已经注意到吉川贞佐越来越纠结的表情。

吉川贞佐脱口而出："这都是无耻的谎言！"

刘思琦假装一愣，面含疑惑："您说什么？"心中顿时有些计较："坐下说，别激动。"

吉川贞佐迅速调整了自己的情绪，笑着解释："刘老板，我从北平一路到安阳，又到郑县，我最有发言权。日本人攻克了北平城、安阳城之后，安抚百姓，恢复工商业，市面更繁荣，人民更幸福。不信你看！"

说罢，一直侍立在吉川贞佐身后的随从，连忙从公文包里取出一大堆照片，"哗啦"一下堆在刘思琦面前。

刘思琦假装吃惊地张大了嘴："这是什么？"

"真相!"吉川贞佐回应,"看看吧!"

刘思琦上下打量了一番这位"黄平夫",捡起照片仔细地看。这些照片,拍摄的大多是北平和安阳街景。从照片上看,街边人山人海,商户都是顾客盈门,巡逻的日本士兵向路边好奇的小孩子们分发糖果,举着日本国旗的老百姓夹道欢迎日本军队,似乎真是一片喜庆祥和的景象。可是,联想到逃难来的人们说起日本军队时脸上真真切切的恐惧,以及自己的所见所闻,刘思琦越发觉得眼前这伙人来者不善。再看吉川贞佐和他的随从们,脸上都写满了得意和骄傲。吉川贞佐对他亲自拍摄的那些照片有充足信心。

"黄先生,你们究竟是来干什么的?"刘思琦把照片还回去,他已经确定地知道对面的人是谁了!

"呵呵,刘老板,您不要紧张,"吉川贞佐展现出他极具欺骗性的笑容,"我们是来宣传真相的!只有让全中国的老百姓,尤其是您这样的精英都认识到,国民政府是腐败的,日本军队是友善的,中国和日本只有携起手来,通力合作,才能赶走欧美的殖民主义者们,共同建设大东亚的王道乐土!"

"王道乐土!"刘思琦"嚯"地站起身,愤怒地盯着吉川贞佐那张沉浸在美妙幻梦中的脸,"我就不多陪了!"说着,刘思琦就要出门。不想吉川贞佐使了个眼色,两个手下一左一右死死挡在门前,其中一人把衣角一撩,腰间赫然露出乌黑的手枪把。

"啊?!"后院一个伙计一惊,挡在刘思琦前面,"你们是土匪,还是……"

"他们不是土匪!"刘思琦用手拨开伙计,"大有来头!"

"刘老板,好眼力!"吉川贞佐的笑容仍是和蔼可亲,貌似关怀备至,"你我虽有交锋,但我这次是来帮助您、拯救您的!"

"帮助?拯救?"

"没错,刘老板!大概你也认出我来了!"吉川贞佐言之凿凿,"鄙人是大日本皇军第十四师团特务机关长——吉川贞佐,奉师团长土肥原将军之命,与郑县向往和平与繁荣的进步人士联络,以求在郑县被纳入王道乐土之后,迅速建立起一个有效的中日共治机制,让中国的老百姓免遭战祸,过上幸福的日子!"

刘思琦听得寒毛根根倒立，冷冷地问："那你们找我干什么？"

"是这样的，"吉川贞佐又从公文包里拿出一份文件，推到刘思琦面前，"刘老板，您也曾留学日本，又和您父亲一起，成为德化街的商魂。皇军久仰您的声望，十分期待您能成为皇军的朋友。这是土肥原将军任命您为郑县商会会长的任命函。等皇军入城之后，郑县大大小小、各行各业的商家，都将唯您马首是瞻。您若是还有更大的愿望，届时新成立的自治政府里，您可以随意挑选位置！您给皇军推荐的人才，皇军也会优先选用！"

在这样的时刻，刘思琦只有先用缓兵之计，将他们稳住，决不能让他们轻易走出郑县。

"承蒙看得起我刘某人，"把任命函叠好收了起来，刘思琦尽量用平静的语气，"但刘某只是一介商人，不懂当官之事。要不，您容我与家人商量商量，如何？"

狡猾奸诈的吉川贞佐，眼睛比刀子还尖利，不惯说谎的刘思琦如何能骗得住他？可吉川贞佐也不着急，笑着："那好啊！就请刘老板好好琢磨琢磨。总而言之一句话，皇军破城指日可待，那时候的情形，用你们中国一句老话，就叫作'顺我者昌，逆我者亡'！请刘老板三思！"

说完，吉川贞佐戴上帽子，起身说了句"多谢刘老板的款待"，便领着手下匆匆而去。

刘思琦霍然起身，正要去找吴玉光商议，忽然听见德化街上凄厉的防空警报响起。刘思琦急步走出屋外，对着德化街上发呆的人群大声喊着："日本的飞机要来了！快躲起来！"

吉川贞佐料定刘思琦不会轻易接受所谓的"任命"，只不过是要借刘思琦去报警之机，探得军统或国军首脑机关位置，以便日军实施准确空袭。

刘思琦窥见有人暗中盯梢，干脆又折身回店，略有皱眉："警局侦缉队的人几乎都去配合国军在黄河岸布防了。这要关门打狗，还真有些难。"他让一个伙计从后门出去："召集裕丰纱厂看护厂房的工人，还有德化街上疤瘌爷手下的那帮搬运工，到这时候了，人不分男女老幼，皆要有守土抗战之职责。"

在刘思琦召集人手准备关门打狗时,吉川贞佐已与王留成在瑞民粮行会合。此时的粮行已被吉川贞佐的特种兵控制。得知万三猛的别动队已全军覆没时,吉川贞佐阴下脸来:"以粮行为据点,死守待援!"未及部署完毕,吴玉光已带着财税局侦缉队将瑞民粮行包围,双方也无须喊话,便开始激烈交火。吉川贞佐虽说人少,但一个个都是严格训练出来的杀人武器。瑞民粮行存储的大批粮食,是救命的东西,吴玉光也不愿动用重武器,只能和随后赶来的刘思琦及其"杂牌军"将粮行团团围住……

白桂英接到丁子龙送来的情报后,很快和赵继带着军统别动队赶来增援。得到军统别动队这支生力军的支持,再加上丁子龙、王金秋以狙击手的角色袭击,吉川贞佐身边的兵士不断倒下,只好边打边退向后面的粮行仓库。

退到仓库时,身边只剩下几个特种兵了。吉川贞佐一把拉过毛庆臣当作肉盾:"你的,快些带路!"看着眼前子弹乱飞的境况,毛庆臣只好让王留成打开库房的地道。在几个兵士的掩护下,王留成带着吉川贞佐进入地道,逃出郑县……

第四十章　中日激战郑县地　国共联手制东夷

以吉川贞佐的别动队进入郑县为导火索,中日第一次郑县之战拉开序幕。

为了牵制驻河南的中国军队南下支援长沙战役,日军精锐约五万人,先后在中牟、京水、荥泽口等处集结,向郑县城区进犯。在飞机和强大地面炮火的掩护下,分别从中牟界马、郑县东北的琵琶陈、郑县西北的广武邙山头等处强渡新、旧黄河,遭到中国军队的顽强阻击,双方死伤惨重。

在郑县惊天动地的战火中,八路军驻洛阳办事处主任刘向三受俞青松所托,带着几十个战士也来到郑县,让忙于支持黄河前线军事物资保障的吴玉光大为吃惊:"你们怎么来了?"

"郑县是中原抗战的桥头堡,也是插入日军心脏的一根刺,郑县不能丢失!"刘向三显然是带着上级的指示来的,"但为保郑县,也不能做无谓的牺牲。有些血性的民众甚至拿着菜刀、斧头就去了前线,勇气虽然可嘉,但又如何能挡住日军的飞机大炮?"

吴玉光也是对百姓的无畏牺牲感到心痛。

"昨夜,我代表我党面见了国军三十八军军长赵寿山将军,将我方的意见转达。"刘向三看着吴玉光期盼聆听的眼神,也就不隐瞒,"我方的意见,是先避开日军进攻锋芒,留一部分军队在城内牵制日军,主力部队暂时撤往易守难攻的郑县西南高地。待日军疲惫,再实施重拳突袭,夺回郑县。"

　　"郑县的地形西南高于城内百米,又多丘陵山地,日军的装甲坦克无法发挥作用,战略纵深适宜我军与日军展开作战。"吴玉光不住地点头,"我们只要将城中的百姓转移、粮食清空,日军的飞机大炮也不能当饭吃。"

　　"说的就是这个道理。"刘向三赞许吴玉光的看法,"我这次带着洛阳办事处的同志来,是要协助郑县战时财税局,领导城内民众的疏散,参与战时后勤物资的供应工作。"

　　"战时财税局和我党财税组的同志们坚决配合好工作。"吴玉光表态,"前日我们已将瑞民粮行的粮食转移,足以维持郑县民众一个月的口粮。"

　　"相信在一个月之内,我们就能夺回郑县。"刘向三充满信心,"夺回郑县后,按照俞青松政委的《为征公粮告父老绅耆书》要求,我们再进一步稳定局势,去争取最后的胜利。"

　　"民众们的工作好做。只是以白桂英、赵继为骨干的军统别动队,一直不愿撤退,还在号召民众与郑县共存亡。"王金秋微微皱眉,低声插话,"还望刘主任请示赵将军,让军统也能够以退为进。"

　　"军统直属国民政府军委,赵将军恐怕无法下令。"刘向三思索着,"但我们要听赵将军的军令,因为赵寿山军长是毛主席、朱总司令所认可的国共合作典范。"

　　"我和刘思琦同志一起去找白桂英和赵继做工作。"吴玉光已经完全领会了刘向三所转达的中央意见,"对待狡猾残忍的日军,不能蛮干,更需要智谋。"吴玉光想起已经奔赴九三三团的白桂英和赵继,不免有些忧心:"决不能让牵制日军的九三三团将士全部牺牲。"

　　"说得好!"刘向三起身,"我和洛阳办事处的同志们由王金秋同志陪着,紧急部署民众的转移工作。你和刘思琦同志也抓紧去九三三团,说服军统别动队和将士们,尽量牵着日军鼻子走,在运动战中消灭日寇。"

　　和刘向三分手后,吴玉光找到正在火车站货场带人转移粮食物资的刘思琦和丁子龙,把组织上的要求简单说明后,三人便开车前往祭城的主战场……

祭城位于郑县城内东北方,是这次国军部署的重要阵地,以牵扯自开封、中牟前来攻城的日军。驻守此地的国军九三三团隶属于一六六师,师长是汤恩伯的心腹马励武。此人虽毕业于黄埔军校,却因长时间担任参谋角色,缺乏战场经验,一味与日军硬拼。

马励武率一六六师在济源与日军会战后,被迫后撤,在豫西密林稍作整训,并入三十八军赵寿山部,驻守新黄河南岸的凤凰台,隔河与日军对峙。在日军进攻郑县时,马励武自作主张,下令向刚刚占领黄河南岸青龙山庄的敌军发起攻击。与日军数番战斗后,国军将士已经知道日军实力,尤其是敌我武器装备更是相差悬殊。与日军展开攻坚战,无疑送死。九三三团团长郑发永苦劝马励武:"胜败乃兵家常事。决不能为了个人颜面,置兄弟们性命而不顾。"郑发永这话恰好说中马励武的痛处。马励武受汤恩伯的举荐,刚刚担任师长就遭遇失败,心中正窝着一团火,劈手对着郑发永就是一记耳光:"我带兵死守祭城,你率属下夺回对面高地——青龙山庄。委员长训示我们,寸土必争!国难当头,莫非你怕死不成?"

郑发永如鲠在喉,呜咽作声:"发永岂是贪生怕死之辈?"

郑发永苦劝马励武未果,只好集结属下训话。

昔日大浮山赵继的土匪被打散编入九三三团各个连队,这些曾经的匪众虽然作战勇敢,但毕竟缺乏严格操练,黄河一战,伤亡不少。听说团长集训,又听说郑县即将全面失守,恶战在所难免,大浮山的兄弟们便互相串联,希望能同生共死。所以,在贾鲁河的河滩操场列队时,他们就自发地站在一起。

"史可法精忠报国,是我大汉民族的英雄。郑县是史可法故里,是人文始祖黄帝庙宇所在,也是我民族精神之所在!"郑发永骑马来到河滩操场,见到属下官兵,高声训导,"如今日寇就在前面,你们是否愿意死战?"

沉默!只有粗重的呼吸回荡在河滩。

"国难当头,尔等难道爱惜此身?"郑发永扫一眼未按队列要求站立的大浮山匪众,有些愤怒,"李彪,出列!"

李彪是赵继属下得力干将,读过几年私塾,为人重情仗义,悍不畏死,曾在大浮山坐第三把交椅,现任九三三团三营营长。在九三三团,他无疑是昔日那些大浮山匪众的定海神针。

矫健的李彪应声出列,瓮声瓮气地回道:"死倒不怕,关键是还没看清日寇长啥样就被打死了,不甘心!"

"啥样的死法你甘心?"

"杀一个够本,杀两个赚一个!"李彪又挠了挠头,"还有,我们大浮山兄弟们要同生共死!"

"对! 对着哩!"下面的大浮山弟兄们起身呼应。

"我们兄弟彼此熟悉,一个眼神,一个口哨,就知道该咋打。"李彪挺胸说出心里话,"现在倒好,我和兄弟都被打乱了,死得不明不白。"

郑发永思索片刻,点头应允:"李彪,我答应你! 不过,你部作为先锋队,要率先进攻。"

"主动攻敌就是送死,"李彪拱拳,"长官,可否为我大浮山兄弟们留个种?"

"你们自行选出二十个武艺高强的兄弟,另有任用。"郑发永部队在开拔前,已调任军政部第一补训处总处长的郜子举委托赵寿山军长,要在原大浮山土匪中再调拨二十人归入军统豫站行动队,交赵继指挥。但由于战事急切,未来得及安排。他又扫一眼属下的官兵,"还有,是家中独子、上过大学或师范的官兵出列。"

几十个官兵向前三步,齐齐望着郑发永。郑发永命令:"你们就作为预备队! 由副官参谋马豹指挥,暂时在这里守营。其余将士随我出征!"

大浮山兄弟们推来让去,总算选出了二十个兄弟。诸兄弟与李彪所率领的百余兄弟分手,颇有"风萧萧兮易水寒,壮士一去兮不复还"的况味。

当夜,九三三团对攻入郑县青龙山庄的日军开战。驻守青龙山的日军恰好是吉川大队,指挥官正是刚刚逃离郑县瑞民粮行不久的"中国通"——吉川贞佐。李彪带领敢死队对日军驻地的石砌围墙组织实施爆破,架设云梯。在日军强大的火力攻击下,国军将士纷纷倒下。踩着弟兄们的尸体,李彪带领剩余的八十多名兄弟就着围墙的缺口,攻入青龙山庄中。此时,日军已经占领郑县的精锐酒井联队以十辆坦克和装甲车开路,火速增援,与中牟的松本骑兵大队对九三三团实施合围。郑发永发觉被包围,只好放弃攻取青龙山庄,折头向西突围,被日军强烈的炮火封堵,进退两难,陷入死地。

攻入青龙山庄的李彪和兄弟们依靠着灵活作战,巧妙配合,竟快速突进山中城隍庙附近,与日军一个小队遭遇,展开激战。随着日军增援部队不断拥来,大浮山的弟兄们只好以最大的牺牲蹚出一条血路,夺入首庙,依着庙内高大的围墙和庙廊,与日军作战。激战半日后,李彪部伤亡大半,活着的兄弟们身上的子弹也基本打光,只好退守在庙中的大殿。

李彪看着剩下的十几个弟兄,拱手苦笑:"日寇死了一百多人,咱们也算是够本了!"

"本来咱们还想赚几个,"一个兄弟接话,"可是,咱们没子弹了,总不能赤手空拳和小鬼子死掐?"

"嗨,就是要和小鬼子死掐。"李彪说着,从身后拔出大刀,"没子弹,咱就用这个,刀快不怕脖子粗!"

"小鬼子脖子也就是一根肉棍儿!"另一个兄弟笑着,"我一把手就能把他们的脖子拧断!"

"还是用刀。"李彪用破衣服揩了揩刀刃,"我听咱团的老兵们说,小鬼子就怕被砍头。"

"为啥?"

"小鬼子认为,做了被砍头的鬼,就见不到他们的天照大神,也就转不了世。"

随着几声巨响,庙门和围墙已经被日军的炮火轰塌。踩着呛人的烟尘,大队日军嗷嗷地叫着,开始最后的进攻。

"弟兄们,咱们虽没有同生,但总算共死了!"李彪大叫一声,"和小鬼子拼了!"

弟兄们纷纷从背后拔出大刀,见日军渐近,举刀冲入敌群,疯狂砍杀。刚开始,日军有些慌乱,但很快便镇定下来,将李彪等人团团围住,展开残酷的白刃搏斗。弟兄们渐渐体力不支,一个接着一个倒下。杀红了眼的李彪号叫着,冲着站在不远处观战的吉川贞佐举刀劈来。几个日军急忙过来封堵,却被吉川贞佐挥手斥退:"这是位勇士! 勇士就该有一个体面的死法!"吉川贞佐迎着踉跄扑来的李彪,拔出武士长刀。李彪看着周围的日军都纷纷让开场子,咧嘴笑了:"单挑?"一个力劈华山,恨不得将吉川贞佐劈成两半。不料吉川贞佐并不避让,手中武士刀迎着李彪的刀锋磕去,火花四溅,叮当有声。李彪接连苦战,体力已至极限,被吉川贞佐刀锋一震,不由向后退了几步,手中的刀险些飞出。再低头一看大刀的刀锋,生生地被豁开一道口子。"嗨,还是个硬茬子!"李彪止步,喘了口气,对着手心啐了一口,再次举刀。他已知对手是个高手,荡开少林刀法,围着吉川贞佐劈刺点挂。吉川贞佐显然熟悉套路,手持武士刀腾挪自如,气定神闲。几个回合后,吉川贞佐见李彪步伐凌乱,刀锋迷离,忽然出刀,将李彪手中的破刀击飞,李彪扑倒。吉川贞佐也不他顾,敛衣转身,收刀入鞘。李彪抱着必死之心,爬起身来:"狗日的,别跑!"欲赤手相搏,被两个日军刺死。

青龙山庄战事平息,日军开始对想撤回祭城西的九三三团展开猛烈炮击。九三三团在郑发永团长带领下,誓死抵抗,伤亡惨重。此时,青龙山庄的日军也以坦克和装甲车开路,与外围日军内外呼应,九三三团难以支持,向西全面溃退。白桂英和赵继得知九三三团前线战事失利,带着军统别动队急忙在贾鲁河岸边准备小船,总算接应及时,救回九三三团的余部……

此战国军虽以大无畏气概奋勇作战,但由于兵力分散,指挥失利,加之日军炮火凶猛,导致一六六师伤亡惨重。吴玉光、刘思琦和丁子龙赶到河西青台时,正赶上一六六师为战死将士举行安葬仪式。恰值天降大雨,似乎在为死去的将士们哀哭。面对血淋淋的现实,吴玉光总算劝住急于复仇的赵继,二人相约,待收复郑县后,不管吉川贞佐身在何处,必联手将其刺杀。

一六六师曾是郜子举的子弟兵,官兵多为鲁山籍,尤其是九三三团郑发永受伤身死,让郜子举震怒心疼不已,他直接飞回洛阳,会晤河南省主席卫立煌将军,让第三集团军司令孙桐萱和三十八军赵寿山将军立马解除马励武师长之职,亲自祭奠阵亡的五百将士。赵寿山听闻大浮山的匪众在青龙山庄的孤战事迹,感动不已。为了弥补,他将大浮山幸存的二十个弟兄纳入军统豫站特别行动队划归赵继直接指挥，又让军需处为行动队员们全部配备了清一色的美式装备……

为减少无谓的牺牲，中国军队决定暂时放弃几乎已成空城的郑县，撤至郑县以南、东南及西南天然沟渠地带，在小李庄、黄冈寺构筑工事，伺机反攻。

三日后，郑县沦陷。进入郑县的日军因遭遇顽强的抵抗，损失严重，便对未能及时撤离的少数民众展开疯狂的报复。

占领郑县的日军欲以胜利之师追击退向郑县西南方向的三十八军主力，却在须水、荥阳、巩义一带的沟谷纵横之地，陷入国军布下的各种陷阱和阵法。日军的坦克、装甲车、大炮和重武器大部分失去优势，更多的时候，只能以轻武器和国军对抗。被日军暴行彻底激起民族血性的国军战士在当地民众的支持下，迸发出强烈的取胜信念和战斗勇气，使日军前进的每一步都必然付出鲜血的代价。同时，藏匿于郑县城中的刘思琦、丁子龙等人联手军统的白桂英和赵继，各带几个身手出众的别动队员，利用熟悉环境和地形的优势，昼伏夜出，对日军驻地展开偷袭。几乎每隔数日，都会给日军造成不小的伤亡。吴玉光带领战时财税局侦缉队与刘向三的八路军特别行动队联手，利用准确的商业情报网络，直接切断郑县城内日军对城外日军的军需物资供应，使其苦不堪言。城内日军虽然到处烧杀抢掠，但毕竟城内的粮食和物资已被战时财税局转移一空，日军所获物资显然无法支持庞大的军队，只能靠着从黄河北岸转运的粮食物资过活。再加上阴雨连绵，日军营中疟疾瘟疫流行，战斗力大幅降低。

驻郑县日军司令部设在郑县城北关虎屯的大庙里。担任日军联队司令的鲤登行一少将由于战局形如乱麻，陷入焦头烂额之中，便召见日军小林联队长、松井联队长、松本骑兵大队长和力促进攻郑县的吉川贞佐商议下步战事。

驻扎在青龙山庄的吉川贞佐接到报告，匆匆赶到关虎屯大庙，向鲤登行一施礼后，安慰道："中国自古就有'得中原者得天下'之说。皇军占领郑县，已得关虎之地,不久,必征服整个中国。"

"何谓关虎之地?"

"这是中国的一个传说。"吉川贞佐耐心说道,"三千年前,中国的周武王灭掉商朝后建立了周朝,统御天下五十年,以穆天子之名广为人知。其在位时曾多次远离京城到郑圃游玩、狩猎。有一次,周穆王在狩猎时突遇猛虎,大惊失色。为保护穆王,卫士高奔戎上前与猛虎搏斗,最终生擒猛虎,并将猛虎作为礼物献给穆王。穆王大悦,便下令将猛虎就近关在东圃之西。后来,此地被划为军屯,命名此地为关虎屯。"抬头看一眼远处的老庙旗杆:"此地便是关虎屯,我大日本驻郑司令部之所在,便是穆王驻跸之殿宇。"

"吉川君此言甚好!"鲤登行一露出笑意,"今大日本皇军于郑县伏虎,依仗在座的诸君,节节奏凯。"敛起笑意,微皱眉头:"只是,中国军死战不退,就像这连绵秋雨,令人难免生出一丝忧烦。"

"中国军退出城外,凭借高地沟壑,垒砌工事,使我军坦克及火炮难以发挥最大效力。"松井无意推卸进攻不力的责任,"我部不得不舍去坦克和装甲车,只能以普通步兵的装备,与中国军争夺每一寸土地。"

"我大日本骑兵也有此困扰。"松本接话,"郑县西南高地皆是丘陵山地,不利骑兵作战。甚至,骑兵成为中国军的活靶子。我军必须改变作战部署,以尽快清剿中国军残部。"

"步兵联队连日作战,又值多雨之秋,已有疲态。"小林有些忧虑,"可否让兵士稍事休整,再投入战斗?"

"兵法云,'一鼓作气,再而衰,三而竭'。今长沙战事牵动四方,激烈程度乃我大日本皇军进入中国以来所未有。"鲤登行一略有不满地看小林一眼,"此时,我军攻取郑县,意在快速打通京广大动脉,增援我大日本皇军的十一军团。"下了决心似的说:"步兵联队不仅不能休整,还要继续加强进攻,彻底摧毁中国军队抵抗的意志。"

"我特务机关破获中国三十八军紧急求援的电报。"吉川贞佐起身,"中国军队枪炮军火不足,求援驻守洛阳的汤恩伯部。遭拒。"扫诸人一眼:"如果我日本皇军再紧逼三日,中国军队必是弹尽粮绝!"

"很好!"鲤登行一点头,起身走近作战地图,开始新的作战部署……

正如吉川贞佐所言,与日军反复争夺郑县战略要地的第三集团军面临着弹药的严重不足。当孙桐萱致电汤恩伯长官求助时,汤恩伯不但命令所部的十三军扣留弹药,还说第三集团军擅弃郑县,若再退,就将第三集团军就地消灭。孙桐萱大怒,就欲派兵强行抢夺弹药,被负责战时物资保障的刘向三所阻:"如今国难当头,当以民族大局为重。至于弹药问题,我亲自赶回洛阳,将八路军存放于洛阳的所有弹药经郑县北路的偃师运回,料无问题。"当夜,刘向三带着军车返回洛阳,将弹药送往郑县……

有充足的弹药支持,孙桐萱亲赴火线督战,鼓励官兵奋勇杀敌。严令第三集团军将士只准前进不准后退,后退者无论官兵,立即枪决,誓把日军赶过黄河。冒着日军飞机大炮的威胁,国军将士为收复郑县发起进攻,并快速逼近白庄、马坟、张庄、关虎屯等处,战斗异常激烈。

为配合大军收复郑县,吴玉光在得知日军驻郑司令部就在关虎屯老庙时,产生了一个大胆的想法:联手军统别动队,突袭日军司令部。当他把这个想法与刘思琦、白桂英、赵继等人商量时,竟出奇地达成一致。李永和本来就是关虎屯村人,早年曾参与老庙的排水设施建设,对关虎屯老庙的内部结构非常熟悉。诸人商议,由李永和、丁子龙带十个别动队队员通过下水道,将炸药悄悄埋在老庙下面,待炸药引爆后,吴玉光和赵继带着全部人马,突袭日军司令部。吴玉光和赵继将行动方案报告给孙桐萱和赵寿山将军,得到充分认可,并将一个携带美式武器的加强排,划归吴玉光、赵继指挥。

在夜色掩护下,李永和、丁子龙带着背负炸药的十个别动队成员,悄悄地沿着贾鲁河潜行,顺利找到被杂草遮掩的大庙下水道口。诸人顺着道口,向老庙方向爬去,将炸药放置于老庙下方、设好爆炸装置后,丁子龙诸人退出下水道,李永和留下来,在下水道口负责起爆。其余人与吴玉光、赵继所率领的特战队会合,只待负责与孙桐萱联络的白桂英一声令下……

午夜三更时分,接到起爆命令的李永和按动爆炸装置。片刻后,只听一声震天巨响,日军驻郑司令部已是大庙倒塌,尘烟四起。踏着大庙附近滚烫的地面,吴玉光和赵继带领着特战队员,从大庙背面一处倒塌的缺口,进攻大庙。训练有素的日军经过短时间的慌乱之后,快速组织起顽强抵抗,在造成十几个特战队员伤亡后,吴玉光、赵继率部突入大庙,与院内日军展开激烈的战斗……

孙桐萱得知突袭成功,喜出望外,精神大振。立即向各部队下达了全员反攻令。

战斗全面打响后,九三三团新任团长贾本武率领全团官兵,每人携带四颗手榴弹,带上刺刀,以跃进、匍匐、滚进的方式,接近日军阵地前沿。日军也不甘示弱,跳出战壕迎击。贾本武高喊:"投弹!"全团官兵投出手榴弹后,全体扑向敌人,与日军拼起白刃战。激战中,贾本武刺死一日军军曹后,刚将死者的新枪背上,身后的松井就举刀劈来。旁侧卫兵一个箭步过去,眼疾手快,猛地一刀,将松井砍死。事后,贾本武摘下那支枪看,发现枪筒已被劈裂。若非这支枪挡住,他已经死在松井的刀下。

在第九三三团与鬼子进行白刃战时,第八十一师战场也同时与日军展开激战。日军步兵联队指挥部被第八十一师机枪连察觉。顿时,万千带着怒火的子弹雨点般地袭来,日军小林联队长当场被机枪扫射而死。第二十二师在司赵一带利用起伏地形,诱使日军骑兵尾追,遭到埋伏,松木骑兵大队险些全军覆没;第十二师围堵青龙山庄吉川贞佐部,集中所有炮火,使山庄成为火海。吉川贞佐不知道日军司令部已被突袭,在无法联系上司令官鲤登行一和参谋长武田桂之后,只好下令残存兵士从青龙山东侧,向开封撤退……

前方各部队胜利捷报纷纷报到国军司令部,孙桐萱和赵寿山难掩喜悦,尤其是大庙方向传来的消息,令人振奋:大庙爆炸产生的威力给日军造成巨大损失;参谋长武田桂当场毙命,鲤登行一少将受重伤;庙内执勤的日军宪兵死伤数十人。吴玉光、赵继率部攻入大庙,歼灭日军百人,俘虏二十七人;缴获步兵炮五门、重机枪三挺、轻机枪十五挺,步枪一百五十支,各式子弹近万发。美中不足的是:重伤的鲤登行一被日军抬上停在大庙前的小型直升机,飞往新乡……

经过一昼两夜的激战,日军被全面击溃,不得不分兵突围。吉川贞佐部从小潘庄渡口撤向开封,日军大部队则从京水向新乡撤退。第三集团军接踵追至黄河南岸,由于追兵迅速,日军气垫船行至黄河中,被轻重机枪交替扫射,日军纷纷被击中落水。留在黄河南岸的日军掩护部队,被悉数歼灭。指挥日军撤退的宫本一郎大佐欲逃不得,自戕而死。

至此,沦陷二十多天的郑县被彻底收复,历时一个月零两天的郑县战役结束。此次收复郑县,是中国抗战史上一场难得的胜仗,更是国共合作抗日的典范。

第四十一章　德化商魂垂天地　肝胆义士施良计

当疲惫而忧伤的吴玉光终于回到德化街时,迎接他的却是一场声势浩大的葬礼。

德化街上的商魂——刘志仁夫妇走了,在郑县全面收复的当日。

自日军全面进攻郑县那天起,刘志仁每天都拄杖坐在裕兴祥的门口;盛安琪怀抱着雪猫,倚在门框上。刘志仁不说话,像一块礁石,似乎在听着远近的炮火声。

德化街上已经没有多少人了,流浪的猫狗便围在裕兴祥的门口。只有当憔悴得如同普通农妇的秀秀在饭点儿为它们带来吃食时,盛安琪才睁开眼,低声问她:"郑县城里的河,最终流向哪里?"

秀秀知道,郑县虽离黄河很近,但黄河在这里由于泥沙堆积,成为地上的悬河。"水往低处走"的贾鲁河便奔腾数百里汇入淮河,再汇入长江,再奔向东海……盛安琪也总是不听秀秀的回答,便自言自语。"那滴落在郑县金水河里的雨,化成了鱼,沿金水河游入贾鲁河,再游五百里,入淮河,再游入长江,再游到上海的入海口,"她的泪水无声地淌下,"就像一片树叶又回到树上。"

只有盛安琪偶尔说话时,刘志仁才会接一句:"是树不留还是叶子要走?"

"是风的追逐!"满头银发的盛安琪露出少女般羞涩的笑,"这几天我看懂了风,他就像一个自由的少年郎。春天他吹着风筝的脸,夏天他逗着花的眼,秋天,他叩响豆荚的门,冬天,他扬着雪花的光。"看一眼如同海边礁石一样沉默的刘志仁,"那个少年带着我,去看江南的春雨,大漠的风沙,黄河的波浪。"

"还有吗?"刘志仁也在梦呓,"少年呢?"

"那个少年没有走远!"盛安琪依然笑着,"他还要带我去海上看风帆,去天上看流星,去银河荡秋千。"

"最后呢?"

"最后他又把我带到了从前。"盛安琪的声音越来越低,似乎只有泪水的滴答声,"他带我去听少林的钟声,去品竹叶上的晨露,还有一滴泪珠。"若微风般的一叹:"微雨燕双飞的泪珠!"

刘志仁终于站起身来:"来世,我还做风!"

在盛安琪去世的当天,刘志仁也溘然长逝。

德化街也因为他们的去世,磁石般地将因战火散落在各个角落的人们不断地吸引回来,不断地加入送葬队伍中。刘思琦将父母葬在黄冈寺——郑县的高处……

随着德化街的一代商魂的陨落,历史开始步入了新的篇章。

日军短暂占领郑县期间,唯有德化街因为商埠的特殊位置,再加上中日一直未向国际公开宣战的原因,鲤登行一未让日军侵扰此地,毕竟,冈村宁次希望郑县能有一处"王道乐土"。只是德化街已经没有了昔日的繁华,只有为数不多的商户被汉奸逼迫着营业,为战时新闻增加些作料。平遥斋生意惨淡,每天经营的只有粗粮馒头和杂米稀饭。丁胜祖知道吴玉光不想让无家可归的流民饿死街头。

丁胜祖见到面带硝烟战火归来的吴玉光,笑道:"你们能顺利地炸毁日军在关虎屯老庙的司令部,我也有功劳呢!"见吴玉光好奇地瞪大眼睛,丁胜祖也不卖关子,缓缓地叙说着……

在日军进入郑县的第三天,王留成带着几个日军来到东盛祥。没等丁胜祖反应过来,王留成便吆喝着:"丁胜祖,你瞎眼了,没看到是河间大佐来吗?"

　　和王留成同行的,还有另一个罩着白衣的日军大佐。丁胜祖自幼行走江湖,自然会把心中的憎恶藏得一丝不露,忙迎接道:"一大早就有贵客临门,小店真是蓬荜生辉啊!"

　　日军大佐盯着丁胜祖,在他脸上看不出什么异常,便放松表情:"我听王队长说您做得一手好牛肉,所以来找您聊聊。"

　　等王留成为他翻译后,丁胜祖连忙接话:"这个嘛,既然皇军看得起我丁某人,我当然不能不识抬举。只是现在没有牛。"略带歉意,"巧妇难为无米之炊啊!"

　　"好!"王留成满意地点点头,"来,丁老板,我给你介绍一下,这位是大日本帝国陆军第十四师团野战医院的河间平一郎大佐。"

　　"河间大佐好!"丁胜祖赶忙点头哈腰地行礼。

　　河间嘴里叽叽咕咕地说了半天,丁胜祖一句都没有听懂,王留成给他翻译道:"老丁,河间大佐说,他们的医院近期收治了许多皇军伤员。他听说牛肉是强身健体的滋补佳品,而你又是烹牛高手,因此,为了帝国的武士们能够早日康复,他想请你每天给战地医院提供美味可口的饭菜。"王留成又看河间大佐一眼,补充道,"请放心,牛由皇军供应,钱也少不了你的。不知道你意下如何?"

　　丁胜祖一愣。若是平时,包下这么大的活儿,他肯定乐得三天睡不着觉。可这回是给受伤的日本鬼子做饭菜,让他们吃饱喝足养好了伤,再去祸害中国人?再说了,平遥斋是共产党的产业,怎么能为日本人服务?丁胜祖打心底里不乐意。但眼下,他只能装作惊喜的样子,夸张地抓着王留成的手一阵猛摇:"哎呀!留成,不,王队长,可太谢谢您了!这几天我正犯愁店里生意不好呢,可巧您就给我送了一笔大买卖!您放心,我们一定用心做饭做菜,让太君们都吃饱、吃好,吃得生龙活虎,怎么样?"又故意压低声音:"真赚了钱,也少不了你一份。"

　　"滚你的蛋!"王留成装出一副清廉而狠厉的样子,"你把所有的钱全部用在为皇军制作营养品上,少一分就要你的命!"

从河间的表情上,看得出他非常满意,不住地点头,把一袋子银圆交到丁胜祖手中,又对王留成说了几句话。

"好,丁老板,那你就赶紧准备准备!马上给你送过来几头牛,今天就开始给皇军战地医院送饭菜吧!"

丁胜祖忙拦住河间,面色为难地说道:"太君,要做好牛肉,需要采购一些配菜。现在,我和店里伙计出入不便,无法采买呀!"

河间扭头看着王留成:"什么?"

"是这样,河间大佐,现在出城入城都不方便。他说店里存的菜品种少,数量也不多,想让太君们吃好了,还得从城外买菜,您看是不是……"

河间恍然大悟,从挎包里掏出一张通行证交给王留成,嘀咕几句。王留成点头,转身将通行证交给丁胜祖,嘱咐:"老丁,这是进出郑县城的通行证。有了它,你就可以自由进出!"又一变脸:"我可警告你,千万别把它弄丢了或交给别人使用。一旦发现,格杀勿论!"

"哎,明白!"丁胜祖高兴地把通行证接过来,心里想,有了这通行证,说不定会对吴玉光和丁子龙有帮助。

丁胜祖拿着通行证回到店里,又愁起了给日军医院送饭菜的事。他真恨不得弄一锅砒霜给鬼子们吃,可那显然行不通。苦思冥想之中,他来到后院遮掩着的牲口棚,边喂牛边继续琢磨。

恰好德化街上的老中医张鸣鹤也来到了牲口棚。张鸣鹤是丁胜祖过命的朋友。郑县战事一开,他关了医馆,躲了起来。几天前,张鸣鹤准备回乡,将一头大黄牛送过来,说是此牛体内可能有珍贵的牛黄,让丁胜祖帮他宰牛,取出牛黄做药。丁胜祖当时没答应,他不想在郑县大乱的时候动刀。

今天,他又来催丁胜祖宰牛,就意外地在牛棚见面。两人聊了一会儿近况,话题不免转到为日军医院送饭菜的事上。丁胜祖痛心落泪道:"张郎中,一想到要让那些日本鬼子吃了咱的饭再去打咱中国人,我真是造孽啊!"

张鸣鹤沉吟片刻,忽然拍手笑道:"妙,妙,妙啊!老丁,你得给他们送菜,还得变着法子地送,送得越多越好!"

丁胜祖愤慨道:"你说啥?你没老糊涂吧,张郎中?"

张鸣鹤倚着牛栏,给丁胜祖解释道:"老丁,平遥斋的特色是啥?是牛肉!牛肉虽然营养丰富,能强身健体,但却不是日本人能有福消受的。"

"哦?此话怎讲?"丁胜祖来了兴致。

张鸣鹤接着说:"日本人多食鱼虾,必定内火旺盛。你再看看最近的天气,秋老虎横行,我料那些日本伤兵大多数必然有疮在身,这个时候再让他们多吃牛肉,嘿嘿,保管他们非但伤好不了,恐怕还得因此搭上性命!"

"不对啊,"丁胜祖疑惑道,"我记得医书上都说,牛肉是平温之物,怎么会吃死人呢?"

张鸣鹤狡猾地一笑:"这你就只知其一了吧?牛肉是平温之物没有错,但做牛肉常用的那些茴香、花椒之类的香料,可都是燥热之物呀!我再给你加上几味发物,只要你出锅的时候把香料和发物滤除,鬼子们可就……嘿嘿嘿……"

"果然如此?"丁胜祖像发现珍宝般的惊喜。

"哈哈,你就放心地去做吧!我这就回去,给你配料。"张鸣鹤转身,"对了,日本人口味都比较清淡,你可以再用大公鸡这样的发物熬制高汤,用在牛肉上。这样吃起来既鲜美,又能进一步加重日本伤兵的病情,如果吃死几个,也算是咱为抗日做了点贡献吧!"

"没问题!"丁胜祖心里的一块石头落了地,"这回,管叫日本鬼子们知道,咱中国的饭菜,不是他们能吃得起的!"

按照张鸣鹤所说,丁胜祖吩咐厨房熬锅大公鸡汤,放入张鸣鹤送来的中药香料,做了满满八大盆的牛肉,送到日军野战医院。伤兵们看到大块大块的牛肉,兴奋得哇哇大叫,有的甚至直接用手去抓。河间大佐尝了尝,高兴得对丁胜祖直跷大拇指。丁胜祖把饭菜都分了出去,看着鬼子们一个个吃得津津有味,心中窃喜:"多吃点!吃完你们都得回老家!"

一连给日军医院送了七天的饭菜,丁胜祖盘算着,丁子龙应该回来了。果然不出所料,第七天晚上,丁子龙悄然回到了平遥斋。

"小龙,这反攻日本鬼子,还顺利吗?"丁胜祖关心地问。

"放心吧,爹! 吴局长都安排好了! 只要这几天把炸药弄进城里,我们就能炸毁日军在关虎屯大庙的司令部!"

丁胜祖赶紧把那张通行证拿出来,问道:"子龙,你看这个有用没有?"

丁子龙一看是通行证,惊喜道:"爹,你哪儿来的通行证? 这东西就是找日军宪兵司令部也不容易拿到呀! 吴局长正发愁如何把城外的炸药弄进来呢!"

丁胜祖得意地笑道:"吴局长不是说要稳住日本人吗? 我就接了个给日军医院送饭菜的活儿,那个河间大佐一高兴,就给了我这张通行证。"

"尽管放心! 明天我就出城把炸药想办法弄进来。"丁子龙高兴地收起通行证,"对了,王留成这几天还老实吧?"

"明天我陪你。我已经和东门的日军小队长混熟了,不查我的车。"丁胜祖答道,"至于王留成,老实着呢! 他看河间大佐对我做的牛肉满意,也不敢来我这儿露面了!"

"哼,汉奸都这个德行!"丁子龙轻蔑地说道,"你等着看吧,现在,他的命,得掐着怀表数格子!"

翌日清晨,丁胜祖、丁子龙父子怀揣着河间大佐给的通行证,以出城买菜的名义,带着马车出城。到了城外,丁子龙与赵继接头,在军统库房将炸药塞进剖开的牛肚里,又上覆青菜,然后赶着马车,大摇大摆地从日军岗哨的眼皮子底下进了城……

"这么说,这次收复郑县也要记你一功!"吴玉光喝着丁胜祖热好的黄酒,又想起战报里所提到的一件事,"在日军短暂占领郑县期间,日军野战医院出现了不明原因的瘟疫,大量伤员的病情加重,死亡率比一周之前高了两倍。"关于野战医院的种种恐怖传闻,也流传于日本军队中,极大地削弱了他们的士气。虽然吉川贞佐指挥的日本特务机关怀疑是平遥斋送的饭菜有问题,但日本在明治维新之后,举国西化,中医几乎完全被废除,军队里学习西医的军医们压根儿就想不到牛肉中竟藏着源自中医理论的奥妙。他们将平遥斋送的饭菜化验来化验去,都没有找到半点毒物,吉川贞佐自己试吃后也没有任何不适,对平遥斋的怀疑也只能不了了之。结果,还未等吉川贞佐查清真相,国民政府发动了雷霆反击,待了不到一个月的日军,就被彻底赶出了郑县。

第四十二章　郑县收复起风波　河南灾荒惊朝野

虽然郑县光复,但吴玉光发现,自己的处境似乎比短暂的日占时期更加凶险。尤其是自己的好友李永和身死和孙桐萱忽然被调离郑县……

数日前,李永和利用熟悉关虎屯老庙地形的优势,起爆预先埋好的炸药,刚从贾鲁河的河影里上岸,就遭到躲在暗处射来的冷枪,带着遗恨死去。吴玉光得知消息时,已是全面收复郑县之后。很显然,枪杀者绝不是日军,而知道李永和潜伏路线的只有丁子龙和赵继手下的别动队队员。吴玉光强烈要求孙桐萱派人严查,孙桐萱却摇了摇手,推来一张国民政府的新命令:"移师陕州。"

"怎么会这样?"吴玉光大惊,"这才刚刚收复郑县。"

"汤恩伯已接替我任豫皖边区抗敌总指挥。"孙桐萱与吴玉光是老朋友,也不隐瞒,"我出身于西北军,蒋委员长对西北军一直心存芥蒂。以我属下有人投靠日本人为由,将收复郑县的功劳赏给了他的嫡系汤恩伯。"难掩失望,又无可奈何:"卫立煌将军也因没有坚决执行'攘外必先安内'方针等原因,被调离第一战区。"

"飞鸟未尽,良弓已藏;狡兔未死,走狗已烹。"吴玉光忍不住愤慨。

"兄弟祸起萧墙,得利的永远是敌人。"孙桐萱也是感伤,"至于李永和被军统暗杀,也就不奇怪了。"

"被军统暗杀?"吴玉光虽有预感,但真被证实时,还是不敢相信,"是赵继的别动队？"

"是赵继的长官下的命令！"孙桐萱显然知道内幕，"李永和是多年的共党分子，身份确凿，"又关心地看吴玉光一眼："你不该把他安排在东盛祥做二掌柜。"

"他曾担任张殿臣的税查侦缉队队长。张殿臣死后，巡缉税查局一分为二。新任警察局长不用他，我所在的财税局也没有他的位置。"吴玉光解释着，"我存一点儿私心，那就是李永和熟悉郑县商界和德化街上的大小混混，若有他帮我妹妹一起经营东盛祥，我更放心。"

"可就是你这点儿私心，要了他的命！"孙桐萱忧容满面，"我一直为你担保，说你不是共党分子。为了替你洗白，也就同意军统豫站新任站长岳烛远的意见。"担心吴玉光心有阴影，又补充道："如果我持异议，不但你会被监视，我也会受到牵连。"

"我记住了！"吴玉光所说的记住了，是记住了杀害李永和的凶手——岳烛远！但此时，他只能忍，毕竟大敌未去。想到这里，吴玉光递上辞呈，"郑县已经光复，我还是做个生意人安稳。"

"在这样的乱世，做生意也不安稳。"孙桐萱摇头，"至于辞去财税局局长的职务，我赞成。毕竟我与汤恩伯不和，更与被重新启用的郑县新长官马励武有仇。"仰头轻叹。"不过，财税局关乎战后郑县的时局，还是要交给靠得住的人。"想了想，"军统保密组长白桂英的丈夫王金秋，稳重朴实，又心思缜密，可以接任。"

"正有此意。"吴玉光无意间透出的"赤化"倾向，已经被岳烛远所怀疑。为了更好地在战后经营党产，让王金秋担任局长是当下最好的选择。王金秋与白桂英结婚后，一直有意无意地让白桂英为我党做事，而白桂英也是王金秋最好的保护伞。想到这里，他又以征询的目光看着孙桐萱："孙将军，由何人推荐王金秋合适？"

"自然是军统豫站特别行动队队长赵继合适。"孙桐萱洞若观火，"赵继曾为马励武招降，又在郑县之战中，救过马励武的性命。"想了想，由衷感叹："郑县财税局在战后日子也会艰难。郑县与日寇只有黄河一水之隔，绅商纷纷西迁,许多市民也离城回乡,郑县人口锐减。无人无店,何来税源?"

"这些事只能留给王金秋去想办法了。"吴玉光一副心灰意冷的样子,"我也是累了。"

二人说着话,不觉已是日暮。夕阳洒金,庭院深深。孙桐萱让属下安排酒宴,他要与吴玉光一浇块垒。吴玉光想到今日一别,恐怕相见再难,也不推辞。二人相酌,不觉大醉……

吴玉光回到东盛祥不久,大病不起。

白日,他与穆兰香和儿女闲话;夜里,则反复思考如何让衰败的德化街重新焕发生机……他的思路渐渐清晰。那就是按照我党在解放区开展的"减租减息"和"自己动手,丰衣足食"的原则,尽快地恢复生产,让庄稼生长,棉田铺展……

在他病重期间,由于黄泛区土地返碱,自秋至春滴雨未落,成片谷物渐渐枯萎,一场巨大的灾难,在这片土地上酝酿着,只是这一切的征兆,都被战争的硝烟暂时掩盖。多灾多难的中原大地,正在经历着历史上最苦难的岁月。一春无雨,小麦收成不足常年的两成,意味着又一个荒年的到来。麦收之后,已经人心惶惶,不可终日。秋收成了人们的指望。孰料,那个夏天又是滴雨未下,夏播作物在持续的大旱中枯萎。大旱之后,往往紧跟着蝗灾。夏秋之交,遮天蔽日的蝗虫席卷河南。所过之处,田间秧苗皆被一扫而光。一些临河依井的良田,原本还能略有收获,这一下全部葬送在蝗虫之口。由于长年征战,河南一直向全国出兵出粮较多,早已千疮百孔,多年的征粮征兵,青壮年都离开了土地,农民家里没有存粮。而汤恩伯不顾人民死活,仍在强征军粮。其属下数十万人驻扎河南,军纪涣散,为害乡里。而在灾情严重之时,汤恩伯又推出了所谓的"德政",强征民役,更引得民怨沸腾。

"目睹飞蝗遮天,野无青草;灾情惨重,人民卖儿卖女。"河南各界推派杨一峰、王金秋代表赈济会到重庆去,呼吁减免征实配额,拨粮赈济灾民。然而,蒋介石就是不相信或者干脆视而不见。他关注的一是征兵,二是征粮。加之,国民政府救灾不力、市场通货膨胀和日军封锁,交通不畅,直接引发了震惊中外、惨绝人寰的"河南大灾荒"。

身在病床的吴玉光得知真相后,以自己多年的财税经验,直接写信给担任新四军四师师长的俞青松,建议:国民政府、日伪政府和根据地政府应暂息在河南的战事,集中力量,救济灾民。针对国民政府,他建议免去河南税赋,"征用所有的运输工具,打开粮仓,把存粮迅速运往河南",尽快从邻省调拨来年的粮种和耕牛,并在灾区各处开设粥厂应急。针对日伪政府,由赈济会组织灾民,向日伪军要粮。针对根据地政府,他建议抢种,免粮,用以工代赈的手段救济灾民,加固根据地的布防。接到吴玉光的信件,俞青松和根据地的领导非常重视,很快下发文件,指导根据地尽快走出灾荒⋯⋯

吴玉光病愈,已是来年的秋天。河南灾荒终于过去了。灾荒虽然过去,然与日寇的斗争还在继续。

由于共产党员李永和曾是东盛祥的二掌柜,即使有孙桐萱担保此人与吴玉光无关,然在老牌军统岳烛远的眼里,东盛祥与共产党仍是说不清、道不明的关系。所以,他对东盛祥和平遥斋格外关注。每天的客人中、门口往来的行人中,似乎总有几双眼睛在盯着东盛祥的一举一动。但是,在吴玉光的谨慎和丁胜祖父子的周密布置下,东盛祥和平遥斋暂时没有露出丝毫破绽。

与其惨淡经营,还要遭到国民政府官员的吃拿卡要、敲诈勒索,还不如将东盛祥和裕兴祥合并。在得到上级同意后,吴玉光便找到刘思琦,和王金秋、丁子龙秘密地召开了一次财税党小组会。诸人多日不见,一见面便各自打开话匣⋯⋯

吴玉光先分析局势:"在与日军的对峙中,国民政府的地方官员日益贪婪。汤恩伯的军队被河南人民称为'水、旱、蝗、汤'的四害之一。这样倒行逆施的国民政府早晚要被人民抛弃。"

刘思琦也是愤愤不平:"上半年我几乎一直在组织裕兴祥四处设立粥棚,救济灾民,深感百姓的苦难。"

"郑县财税局按照国民政府指示,以保证军队的军需为要。"王金秋经过历练,显然沉稳许多,"我和子龙召集郑县交税大户,联合向政府呈请,总算是留足了来年郑县耕地所需的粮种。同时,也以减税降息的方式,让比较信任的商户适度地给予豫西抗日支队以支持。"看着吴玉光赞许的目光,他继续说道,"只是,军统派驻财税局的人员盯得很紧,稍有不慎,便有可能带来危险。"

"军统的白桂英和赵继在忙什么?"吴玉光自郑县光复以来,已经将近一年没有他们的消息,"莫非被岳烛远关了禁闭不成?"

"桂英在郑县收复不久,便奉命调回重庆集训。目前,又受军统所派,进入中央远征军序列,入缅甸作战。"王金秋也不隐瞒,"赵继因多次顶撞岳烛远,被马励武暂调九三三团任中校团副,但仍兼军统豫站的副站长。"

"岳烛远在军统豫站排除异己。"丁子龙补充道,"曾跟随赵继的别动队成员大多是大浮山的兄弟。岳烛远为了安插自己的亲信,总是安排别动队的老队员去执行一些艰巨的任务,如今,大浮山兄弟已大多死于日本间谍之手。"

"这么说,桂英妹子暂时回不来了。"吴玉光有些莫名的伤感,"她虽然身在军统,但对我党还是有贡献的。至于赵继,我一直认为他是一个有气节的军人。早晚他会看清时局,向我党靠拢。"沉思片刻说:"我与赵继有君子之约:不管吉川贞佐身在何处,等郑县光复后,将联手刺杀吉川! 这既是家仇,更是国恨!"

"吉川贞佐踏着中国人民的鲜血,已升为日本驻华北特务机关长。"王金秋显然知道一些军统的情报,"军统头目让军统豫站将他除去。"

"这次国共目标一致。"吴玉光传达刘向三传来的上级指示,"吉川贞佐于本月初,一次性处决我爱国抗日志士两百余人。其构筑的情报网络和策反策略,对我新四军造成了巨大威胁。"吴玉光扫诸人一眼。"听说,戴笠对岳烛远排挤赵继的事有意调停,故将刺杀吉川贞佐的事宜,点名由赵继带着别动队员,近日行事。"忍不住起身踱步,"为确保刺杀成功,岳烛远探知,我和怀义、子龙在德化街上曾与吉川贞佐交过手,便指使赵继将我们三人也纳入行动队中。"

说话间,丁胜祖已经安排好几个拿手菜,诸人把酒畅谈。一提到赵继,吴玉光笑了："上次万三猛派人绑架我，把他给错绑了。他能在黄冈寺只身擒住万三猛，他才是猛！我和子龙的身份几乎已经暴露。所以，我建议，东盛祥去掉招牌，彻底在德化街关门，所有商品和店里伙计就交给裕兴祥打理。"

"那你下一步如何安排？"刘思琦关切道，"离开郑县？"

"待完成刺杀吉川贞佐的任务后，我和子龙便跟随撤离洛阳的刘主任前往豫西，开辟抗日根据地。"吴玉光充满信心，"要不了多久，我们就会回来。到那时，一定是红旗插遍郑县的时候。"

丁胜祖一听，有些心慌："东家，你走了，平遥斋咋办？"

"平遥斋更名丁记牛肉馆。对外声称，我的股份给你。至于经营……"吴玉光笑看王金秋，"有郑县财税局局长罩着，还不能正常经营？不过，平遥斋经营利润除去员工工资和分红，其余都要交给组织。"向王金秋举杯："你可要手下留情啊！"

"开什么玩笑？"王金秋一饮而尽，"我真想和你们一样去痛快杀敌。革命需要，我也只能服从。"

天色已晚，诸人又仔细筹划细节，确保万无一失后，方才依依不舍地散去。

第四十三章　探身虎穴除敌酋　功成不赏死党锢

　　吉川贞佐率部从郑县青龙山退回开封后,被土肥原任命为华北五省特务机关长,在古城开封坐镇指挥华北各地的日伪特务活动。吉川贞佐把破坏抗日组织、抓捕"地下抗日志士"作为战略,以策反国军动摇分子、拉拢土匪武装为战术。短短一年时间,日特机关就抓捕中共及进步人士数百人,策反国军下级军官近百人、军统十余人;并将招降的两千土匪队伍进行整编,改名为护国军第三师,由铁杆汉奸、伪开封警备司令刘兴周兼任师长,开封维持会会长徐保光为副师长,王留成为参谋长,四处横征暴敛,严重威胁着华北抗日组织和人民的生存。为摧毁抗日军民的意志,恐吓占领区无辜百姓,吉川贞佐下令:将一百多名抗日志士于黄河滩上公开处决。

　　吉川贞佐的暴行不仅激起了百姓们的怒火,更激起了中国军人的抗日决心。军统经过仔细遴选,文武双全的赵继升任军统上校,负责刺杀吉川贞佐和铁杆汉奸刘兴周、徐保光和王留成。为保护地下党组织免遭日伪破坏,为牺牲的志士和死难同胞报仇,中共河南地方党组织经过认真研究,决定与国民党河南地区军统组织联手除掉吉川贞佐这个恶魔。为慎重起见,中共豫西特委书记吴芝圃和已升任河南省委军事部部长的刘向三、鄂豫边区党委民运部部长吴祖贻以及开封地下党负责人王永泉等人研究决定,让吴玉光与军统豫站进行沟通,共同组织力量实施刺杀行动。在面对共同的敌人吉川贞佐时,国共再一次实施合作。

赵继在接受军统任务后，竟主动前来拜望吴玉光，让吴玉光如释重负：
"我的赵队长，你来得还真是时候。"

"早该来了！只是上峰忽然让我带兵古荥，不敢擅离职守。"短短一年，
赵继面貌明显显些沧桑，语调里甚至有些失望，"驻古荥的九三三团已不复
过去。鲁山籍官兵和大浮山兄弟多半凋零，让我无颜面对。看着国军上下
争功冒进，党同伐异，让我憋屈，真有些累了。"

"我们的国家和民族若要新生，还有漫长的路要走。"吴玉光感同身受，
"桂英妹子在光复郑县中立下大功，被调往远征军，异国他乡，路途遥遥，此
生还不知能否见面？更令我痛心的是，李永和竟被你们军统暗杀！"

"也正是因为李永和被暗杀之事，我差点儿与岳烛远火并！"赵继也是不
满，"若非马师长从中调和，又将我暂时调离军统，我与他一定是有彼无我！"

"你们的戴长官可真是洞若观火！"吴玉光淡笑，"这次任务完成了，一起
走？"

"还当土匪？"赵继也笑了，"有你当帮手，咱们还不占十座八座大山？"

"占再多的山都不如拥有民心。"吴玉光启发道，"要说，百姓就是江山，
江山就是百姓！"

"你的心真大！"赵继露出钦佩之色，"好，这次任务完成了，我也算是给
大浮山的弟兄们有了交代。我跟你走。"

说话之间，刘思琦和丁子龙也从开封探听情报回来，四人相见，更有一
番肺腑之言。

由于成功策反不少军统组织成员，吉川贞佐自信地认为，国民党军统组
织虽与日军作对，但是，处置军统豫站的上策不是铲除，而是设法打入其内
部，进行策反为己所用。而此时，国民党特工组织正在上海与汪伪特务组织
76号厮杀得难解难分，需要进一步加强对日伪高层头目的刺杀行动，开辟华
北"第二战场"。

听刘思琦将从开封地下组织打听到的消息通报后，赵继露出一丝笑容：
"这么说，这个接近吉川贞佐的任务非我莫属了？"

"我和成韬都与吉川贞佐交过手，太熟了，不好下手。"刘思琦调侃，"不

过，我们帮你清理外围。你和子龙好一展身手！"

"杀父之仇不能不报！"吴玉光霍然起身，"我要亲手刺杀吉川贞佐！"

"是这个理！"赵继点头，"只是日伪军在城内戒备森严，尤其是华北特务机关所在的山陕甘会馆，更是明岗暗哨，根本无法接近吉川贞佐一级的日本高官。"

"百密总有一疏！"吴玉光思索着，"咱多想办法，堡垒总能攻破。"

"堡垒总是在内部攻破。"受到启发的丁子龙忽然记起这句话，"我岳父任教河南大学，也算是开封名流。找他，也许能收集到一些有用的情报。"

诸人觉得办法可行，便先派丁子龙前往住在开封大梁路的岳父家。丁子龙私下与岳父道明来意，其岳父董文学便找来好友李洋斋商量。李洋斋是我党开封地下组织的骨干，听说要刺杀吉川贞佐和几个铁杆汉奸，激动不已："早该给小日本和狗汉奸以颜色看看了！"至于如何接近吉川贞佐，他想起两年前受党派遣已打入伪政府任财务科科长的徐景吾，说："徐景吾谨慎持重，他应该有办法。"当夜，丁子龙随李洋斋与徐景吾接上头。徐景吾建议："护国军参谋长也是特务机关行动队队长的王留成是吉川贞佐的心腹，此人贪财好色，可以金钱、美色说服他，让你们接近吉川贞佐。"

丁子龙将这一消息传回后，吴玉光和刘思琦不由自主地将目光一齐看向赵继。

"我明白了，你俩又是和王留成太熟，不便下手。"赵继点头笑着，"反正我胆略过人，枪法又好。再说了，杀鸡焉用宰牛刀？"

"王留成虽说是只鸡，却是诱虎出洞的虎饵！"刘思琦打趣，"鸡不能先杀，要等他引老虎出洞。"

"此言有理！"吴玉光道，"鸿飞与王留成不很熟悉，又是军统身份。吉川贞佐正想策反军统人员为日本华北特务机关所用，还正是机会。"

"你还做过土匪。王留成正竭力拉拢土匪，扩大护国军队伍，"刘思琦故意刺激赵继，"以你这身份不去接近王留成、吉川贞佐，想想就有些亏。"

"只要不送色，我去，还不行吗？"赵继装作无奈，"只是你家秀秀把家看得紧，我又没有值钱的东西……"

刘思琦笑道:"裕兴祥有的是好东西。尤其是店里那个唐代古瓷笔筒,当年,福民商店的师爷王留成每次路过,都要看几眼。"

"还要在古瓷笔筒里装满银圆,这样更实在。"吴玉光插话,"相信王留成不会不笑纳。"

旬日后,徐景吾在开封第一楼宴请王留成,并将"亲表弟"赵继介绍给王留成,请其为赵继投靠皇军搭桥铺路。

"赵继之名远没有白面书生的名气更大,更响亮。"王留成这几年死心塌地为日本人效劳,总算混出了个人模狗样。他身着呢料的军服,镶着类似于大佐的徽章,不时地抖一抖大腿。"前几年听说过你,后来知道你又被国军招安,进入军统,跟着白牡丹当下手。"说到这里,忍不住淫邪地笑,"说起白牡丹,万三猛从年轻喜欢到死,也没闻到一点儿腥味。你倒好,天天在牡丹花下,美死!"

"白牡丹被调往缅甸,这辈子不一定见得着了。"赵继装作微醺,借着酒意感伤,"国民党的官员一个个抢功冒功,尔虞我诈,连我这个小人物都不放过!真他妈的后悔!想当年,我在大浮山占山为王,日子何等快活!"

"我也听说了,"王留成也不是吃素的,在见赵继以前,他多少掌握些赵继的情况,"军统豫站站长岳烛远排除异己,差点儿打了你的冷枪。你好歹被马励武调往古荥任了团副,那些别动队队员可就没有那么好命了。"

"那些别动队队员大都是我大浮山的铁杆兄弟!"赵继愤懑不已,"我赵继之所以改换门庭,就是要为我的兄弟们出口气。"

"我信!"王留成转了转眼珠,"只是,空口无凭!"

"这个,不成敬意,请笑纳!"赵继把一个包装精美的礼盒放在桌上。徐景吾上前,替王留成打开,夸张地惊呼:"好东西!"

王留成探身一看,竟是自己早年梦寐以求的那件唐代的古瓷笔筒,笔筒里还有一张金额上千的银票。"如此看得起王某,我也只好笑纳。"又略微想了想,"这个笔筒我认识,是裕兴祥的物件。当年只是听说你绑过刘家的姑娘,闹得满城风雨,没想到,你还顺手牵羊?"见时间不早,也酒足饭饱,王留成起身,拱手道:"多谢徐科长,让我满载而归!"又拱手对赵继:"等我信儿吧。"

几天后,徐景吾和赵继又带着上好的烟酒和名贵药材,应约来到位于顺隆街的王留成私邸拜访,王留成接过礼物,笑道:"赵继,字鸿飞,早年为匪,杀人掠货;后投国军,纳入军统。因有功不赏,兄弟毙命,愿投靠大日本皇军。"看着赵继的表情并无不妥。"这是我向吉川汇报的意思。"又看着徐景吾,"徐科长,吉川虽说信任我,也不是全信,毕竟咱是中国人。"

"你也算是中国人?"徐景吾在心里把王留成骂着,口中却说,"赵继兄弟也是满腹冤屈,走投无路,还仰仗王参谋长在吉川太君面前美言。"

"吉川太君派人了解了你的情况,基本与我所汇报的一致,也就有心接纳。"王留成也不遮掩,"不过,他知道你曾经是大杆子,还有许多部下在做土匪。如果,你能带着他们一起投诚,你可就是护国军的一旅旅长了。"

"有道理!"赵继点头,"封我做个旅长,也不能当个光杆。"

"说的就是这个理。"见钱眼开的王留成,对赵继开始有些好感,"你当旅长,不能刚来就从别的旅长手里抢人,也只能自己拉队伍。"

"对着咧!"徐景吾也帮腔,"我毕竟是财务科科长,给你这个表弟旅长多做些预算,吉川太君大笔一挥,枪炮军需就都有了。"

"这么说,比兄弟们天天在刀尖上过日子强多了!"赵继一副恍然大悟的样子,"我过去的马倌郑令达,绰号钻山猫,他虽在小莫山拉起了上千的人马,却是缺衣少食,朝不保夕。"眼圈有些发红:"也怪他当初不该抢了马励武的小妾,结下死仇。"

"是汤恩伯的副官马励武?现驻郑县十五军副军长兼一一六师师长?"王留成笑了,"钻山猫早晚要死在睚眦必报的马励武手上。"

"我这就去小莫山,找钻山猫聊聊。当个下山虎,强似钻山猫。"赵继一副成竹在胸的样子,"我相信,那小子会听我的!"

"说得好!"王留成眼见着自己的势力又要扩大,不免得意,"我知道钻山猫,不过没见过。原本我是要派人去招降他的,看来是天意要让鸿飞立功。"又补充道:"吉川太君有令,招降小莫山匪众不仅要有花名册,还必须由我和刘兴周师长以及皇军视察团团长瑞田中佐、宪兵队长藤井少佐进行点验。"

第二天,赵继以去郏县小莫山招降钻山猫为由,前往郏县与吴玉光、刘思琦、丁子龙碰头。听赵继这么一说,刘思琦笑了:"好事呀！子龙不就是现成的钻山猫？至于匪众,疤瘌爷手下的搬运工和小混混,都不需要化妆。"

"王留成是个老狐狸,又在德化街晃荡多年,不能让他见到熟面孔。"吴玉光谨慎地说道,"我意让子龙带着几个财税局里信得过的侦缉队员,连同军统别动队的十几个队员,扮作小莫山匪众的先遣队,前去接受王留成的视察为好。"

为了消除王留成的戒心、抬高赵继的身价,吴玉光和刘思琦连夜通过与小莫山匪众有联系的疤瘌爷,弄出了一份真假难辨的花名册,并让丁子龙假扮钻山猫,跟随赵继前去开封,与王留成相见。丁子龙不负厚望,在王留成和刘兴周面前,把一个土匪给演活了,满口的江湖黑话,骨子里也透着土匪的狡诈、善变和义气。这让赵继在心里忍不住地嘀咕:"这小子还真是个当土匪的料！"

王留成见刘兴周高兴,便趁热打铁地建议,尽快让钻山猫率小莫山匪众进驻开封城西的董章镇,听候点验改编。徐景吾建议:为了刘师长和王参谋长的安全考虑,先视察小莫山的匪众骨干,人数不能超过五十人。刘兴周一听,也觉得有道理。如果上千全副武装的匪众前来,一旦有变,那可是猫变虎！王留成过去是个亡命徒,现在当了护国军参谋长,胆子就越来越小,替刘兴周表态:先视察点验三十人！

得到赵继传来的消息,吴玉光迅速安排部署,并向中共豫西特委书记吴芝圃和河南省委军事部部长刘向三汇报后,省委认为,刺杀吉川贞佐的时机已经成熟,当机立断地命令:吴玉光、刘思琦、丁子龙率以王宝义为队长的十名财税缉私队队员,与赵继、王润兰、李梦华带领的以姚刚为队长的二十名军统特工合为一体,对外统称"小莫山先遣队",由赵继指挥,选准时机,立即实施刺杀行动。同时,刘向三带一个新四军侦察排,到中牟小楚庄渡口,做好接应准备。

当赵继带着假扮"钻山猫"的丁子龙和由吴玉光、刘思琦、王宝义、王润兰、李梦华等人组成的"小莫山先遣队",刚刚来到董章镇驻扎,吉川贞佐便派刘兴周、王留成和日军视察团团长瑞田中佐、宪兵队长藤井少佐乘车前来对先遣队依着花名册,进行点验。由于吴玉光和刘思琦的精心装扮,王留成在车上也没看出破绽。对三十人点验后,刘兴周和两个日本军官非常满意,小莫山的土匪骨干所表现出的气质风貌,不啻正规军。王留成在车上招手赵继和"钻山猫"上前,让他们一同上车,前往山陕甘会馆面见吉川贞佐。

吉川贞佐已在山陕甘会馆等待。见刘兴周、王留成陪着赵继、"钻山猫"前来,露出一丝笑意。按照招降礼仪,军统赵继献出佩带的左轮手枪和爆破装置,土匪"钻山猫"献出自己的毛瑟短枪和腰间短刀。吉川贞佐接过献礼,给予一番"大日本皇军如何如何,你们应该如何如何"的训导。为表示对新招降的赵继和"钻山猫"的器重,他亲自颁发两把"王八盒子"和两张特别通行证。刘兴周和王留成也上前道贺,诸人举杯。

拿到吉川贞佐亲自颁发的特别通行证,赵继、丁子龙立刻返回董章镇驻地,与吴玉光、刘思琦、王宝义以及军统的王润兰、李梦华、姚刚等人商议具体行动。最后决定,由赵继、吴玉光持特别通行证直接执行刺杀任务;丁子龙、姚刚、刘启敏配合行动;刘思琦站在会馆附近的天主楼上,负责观察全局;徐景吾负责安排撤退路线和车辆调配;王宝义带两个军统人员负责会馆电源;李洋斋带着八个队员在会馆对面街上负责观察敌情,制造喧闹气氛,以掩护会馆里的刺杀行动;王润兰、李梦华带十个军统行动队队员就近准备三辆汽车,在山陕甘会馆附近的一家杂货店门口等候,随时做好武力接应赵继、吴玉光等人的准备。

傍晚的开封犹如满纸山河沧桑的古画,山陕甘会馆犹如古画里的画眼。赵继带着吴玉光按照与吉川贞佐约定的时间,赶到山陕甘会馆。两人持特别通行证,顺利通过大门门卫,穿过曲折幽深的庭院,来到吉川贞佐和汉奸翻译官、特务队长王留成居住的后院。按照事先的计划,吴玉光负责刺杀在西屋办公的吉川贞佐,赵继刺杀在南屋办公的王留成。吴玉光手持双枪,来到西屋门前时,一个日本大佐突然开门而出。电光石火间,吴玉光将其一枪毙命,乘势冲进屋里,再将一个迎面持刀的日军军官击毙。事发突然,吉川贞佐做梦也想不到有人竟能来此行刺,拔枪不及,便被吴玉光一阵扫射,当场毙命。

与此同时，王留成正在向一个日军军官说着什么，见赵继不请自来，正要发问，被赵继一枪毙命。日军军官错愕转身，又被赵继一枪毙命。赵继立马转身来到西屋，与吴玉光会合。二人迅速收拾起吉川贞佐摆放在桌案上的重要文件，撤离会馆。

会馆对面忽然有人擂起大鼓，似乎是一个外地的马戏班子不知此地是军事要地，正准备擂鼓敲锣，沿街开演。把守会馆门口的日军刚将这群不知好歹的游民驱走，就见财务科科长徐景吾开车，带着两人出门。宪兵看过两人的特别通行证后，予以放行。

见汽车顺利开出山陕甘会馆的大门，知道刺杀成功的刘思琦在天主楼顶，点燃焰火。看见焰火腾空，王宝义和两个军统队员快速剪断电线，日军华北特务机关瞬时陷入黑暗。所有行动队队员按照提前安排的路线，顺利地向城外撤退，并在刘向三所带领的新四军侦察排的接应下，在尾追的日伪军的炮火中，渡过黄河……

此次暗杀行动中，华北五省特务机关长吉川贞佐少将成为日军在中原战场被中国军民击毙的首位将官。为其陪葬的有：日军驻开封部队参谋长山本大佐、日军视察团团长瑞田中佐、宪兵队长藤井少佐和铁杆汉奸王留成。军统豫站又调入擅长刺杀的马河图、蔺成章等人，开封伪城防司令刘兴周、商会会长徐保光也被相继刺杀，并在郑汴新路埋设炸药，炸死日军宫崎联队长和一百多名日军。接替吉川贞佐担任华北五省特务机关长的芥川少将也在一年后殒命于前往襄城视察的途中。日军侵华司令部被迫取消华北五省特务机关，此乃后话。

所有行动队队员回到郑县后，得知战果，人心振奋。在送走刘向三和新四军侦察排的同志们后，军统现任别动队队长姚刚便热情地邀请吴玉光和丁子龙与军统别动队的刘启敏、刘茂欣等人举杯庆贺。当然，赵继也在列。刘思琦和王宝义所带的财税局缉私队员不在邀请之列。吴玉光本来不愿参加，却不好驳赵继的面子，关键是，明天他就要和丁子龙离开德化街、离开郑县，前往豫西，协助刘向三去开辟新的抗日根据地。吴玉光很想劝说赵继一起走,所以,也就和丁子龙勉强留了下来。

酒宴设在了平遥斋。为了安全起见,吴玉光让丁子龙去找负责店面的吴炳义,让吴炳义提前准备好汽车,若势头不对,便迅速撤离。毕竟自己和丁子龙的身份已经完全暴露,决不能让李永和的悲剧重演。

出乎意料的是,整个酒宴都是围绕如何刺杀吉川贞佐的事情言起,以祝贺赵继高升为高潮,以讨论如何拿到赏金为结束。诸人兴致极高,一个个喝得是东倒西歪,让吴玉光多少放下一点儿心。

夜深了,诸人都在夸张地告别,喝了不少酒的赵继过来,搂着吴玉光,忽然低声地说了句:"小心! 能走多远走多远!"说完,忽然把吴玉光朝汽车方向推去,自己背对车门。未待刚踏上车的吴玉光回过神来,不知从何处传来一声枪响,赵继为他挡住了子弹:"快走!"

"鸿飞——"吴玉光大叫一声,却被赵继用背狠狠地关上车门,"快走!"

又是一声狙击步枪的枪响! 赵继依着汽车软软地倒地。

此时,刚才似乎已经走远的姚刚、刘启敏、刘茂欣等军统特务忽然都转过身,对着汽车,开始射击。

"走!"吴炳义一踩油门,汽车飞快而去。在车后带头追杀的姚刚、刘启敏被丁子龙和吴玉光分别一枪撂倒,刘茂欣赶紧以手压了压后面的军统特务,眼睁睁地看着吴玉光和丁子龙乘着汽车,扬尘而去……

赵继死了,虽说是替吴玉光而死,但终究是死在自己人的手里。可笑的是,军统追授刺杀吉川贞佐的大功臣赵继为少将军衔,一级青天白日勋章,极尽哀荣。

第四十四章　坚壁清野留空城　侠肝义胆平事变

在与日军的对峙中,国民政府的地方官员日益贪婪,来到这座随时都可能被放弃的城市,无不是抱着捞一笔就跑的心思。国军的军纪也越发地败坏,以"征用""拉夫"的名义进行公然抢劫,对老百姓造成的伤害已经超过了日军。加之,河南大灾荒时,饿殍满地,而国民政府竟然下令不许报道灾情,致使国内外无一粒救援粮食运到河南。非但如此,河南承担的沉重军粮、赋税也无一毫减轻。在灾情最严重、人民最饥饿的时候,国军的仓库里却堆满了吃空饷而积聚的粮食,军官们高价倒卖粮食赚得盆满钵溢。恶果终于在1944年的春夏之交显现了。

随着太平洋战争的持续扩大,日军与英美在东南亚的战事日益被动。为打通京广大动脉,自中国东北、华北向东南亚日军提供战略支持,日军再次集中五万余人的兵力,发动了历史上著名的豫湘桂战役,企图打通从陆路前往南洋的交通线。第二次中日郑县之战爆发。汤恩伯所部四十余万人根本无力、更无心抵抗,其部队丢盔弃甲,逃往洛阳方向。一路上,平日作威作福对老百姓逞凶的国民政府部队遭到了老百姓的坚壁清野。这在全世界反法西斯战争取得节节胜利之时,不能不说是中国军队巨大的耻辱。

而郑县再历战火,商户逃亡,百姓返乡,已经成为名副其实的空城。趁着国民政府溃退的混乱,身在豫西开辟抗日根据地的吴玉光让刘思琦、丁胜祖带着在郑县的家眷来到豫西根据地,继续开展商业经营,为抗日前线的我军战士提供后勤服务。在郑县只留下几个老伙计，看护着当年刘志仁亲笔题写的"裕兴祥"和"平遥斋"牌匾，等待着郑县的新生。

自国民党第十一集团军司令蒋鼎文和豫皖边区总指挥汤恩伯率军入驻洛阳不久，八路军驻洛阳办事处撤销。刘向三率所部工作人员撤往豫西的尖山地区，开辟抗日革命根据地。由于吴玉光、丁子龙的共产党员身份在对日抗战的几次重要行动中暴露，也只好离开郑县，前来和刘向三部会合。在此期间，吴玉光担任财税工作小组组长，带领小组成员积极开展财税、金融工作，先后开辟了密北煤场和尖山面粉厂，利用陇海线路和地下组织的支持，通过在郑县的裕兴祥转运和营销，为根据地提供部分物资保障。同时，为取得根据地民众的支持，积极贯彻中央在各个革命根据地所开展的"减租减息"和"倒地运动"。只是，在"倒地运动"中，豫西抗日革命根据地遭遇到前所未有的困难，时任太岳二分区独七旅旅长——上官子平突然反叛，对我根据地的革命志士大开杀戒，制造了极为恶劣的"豫西事变"。

上官子平早年是渑池县恶霸，吃喝嫖赌无恶不作。其父是当地有名的劣绅，上官家在渑池一带靠搜刮民脂民膏、欺压百姓发家。在土地革命时期，其父亲贿赂当地上下官员，使上官子平任渑池警察局局长、地方卫队司令。上官子平靠着手中有枪，更加骄横残暴，以致民怨沸腾。当地百姓士绅向国民政府上万民书，请求将上官子平免职问罪。为防民变，国民政府以贪污罪将上官子平逮捕入狱。然而，在那个钱能通神的时代，上官子平很快出狱，并卷土重来，任渑池河防大队大队长。中条山战役后，国军大败，上官子平趁机收拢从前线败退下来的国军士兵，成立了豫西游击司令部，自任司令，拥有了上千人枪的武装。然而，日军进犯豫西，上官子平却不战而逃，率部躲进坻坞东北山。在日军再次渡过黄河发起豫西战役时，汤恩伯所部数十万国军在日军的强大攻势下，全线溃败。上官子平又趁势收拢散兵游勇，聚集起两千多人枪，势力如日中天。

为拯救处于水深火热中的豫西人民，党中央决定，八路军挺进豫西，与刘向三、吴玉光所开创的尖山根据地会合，开辟更加巩固的抗日根据地。韩钧、刘聚奎和刘子久率领太岳军区第十八团、五十九团、晋绥第六支队总计四千余人组成"豫西抗日第二支队"渡过黄河,向豫西挺进,与刘向三、吴玉光部会合后,发起"渑池战役",歼灭日军近千人,收复渑池县城。为壮大抗日武装力量,韩钧和刘聚奎决定收编上官子平的队伍,并派出专人前去商谈收编事宜。但上官子平考虑到自己是地主出身,土地革命时期又捕杀过共产党人,收编一事暂时搁浅。直到国民党顽军乔明礼和张广居部联合围攻上官子平时,溃不成军的上官子平部只好向八路军求救。韩钧、刘聚奎带八路军三个团急速增援。仅一天的激战,便将乔明礼、张广居所部击溃,俘虏团长以下千余人。此役过后,上官子平感念八路军的救命之恩,率部投诚,参加八路军。其部被改编为太岳二分区独七旅,上官子平任旅长。此外,为了更好地完成整编,韩钧和刘聚奎还将从延安带来的一批优秀政工干部编入上官子平的队伍中。

豫西抗日根据地的建立和扩大,让身处重庆的蒋介石坐立不安,他令军统河南站站长岳烛远派遣特务,对我豫西根据地的各级势力进行策反。岳烛远接令后,和军统刘茂欣、马河图等人带着委任状和大洋,秘密潜入豫西根据地,许诺上官子平以师长之职。上官子平选择参加八路军,并非真切感念八路军对他的救命之恩,只是想借此保存自己的实力而已。

恰在此时,吴玉光、丁子龙带着"减租减息"和"倒地运动"工作小组来到上官子平所在的根据地开展工作。虽然,吴玉光对上官子平没啥好印象,但毕竟是他的防区,还是礼节性地带着丁丁龙前来拜访。

听说吴玉光来访,正在与岳烛远商议下步如何行事的上官子平吃了一惊,但很快便平静下来。他让岳烛远、刘茂欣、马河图藏起来,马河图不甘心:"我听说过此人!吴玉光是梅花拳的高手,为人也算仗义。若是能为我所用,岂不更好?"

"我知马队长枪法、武艺皆是出众,但动手显然不合时宜。"上官子平劝道,"尤其是吴玉光与岳站长相熟,一旦见面,我要反水一事,岂不是不打自招?"

"归顺之事既然已定,干脆拿吴玉光人头祭旗,岂不更好?"马河图执拗,"况且吴玉光又不认得我,就算我是你的卫兵如何?"

"那我们就只好在外面等你了！你也不可莽撞。"岳烛远不愿在眼下的"虎狼穴"多待，既然策反上官子平之事办妥，还是回到军统老巢为安。见马河图执意要留下，也就不再勉强，也算是在上官子平身边多了颗钉子："若能顺利招抚吴玉光，你的功劳可堪比刺杀一位日军少将！"

岳烛远和刘茂欣刚走，吴玉光带着丁子龙进了上官子平的旅部。旅部由大地主李武宅院改造，远比豫西八路军总部气派，院内廊坊通幽，花木扶疏，别有洞天。吴玉光和丁子龙由上官子平的参谋引路，来到院中正房，见到身材矮壮、面相阴鸷的上官子平。二人一番客套后，吴玉光切入正题："吴某此次前来，专为属地推行'减租减息'的工作。不知上官旅长对此项工作是否清楚？可有疑义？"

"减轻地主的封建剥削，实行减租减息，借以改善农民的生活，提高农民抗日与生产的积极性是对的，"上官子平装腔作势，"只是细节不很明白，还望吴组长能给解释下，这样我们执行起来，也不会走样。"

"减租降息的具体政策和办法也简单。减租：不论任何租地、任何租佃形式均照抗战前租额减低百分之二十五，在游击区及敌占点线附近，可少于二五减租，只减二成，一成五或一成。多年欠租应予免交，以保障佃户的佃权。减息：只对于抗战前成立的借贷关系，以一分半为计息标准，如付息超过原本一倍者停利还本，超过二倍者本利停付。"吴玉光解释着，"抗战后的借贷息额，应依据当地社会经济关系听任民间自行处理。"

"我明白了！"上官子平打了个哈哈，却又皱起眉头，"只是所谓的'倒地'运动，让地主们把在灾荒年中以低价从农民手中买来的土地和房屋，以原价让农民赎回去。我认为不妥。"上官子平出身于大地主，家有土地数百顷，大多是祖辈们在贫困户手上巧取豪夺而来。"把土地再以原来的低价还给农户，把土地细化。小农户缺少耕牛和好种子，哪有致富的可能？有的农民本身就是好吃懒做，活该没饭吃。"见吴玉光表情如常，也就少了顾虑，"历朝历代农民起义，反对的不是地租，而是政府。"

"地主大多是要坐享其成，不事耕种。如果农民失去土地，或者没有种田的积极性，那估计咱们也要挨饿。"吴玉光淡笑着回应，"咱们的队伍是穷人的队伍,首先要考虑农民的利益。将来,说不定还要将土地收归国有,平均分配土地。"

"这个说法,我赞成!"站在上官子平身后充当警卫的马河图忽然插话,让诸人有些愕然,他才不管呢,继续说道,"历代官府自上而下盘剥百姓,百姓失去土地,无衣无食,走投无路才揭竿造反。"

"如果我没猜错,你就是咱们的民族英雄——马河图?"吴玉光眼睛毒辣,刚坐下就看到上官子平身后的警卫目光敏锐、体格健壮,显然是个练家子。再仔细一看他眉宇间那股桀骜劲儿,联想到保卫处黄处长私下给自己交代:"此行小心!刚得情报,军统岳烛远带着王牌特工刘茂欣、马河图潜入了根据地。"便猜到此人便是马河图。虽然不见岳烛远,但上官子平显然已被军统策反。"去年,你带人炸毁新乡日军新机场,炸毁九架日机、炸弹四千余箱,烧毁日军汽油仓库两座、汽油七千余桶。"起身施礼,"佩服!佩服!"

"你就是那个名震上海滩的马河图?"丁子龙也顺势将水搅浑,"外面传说,你在上海百乐门舞厅的楼顶,身披斗篷,飞身而下,将军统叛徒、民族败类王天木及陈明楚、何天风一击而毙。"拱手施礼:"丁子龙愿意拜你为师!"

马河图纠正道:"王天木并非马某所杀!"毕竟他做过王天木的副手,杀之不义:"他是遭汪伪76号猜疑而被软禁,生死不明。"

"这……"上官子平见吴玉光认出了军统马河图,使自己被策反之事昭然若揭。一旦放吴玉光和丁子龙回去,岂不是招来灭顶之灾?正要盘算着如何扣留吴玉光和丁子龙,或者干脆由马河图枪杀二人,以绝后患,却见吴玉光不慌不忙地起身拱手:"没想到上官旅长竟将马队长引进了革命队伍,可喜可贺!"

"这……"上官子平和马河图互看一眼,却又无法摊牌,"革命嘛,不分先后,也不分过去的阵营。"又不甘心吴玉光和丁子龙就这样离去。"既然子龙同志想拜师,"他意味深长地看着马河图,"你就教他几手?"

"我从不收徒。"马河图何尝不知道上官子平的心思,虽说有使命在身,但也不能去杀对自己充满敬意之人,毕竟吴玉光也是自己敬重之人。党派之上,还应该有人性和义气:"至于成韬先生,乃梅花拳大家,若肯赏脸,倒可讨教几招。"

"上次动手,还是和吉川贞佐较量。"吴玉光以抗日民族大义暗示马河图,"你我切磋,点到为止。"

"多谢先生成全!"马河图跟着吴玉光来到院中操场,二人以武者见礼后,便各使手段。吴玉光脚踏"大""顺""拗""小""败"的梅花桩法,使出"阴阳、五势、四门、八方"梅花拳拳路,马河图则以舒展大方、动静有致、刚柔兼备、发力刚劲的阴阳八卦拳法,二人你来我往,皆施绝学,让上官子平和一群卫士看得眼花缭乱,目瞪口呆。马河图拳法有力,吴玉光以柔克刚。关键处,吴玉光一个疾步前冲,马河图顺势跳出圈子,拱手吴玉光:"失败为成功之母!'败'势就隐含着'胜'势。"

"五行寓于五势,八卦寓于八方。阴阳之理,太极之功。"吴玉光知道阴阳八卦拳借天地阴阳变化之理研制而成,"武有万宗,拳法归一。人若恒沙,大善如一。"言毕,转身和丁子龙向院外走去。

悄悄在外围观战的岳烛远和刘茂欣此时走到马河图身边,刘茂欣掏出手枪就要对着吴玉光背后射击,被马河图迅速以手压下。"刚才,我输了!与吴玉光比武之前,我在心里说:'我胜他,必杀之。'他读懂了我的心术,胜我又未用杀招。乃义人也!"

"你做我的营长如何?"上官子平上前,低声对马河图商量,"他若走,必走漏风声。"

"做梦!我吃不了八路的苦!"马河图面无表情,转身便走,"你若反复,我必杀你!"

"事不宜迟!"岳烛远一声呼哨,从院里隐蔽处又走出几个特务,随着马河图一起向停在后院的汽车走去……

吴玉光和丁子龙走出独立七旅旅部,迅速上马,带着工作队向总部飞快赶去,他要将上官子平即将反水的消息尽快向组织报告。

望着这两路人马远去的背影和车辙,上官子平心中已经不存幻想,马上召集心腹手下,联合陕县警卫中队长周自涛和渑、陕独立大队队长史汉三、洛宁旅长郭连杰、团长赵连治等人,以国民党豫西挺进师的名义,趁豫西二分区主力驰援太行军区、军分区司令部兵力空虚之机,趁机在渑池县发动叛乱,抓捕八路军派驻军中的政工干部,捕杀地方抗日政权的干部和战士……

得到吴玉光传来的惊天消息,党中央立即电令韩钧率二分区八路军主力部队回豫西平叛,但身处河南抗日前线的太岳八路军主力正与日军激战,无法抽身,只能电令刘向三、吴玉光组织总部后勤人员抓紧备战,等主力部队撤回平叛。当吴玉光听闻叛军在其根据地四处烧杀抢掠,胡作非为时,主动请缨,以财税工作小组人员五十人组成先遣敢死队,遏制叛军炙天气焰。刘向三知道财税工作人员在吴玉光、丁子龙的带领下,早已是一支精锐之师,便同意吴玉光的意见,前去营救被上官子平关押在李家寨的七十多名八路军政工干部。这些干部大多来自延安,都是久经考验的优秀党员。

李家寨是渑池太平镇一处易守难攻的古石寨,一面靠山,三面有宽约数丈的护城河,河上设有吊桥,平日里高高吊起。如此地势,若无炮火,很难攻破。正因如此,上官子平将原独七旅的政工干部全部关押于此,等候押送至县城公审处决。不过,他做梦也想不到,豫西根据地总部竟以财税后勤人员组成一支精锐,潜行百里,前来营救。他只安排一个连的兵力看守。当吴玉光带着队伍在夜色掩护下来到李家寨外时,不由皱眉:"只有智取,无法强攻。"通过暗中走访,知道负责守寨的黄门春连长家就在离寨不足二里的黄庄,其家中还有年迈的祖母和佃户。另从当地猎户处探知,有一条后山小路可以直到寨边。有老贼曾以抓钩,甩到寨墙拐角处的瞭楼,进寨盗窃。时间紧迫,不容多想,吴玉光一边派丁子龙前去黄庄挟一黄家佃户,以黄门春祖母病故为由,赚开前面吊桥,带二十个敢死队员趁势强攻;自己带着其余人员从后山小路快速夺下寨墙瞭楼,解救关押在靠近李家寨祠堂里的八路军干部。

三更时分,丁子龙带着一个佃户模样的汉子举着马灯来到寨前的吊桥边,那汉子哭着:"快叫黄连长出来,见他奶奶最后一眼。"片刻后,寨楼上举起一排火把,瘦猴似的黄门春扯着嗓子喊着:"是老堵头吗?我奶奶怎么了?"

"天挨黑时,她吃了几个干枣,不小心被枣核卡住嗓子了,这会儿,已经呼不出气了。"说完,就哭起来了,"小时候,你奶可是最疼你了。"

"老堵头,明天一早回去行吗? 我这军务在身,动弹不得。"黄门春显然对他的奶奶颇有感情,"让我三叔他们先照顾着。"

"就是你三叔让我来的。"老堵头这些话是和丁子龙在路上对好的,他也是听说黄门春跟着上官子平走了邪路,早晚会走上死路。听八路军的官保证不杀黄门春,这才来。"明早肯定来不及了! 你是孝子,可不能落别人话把儿。"

"站在你身后的是谁?"黄门春在寨楼高处,"露个脸儿。"

"我是曹庄的砖娃儿,"丁子龙应声,在来的路上,从黄家佃户老堵头口里知道,曹庄是黄门春祖母的娘家,"叫你表哥哩。"

"知道了!"黄门春走下寨楼,过了一会儿,寨门总算开了,吊桥被吱吱呀呀地落下。黄门春骑马,带着十几个部下,跑过吊桥。霎时间,早已埋伏在附近暗处的敢死队员一齐开枪,黄门春身后的士兵瞬间倒下一片。寨楼上的士兵既不敢开枪,也不敢收回吊桥,转眼间,十几个敢死队员已经冲过吊桥,跑进寨里,寨里枪声大作。黄门春大叫一声:"老堵头,我杀你全家!"想拨马回寨时,已被丁子龙一个飞腿踹落马下。丁子龙一把抓过黄门春,以枪抵住,对桥头呆若木鸡的老堵头说了句:"放心,只要他老实,我不杀他!"扭头推着黄门春走过吊桥,走向寨内。见黄门春被制,寨内枪声顿时稀少下来。丁子龙大喝:"我们是八路军先遣队,缴枪不杀! 你们也是上了上官子平的当,八路军不会追究你们的。"以枪顶了顶黄门春的腰。"你也说一遍。"

"真不杀我?"黄门春见丁子龙的表情不假,也就劝着,"弟兄们,咱们也是受了骗,回头是岸!"

瞬时,枪声稍息。敢死队队员迅速缴了前寨四十六人的枪械后,将他们关在一处坚实的石屋里。丁子龙留下几人看守,推着黄门春向关押人犯的祠堂走去……

与此同时,听到前寨枪声大作,吴玉光身先士卒,带着两个队员借着吊钩飞索,飞身寨墙瞭楼。令人吃惊的是,瞭楼里只有两个醉酒的士兵,竟然仍在酣睡。吴玉光一边收起两个醉汉的枪,一边让队员搭过绳梯。敢死队主力片刻全部进入寨内。听到枪响醒来的叛军兵士，衣服不整，甚至不知道发生了什么，便做了俘虏，被关押在另一处石屋。

吴玉光和丁子龙在祠堂前会合后，黄连长还没有来得及喊门，祠堂已经从里面打开了。原来，负责看守此处的郭雨欣班长是八路军政工干部发展的党员，正愁着如何解救这些干部，听到了枪响。这边顺势让手下弟兄们赶紧解救被关押的干部，赶紧立功赎罪。

这次突袭战，收获颇丰，解救的干部竟有七十人之多。由于此处正处于通往渑池县城的要道，枪支弹药以及粮食物资准备充足，竟有一多半干部要留下，配合八路军主力收复根据地。吴玉光和被解救出来的共产党员独七旅三团团长刘峰、二团政委向绣、七营营长古城等人召开临时党员会。刘峰检讨："我等为自己的麻痹大意付出了血的代价！上官子平之所以能一下子捕获八路军众多政工干部，只因事发突然，来不及反应。若有准备，鹿死谁手，不可预料。"经过临时党员大会表决，一致同意：由刘峰和丁子龙带领三十名敢死队队员和自愿留下来的五十多名政工干部，外加郭雨欣的一个班，审讯看守俘虏，在此坚守，卡敌喉咙。吴玉光带着二十名敢死队队员和身体有伤的二十几名政工干部乘汽车连夜返回总部，共同筹划八路军主力即将开展的大反攻。

在我强大的八路军主力部队面前，上官子平和郭连杰叛军一触即溃，激战不及一天，死伤千余人。上官子平听说关押八路军政工干部的李家寨被攻破，竟率残兵败将数百人向李家寨发起进攻，遭到刘峰、丁子龙率部迎头痛击。上官子平虽然兵力众多，但皆是乌合之众，哪里是李家寨这些八路军精英的对手，短暂交手后，便溃败逃窜。刘峰、丁子龙见状，带兵追击时，恰好与吴玉光带领的增援团会师，更是实力大增。他们将上官子平的几百名匪军压制在一道河沟里，机枪、手榴弹、小钢炮毫不留情地射向背叛者。叛军叫苦连天，举旗投降。上官子平自知罪孽深重，带着十几个心腹躲进位于渑池县城东南的龟山老巢生吞鸦片自杀，结束了他罪恶滔天的一生。

第四十五章　英雄城市得解放　德化商界沐新光

　　丁胜祖和吴炳义送吴玉光和丁子龙的家眷来到豫西根据地时,吴玉光正带着由财税工作人员组成的敢死队去李家寨平叛。穆兰香携儿子、女儿来到吴玉光的住所,心疼得眼泪掉了下来。这处十几平方米的古老窑洞布置简单,一桌一椅一床一枕,唯一的亮色就是窗户的木格上贴着穆兰香剪的"喜鹊登枝"。儿子懂事,小心地擦了擦略微有些灰尘的剪纸,笑着说:"妈妈教我剪五星吧,我想让爸爸回来时,看到满屋的星星。"

　　正在母子低头剪着星星的时候,吴玉光回来了。如果说昔日的吴玉光是一块青玉的话,现在他已经变成了石头,准确地说,是海边的礁石,生动、坚硬而又充满韧性。

　　和妻子对视刹那,低头看着有些怯生的儿子和女儿,吴玉光咧嘴一笑:"我去打坏人了!"

　　"你是英雄吗?"儿子仰着小脸问道,"妈妈说,你是的。"

　　"我不是英雄。我只是想赶走坏人,让你们将来不再生活在恐惧、苦难和动荡中,让你们生活在快乐、富裕和安适里。"吴玉光想起赵继、李永和还有那些为了民族未来而死的人,他们才配得上英雄的称号,自己所做的事,也仅仅是一个党员、一个有良知的中国人都应该做的事。他忍不住将儿子高高地举起,好像在举着希望,举着太阳。在儿子的笑声中,他竟潸然泪下。

　　正说着话,勤务员带着丁胜祖和吴炳义也来了。大家惊喜而又感慨。

吴玉光放下儿子,连忙安排勤务员去准备些饭菜,他要和亲人好好吃顿热饭。待勤务员端来朴素的饭菜后,吴玉光侧身从床下拿出一瓶杜康酒晃了晃:"何以解忧,唯有杜康! 真有些想念郑县了。"

"郑县比过去更糟糕。"丁胜祖摇头,"日本人占领郑县,本来想捞一把,结果郑县就是一座空城。商人跑了,百姓跑了,满街上晃悠的不是不怕死的地痞无赖,就是与日伪军勾连紧密的新贵巨奸。"想了想又说:"就说现在的财税局,金秋还是局长,收税都不知道向谁收。伪市长私下交代让他去收日本商人的税,日本商人让他去找十二军团的司令官鹰森孝,鹰森孝让他去收伪政府的税,转了一圈,没税。日军司令官和伪市长经金秋提醒,也知道没有百姓耕作、工人生产、商人开店,那就没有税源。没有税源,就无法养活政府和日军。所以,郑县政府和占领者也就开始有些松动,想办法让老百姓活下去。"

"没有老百姓的江山那就是空山!"刘玉光理解王金秋的苦心,他在想办法让郑县的百姓活下去,"只是苦了金秋,要受日军、伪政府、老百姓三方的气。"

"还受国民党的气!"丁胜祖也是心疼王金秋,"要不是桂英是'军统之花',他说不定就在军统锄奸的名单行列。"

"桂英妹子可有消息?"吴玉光举杯想着,"她还在缅甸?"

"连金秋都不知道桂英现在哪里!"丁胜祖有些感伤,"军统的马河图愿意保护金秋,就因为桂英是'军统之花'!"

"王局长是个好人,干脆别当这个局长了,"吴炳义直爽,"这里外不是人的。"

"金秋说,这是你的安排,再难也要扛着。"穆兰香插话,"他还说,财税是一城一国的经济命脉。有财税局这样的机构存在,就证明郑县还在,还在中国人的手里!"

"又是一个执拗人!"吴玉光不由又想起更执拗的刘思琦,"思琦和玉莹为什么没来? 大反攻就要开始了,郑县又要面临战火。"

"刘掌柜也是个执拗人,他不愿意离开德化街,离开郑县。"丁胜祖说着,

"他让我跟你说,他要做德化街商业的坚守者、守护者。"

"他会是郑县新的商魂!"在中国传统文化里,商业似乎是一个充满尔虞我诈、斤斤计较、投机取巧的行业,历来就是官府打压的对象,商人也往往被列为下等人,甚至没有出仕为官的资格。即使到了明清,也屡次实施海禁,明令不得出海经商。不过,这些年,西风渐进,民智开化,有识之士认识到世界是互通的,文明是共享的。商业和商人的中介桥梁地位,把一地一国与世界相连,在构成巨大的商品流的同时,也推动着民族文化、地域文化、城乡文化和科技文化的传播,推动民族、社会、国家的各个层面沟通交流,推动人类文明的创新和发展。如果没有商业流通,个人和家国只能永远生活在芥弥子的孤岛上。想到这些,吴玉光释然一笑:"这么说,玉莹也不会来了?"

"二掌柜说了,日本人和国民党都说要让中国老百姓过上好日子,却生生地把郑县山河弄碎了。"吴玉光可以想象到妹妹说这话的时候,内心的哀伤和幽怨。吴炳义接着说:"二掌柜不会来的。她要和刘掌柜一起守在德化街,她要为郑县种树养花,让郑县一天天地好起来,美起来。"

"依然没长大,还是个小姑娘。"吴玉光笑了,"等郑县彻底收复了,我和她一起让郑县的明天更好!"

诸人说着话,天也就黑了。山里的星光更加璀璨,让人心生向往。

丁胜祖和吴炳义辞行时,说他们也要回郑县。丁胜祖留下一袋自己精心烹制的牛肉粒,让吴玉光补充些营养,让战士们补充些营养。吴玉光接过,品了一粒,便在美味的咀嚼中,借着酒意,沉沉睡去……

随着太平洋战争的节节胜利,中国对日的大反攻开始了。

豫西八路军走出根据地,向日伪敌顽占领的汜水、荥阳、巩县、偃师、洛阳、登封、密县、禹县等据点发起雷霆般的进攻。"八路军是神兵,从天而降"等信息,一夜之间吹遍了豫西大地。八路军以大无畏的革命牺牲精神,横扫黄河南岸、平汉路以西,以及黄河以北的垣曲、博爱、孟县等地区。配合八路军主力的节节胜利,吴玉光带领八路军豫西财税工作队深入根据地的各个县区,广泛发动群众,在深入开展"减租减息"和倒地运动中,肃土顽、除汉奸、扶危济困、救民水火。工作队纪律严明,"日不进村寨,夜不宿民房""合理收税,以税促产"等规章,得到群众拥护和支持,与当地的人民群众建立起血肉联系,并收缴了国民党溃退时遗留的大批武器弹药,为建立广泛的抗日民族统一战线和抗日民主政权创造了有利条件,最终迎来了抗日战争伟大胜利的曙光。延安《解放日报》对此做了综合报道:"在短短三个月的时间中,即获得了不少建树。"

终于,抗战胜利了!

可是抗战胜利的喜悦还未充分品味,内战的阴霾又铺天盖地袭来。吴玉光和他的财税工作队在共产党的领导下,进行着革命老区的土地改革和赋税改革,让更多人民群众认识到国民党反动派的实质。在人民的支持下,革命军队从一个胜利走向另一个胜利,终于将革命红旗插遍全国,迎来了中国的全面解放。

在纷飞战火中熬过了漫长岁月的吴玉光,终于随着攻克郑县的人民解放军,回到了郑县城里。

这是吴玉光一生中最光辉的一天。

当吴玉光归来的消息传来,德化街上的裕兴祥和东盛祥门头都已被吴玉莹和秀秀扎上了光彩耀眼的彩绸绒球。刘思琦坐在门口灿烂的阳光下,倚着茶桌,呼吸着空气中的桂花香味,貌似闭目养神,内心实则在焦急地等待着一个人。

吴玉光又何尝不是如此? 当他来到德化街口时,止不住内心的激动,竟不自觉地扑下身子,不住地亲吻着这片土地!

八九点的太阳照得他的眼睛有些虚幻,甚至踏上德化街的脚步都有些发软。抬头看着熟悉的地方,梦里出现无数次的地方,浸着自己汗水、泪水甚至鲜血的地方,眼眶有些湿润。

一个人拉着一个孩童站了起来。那熟悉又陌生的影子就像多年前天津老家的狗。在他们的上方,门头上绾着大红的绒球。街对面自己更熟悉的所在,也一样绾着大红的绒球。低头再看着自己胸前红色的像章和象征着功勋的红花,吴玉光只能用笑容和泪水,与站在前面的那个人交流着劫后余生的喜悦。

他默默地来到东盛祥的原址前。自离去至今,已经整整过去了六年。六年前,日寇二度占领郑县的时间虽然短暂,但仍然对东盛祥进行了报复,将他没来得及带走的家什物件砸了个稀烂。随后,国民政府收复郑县,将这里改造成了士兵俱乐部。解放郑县的战役中,东盛祥和裕兴祥所在的火车站地区成为交战双方争夺的焦点,东盛祥自然遭到不少流弹的袭击,不仅所有的门窗都被打破,外墙上也留下了数不清的坑坑洼洼的弹痕。唯一令人感到安慰的是,满天乱飞的炮弹竟没有一枚落在东盛祥。吴玉光忽然相信,这个曾经创造过奇迹的福地,一定会用新的奇迹来回报他对这份事业始终如一的执着信念。

在吴玉光低头沉思的时候,刘思琦和儿子,还有吴玉莹、丁胜祖、吴炳义、秀秀、王金秋……甚至疤瘌爷和德化街上的搬运工人,还有更多认识不认识的街坊都似乎听到了一种神性的召唤,参差不齐地站在吴玉光身后,宛若群山。

吴玉光忽然感受到一股神秘的力量来自身后、来自大地,使他洋溢着一种新生的力量,使他感到真诚、尊严和顶天立地的豪迈,使他再次扬起如桅杆一般的手臂,"哗——"的一声,拉下门头上垂下来的绸缎缩成的绒球。只见崭新的"东盛祥"金字门匾,在太阳的照耀下,发出璀璨的光……

程韬光　2022 年 2 月 6 日星期日　初稿

2022 年 2 月 27 日星期日　二稿

2023 年 7 月 2 日星期日　三稿

跋

　　韬光教授的新作《德化风云》是一部命题之作。2021 年 4 月,韬光教授通过国家税务总局及河南省税务局选派,担任郑州税务学会副会长。我送他赴任并了解到,他的主要任务是撰写一部反映税务系统先进人物及典型事迹的文学作品,向建党 100 周年献上属于税务人的华章。说实话,对于他能否很好地完成这一任务,当时我颇有点怀疑和担忧。在我的理解中,文学最本质的东西是真诚和自由,作家所追求的必然是独创性;而主题先行很容易导致创作的概念化,以致媚俗流俗,失掉个性。但从韬光教授所交的答卷来看,我的怀疑和担忧显然是多余的。他的创作仍然持守着在文学事业方面的憧憬与信仰,体现出阔大而深广的家国意识、故土情怀和人文理想。

　　文学作品的厚度、宽度和深度与作家的心灵、人格密切相关。韬光教授一直以“诗圣”“医圣”为书写对象,他的代表作《太白醉剑》《诗圣杜甫》《长安居易》《碧霄一鹤——刘禹锡》以及《医圣张仲景》等,可以看作是其与圣贤跨越时空的心灵交流和对话。他高度认可甚至痴迷于中华传统文化中的圣贤人格,这就决定了他的文学创作始终有着严肃的创作动机与主题规划。《德化风云》既是这种艺术自觉的延续,又在一定程度上取得了明显的突破,以更具现代性的思想,来表达关于民族与国家、历史与文化的思考。

　　无论“诗圣”杜甫还是“医圣”张仲景,他们都生活在中国封建社会这一封闭系统之中。中国封建社会有着巨大的保守性和停滞性,也具有超强的吸纳和调节能力,由此形成一个所谓的"超稳定结构"。但是这一封闭系统及其"超稳定结构"在西方列强的隆隆炮声中开始动摇、解体,被迫与外界环境交流,并由之发生变异和重构。自1840年鸦片战争以来,中国经历了一场史无前例的崩溃和衰落过程,进入一个前所未有的大变局时代。《德化风云》由此开端,时间线索贯穿复杂多变的晚清至民国,从清朝灭亡、民国初立、军阀混战,再到抗战爆发、国共合作、革命战争,最后终结于郑县全面解放。中国社会的大变革和大转型,为置身其中的人物提供了立体化的时空舞台,也显示出作家对写作视野和创作模式进行自我超越的努力。韬光教授在德化街的风云变幻中,为读者揭示了更为开阔的世界意识、更为深刻的历史寓意和更为厚重的精神价值。

大历史总是通过小人物来呈现。《德化风云》讲述吴玉光从一个爱国商人成为战时财税局局长,最终走向革命道路的故事。吴玉光不是李白、杜甫、白居易、刘禹锡和张仲景那样卓然超群独树一帜的圣贤,但他的身世和经历融会传统与现代、东方与西方、战争与革命等多种元素,因而具有很强的容纳和阐释功能,有利于作者描写重大历史事变中人的荣辱沉浮、悲欢离合。吴玉光在民国初年时局动荡、国运衰微的形势下,以郑县铁路发展为契机,创业、守业、创新、发展、改革、革命及抵御外侮,他的故事承载着家国意识与个体价值、英雄传奇与世俗生活等一系列关系——国家无商不富、无税不强,而没有国家的强大和稳定,任何一个商界英雄都将壮志难酬,或者将眼睁睁地看着自己一生的成就灰飞烟灭。所以对读者而言,这样的人物和故事更具有思想冲击力和精神连接性。

评论者注意到,韬光教授出生、成长在中原大地上,长期浸润于博大厚重的中原文化,他着意书写的大多是中原大地所孕育的先贤圣哲,如杜甫、刘禹锡、张仲景。作家对于故土的深情,在《德化风云》中很可能填补了一个历史书写的疏漏点,即郑州的文化个性。小说一开始就通过吴玉光与父亲的对话,交代了郑州作为一座现代城市的特点:"郑县可谓是铁路拉来的城市。随着京广铁路、汴洛铁路相继建成,货通四海、物流八方的郑县已经成为中原乃至中国的交通枢纽。铁路和火车带来的强大物流、人流、信息流,使郑县商铺如雨后春笋,蓬勃而生。那里的德化街已经被政府辟为商埠,借交通之便,有二十余家棉花商行,甚至还有许多日本商行都扎堆在那里,将河南、山西、陕西等地的棉花、瓷器、茶叶和药材等几乎全部集中起来,运往全国乃至海外。成为全国棉花的集散地,商户云集,客流如潮,甚至连法国人、美国人都在那里开了医院和餐厅。"小说的主体以郑县德化街商埠为背景,讲述 20 世纪初东盛祥商号在创业拓展中与裕兴祥商号在创新转型中的矛盾冲突和发展历程。这是历史上郑县德化街最兴盛的时期。德化街交通方便、人多物丰,德化街上的人们诚信、仗义、贞刚,正是作家在小说中反复强调和重视的地域文化特色。

尤为值得注意的是,韬光教授并不仅仅从风土人情、地貌风物、方言俚语等表面特征来描写地域文化,更是对人文环境和文化心理等深层次问题做了有意识的挖掘。《德化风云》的主要人物是作为税收主体的商人,商人需要逐利,每天都在金钱的诱惑间行走,在义与利之间做取舍时比常人更困难,因而发生在他们身上的道德碰撞所产生的戏剧效果就比其他更强烈。人们常说"无商不奸",然而"商亦有道",这个"道"便是中国商业文化传统中的优秀部分,如公平、公正、诚信、中庸、勤勉、互助等,最终将战胜商场中那些司空见惯的欺诈、蒙骗、以邻为壑、互设陷阱等不义之举。作家全景式地展示德化街的历史变迁、民俗风貌和文化积淀,揭示以吴玉光、刘思琦、赵继、吴玉莹、白桂英等为代表的中原儿女诚信贞刚、吃苦耐劳、爱国守节、大义从容的人性光芒及不屈精神。

《德化风云》把德化街上的商人、官僚、军人甚至伶人等,都纳入社会危机的状态中予以表现,这是在平常的社会状态下很难见到的东西,从而有利于揭示其本质性的面貌特征。小说中有两条商战的线索:一是秉承父志的吴玉光回到中原故土重开"东盛祥"商号,与"裕兴祥"商号之间的家族恩怨、爱恨情仇;二是民族工商业与日本设在德化街的福民商店、大众药房,从税源争夺、利益纷争进而诱发民族矛盾。小说通过中国"仁道行商"和日商"诈道行商"两种不同商业价值理念的激烈冲突,使东方智慧中的"术"与"道"在商战和抗战中得到深刻展示:商战和战争,最终决定胜负的不是智慧,而是道德良心。最后,德化街商人代表——刘思琦在商业道德和民族大义的感召下,与吴玉光等联手抵御外侮、共同走向革命道路。由两大家族风波开始,结束于民族大义;由个人恩怨开始,消解于爱和善良;从商战的隔膜开始,完成了人心的归融,最后实现为民族大义而战。这就是埋藏在作家内心深处,也是每个人心中都有的一个情结——侠义与诚信的贞刚精神,这是中原文化的魂,更是中华民族的魂。

情与义,则是作家的人文理想在这部小说中的集中表现。《德化风云》写了很多情与义,有吴玉光与穆兰香的夫妻之情、刘思琦与吴玉莹的爱人之情、赵继与白桂英的侠义之情,围绕吴玉光展开他与赵继的朋友之义、与吴炳义的主仆之义、与刘思琦的商人之义等。长篇历史小说有一种较为成熟的模式,即"借助于主要人物和主要情节的全开放性框架,力图把历史还原为重大历史事件、社会日常生活、家庭私生活组成的宏大生活流",这也是韬光教授所青睐的创作模式。作家力图从构成历史的各种因素的复杂关系中去理解和表现历史,读者一方面理解世界是怎么发展成现在的样子,一方面则能认识有趣的男人和女人。在这群有情有义有趣的男女中,我觉得最动人的是吴玉莹和白牡丹。

吴玉莹从一开始出场就表现出独立、自主的个性意识,她自小受名师教诲、文武兼修,反抗父母的包办婚姻,赴日本留学开眼看世界,可以说是那个时代的进步女性。她心中怀大义,当吴玉光尚在考虑如何跟刘家斗个高低的时候,她就已经认识到大义面前私怨可了。她在巡缉税查局做税务审查工作,掌握了德化街商埠日本人的经营和税收情况,查出日商和侨民中隐藏大量日本间谍,以及一些不法商户倒卖鸦片偷税漏税大发国难财的恶行。白牡丹因家庭突遭变故沦落到曲子班卖艺,幸遇吴玉光得救逃出火坑梧桐苑,从一个地位低下、备受欺负的弱女子成长为刚毅坚强的军人白桂英,担任军统豫站保密组组长,在情报工作领域承担抗战守土之责。这两位女性不再束缚于闺阁中被动接受命运安排,她们具有符合时代的新特质,敢于主动把握自己的命运,表现出了鲜明的个性特征,也是作家关于人之为人的现代性思考的体现。

　　时代的风云变幻和人生的命运流转,在古老而有新意的德化街上演了无数荡气回肠、跌宕起伏的故事。读完《德化风云》却感意犹未尽,从作家的写作构架来看,应该是有更宏大、厚重的篇幅,沐浴新光的德化街如何续写对民族魂、商魂的传承和发展,我相信是每位读者掩卷之际的期待!

罗晓静

2022 年暑夏于武昌晓南湖畔